张严平 著

时代面孔

新华社领衔记者笔下的人物肖像

新华出版社

图书在版编目（CIP）数据

时代面孔：新华社领衔记者笔下的人物肖像 / 张严平著 .
-- 北京：新华出版社，2025.3.
-- ISBN 978-7-5166-7894-7

Ⅰ . I253

中国国家版本馆 CIP 数据核字第 2025TM0645 号

时代面孔：新华社领衔记者笔下的人物肖像
作者：张严平

出 版 人：匡乐成	出版统筹：王永霞
责任编辑：田丽丽　易旭丹	编　　务：任溢赜　陈泓洁

出版发行：新华出版社有限责任公司
　　　　　（北京市石景山区京原路 8 号　邮编：100040）
印　　刷：河北鑫兆源印刷有限公司

成品尺寸：160mm×230mm 1/16	印张：32.5　　字数：362 千字
版次：2025 年 4 月第 1 版	印次：2025 年 4 月第 1 次印刷
书号：ISBN 978-7-5166-7894-7	定价：96.00 元

版权所有·侵权必究
如有印刷、装订问题，本公司负责调换。

微店

视频号小店

抖店

京东旗舰店

请加我的企业微信

微信公众号

喜马拉雅

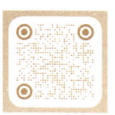
小红书

淘宝旗舰店

扫码添加专属客服

卷首语

张严平新书《时代面孔》即将付梓。封面色彩基调是蓝色，还点缀着许多小星星。翻看着样书，不禁想起传记作家斯蒂芬·茨威格在《人类的群星闪耀时》一书中的一句话："所有那些最具特色、最有生命力的成功之笔往往只产生在难得而又短暂的灵感勃发的时刻。"

《时代面孔》汇集了张严平人物报道的"成功之笔"："山沟沟里的共产党人"郭秀明，一年330天走在崎岖邮路上的乡邮员王顺友，懂军事、善谋略、思想超前的战将杨业功，办公桌放着"一号接待员"公示牌的信访局长张云泉，被誉为中国航空发动机之父的科学家吴大观，父老乡亲凑钱为其立碑的乡村医生刘易……书中展示了20多位平凡之人的非凡人生，刻画出一个个生动感人的时代面孔，真可谓"群星闪耀"！

张严平时刻关注生活中的"小人物"，殚精竭虑为他们立传。有人曾做过统计，基层"小人物"占张严平人物通讯的65%。张严平开设过一个"严平走近"的个性化专栏，开栏之作是《王争艳，冬天里最温暖的故事》。这位普通的社区医生从医25年，为患者开的处方单张平均不超过 80 元，最小的一张处方只有 2 毛 7 分钱。张严平说："正是采访这些极其平凡的小人物的平凡故事，让我对人生、生命有了触动心灵的收获。"

生活是真善美与假恶丑交织的万花筒，而张严平挚爱的是那些真实、善良、美好的心灵。为了再现生活的"真"，张严平吃了很多苦。采访乡邮员王顺友时，她在原始森林覆盖的荒无人烟的深山里风餐露宿、跋涉了三天两夜。在汶川，为采访青川大山里的两兄弟，张严平与伙伴们在陡峭的山道上驱车 3 小时，中间涉水蹚过一条河，再徒步攀爬 2 小时。电视连续剧《追梦》中有一句台词："写东西要真实，不要编，因为你编不过生活、编不过历史。"真实使得张严平的人物通讯具有了感染力和震撼力。

张严平说："能将自己的感动化为千万人的感动，这是一个记者莫大的幸福。"30 多年间，她倾心于发现生活中各类具有感染力的典型人物，在采访过程中她的心被典型人物点燃，化为一颗"火种"，然后通过新闻作品向更多的人传递。这是"感染力的传递"。为了履行这一神圣职责，作者采用还原感性、以小见大的表现手法，注意从最简单、最普通、最常见、最平凡的现象入手，通过对事件的剖析，把典型人物立体地呈现在读者面前，让读者如见其状，如闻其声。读张严平的人物通讯，就像看一部彩色纪录片，它提供给读者的不是"没有生命的骨骼"，而是"活的细胞""活的生命"。

有人曾经跟张严平开玩笑说："你应该当个小领导。"张严平说："别，饶了我吧，我没有当领导的潜质。"她在新华社记者岗位辛勤耕耘，最快乐的事就是"写写稿子"。

2021 年 10 月，在新华社建社 90 周年前夕，中共新华社党组决定授予张严平同志"新华社卓越贡献奖"。《获奖者简介》是这样写的:"张严平同志在新闻采访一线工作了33年。她热爱党和人民的新闻事业,政治素质高,采写了一大批时代先锋人物,作品多次荣获社内和国家级各种奖项,社会影响广泛。"新华社是万人大社,获此殊荣的只有5位同志,张严平当之无愧!

《时代面孔》是张严平新闻作品的结晶,更是她作为一个新闻记者心灵成长的记录。相信读到这本书的人,会与她产生息息相通的精神交流与共鸣。在新书即将出版之时,写几句话,聊表祝贺之意。

南振中
2024年12月27日

南振中,河南灵宝人,1964年毕业于郑州大学中文系,高级记者,首届范长江新闻奖获得者,曾任新华社总编辑。

时代英雄奋斗歌

拿到新华出版社寄来的《时代面孔》书稿，厚厚一大本。翻阅着一篇篇细腻优雅的文字，一个个精彩真实的故事，我再一次被感动了，虽然此前我读过严平的人物报道。这部作品，是她33年新华社记者人物采访的经典集萃，是她钟情一生的新闻生涯的心血结晶，是一本值得一读的好书。

《时代面孔》中的典型人物，大多是来自基层的各行各业的小人物，优秀的共产党员。这里面有乡邮员、村支书、养路工，有代课教师、信访局长、三轮车夫、抢险队员、找水英雄，等等。这些小人物质朴而坚强，位卑而赤诚，平凡而伟大。严平注重深入采访，善于发掘小人物身上蕴含的闪光品质，热心为他们立传。她笔下的这些小人物，像璀璨的星斗，闪耀在时代的天空。正是这千千万万平凡伟大的普通劳动者，以不屈不挠地奋斗，可歌可泣地付出，筑牢共和国强盛之基。他们是社会的栋梁，时代的英雄！

《时代面孔》中的每一篇人物通讯后面，都有"采访手记"，每一个章节后面又加"记者心路"，引导读者更好了解人物，认识作者，可谓锦上添花。我们从中可以看到，严平是在用心、用情、用功打造自己的新闻作品。她喜爱笔下的主人公，视作自己一生的珍藏。她在一篇"记者心路"中写道："记者这个职业最让我迷恋、让我神往、让我一直停不下脚步的，正是因为它让我有机会走进一个又一个优秀的、高尚的、平凡而伟大的心灵之中。正是这样一颗颗心灵，让我领悟着生命的意义，感受着民族的灵魂。无论岁月的潮水如何冲刷，他们在我心中永远不会褪去。只要我的生命还在，他们就是我一生的珍藏。"

张严平热爱自己的记者岗位，感恩新华社这个可爱可敬的家园。她说："33年的记者生涯，我就是这样在新华社这个红色大熔炉中，从一个无知、幼稚、苍白的大学生，一点一点被唤醒，被滋养，被磨砺，被成长。新华社哺育塑造了我的心灵。"同在新华社成长起来的我，感同身受。对于严平的业绩与奉献，同行们看在眼里，社领导记在心上。她获得"新华社领衔记者"的名号，更获得"新华社卓越贡献奖"的殊荣。实至名归，当之无愧！

见贤思齐，崇尚英雄。读罢《时代面孔》，伏案沉思。作为年届九旬的老新闻人，我想说，新一代的新闻人要像张严平同志那样，应当义不容辞地、理直气壮地、浓墨重彩地去讴歌时代英雄。写出他们无私无畏、无怨无悔、有情有义、有志有梦的奋斗人生；彰显他们的信仰之美，崇高之美；壮写他们的忠心赤胆、亮节高风！

祝贺严平，祝福严平！

闵凡路

2024年12月29日

闵凡路，高级编辑，曾任《半月谈》总编辑、新华社副总编辑兼国内部主任、《新华每日电讯》总编辑、《中华辞赋》总编辑。

攀登者的身影
——感悟张严平作品的"四度"

  我们身处的时代，是如此瑰丽多姿而又纷繁复杂，犹如一幅交织着全球化与经济分化、科技腾飞与社会困顿并存的斑斓画卷；它既是机遇与希望的田野，也是挑战与困难的熔炉。在这幅画卷中，每个奋进的人都是一抹独特的色彩，在时光的照拂下，共同绘就了时代的风景。张严平，这位敏锐的观察者，从这样的风景中捕捉到了美好而丰富的映像，将它们精心记录下来，又集结成册，题名为《时代面孔》。这不仅是时代的礼赞，也是给予时代之子的馈赠。

  时代的面孔，我们该怎样描绘呢？倘若借助人工智能的先进算法，或许能精准识别出地球上每一个人的面容，为人类开启"刷脸时代"的便捷之门。然而，这样的"精准"是否过于冰冷？或许，摄影镜头能为我们提供另一种视角。从德国摄影师奥古斯特·桑德的《时代的面孔》到韩国摄影家林昤均的同名作品，再到中国摄影师肖全的《我们这一代》，他们以镜头为笔，记录下社会各阶层人物的表象与内心，探索着人性的本质与文化的认同。然而，这仍不能满足我们更深层的思考与探究，所幸我们还有更丰富的手段。

文字与摄影在表达与传递信息上有着本质的不同。文字既可有力透纸背的剑锋，亦可有仰天长啸的诗情；文字既能将抽象的概念具象化，又能在具象的描述中提炼出精粹的内核。而严平的文字，就偏重于后者，读起来朗朗上口，富有诗歌的韵律和浪漫的气息，而文字本身却十分质朴，这自然归因于采访挖掘到人物灵魂深处，你看到的每一位个体都是鲜活的人物。

读罢全书，掩卷沉思，仿佛有一队队人马从眼前走过。

走在头前的，是牵着马的深山乡邮员王顺友；接下来，是酷爱枫叶红的巴山女子王瑛；是荒山上种树的老共产党员杨善洲；是弥留之际依旧喊着列队口令的将军杨业功；是中国航空发动机奠基者吴大观……队伍中，还有村支书郭秀明，信访局长张云泉，蹬三轮的老人白芳礼，生如向日葵的陆幼青；放眼望去，更多的是厚重如土地的普通人，焦五一、傅宝珠、杜金玉、王争艳、申玉光……这些平凡而伟大的人物，如同螺丝钉、枕木、铺路石、小草般默默无闻，却在关键时刻绽放出耀眼的光芒，温暖了无数人心。这是一支时代雕塑出的群像，他们是社会的脊梁，让我们对未来充满希望。

人物报道是严平30多年新闻生涯中涉猎最广的领域。她认为，人物报道的基准是记者眼里要有光、心中要有爱、脚下要有根。光是远方闪耀的灯塔，有光就不会迷失；爱是点燃激情的火焰，有爱花朵便永不凋谢；根是生活馈赠的源泉，有根就有力量。写好人物的秘诀，在她看来就是两条：第一是采访、采访、再采访；第二是理解、理解、再理解。简单说，就是用脚去丈量，用心去采访，有时候甚至要冒着安危未知的风险。这些道理虽然质朴，但真正实践起来却并不容易。

关于严平的写作风格，本书收录了张文波的专论，对其典型人物报道的个性化采访与多样化写作有详尽的总结与归纳，严平在每篇作品后面都附有后记，该说的都说到了，这些观点我都深表赞同，但却总感觉意犹未尽。除了这些经验总结之外，我仍在不断揣摩，严平作品的与众不同之处究竟是什么？

严平的写作风格感性而充满诗意，即便是看似严肃的主题，也能让人感受到一种无所拘束的自由奔放与心灵的愉悦。这不禁让我联想到她受新华社党组之托撰写的《穆青传》，生动而深刻地展示了这位新闻界老战士的赤子之心，以及新闻事业波澜壮阔的历史；联想到她勇敢地冲破世俗的藩篱，大胆去追求爱情的超凡之举，以及她留下的旷世恋情实录《君生我未生》。这些充满浪漫情怀的作品无疑为大国通讯社的形象增添了光彩，同时也彰显了"国社"对个性化的包容与精心培养。还有那些采访手记，内中既有采访写作的经验分享，也有与采访对象交往的心路历程；还有稿件在"会诊"时被"横挑鼻子竖挑眼"的尴尬与焦虑，以及重获新生后的喜悦与振奋。她如此坦荡地剖析自己，在感恩他人的过程中不断超越自我，使得这些手记如同一串串珍珠，绽放出璀璨的光芒。恰是这些手记，让我品味和领悟到了严平作品所具有的"四度"，即高度，深度，温度和风度。

高度，是一种境界。

严平的作品以魔法般的笔触，拉近了我们与人物的距离，让我们仿佛置身于他们的世界之中。在她笔下，高度不再是高不可攀的理想，也不是无从触及的豪言壮语，而是具有高尚情操、高远理想与崇高境界的一个个有血有肉的化身。

杨善洲，这位老地委书记舍弃退休后应有的安逸生活去荒山种树，一种就是20多年，直至生命尽头。是严平让我们看到了他留下的窝棚、草帽、砍刀和烟斗，知道了他的老伴和三个子女竟然还在山村生活，了解了他公私分明的"抠门"，震撼于他一手将5万多亩荒山变林海，而后又无偿献给国家。发黄的笔记本上有他的心语："有人问我为什么不把家人的农村户口迁到城里？我想，虽然按政策我可以把家人迁进城，但眼下我们的农村还比较落后，农民的日子还没有过好，我这个地委书记先把家人迁出来，心里不安呀！"

信访局长张云泉，他将那一桩桩一件件令人头疼的工作，做成了百姓心中的一枚枚金牌。这需要多大的耐心与智慧啊！"这个人的心似乎是用两种材料做成的，一半是水，一半是钢。他善良重情，不知曾为多少百姓的疾苦流下热泪；然而他又坚韧强硬，遇不平之事，会怒发冲冠，拍案而起，置生死于不顾。"严平在稿子开篇，便以鲜明的性格特征来彰显他的爱与信仰，并在叙述中娓娓道出人物的境界，不由得拨动读者的心弦。

滚滚红尘中总有人仰望星空，或许我们望尘莫及，但却有理由坚信身边的坐标。作为时代的观察者，严平在不断攀登每一座精神高地，也让读者感受到登顶的快慰。这个高度不是书本上学来的，是她一点点地爬上去的，艰苦的采访与写作是登高的唯一途径，而她却是一个执着而坚忍的攀登者。在回顾身为记者之幸的时候，她坦言幸福的来之不易："真是苦啊，有时就像负重登山，体能耗尽，举步维艰，山峰却遥不可及；有时又像被困在四面高墙内，奋力冲撞，却找不到出路。然而在这常态的苦中，却潜伏着快乐。那内心的表达，找到出口后的酣畅淋漓；那稿子播发后，听到无数读者共鸣的心声，那一刻，你会感觉你的心和千千万万颗心连在了一起，你会知道，那一束灿烂的光正折射出千千万万颗心灵的光芒。"

深度，是一种内心的探索。

严平说，了解一件事不难，但要了解一个人的内心却极为不易。写人物通讯，若不了解这个人的内心，不能感知他的世界，即便知道他的故事，也只是游离的，没有生命力。当过记者的人都知道，进入到采访对象的心灵深处，较之登山更加不易，而严平竟然做到了。她那些作品的深度不是深不见底的深渊，而是深邃思想与情感共鸣的源泉。要有深度，必要深入，这意味着在个人内在体验、情感或生活中达到更深层次的理解和体验。这既体现在个人成长的自我探索上，也体现在专业技能和问题的解决上。深入采访是突破事物表象，有目的、有步骤地揭示事物本质和内在规律的探索活动。它要求记者具备探索者的顽强精神，在调查研究上苦下功夫。多年的新闻实践让我深刻地体会到，新闻线索的缺失、新闻报道的乏味以及新闻失实等问题，都与记者的采访是否到位密切相关。正所谓"七分采，三分写"，只有深入现场，进行细致入微的采访，才能写出精彩、准确、有价值的新闻。

严平说，记者这个职业最让她迷恋神往的奥秘，在于有机会走进一个又一个优秀、高尚、平凡而伟大的心灵，在心与心的碰撞中领悟生命的意义，而这样的心灵碰撞非"深入"而不可得也。她在取舍内容时，最重视的是第一感觉，最鲜活、没有任何概念化的元素，不受先入为主的"主题先行"模式影响，忠实于生活本身的积淀，这样，笔下的各种人物就会鲜活起来。走出了传统典型人物报道的框架，没有端起架子自说自话的无知与傲慢，毫无做作与粉饰夸张之感，令人感到亲近自然。即便是号召人们去学习的英模人物，也真切可感，仿佛触手可及。

采写王顺友，严平所经历的内心探索如发现远方的灯塔。

"深夜，我躺在帐篷里，听着回荡在大山中的风声、水声和远处半夜的狼嚎，辗转反侧，一夜无眠。泪水静静地滑落下来，又滑落下来。在这个高原的夜晚，我终于开始触摸到我一路寻找的一颗心。这是一颗如阳光一般温暖、明亮、灿烂的心啊……要把最真实的王顺友从大山里捧出来，把最真实的感动传递给读者。"

回到北京，她坐在电脑前，两天写不出一个字。刚刚过去的马班邮路上的情景就像走马灯一样在眼前旋转着，太多的镜头、太多的思绪，她的心被填得满满的。"我该怎样把这位让我哭、让我笑、让我夜不能寐的乡邮员王顺友从心中倾吐出来呢？我该怎样向千千万万的读者传递出内心的感动呢？我再次像一个跋涉者一样努力寻找着通向彼岸的路……"

这是刻骨铭心的记忆啊！真实的力量是如此强大。真实地走进生活，真实地体验它的酸甜苦辣；真实地感受他质朴而高尚的心；乃至真实地领悟了高原上被人们称为圣洁之花的索玛花如诗如歌的内涵。她用了三个夜晚，完成了《索玛花儿为什么这样红》，也完成了一次漫长的心灵跋涉。

几天后，王顺友事迹报告团来到北京，记者们和报告团一起吃饭。王顺友这个一向羞涩的人，那天竟然主动要求和她喝一杯交杯酒，并说了一句分量极重的话："张记者，你最明白我心头……"

严平在《记者该有一颗什么样的心》一文中写道："人世间，还有什么比心更宝贵的？一颗能被生活之火点燃的心，就是一个记者当有的心。拥有一颗这样的心的记者，该是一个多么富足的记者。他们被点燃，同时，他们能够去点燃更多的人。我庆幸自己成为这样记者中的一个。尽管我生活中依旧内向、木讷、不善言谈，但我唯一能做到的，是在记者的道路上，掏出一颗心，燃烧。因为，心比其他，更重要。"读到这里，我的泪水不禁夺眶而出……

温度，是人体的物理感应。有温度的人，是真挚、友善、敏感和充满爱心的人。

在严平的作品中，温度不再是炽烈如火或冰冷如霜，而是和煦如春的人性关怀。她采写的每一篇稿件，特别是那些最普通的小人物中，都渗透着她发自内心的爱与温暖。她用最细腻温柔的笔触写出他们的生活，用感同身受的体贴写出他们的感情，用真挚的敬意写出他们闪亮的心灵。

在采访蹬三轮老人白芳礼中有这样的文字："老人已经处于十多天的昏迷中，他瘦小的身躯蜷伏在一条毛巾被下，像一个熟睡的婴儿……我们俯身在老人身旁，不断轻轻地呼唤着：白爷爷，白爷爷，我们看您来了……忽然，老人的眼皮动了一下，慢慢睁开眼睛。这是一双怎样的眼睛啊！清澈，明亮，温暖，如夜空中的星星。"

在采访雀儿山上养路工陈德华中有这样的文字："风雪中的告别是无言的，我再一次凝望着那双温暖、清亮而有着岩石般气质的眼睛……车子盘山而下，雪峰渐渐远去，那双眼睛却依然在眼前闪动着。心中从此不再忘记，在高高的、冰雪覆盖的雀儿山上，有那样一群人，有那样一种生活，有那样一颗质朴如石、高洁如雪的心……"。

在汶川地震的采访中，那不知姓名的村妇，喂马的老汉，半道搭车的女子等一个个普通人都在严平的笔下被深情地记录下来。"离开汶川灾区的那个晚上，不觉心里已有万般的不舍，这片灾难中的土地，仿佛是从几千年里穿过雷雨、穿过烈火、穿过万般磨难走来的我们刚毅的父亲、我们坚忍的母亲，厚重的躯体里偾张着一个民族的血脉。没有什么力量能摧垮这样的土地。明天，太阳照常升起……"

在寒冷的青海玉树地震灾区，被地震摧毁的家园废墟上，藏族孩子桑周临别前的这句请求，"阿姨，我能跟你碰碰头吗？"传递着何等的情意啊！正是严平们的温度，温暖了这些孩子的心。

她的文字，带着泪水的温度，每一次采访，她都会深受感动，除了心地善良，更因为她对人物的深刻理解，并因理解而生出的心灵共鸣。

风度，非外在仪表仪容所能及，而是一种勇于反省并不断超越自我的内心气质。

30年的记者生涯中，她坦言自己是在大编辑们的引领和培养下成长起来的。没有他们，就没有她今天的成就。读者看到的稿子，虽然署着自己的名字，但背后却站着一个光荣的集体——新华社的大编辑们。她说，大编辑对于记者就像园丁一样，有一双慧眼，能发现他们的长处；同时深知他们的短处，并不断修剪、打杈、矫正，以便让他们的长处更长。他们又像是一锤定音的雕塑家，每一篇稿子的毛坯到了他们手里，都会在刀笔起落间剔除繁杂、凸显神韵、画龙点睛、焕然一新。有什么样的大编辑，就能培养造就出一支什么样的记者队伍。读她的记者手记，你会感受到，她每走一步，都会感恩身边的人，将他们视为老师。这是发自内心的。她感念老社长郭超人要求记者要有理想、信仰、信念、境界、精神风貌，以及对生活的热爱、对人民的责任感；感念后任社长何平对每一篇稿件从立意、行文到标题的化平凡为神奇的重塑与改定；感念总编辑南振中对于通讯特写提出的"还原感性"的理念；感念国内部编辑们每一次的"会诊"，感念自己的稿子被质疑甚至推翻重来，正所谓百炼成钢。这样的风度让严平在记者的道路上始终保持着精神的活力与开放的胸怀。

严平作品中，那一个个真实而生动的人物影像，或坚韧如山，或辽阔如海，或平凡如石，或流星划过，却都在用自己的方式书写着时代的篇章。这些人物的故事，如同一束束光芒，照亮了我们的内心，让我们感受到了人间的美好与温暖。作为读者，我们被严平的作品深深打动；作为同行，我们也在她的笔下寻找着采访与写作的灵感。这个时代，我们需要的不仅仅是信息的传递者，更需要像严平这样的观察者、思考者和记录者。他们用自己的笔触，记录下了时代的变迁与人物的命运，让我们在回望历史的时候，可以更清晰地看准方向，汲取力量。

　　身为读者，我沉浸其中，感慨万千；身为同行，我则试图贴近他们的心灵，思索若是我，该如何采访，又如何落笔成章？我看到了自己的差距，也悟出自己或缺或有的四维：高度、深度、温度与风度，这是一个优秀记者具有的品质。

　　高度，并非遥不可及，它代表着一种高尚的情操与境界。英雄已逝，望着墙上的遗像和墓碑前的鲜花，我们该如何走进他们的精神世界？从某种意义上说，攀爬这座无形的山峰，或许比穿越大凉山的马班邮路更为艰难，要付出更多的勇气和耐力。

　　深度，亦非深不可测，它是深邃心灵的探索。正如鱼翔浅底，潜入蓝海深处，方能寻到无价之宝；才会与即将离世的陆幼青形成信息传导，精神相契；才会将心中的"向日葵"视为生命的启蒙课，以有限的个体生命，去探寻、发现和体验众多的生命轨迹和人生哲理。

　　温度，是感知人性的能力，先进的人工智能可以鸿篇巨制，也可以模仿情感，但却不能感知人的痛苦与快乐，更无法替代人与人之间的真实温度。由此，才会让一向腼腆的王顺友请求喝一杯交杯酒，才会有玉树地震灾区的娃娃桑周请求来一个碰头礼。

　　风度，是内心保有的一种勇于自我反思的清醒。在读到《大编辑》

一文时，心里为之一震。回想自己新闻生涯里那些默默助力的恩师，懊悔自己竟没有如此深刻的反思。风度，也是岁月沉淀发酵于生命的风景，对生活怀有真挚的爱与理解，内心才会始终怀有谦卑与自省。

一个人世界的大小，即是其心灵的疆界。严平作品中传递出的高度、深度、温度、风度，即是这本书所展示的世界，有星空辽阔，土地厚重，亦有长风与花朵……

《时代的面孔》不仅是时代的记录，还是一位女新闻工作者的成长史，一个文化人的心灵史，它忠实记录了一位攀登者的选择。正如马克思的那句名言："在科学上没有平坦的大道，只有不畏劳苦沿着陡峭山路攀登的人，才有希望达到光辉的顶点。"

合上书页，严平笔下那一张张生动的人物影像又在脑海里出现，他们身后传来如歌的回响：

"阿姨，我想跟你碰个头……"

"张记者，你最明白我心头……"

卢小飞
2025 年 1 月

卢小飞，中国妇女报社原总编辑，高级记者，第八届长江韬奋奖获得者，首批全国新闻出版行业领军人才

自序

人与时代

时代是什么？

这或许需要高度凝练概括丰富的文字才能讲清楚。

而在我感性的头脑里，时代总是与人、与千千万万的人、与千千万万张人的面孔连在一起。

作为一个工作了30年的新华社记者，我曾采访的那一个又一个男人女人老者少年，他们或沧桑或青春的面孔，或坚毅或温暖的眼神，或活着或逝去的背影，是时代刻进我心里永远的记忆。

我小心翼翼地把他们汇聚到一起，生怕打断了他们依旧生机勃勃的生命气息，这气息凝聚着我们曾经经历的和正在经历的一个如大海一般浩荡时代的全部内涵。也正是在这时代的浪潮中，我有了在人物报道领域中投入最多气力最深情感的新闻实践。

目 录
CONTENTS

卷首语……………………………………………南振中 / 1

时代英雄奋斗歌…………………………………闵凡路 / 4

攀登者的身影
　　——感悟张严平作品的"四度"……………卢小飞 / 6

自序　人与时代………………………………………… / 16

第一章　脊梁

山沟沟里的共产党人
　　——追记陕西铜川惠家沟村党支部书记郭秀明 / 2
　✎ 采访手记
　走进他的心灵世界
　　——《山沟沟里的共产党人》采写札记 / 14

索玛花儿为什么这样红
　　——记优秀共产党员、木里县马班邮路乡邮员王顺友 / 18
　✎ 采访手记
　真实的，才是具有震撼力的
　　——来自马班邮路上的采访感悟 / 35
　雕塑般的记忆 / 42

- 1 -

将军已经出发
——追记优秀共产党员、第二炮兵某基地原司令员杨业功少将 / 44
✎ 采访手记
将军给我的感动 / 62

张云泉：爱因信仰而璀璨
——记优秀共产党员、泰州市信访局长张云泉 / 71
✎ 采访手记
采访一个人，就是理解一个人 / 92

我的"中国心"
——记报国有成的党员专家、中国航空发动机之父吴大观 / 94
✎ 采访手记
科技人物不是写"科技" / 110

永远的巴山红叶
——记四川省南江县原县委常委、纪委书记王瑛 / 112
✎ 采访手记
寻找红色的路标 / 126

写给英雄母亲的信 / 129
✎ 采访手记
寻觅"感动" / 138

一个共产党人的一辈子
——追记云南省保山市原地委书记杨善洲 / 141
✎ 采访手记
抓住"金子" / 160

记者心路
记者该有一颗什么样的心 / 163

第二章 星辰

一位老人与 300 名贫困学生
——记退休三轮车工人白芳礼资助 300 名贫困学生的故事 / 170
采访手记
标题和结尾 / 181

走不出雪山上那双眼睛
——记养路工陈德华 / 184
采访手记
如何有一个好标题 / 193

赤子花，心中的花
——记优秀军转干部、四川省语委办主任林强 / 195
采访手记
去发现那一颗开放着赤子花的心 / 205

用爱点燃爱
——香港退休护士傅宝珠帮助广东"麻风村"村民的故事 / 212
采访手记
探寻"好人好事"后面更深的东西 / 221

农民为乡村医生立碑
——记延安宝塔区贯屯乡卫生院院长刘易 / 224
采访手记
"还原感性的力量" / 236

黄土丹心 / 238
采访手记
《黄土丹心》是这样"炼"出来的 / 251

永远的向日葵
——写在陆幼青最后的日子里 / 257
  采访手记
  初冬的记忆 / 264
  关注"向日葵" / 268
  三个小标题 / 272

记者心路
把心化为一颗火种 / 274

第三章 火光

王争艳，冬天里最温暖的故事 / 278
  采访手记
  每一棵树都有自己的灵魂 / 285

找水英雄 / 286
  采访手记
  英雄 / 293

热合曼的守望 / 295
  采访手记
  守窟人 / 306

最后的钟声
——记乡村代课老师杨忠明 / 307
  采访手记
  致敬 / 317

他用生命留下一片光明
——追记青海火电工程公司玉树抗震抢险队队员杜金玉 / 318
  脊梁 / 328

格桑花仍旧会开放 / 329
　　采访手记
　　玉树，再也不能忘记你 / 339

记者心路
大编辑 / 345

第四章　行者

流星划出的生命"绝唱" / 352
　　采访手记
　　天使 / 359

异国"红色恋人"
　　——记夏庇诺、刘静和夫妇 / 360
　　采访手记
　　当你老了 / 370

"雕刻时光"里的浪漫故事 / 372
　　采访手记
　　短稿子更磨炼笔力脑力 / 382

张严平典型人物报道的个性化采访与多样化写作 / 384

记者心路
采访，采访，再采访 / 393

第五章　群山

明天，太阳照常升起
　　——献给汶川灾区的父老乡亲 / 396

时代面孔　新华社领衔记者笔下的人物肖像

◢ 采访手记
把那双眼睛抓出来 / 407
在深入采访中升华自我 / 411

穿越时空的呼唤
——焦裕禄精神启示录 / 416
◢ 采访手记
让思想照亮文字 / 426

记者心路
一生的珍藏 / 431

第六章　源头

走进穆青 / 434

超人的生命 / 439

新华社哺育了我 / 446

漫漫记者路——张严平访谈录 / 453

记者心路
只因为生命中遇见你 / 464

后　记 / 473

第一章　脊梁

　　这是一群高尚的生命。

　　他们的存在，是对星辰大海的证明，是对人生意义更高维度的开掘。无论世俗人间红尘滚滚，他们总有自己的信仰。活着，就是为了让更多的人获得幸福；人生，就是为了追求心中的山峰与灯塔。他们把自己的生命化作火焰，以璀璨的光与热为这个世界留下永远的精神高地。

　　或许我们永远无力抵达他们的山峰，但是他们给了我们一种矢志不渝的信念，一个永远的远方。

　　他们，是时代的脊梁。

时代面孔 · 新华社领衔记者笔下的人物肖像

山沟沟里的共产党人
——追记陕西铜川惠家沟村党支部书记郭秀明

陕西省渭北山区有一个叫惠家沟的小山村，在这个曾经穷得叮当响的山沟沟里，一位村支书以共产党人的理想与激情，点燃起群众心中战胜贫困的希望之火，让穷了几辈辈的山里人坚信：跟着共产党走，就有奔头！

"不把共产党的阳光送到群众手上，我死不瞑目"

见到郭秀明，是在惠家沟村他生前那个清贫的家里。他的笑容，定格在墙上一幅黑边相框中，眼神透着山里人的质朴与硬朗，相框下方，贴着他去世前一天和支部一班人讨论制订的惠家沟村第二个五年规划。

我们走访了一户又一户山里的人家，说起这位已经去世一年多的支书，没有一个不落泪的。村上70岁的沈志诚老汉说："秀明是真正的共产党啊！一颗心摔八瓣，瓣瓣都是为着俺惠家沟村的群众。"

41岁的郭秀明是在1991年秋天毛遂自荐当上惠家沟村党支部书

记的。这一年，年迈的老支书退了下来，驻村社教工作组组长王兴才挨个征求村里党员的意见"谁能接下这副担子"？又瘦又小的郭秀明一口冲出："我看我就能行！"村里立马像炸了锅。

方圆几百里没人不知道惠家沟，当地流传的歌谣唱道："惠家沟坡连坡，出门就爬坡，地少石头多，人穷光棍多……"这个地处陕西省铜川市印台区红土镇的小村子，山大沟深，土地贫瘠，村民大多是解放前后从外地逃难落户到这里的，到1991年，全村人均收入不到300元，集体的账户上只有7角6分钱。

惠家沟人又没有不知道郭秀明的，他当赤脚医生11年，人好，医术也好，靠行医一年四五千元的收入盖起了村里的第一间大瓦房，日子过得在全村拔尖尖。

有人说他傻，放着好日子不过，去当那个又苦又累的穷村官，图个啥？家里人更是反对，你年轻时就得下风湿性心脏病、关节炎，不当医生当支书，这不是要自个的命吗？一位在外当医生的朋友也捎来话劝他："你当上这个劳心劳力的村支书，很可能活不过三年。"

这天晚上，郭秀明咋也睡不着，他翻出了乡亲们多年看病打下的欠条，直坐到天明，他对着也没睡着的妻子轻轻地叹道："惠家沟太穷了，乡亲们来看病，有时连几毛钱的感冒药片都有人赊账，还有人有病没钱买药就硬扛着，我是个党员，看到这些，心里难受啊！全村那么多穷户，咱一家富了有啥意思？要是乡亲们都过上好日子，到那时候我再当医生，卖人参蜂王浆都有人喝！你要是把我当成能过好咱家日子的人，那就看我是怎样让咱惠家沟乡亲们都过上好日子！"

第二天，在党员大会上，郭秀明全票当选为惠家沟村党支部书记。他摘下自家门口诊所的牌子，烧掉了多年来村民们看病欠下的1700

元欠条，掏出了他当年写在入党志愿书上一句烫人心窝的话："不把共产党的阳光送到群众手上，我死不瞑目！"

上任头三天，郭秀明访遍了全村118户人家，跑完了山里的沟沟峁峁，他在支部大会上说："惠家沟抬头是山，低头是山，一架连一架的山，难道只能生一个'穷'字吗？咱们要在'山'字上做文章，靠山吃山！"

党支部讨论制定出了"林草业打头，养殖业垫底，生态经济奔小康"的具有超前意识的发展思路。

这年冬天，郭秀明带领着村里17名党员、22名团员，拎着干粮，扛着镢头上了村里最远的南梁，开挖育林带。

在山上栽树是这个小村子历史上从没有过的，不少人半信半疑。这队人马每天早出晚归，郭秀明的样子一天天瞅着让人揪心，他一身的病都犯了，腿肿得打不了弯，眼睛肿得只剩下一道缝，好多次都是被人从山上架下来的。同去的年轻人含着泪说："咋得劝郭支书都不行，一天一人25米，他一米也不少挖！"乡亲们的眼圈红了。

山里人话不多，心重。在穷了几辈辈的乡亲们看来，没有什么能比一个实实在在的过上好日子的希望更能打动他们的了。到第16天早上，村里男女老少扛着镢头，跟着党团员全部上了山。

这年的冬天，山里格外冷，惠家沟人的心却格外热。全村男女老少苦战一个多月，在乱石满坡的南梁上开挖出4万个树坑。开春种树，没钱买树苗，郭秀明立即从家里拿来100元钱，在他的带动下，村支委每人100元，党员50元，很快凑出1100元，买回4万棵树苗，惠家沟的山上有了第一片新绿。

打这，惠家沟的植树造林一年接着一年，5年下来，全村已有用材林 1700 多亩，经济林 650 多亩，宜林荒山覆盖率达到百分之百，1996 年 3 月，惠家沟被全国绿化委员会命名为"全国绿化千佳村"。这个穷了几辈辈的小山村，破天荒有了自己的绿色银行。

接下来是种草、办养殖场、修路、建小学，郭秀明带领群众向贫困发起的进攻一个套着一个，人们说，这个推倒南墙连头担的硬汉子，为了惠家沟人能过上好日子，天大的困难不怕，地大的石头敢搬。

为修路郭秀明差点送了命，他曾经四次带领群众修路，整日没白没黑地泡在工地上。一天半夜下大雪，他不放心，起身上工地巡查，在坡上一脚踏到沟里，当即昏死过去。当他被一位值夜班的推土机司机发现时，已经过了好几个小时，整个人都冻僵了，几个司机把他裹在怀里，又哈气，又按摩，折腾了老半天，他醒来，看见大家都在哭，便摇摇头，费力地吐出四个字："别说出去。"第二天，他一瘸一拐地又出现在工地上。

当一条 8 米宽、9 公里长、两头连接山外公路的硬化大道修通的那一天，村上上年纪的人都流泪了，祖辈只有一条羊肠小道，运点啥都靠背驮肩扛的山里人，第一次用车把化肥、种子拉到了家门口，用车把核桃苹果运出了山外，几年下来，村里跑进跑出的拖拉机、农用三轮车发展到 80 多辆。

建小学是郭秀明早有的心思，原先的惠家沟小学只有两间破土屋，夏天漏雨，冬天进风。郭秀明说："咱们穷，是吃了没文化的亏，咱不能让子孙后代再穷下去！"他上任后先后两次带头捐款发动群众建校，惠家沟小学最终成了拥有两座教学楼并配有电视机、投影仪等先进教学装备的山区"名校"，全村适龄孩子全部入了学。

建校 3 个月的时间里，距家不到百米的郭秀明没有回过一天家。

由于村里没钱雇人看守工地，他白天指挥，夜里就自己守在工地上看料。饿了，吃口家人送来的馍；累了，在麦秸搭的小窝棚里打个盹。由于过度劳累，他的风湿性心脏病急剧恶化，脸肿得有面盆大，先后两次昏倒在工地上。学校建成后，他是被人抬回家的，躺在床上，挂了半个月的吊针。

外村干部羡慕惠家沟，过去一个穷懒散的村子，现在咋这么心齐？

郭秀明说："过好日子是惠家沟几辈子人盼望的，只要咱带着党员干部冲上去了，群众面前就没有翻不过去的山！"

"为让惠家沟人都过上好日子，咱就得舍上自己"

在郭秀明生前盖的自家的房子旁边，今年开春又起来一栋新的砖瓦房，这是惠家沟村的父老乡亲在他们的支书去世后自发捐款再加上区里镇上的支持，为支书的妻儿老小盖起的新家。党员罗玉秀说："大伙的日子越是过得好了，这心里就越是念起郭支书，他当支书8年，让村里富了，却把自家的日子耽误了，大家伙儿心疼啊！"

8年春秋，惠家沟人都实实在在地感受到自己的日子一天天好起来：家家养起了猪牛羊，村里75%的收入来源于养殖业，全村人均收入增长了3倍，97%的人家盖起了新瓦房，不少家庭有了电话、洗衣机、电视机……40多条光棍汉娶上了媳妇。

8年春秋，惠家沟人也都清清楚楚地看到，当年是村里首富的郭秀明一家日子却荒落了下去。他上任前准备翻新的房子一直没动，墙体剥落，屋檐倾斜，成了全村最破的住宅。走进屋子，家徒四壁，除了一张袒露着海绵的破沙发、一张行医时用的油漆剥落的桌子、一张两条木凳一块木板支起的床,再也看不到一件像样的家具。更令人心酸的是,他经常出门办事,竟连一件没有补丁的衣服都找不出来,后来是村里两个干部实在看不下去,凑钱给他买了一件西服、一双皮鞋。

人们说,郭支书是为惠家沟人把自己的日子过"倒糟"了。

刚修路那阵子,村里没机械,郭秀明贷款 3.2 万元买回一台推土机,但部分村民对贷款有意见,他就把这笔债全部转到自己身上,让儿子做驾驶员,没白没黑地干了三四年,村里该付的工钱累计有 3 万多元,他却没让儿子领过一分钱。

那一年夏天,村里推土整地欠下加油站 1000 元油款,人家催着要,集体又没钱,郭秀明一狠心,卖了自家的农用三轮车,替村里还上了油债。

村上筹建计划生育服务室,没钱做牌子,郭秀明马上让人把自家 24 斤优质玉米种子卖了钱,做了牌子。

1998 年,村里从镇上争取到 5 万元的小额信贷扶贫款,村委会知道郭秀明的家境,就给他定下了 2000 元,他知道后,立刻追到镇上划去了自己的名字,改成了另外的困难户。他说:"只要还有更困难的群众,我就要往后排。"

8 年中,因为村里穷,郭秀明当支书每月应领的 40 元补贴他一分没领过;为村里外出办事的差旅费他一分没报过;村上原来规定的招待费项目,他一上任就给取消了。而这 8 年里,他为村里拿出的钱就有 8000 多元。

郭秀明常对支部一班人说:"当干部就是要能吃亏,要能为群众的利益舍上自己。特别是在眼下村里穷、没有钱的困难时期,我们舍不上自己，惠家沟就变不了样。"

1998年秋天，郭秀明的岳母在河南老家病重，妻子恳求他带全家回去一趟，他也很着急，恨不能当天就走。可村里刚刚开始的小流域治理工程紧锣密鼓，他咋也抽不开身，直到岳母去世，一家人也没能回去。妻子哭了，满肚子委屈一股脑倒了出来："你当支书这些年，干革命干了个啥嘛？村上人日子都好过了，就咱作难了。"母亲也在一边悄悄地落了泪。

望着妻子和母亲，郭秀明哭了。这个侠骨柔情的汉子何曾不想为自己的家多操一份心？又何曾不想让自己的妻儿老母过上富足的日子？多年来，他在外办事，自己从来舍不得吃一份超过一块五毛钱的面，却总忘不了给母亲捎回一小块她老人家爱吃的油糕，给妻子捎回一包她平日里吃不到的方便面，给孙儿捎回几块糖果……多少个冬夜，只要他在家，每到半夜就会起身去看看老母亲的炕凉了没有，凉了，就再给她老人家烧上一把火。然而，郭秀明还是心痛啊，他知道，他给予家人的毕竟太少太少了，他把更多的情和爱都给了惠家沟的父老乡亲！

他含泪对母亲和妻子说："俺当支书这些年，苦了咱一家老小，俺对不住你们。可俺是个共产党员，又是个支书，为了咱全村几百口子人都能过上好日子，眼下咱就得舍上自己。等惠家沟真正富起来，咱也一定能过上好日子！"

郭秀明清贫如洗，但他又富有胜金。

在惠家沟，无论要办什么前人没有办过的事，无论遇到多大的困难，只要郭秀明往那儿一站，就不再有人打退堂鼓。大伙说："跟着郭支书，俺们心里踏实！"

在惠家沟，老老少少不管有什么欢喜、什么烦恼，最想告诉的就是郭秀明，连婆媳吵架、兄弟分家，他们都要听听郭秀明讲的理。一年到头，只要郭秀明在家，天天晚上他的屋里都坐满了串门聊天的乡亲，人们说："郭支书是俺们最贴心的人！"

一年一度春耕夏作，郭秀明家里的自留地里总有人悄悄地往里担上两挑子肥，锄上几垄草，浇上几桶水。看着他一年到头顾不上自己的家天天都在忙村里的事，大伙儿心里有着深深的牵挂。

郭秀明生了病，家家户户都像自家人生病那般心疼。每天都会有人做上一碗好吃的送到他的床前，或是一碗鸡汤，或是一碗鸡蛋手擀面，或是一碗加了冰糖的红枣粥……郭秀明常动情地说："乡亲们待我太好了，我就是再活两辈子也报答不了他们啊！"

这世上有千金万银，但有千金万银买不来的爱；这世上有千山万峰，但有千山万峰重不过的情。郭秀明以一个共产党人舍自己为群众、舍小家为大家的高尚情怀，赢得了这个世界上最宝贵的财富！父老乡亲们对他的深情厚爱，使他感受到一个共产党人最崇高的幸福！

"俺再多活一年，就能为惠家沟再多办几件事！"

今年已经 80 岁的温善忠老汉提起郭秀明，老泪纵横："秀明是咱惠家沟的老黄牛，他硬是被咱村上的这挂车挣死了。老天有眼，该让咱这把老骨头去换他啊！"

每一个惠家沟人都记得 1999 年春天，三秦大地掀起了西部大开发的热潮、惠家沟村小流域治理也到了最红火的时刻，人们注意到，他们的郭支书越来越消瘦，昏倒的次数越来越多，而且吃饭变得很困难，一碗面条要几杯水冲着才能咽下去。大伙逼着他去了铜川市医院，检查结果：食道癌晚期。

全村人震惊了！7月，在各级组织和家人的催促下，他住进了陕西省肿瘤医院。

郭秀明的病牵动了惠家沟每一个人的心，一拨又一拨的乡亲们提着鸡蛋、奶粉冒着酷暑赶130公里路到西安去看望他们的好支书。他们千叮咛万嘱咐："秀明，一定把病看好了再回来！"

可郭秀明的心一天也没有离开过惠家沟。每个星期的周末他都要瞒着医生乘坐长途车一路颠簸4个多小时回到村里，检查工作，听取汇报。同房的病友劝他："你何苦这样糟蹋自己的身体。"他说："人生一世，草木一秋，死有啥？我不怕死。就是觉得惠家沟村的事没办完，这心里放不下！"

9月的一天，郭秀明从前来探望的区里一位同志口中得知中央领导同志来陕西考察时，提出了有关西部开发的山川秀美工程。他再也躺不住了，不顾医生阻拦，坚决出院。他说，这是惠家沟发展的最好时机！

这时郭秀明已瘦得只剩下一把骨头，迅速扩散的癌细胞使他的腋下长满了大大小小的肿块，连抬一下手臂都十分困难，癌症的病痛更是像刀割一样折磨着他，人们常常看到他突然捂住胸口，脸色蜡黄，大汗淋漓，很久，才能缓过来。郭秀明是个医生，他清楚地知道属于他的时间已经不多了。为能给惠家沟村的群众再多办几件事，他鼓足最后的力量与死亡赛跑！

他为勘察会战点，制定工程方案，常常清早冲上两个鸡蛋，装在水杯里，在山里一跑就是一天。他曾经为到镇上争取一个项目，冒着大雨，来回徒步十几里山路，回来的半道上被雨水冲倒，身上多处划伤。为了使身体能挺住，每天晚上他都要给自己挂吊针输入氨基酸能量合剂，以补充严重透支的体力。剂量开始是一晚一瓶，后来是两瓶，再后来增加到三瓶，他常常一面挂吊针一面和村干部研究工作。大家都为他的身体担心，他却幽默地安慰大家："我这是晚上加油，白天跑，科学着呢！"一次，村上文书来找他，发现疲惫不堪的郭秀明竟然挂着吊针睡着了，药液已经滴完，殷红的血液顺着吊管往上回流……

1999年12月17日，铜川市在惠家沟村召开"四教育"现场会，郭秀明以《无怨无悔当村官》为题，作了长达一个多小时的发言，他激情满怀，谁也看不出他是一个站在死亡线上的人。会后，市委领导握着他骨瘦如柴的手给他下达了去医院接受治疗的命令。

12月19日晚上，郭秀明召集党员干部开会。他嘴唇干裂，脸色青肿，半靠在床上，身上穿的那件几年前从区里下发的捐献来的黑毛衣又脏又破，由于腋下肿块导致手臂疼痛肿胀无法抬起，他已经有三个多月没有脱衣服了。

他谈了很多，从惠家沟村的过去谈到现在，从现在谈到未来，他把村里新的五年规划一条一条向大家做了安排，沙哑着嗓子说："穷折腾了这么多年，村上总算有了变化。如今国家提出西部大开发，实施山川秀美工程，咱们一定要抓住这个机遇，尽快带领全村人富起来！"

他半倚的身子慢慢往下滑，最后竟无力地躺在了床上。他环视着大家，一辈子没在人前掉过泪的硬汉子，此时大把的泪水滚落下来："我可能活不了多久了，如果老天能让我再多活一年，我就能为咱惠家沟村再多办几件实事。哪怕再多活半年，到明年5月，眼下的这几件事就都有了眉目，那时，我死也甘心了！"一屋人失声痛哭。

山里的夜很静很长，不知过了多久，他摆摆手："大家不要难过了，这几天把树坑、地埂、水沟修整修整，下个星期我还要回来检查！"会议一直开到凌晨两点多。

12月20日一大早，郭秀明在党员权长江的陪同下赶往陕西省肿瘤医院。中午他们到了西安，还没走进医院大门，郭秀明突然感觉想吐，一口鲜血从嘴里涌了出来，随后鲜血涌流不止，身子慢慢地瘫下去。权长江背起郭秀明像疯了一样地往医院急救室跑，一边跑一边喊："郭书记，你挺住啊！全村人离不开你！惠家沟人离不开你！你一定要挺住啊！挺住……"

急救室里，医生护士紧张地进行抢救。权长江在过道拦住一位医生，"扑通"跪在地下："大夫，俺代表全村人求你们了！你们一定要救活他，不管花多少钱都要救活他，他是俺们村最最重要的人，俺们村离不开他啊！"急救室里，心脏监测仪屏幕上显示的心电图越来越弱，逐渐变成了一条直线……

时间在这一刻凝固了。还有7天，郭秀明才满49岁。

这一天晚上，惠家沟飘起了雪花，全村男女老少彻夜伫立在刺骨的风雪中，静静地等待着他们的好支书归来。

不知是谁打的头，2元、3元、5元……一家一家凑出了几百元，大伙儿要给支书买身好衣服。一位大娘对郭秀明的女儿说："娃啊，郭支书是为咱村累死的，这衣服就让全村人置办吧。他已经不是你家的人了，他是俺全惠家沟村的亲人啊！"

24日，惠家沟村人扶老携幼，手举花圈，吹响唢呐，以山里人最隆重的形式为郭秀明送行。乡亲们把为郭秀明刻下的"功德碑"矗立在村头最高处那棵年年春天盛开出火红火红的大花朵的木槿树下。

郭秀明走了。但是，一个共产党人带领群众用生命搏击贫困、开创富裕生活的雄心壮志；一心为群众谋利益的山一般厚重的信念；将自己的一生献给党的最壮丽事业的崇高理想与情怀，都永远地留在了这片大山之中！

（新华社西安2001年2月27日电　新华社记者张严平、屈胜文）

时代面孔 ▸ 新华社领衔记者笔下的人物肖像

采访手记

走进他的心灵世界
——《山沟沟里的共产党人》采写札记

得知是去采访一个去世已经一年多的村支书，我心里真没谱，用一句同行的话说："这类人物哪儿都好，可就是到了笔下天生不出彩。"

不过，仍然有一样东西扯动着我。这个村支书是西影厂的一位导演在铜川拍片子时了解到的，他被这位支书的事迹所感动，遂给素不相识的田聪明同志写来一封信，我拿到那封上有社、部领导同志批示要求采访的来信时，不禁有一种"探宝"的冲动：一个人死后一年多，还能使偶尔知道他的人有这样的感动，他该是一个怎样的人呢？

和分社记者屈胜文一道到达铜川的当天夜里，市委组织部的同志拿来一盘一年前的录像带，带子一放，我被惊住了：满山满坡是送葬的人流，花圈堆得比山高，乡亲们扶老携幼，个个哭成了泪人，嘴里不断地喊着："郭支书……""秀明……"一位老汉颤巍巍地扑到遗体上，哭昏过去。两位吹唢呐的山村乐手，边吹边哭，唢呐吹得震天响，满面泪水长流……

这就是我们要采访的郭秀明？！

这段录像我看了一遍又一遍，看到深夜，哭到深夜，心被一种巨大的力量撞击着：在这个世界上，一个人的离去能让他周围的百姓如此的痛彻心骨，这其中必定蕴藏着这世界上最珍贵的东西。

顺着蜿蜒几十公里的盘山公路，我们来到了郭秀明生前所在的叫惠家沟的小山村。它四面环山，七梁八坡，山里的人家散落在高低不一的沟沟峁峁。

听说我们是来采访郭秀明的，村上的干部好一阵激动，他们张罗着烧水泡茶，把已经安排好的几个人当天要出远门去买药材种子的事也都临时推后了，他们说："可把你们盼来了，这大半年，村上的人一直说要联名上书北京，请中央派人来写写俺们郭支书哩！"

我们在惠家沟待了下来，与干部谈，与群众谈，与老人谈，与年轻人谈，在一户又一户山里人家的炕头上、饭桌旁，质朴的山里人流着泪给我们讲述了有关郭秀明的一个又一个感人的故事。

渐渐地，当我们了解的故事越来越多时，一个疑问也越来越强烈、越来越急迫地敲打着我：他为什么会这样？

真的，如果仅仅把这些事讲给现在的人特别是青年人听，他们中不少人或者会不相信，或者会认定郭秀明是个"傻冒"。如果我也是仅仅从别人那里听说了这些事，尽管相信，也不会认为他傻，但却不会有很深的感动，因为我没有深切感受到这个人的内心世界。只有当我们不仅仅知道一个人做了什么感人的事，而且知道他为什么会做出这些事，这个人才会在我们面前睁开眼睛，我们才会听得到他的呼吸，听得到他的心跳，我们才会为他而感动。这个"为什么"就是一个人的心，一个人的灵魂。

遗憾是永远的，我们已经无法通过郭秀明的言行举止走进他的内心，唯一的途径是通过深深地爱着他的乡亲们走进他的心灵世界。

那些日子，我们与山里人结下了很深的情谊，不为别的，为郭秀明。我们与他们一起回忆有关郭秀明的点点滴滴，一起感受他们与郭秀明所共有过的种种喜怒哀乐；我们听他们讲郭秀明这条"推倒南墙连头担"的硬汉子的刚硬，也听他们讲郭秀明这个人人公认的"孝子"

的温情。我还特别与郭秀明的老母亲、妻子、儿子待了整整一天，听他们倾吐对这个既是儿子、又是丈夫、还是父亲的人所怀有的挚爱、埋怨和心痛。

当我们越往郭秀明的心里走，就越感觉里面的东西太多太多了；当我们越往郭秀明的心里走，就越坚信：世界上就有这样的人，朴实如一块石头，高尚如一座山峰。几次在郭秀明的墓前，我都有一种恨不能钻进去，哪怕与他谈上一天、半天、甚至两小时也好的强烈愿望。

采访回来，根据部里的指示，我们先写了一篇内参，受到多位中央领导同志的批示。

随后，我们为大广播写出了一万多字的第一稿，把我们的所见所闻、所思所感一股脑儿地全装了进去。我终于发现，走进一个人的心灵与表达出一个人的心灵是不相等的，固然前者是基础，但是要达到后者，还需要有深刻的把握与提炼，抓住本质的东西。

写作的过程也是我们向郭秀明的内心世界更深入探索的过程。在这个过程中，许多人付出了心血。分社的于绍良、编辑室的陈芸同志为初稿提出了十分中肯的意见，部里的何平、吴锦才同志为这篇稿子从一稿、二稿一直到最后的第五稿，每一稿都倾注了极大的心血，反复提出修改意见，作出许多精辟的删改。田聪明、南振中同志都为这篇稿子提出了重要的意见，田聪明同志一开始就强调"一定要写出这位党的基层干部一心为群众谋利益的崇高境界"，南振中同志指示"事迹本身已很感人，不需要有很多的'文学色彩'，稿子越朴素就越有感染力"，这些意见都为这篇稿子把定方向。还有几位同志以私下交流的方式为我们的初稿提出了极为宝贵的意见。

7500字的长篇通讯《山沟沟里的共产党人》（3月1日）播发后，

被《新华每日电讯》《人民日报》《经济日报》《解放日报》《新华日报》等十几家报刊采用，中央人民广播电台、中央电视台先后在早间、晚间的新闻节目中摘要播报。有读者打来电话，说读了这篇通讯，颇有感触，从郭秀明身上的确看到了什么是境界。稿子播发的第二天晚上，我还接到了铜川多位干部群众打来的电话，一直打到夜里3点钟，他们说，许多知道郭秀明的人读到这篇通讯又都落泪了，新华社的这篇稿子的确写出了郭秀明身上最高尚的东西。

我一直认为，做一个记者是很幸福的，它可以使人有机会接触各式各样的人和事，有机会走进许多优秀人物的心灵世界。写出他们的心，可以使更多的心受到感动与鼓舞，也可以使自己的心灵得到滋养。采访郭秀明，使我又一次体味到这种幸福。

（原载《新闻业务》）

索玛花儿为什么这样红

——记优秀共产党员、木里县马班邮路乡邮员王顺友

眼前这位苗族汉子矮小、苍老，40岁的人看过去有50开外，与人说话时，憨厚的眼神会变得游离而紧张，一副无助的样子，只是当他与那匹驮着邮包的枣红马交流时，才透出一种会心的安宁。

整整一天，我们一直跟着他在大山中被骡马踩出的一趟脚窝窝里艰难地走着，险峻处，错过一个马蹄之外，便是万丈悬崖。

傍晚，就地宿营，在原始森林的一面山坡上，大家燃起篝火，扯成圈儿跳起了舞。他有些羞涩地被拉进了跳舞的人群，一曲未了，竟如醉如痴。"我太高兴了！我太高兴了！"他嘴里不停地说着。"今晚真像做梦，20年里，我在这条路上从没有见过这么多的人！如果天天有这么多人，我愿走到老死，我愿……"忽然，他用手捂住脸，哭了，泪水从黝黑的手指间淌落下来……

这就是那个一个人、一匹马、一条路，在大山里默默行走了20年的人吗？

这就是那个20年中行程26万公里——相当于21趟二万五千里长征、绕地球赤道6圈的人吗？

这就是那个为了一个简单而又崇高的使命，在大山深谷之中穷尽青春年华的人吗？

我流泪了。

在这个高原的夜晚，我永远地记住了他——四川省凉山彝族自治州木里藏族自治县马班邮路乡邮员王顺友。苗族名字：咪桑。

如果说马班邮路是中国邮政史上的"绝唱"，他就是为这首"绝唱"而生的使者

王顺友的话不多，却见心见肝。他说，他常常觉得自己这一辈子就是为了走邮路才来到人世上的。

马班邮路在正式文字中被定义为"用马驮着邮件按班投送的邮路"。在21世纪的中国邮政史上，这种原始古老的通邮方式堪称"绝唱"，而在木里人的眼里，这却是他们唯一的选择。

木里藏族自治县位于四川省西南部，紧接青藏高原。这里群山环抱，地广人稀，平均每平方公里的地面上只有9个半人。全县29个乡镇有28个乡镇不通公路，不通电话，以马驮人送为手段的邮路是当地乡政府和百姓与外界保持联系的唯一途径。全县除县城外，15条邮路全部是马班邮路，而且绝大部分在海拔4000米以上的高山。

王顺友至今记得，他8岁那年冬天的一个夜晚，做乡邮员的父亲牵着马尾巴撞开家门，倒在地上。"雪烧伤了我的眼睛。"母亲找来草药煮沸后给父亲熏眼。第二天清早，父亲说，看到光亮了。他把邮件包往马背上捆。母亲抱着他的腿哭。父亲骂她："你懂什么！县里的文件不按时送到乡上，全乡的工作就要受影响。"

11年后,父亲老了,他把邮包和马缰绳交到了19岁的儿子手上,那一刻,王顺友觉得自己长大了。他开始沿着父亲走过的邮路启程,负责木里县至白碉乡、三桷垭乡、倮波乡、卡拉乡的马班乡邮投递,邮路往返584公里。

年轻的乡邮员第一次感受到了马班邮路的遥远和艰辛。他每走一个班要14天,一个月要走两班,一年365天,他有330天走在邮路上。他先要翻越海拔5000米、一年中有6个月冰雪覆盖的察尔瓦山,接着又要走进海拔1000米、气温高达40摄氏度的雅砻江河谷,中途还要穿越大大小小的原始森林和山峰沟梁。他这样描述自己的生活:冬天一身雪,夏天一身泥,饿了吞几口糌粑面,渴了喝几口山泉水或啃几口冰块,晚上蜷缩在山洞里、大树下或草丛中与马相伴而眠,如果赶上下雨,就得裹着雨衣在雨水中躺一夜。同时,他还要随时准备迎接各种突来的自然灾害。

有一次,他走到一个叫白杨坪的地方,下起了暴雨,路被冲毁了,马一脚踩滑跌向悬崖间,他想伸手去拉,也掉了下去,幸亏双双被一棵大树挡住。他摔得头破血流,眼睛和半边脸肿得没了形。当时他真想大哭一场,盼望着有个人来帮一下多好啊!可是除了马、邮件,什么都没有。

这些艰辛在王顺友看来还不是最苦的,最苦的是心头的孤独。邮路上,有时几天都看不到一个人影,特别是到了晚上,大山里静得可怕,伸手不见五指,他能感觉到的只有风声、水声和不时的狼嚎声。家中操劳的妻子、年迈的父母、幼小的儿女……此刻就会像走马灯一样在他的脑子里转,泪水落下一行,又落下一行。于是他便喝酒,让自己的神经因麻木而昏睡过去,因为明天还要赶路。

如果仅仅是为了一个饭碗，王顺友在这条马班邮路上或许早就坚持不住了。让他最终坚持下来的，是这条邮路传达给他的一种神圣。

"每次我把报纸和邮件交给乡亲们，他们那种高兴劲就像过年。他们经常热情地留我住宿，留我吃饭，把我当成共产党的大干部。这时，我心里真有一种特别幸福的感觉，觉得自己是一个少不得的人！"这是王顺友最初感受到的乡邮员工作的价值。

白碉乡乡长王德荣曾对他说过这样的话："你的工作虽然不是惊天动地，但白碉乡离不开你。因为你是我们乡唯一对外的联络员，是党和政府的代表。藏民们有一个月看不见你来，他们就会说：'党和政府不管我们了。'你来了，他们就觉得党和政府一直在关心着他们！"这话让王顺友心里滚烫。

一次，王顺友把邮件送到倮波乡政府，就在他牵着马掉头的时候，看见乡干部正翻阅着报纸说"西部大开发太好了，这下子木里的发展要加快了！"一时间，王顺友高兴得像是喝了蜜，因为乡干部看的报纸是他送来的，这薄薄的一张报纸竟有这么重的分量？！他越来越觉得乡邮员工作了不起。

于是，王顺友在马班邮路上一年一年地走下来，至今已经走了20年，而且还在继续走着。邮路上的每一天，他都是穿着那身绿色的邮政制服，他说："山里乡亲们盼望我，其实是盼望穿这身制服的人。"邮路上每一天，他都像保护命根子一样保护着邮件，白天邮包不离身，晚上邮包当枕头，下雨下雪，他宁肯自己淋个透，也要把邮包裹得严严实实。邮路上的每一天，他都会唱起自编的山歌，雅砻江的苗族人本来就爱唱歌，他说："山歌是我的伴，也是我的心。"

翻一坡来又一坡，

山又高来路又陡，
不是人民需要我，
哪个喜欢天天走。
太阳出来照山坡，
照亮山坡白石头，
要学石头千年在，
不学半路草鞋丢。

这是王顺友无数山歌中的一首，邮路成为他心中一道神圣的使命。既然他深爱着自己大山连大山的故乡，既然他牵挂着山里的乡亲们，既然他崇敬着像太阳一般照耀着大山的共产党和人民政府，既然他生在中国邮政史上马班邮路的"绝唱"之年，那就上路吧！一个心怀使命的人，才是一个有价值的人。

如果说马班邮路是一种"心"的冶炼，他在这冶炼中锻铸了最壮美的词句——"忠诚"

王顺友爱看电影，特别爱看关于英雄的电影，他说，这是父亲给他的遗传。父亲年轻时参加过"剿匪"，打仗不怕死，常教导儿子不要向任何敌人投降。当王顺友第一次在电影《英雄儿女》中看到那个高喊"向我开炮"的王成时，便敬佩上了他。"王成和我一个姓，他不怕死，为了党，命都敢丢。现在没有打仗的机会了，把信送好就是为党做事。"

1988年7月的一天，王顺友往倮波乡送邮件，来到雅砻江边，当时江面上还没有桥，只有一条溜索。他像往常一样先把马寄养在江边一户人家,然后自己背上邮包,把绳索捆在腰上,搭上滑钩,向雅砻江对面滑去。快滑到对岸时,突然他身上挂在索道上的绳子断裂了,他大叫一声,从两米多高的空中狠狠地摔下去,万幸,落在了沙滩上,但邮包却被甩进江里,顺水漂去。王顺友疯了一般,不识水性的他抓起一根树枝就跳进了齐腰深的江水中,拼命地打捞邮包,等他手忙脚乱地把邮包拖上岸后,人一下子瘫倒了。岸上有人看到这惊险的一幕,连说他傻,为了一个邮包,命都不要了。他说:"邮包比我的命金贵,因为那里面装的都是政府和乡亲的事!"

2000年7月一天的傍晚,他翻越察尔瓦山时,突然从树丛中跳出两个劫匪,号叫着要他把钱和东西都交出来。他本能地向前跨出一步,用身体护住了驮在马背上的邮包,大声喝道:"我是乡邮员,是为党和政府服务的,是为乡亲们送信的。要钱没有,要命有一条!"说着,他抽出随身携带的柴刀,死死地盯着劫匪。两个劫匪一时竟被这个一身正气的乡邮员吓呆了。趁他们出神的空当,王顺友疾步上马,冲了过去。事后有人送他一个绰号"王大胆",他说:"其实我心里也怕得很,是这身邮政制服给我壮了胆。"

这身邮政制服给予王顺友的何止是胆?它给了他一个马班邮路乡邮员的最高品质——忠诚。这也是他作为一个共产党员对党的事业的忠诚。忠诚洒满了他邮路上的每一步。

1995年的一个秋天,王顺友牵着马走过雅砻江上刚刚修建起的吊桥,来到了一个叫"九十九道拐"的地方。这条由马帮踩出的羊肠小道陡峭地盘旋在悬崖峭壁之间,走在这条路上,马的粪便可以直接落在后面的马和人身上,跟在后面的人只能看到前面马的尾巴,路的下面便是波涛汹涌的江水,稍有不慎,就会连人带马摔下悬崖,掉入江中。

王顺友小心翼翼地跟在驮着邮件的马后边，一步一步地向前迈，眼看就要走出"九十九道拐"了。突然，一只山鸡飞出来，吓得马一个劲地乱踢乱跳，他急忙上前想拉住缰绳，谁知刚一接近，受惊的马抬起后蹄便朝他蹬来，正蹬中他的肚子，一阵剧痛之后他倒在了地上，头上的汗水大颗大颗地往下落。

过了很久，受惊的马终于安静下来，它回头看着主人痛苦的样子，眼神变得悲哀而凄婉，用嘴一下一下不停地蹭着王顺友的脸。王顺友流泪了，他抬起手向马做了一个手势，告诉它不要难过，他不怪它。他忍着疼痛慢慢地站起来，牵上自己的伴儿，继续上路了。一路上疼痛不断加剧，他走走停停，停停走走，实在挺不住了，就倒在地上躺一会儿，就这样，坚持把这班邮件全部送完。

9天以后，他回到木里县城，肚子已经疼得受不了。邻居用拖拉机把他拉到了医院，医生检查后大吃一惊：大肠已被踢伤，由于耽搁时间太久，发生严重的肠粘连。医生说，再晚些时间，命就没了。经医院全力抢救，王顺友总算保住了一条命，但他的大肠从此短了一截，留下终身残疾，肚子经常作痛。

我直截了当地问王顺友，有没有想过不干这份工作了，哪怕去打工。他认真地告诉我："不可能。乡亲们需要我，他们等着我带给他们亲人的消息，乡政府盼着我带给他们党的声音。我做这个工作是给党和人民做事，有人喜欢我；如果我打工，只是个人挣钱，没人喜欢我。我只有为党和人民做事，心里才舒坦，好过。"

这个苗族汉子的话，句句都是从心窝里淌出来的。正是凭着这样一颗心，20年来，他没有误过一次邮班，没有丢失过一封邮件和一份报刊，投递准确率达到百分之百。

"山若有情山亦老"。如果王顺友走过的邮路可以动情，那么，这里的每一座山，每一道岭，每一棵树，每一块石头，都将洒下如诗如歌的泪水，以敬仰这位人民的乡邮员，用20年虽九死而不悔的赤心，锻铸了一个共产党员对党和人民事业的最高贵的品质——"忠诚"。

如果说马班邮路是一条连接党和人民的纽带，他就是高原上托起这纽带的脊梁

跟着王顺友一路跋涉，终于来到了他邮路上的第一个大站白碉乡。路边等候着一群乡亲，见到他，都围了上来。有人给他递茶，有人往他口袋里塞鸡蛋，还有一个乡亲竟抱来一只活生生的老母鸡捆到了他的马背上。王顺友像个远道回家的大孩子一样，高兴得牙龈都笑得露了出来。晚上，坐在一户乡亲家的小院里喝酥油茶，他对我讲："每次走到乡上都是这样，乡亲们需要我，我也离不开他们。"

山里人交朋友是以心换心。他们对这位乡邮员的情意，让我更深切地触摸到了王顺友的一颗心。

1998年8月，木里县遭受百年罕见的暴雨和泥石流袭击，通往白碉乡的所有大路、小路全被冲毁，这个乡几乎成了一个与外界隔绝的孤岛。按规定，这种情况王顺友可以不跑这趟邮班。但是，当他在邮件中发现了两封大学录取通知书时，便坐不住了。他清楚地知道对于山里的孩子来说，这两份通知书意味着什么。"我决不能耽搁娃儿们的前程！"他上路了。

王顺友是怎样拽着马尾巴连滚带爬地走到白碉乡，他已经记不清

了。但是当年接到通知书的布依族女孩海旭燕和藏族女孩益争拉初的家人至今都清楚地记得，当他们在连日的绝望中打开家门，看到一身水、一身泥、腿上流着血的王顺友，从怀里掏出那封用塑料袋裹得严严实实、滴水未沾的大学录取通知书时，全家都哭了。

现在，这两个女孩都已经大学毕业，参加了工作。益争拉初的父亲王八金红着眼圈说："咪桑是一个最忠诚的人，是我们这里离不开的人！"

王顺友的确是大山里离不开的人。因为他的付出，乡亲们更多地感受到了大山外面世界的温暖。

邮路上的深山里零零星星地散居着一户户人家，他们附近没有集镇，更没有邮局，王顺友就成了这条路上的"流动邮局"。20年中，他代收、代发信件和包裹不计其数。他走邮路的时候，总有一些乡亲拿着信件和包裹早早在路边守候着，请他代寄到外地。很多山里的人不知道邮寄信件和包裹是需要邮资的，每次王顺友都是一声不响地收下，回到县城后，再自己掏钱贴上邮票或付上邮费，把它们寄出去。

山里的居民，生活大都十分贫困，他们与外界的联系常常仅仅是买些盐巴、茶叶，而就这点东西也得在大山里往返三四天才能买到。看到这些情景，王顺友心里很难过，便在每次跑邮路时，装上几包盐巴、茶叶和药，山里人谁需要了，他就递上一包。看到他们接过包包时脸上绽放出的笑容，心头便有一种很幸福的感觉。

好事做多了，乡亲们都说王顺友是雷锋。他说："我比不上雷锋，但我要学雷锋。"

按照规定，乡邮员只要把信件送到每个乡的乡政府就算圆满完成任务。但王顺友总是坚持把信件直接送到农户。他说："乡里的干部忙，没时间送信，让乡亲们跑老远的路到乡上来取信，我不忍心。我多走几步，大家都方便了。"

有一年冬天，雪下得很大，王顺友从木里走到白碉乡已经是第三天了，他的手上有一封寄给白碉乡呷咪坪村陶老五家的信，猜想可能是陶家十多年没有音信的女儿写来的。他放下乡里的报纸，水没顾得上喝一口，又上路了，在雪地里走了10多公里，把信交到了陶老五的手上。信果然是陶家女儿写来的，说她已经在外面结婚生子，还附了一张孩子的照片。陶家人喜极而泣，王顺友也高兴地流泪了。

1997年，从木里县城到白碉乡的公路全线贯通，乘车只需要4个小时就可以到达。王顺友完全可以改道走公路直达白碉，既安全又省力。可他依然牵着马，翻山越岭步行两天到白碉。有人想不明白，说他傻。他却说："不是我傻。如果改道，我是方便省力气了，可雪山下那些托我带信、带包裹的乡亲们就不方便了。所以，我还要继续走这条路！"

2004年秋天，国家组织的为老少边穷地区白内障患者免费实施复明手术的"健康快车"驶进木里。木里县残联的同志把通知书交到王顺友的手上，希望在"健康快车"离开木里之前能把它送到倮波乡，因为那里有因白内障而失明的老人。

当时王顺友正患胃痛，可他什么也没说，牵着马上路了。他几乎是一路急行军，没有吃过一顿安稳饭，没有睡过一个安稳觉，只要两条腿能动，他就不停歇地走。结果，7天的路，竟用4天赶到了。这时，他已经被病痛和过度的劳累折磨得不成样子，两手捂着胃，脸白得像纸，虚汗不停地往下淌，连说话的力气都没有了。他被送进了乡医院。

当天晚上，"健康快车"的消息传遍了倮波乡每一户人家，王顺友为送通知生病的消息也随之传开了。第二天一大早，乡亲们涌到了医院，一位双目失明的藏族老阿爸，拿着家里仅有的几个鸡蛋，让人搀扶着来到王顺友的病床前，拉着他的手，不停地抹泪，嘴里反复地念叨着："我的儿子！我的儿子！"

一颗金子的心，换来的是金子的情。马班邮路沿途的乡亲们都把王顺友当成自家的亲人，每当他要来的日子，许多人家就会等在路边，拉他到家里喝茶吃饭，走时，他的口袋里会塞满鸡蛋、核桃、水果等各种好吃的东西。

2003年冬天，王顺友送邮途中胃病犯了，躺倒在倮波乡一户叫邱拉坡的人家。他歇了半天，坚持要继续上路。邱拉坡劝阻无效，又放心不下，于是就把手头上的活交代给家人，陪着生病的王顺友一起上了路，走了整整6天，直到把邮件送完，又把王顺友送回木里家中。

王顺友是幸福的，他的幸福来自他的工作。尽管他长年一个人默默地行走，但是他的胸膛间却激荡着大山内外的心声；尽管他身躯矮小，但是他却在党和人民之间托起了一条血脉相连的纽带；尽管他朴实如石，但是他又挺立如山。他就像高原上的一道脊梁，用无声的力量实践了自己心中一个朴素的信念：为党和政府做事了不起，为人民做事了不起！

如果说马班邮路是一个人的长征，这条长征路上凝结着他全家人崇高的奉献

一提到家，王顺友总是说："我有三个家，一个在山上，一个在路上，一个在江边。"

江边的家是他住在雅砻江边白碉乡老家的父母的家。这个家厚载着对他的养育之恩，他本当在父母的膝前尽忠尽孝，然而，老父亲在把马缰绳交给他的那一天告诉他："你只有为政府和乡亲们把这件事做好了，做到底，才是我的好儿子！"一句话，交给了他如山的使命，也让他永远地负了一份做儿子的心债：是他的弟弟们在替他这个长子孝敬着老人，最疼他的老母亲活着没有得到他一天的照料，临病逝前，喊着他的名字，见不到他的身影。那一刻，他正在邮路上翻越雪山。从此，顶着蓝天的雪山，成为他心中永远的痛！

山上的家是他和妻子儿女在木里城外一个叫绿音塘的山腰间建起的清贫小窝。他和妻子韩萨结婚那年，也正是他从父亲的手里接过马缰绳的那年。他们结婚20年，他在邮路上跑了20年，20年算下来在家的日子不到两年。

三亩地，三头牛，十几只羊，四间土坯房，一双儿女——这个家全部是由妻子一个人苦苦撑起来的。韩萨说她自己是"进门门里没人，出门门外没人"，想得太苦了就拿出丈夫的照片看看。由于操劳过度，她的身体很坏，长年生病。而这样的时刻，王顺友总是在路上。

有一次，韩萨病了，因为没有钱，去不了医院。当时儿子在学校，女儿去了亲戚家，她只好一个人躺在家里苦熬着。不知道熬了几天几夜，当王顺友从邮路上回来时，她已经说不出话来，望着丈夫，只有眼泪一股股地往下流。

王顺友向单位的工会借了1000元钱，把妻子送进了医院，服侍了她3天。3天后，妻子出院，他又要上路了。

握着韩萨的手，他心头流泪，轻轻说："人家还等我送信呢！"善良的女人点点头。

这样的记忆，又何止一次两次。那一次，是邻居发现了几天不吃不喝、已经病得奄奄一息的韩萨，撒腿跑了两个多小时，赶到县邮政局报信，才保住了她一条命。而那时，王顺友离家还有3天的路程。

有人曾问韩萨，想不想让王顺友继续跑邮路？她的眼泪一下子出来了。"只要他天天在家，哪怕什么活也不干，我也高兴。可他送信送了20年，你要让他不送，他会受不了的。邮路是他的命，家是他的心哪！"

韩萨真的是最懂得王顺友的女人，这个家的确是他放不下的心。他有一本发了黄的皱巴巴的学生作业本，每一页上面都记满了他在邮路上唱的山歌，其中很大一部分是相思相盼的情歌。他说："那是唱给韩萨的。"说这话时，他眼里有泪。

高山起云遮住山，
马尾缠住钓鱼竿，
藤儿缠住青岗树，
哥心缠住你心肝。
獐子下山山重山，
岩间烧火不见烟，
三天不见你的面，
当得不见几十天。

优美哀婉的歌词里，蕴满了多少离别之苦。

幸福因为稀少而珍贵。王顺友对家人的每一点细微处，都流淌着这个情深意重的苗族汉子的挚爱。邮路上乡亲们塞给他的好吃的东西，哪怕是一个果子，一颗糖，他从来舍不得吃一口，总是带回家，让妻子儿女品尝；每一趟出门，他总是把家里的事一件件安排好，把妻子

第一章 脊梁

要吃的药一片一片地数好，包好，千叮咛，万嘱咐。他对记者说："每次从邮路上回来，当老远能看见半山腰的家时，心里就开始慌得不得了啦，巴不得一纵身就跳到家里，剩下的两小时的路，几乎是一路小跑……"

扁担挑水两头搁，顾得了一头，顾不了另一头。王顺友对家人的愧疚或许是他一辈子都无法释怀的。他说："马班邮路总得有人去走，就像当年为了革命胜利总得有人去牺牲。为了能传达党和政府的声音，为了能让更多的乡亲们高兴，我这个小家舍了！"小家舍了，路上的家却让他付出了几乎生命的全部。在这个家，马是他的最爱。他说："这么多年，跟我度过最苦、最难、最多的日子都是马，我跟我妻子儿女在一起的日子还没有跟马在一起的多，我心里所有的话都跟马说过！"

20 年里，王顺友先后有过 30 多匹马，他能说得出每一匹马的脾气性格，还都给他们起了好听的名字。其中有一匹叫青龙的马，一身雪白，跟上他的时候只有 5 岁，一直伴他走了 13 年。这匹特别有灵气的马，能记得王顺友在邮路上每一处习惯休息的地方，每当天色渐晚，看到主人因疲倦而放慢了脚步时，它就会用嘴咬咬他的肩头，意思是说快点走。然后，便会独自快步向前走去，等王顺友赶到休息的地方时，它早已安静地等候在那里了。

让王顺友最为刻骨铭心的是，这匹马救过他的命。

2005 年 1 月 6 日，王顺友在倮波乡送完邮件后往回返，当他牵着马走到雅砻江边直奔吊桥时，不知怎的，青龙四个蹄子蹬地不肯走了。仅差十几米远，王顺友看到一队马帮上了吊桥，他想同他们搭个伴，便大声喊："等一等……"可他的青龙一步不动。正当他急得又拉又扯时，一个景象让他惊呆了：吊桥一侧手臂粗的钢缆突然断裂，桥身瞬间翻成九十度，走在桥上的3个人、6匹马全部掉到江中，转眼间就被打着旋涡的江水吞没了。半天，他才回过神来，抱住他的青龙哭了。

这匹马现在已经18岁，他把它寄养在了一个农户家，隔上一些日子就会去看看。他说，平原上的马一般寿命30年，而天天走山路的马只能活20年。像青龙这样的好马，他还有过几匹，但有的老了，有的伤了，也有的已经死了。县上和省里的电视台拍了不少他和马在邮路上的片子，他从来不看。因为一看到他的那些马，心头就会流泪。20年里，他给了马太多的爱。

在他每个月拿到手的800多元工资中，光买马料就要贴上200元。尽管单位每月发的70元马料费够吃草，可他还要给马吃很多苞谷。他常说，马只有吃得好，身上才有力气，走路才走得凶。

邮路上，即使走得再苦，他从来舍不得骑马，甚至当看到马太累时，他会把邮包从马背上卸下来，扛在自己身上。

马给了王顺友太多的安慰。

他最愿看的电视节目是赛马；他最愿去的地方是马市；他最感激的人是北京密云邮政局职工哈东梅和凉山州委书记吴靖平，还有几位他叫不出名字的捐赠者，他现在的两匹马就是他们送的。记得他第一次接过吴书记送的那匹马时，来不及说一句感谢的话，一把拉过马头，双手掰开马嘴看牙口，连声道："好马！好马！"说完就流泪了。因为他没有想到，20年，他只是干了自己应该干的事，却得到了这样贴心的鼓励。他说："只要能走得动，我就一直走下去！"

真的无法想象没有马的日子王顺友该怎么过。前不久，他作为全国劳模去北京开会的那几天，每天晚上躺在宾馆松软的床上，就是睡不好。他说，和马在一起睡惯了，有马在，心头就安稳，没马在，心头空落落的，即使眯一会儿，又梦见自己牵着马走邮路。

三个家，三重情，三份爱。王顺友因它们而流泪，也因它们而歌唱；因它们而痛苦，也因它们而幸福。有人问，这三个家哪个最重要？他说："哪个都放不下。"放不下，是因为连得紧。三个家，家家都连着同一颗心，一颗为了马班邮路而燃烧的心！

如果说马班邮路是高原上的彩虹，他就是绘织成这彩虹的索玛

王顺友牵着马一步一步专注地走着，从后面望过去，他的背驼得很厉害。

在一般的工作岗位上，40岁正是一个黄金年龄，但对马班邮路上的乡邮员来说，40岁已经老了。和其他的乡邮员一样，王顺友患有风湿、头痛、胃痛等各种病症，另外，他还患有癫痫病，现在每天要靠吃药控制病情。

这位在木里的马班邮路上走得年头最长的人，还能走多远呢？

他说："走到走不动为止。"

记者问："如果让你重新做一次选择，还会走马班邮路吗？"

"那不会变。"

"为什么？"

"马班邮路把我这一辈子的心打开了，为党和政府做事，为乡亲们做事，让我活得舒坦，敞亮！也让我觉得，自己在这个大山里是个少不得的人呢！"

"在一般人看来，一个牵着马送信的人能有多重要？"

"我们木里山太大，太穷，没有邮路，乡亲们就会觉得心头孤独

了。现在我们有十几条马班邮路，十几个乡邮员，每个人跑一条路，不起眼，可所有这些路加起来，就把乡亲们和山外面的世界连在一起了，就把党与政府和木里连在一起了！"

记者的心被一种热辣辣的东西涨得满满的。

5月的凉山，漫山遍野盛开着一片一片火红的花儿，如彩虹洒落在高原，恣意烂漫。同行的一位藏族朋友告诉记者，这种花儿叫索玛，它只生长在海拔3800米以上的高原，矮小，根深，生命力极强，即使到了冬天，花儿没了，它紫红的枝干在太阳的照耀下，依然会像炭火一样通红。

噢，索玛花儿……

（新华社北京2005年6月2日电　新华社记者张严平、田刚）

第一章 脊梁

✎ 采访手记一

真实的，才是具有震撼力的
——来自马班邮路上的采访感悟

6月2日、3日，新华社连续播发了报道四川木里县马班邮路乡邮员王顺友事迹的长篇通讯《索玛花儿为什么这样红》，全国120多家报纸刊用，新华网、央视国际网、人民网等各大网站相继转载。晚上，我打开电脑，在新华网上读到了成千上万的读者留下的感言：

——这才是民族的脊梁，这才是个汉子！！！！你潮湿了我的双眼！！！！！

——真的感动啊！向中国人民的好儿女致敬！

——这样的人可以称得上咱中国的脊梁！！！这才是英雄！

——无语！感谢记者！记者、王顺友、王顺友的马都是感人的！

……

能将自己的感动化为千万人的感动，这是一个记者莫大的幸福。而更令我长久回味的是，这一切来自什么？

只有走进他的邮路，才能走进他的心

跟王顺友走马班邮路，在我的记者生涯中，添加了好几个第一。

进入毗邻青藏高原、一天要经历4个季节、海拔落差在3000多米的幅度上下变化的小凉山采访，在我是第一次；在苍茫的原始森林覆盖的荒无人烟的深山里要风餐露宿、跋涉三天两夜，在我是第一次；

在崎岖险峻的山路上骑马行进，在我更是第一次。坦白地讲，一开始，我对能否跟随王顺友走下这一段不到他全部邮路的六分之一的路程，心里并没有把握，甚至有一点点惧怕。

从北京到达木里，见到王顺友，我怔住了。这个矮小苍老的苗族汉子，不会寒暄，不会应酬，长年与马为伴的邮路生活，让他在人前极不自在，话很少，半天憋出一句，绝超不过5个字，只是那一双单纯而倔强的眼神，让人能感觉到他心底存有的波澜。

我还见到了王顺友的妻子韩萨，一个善良而艰辛的苗族女人。由于生活得太过沉重，话同样很少，46岁的年纪，已经苍老得像一个婆婆，只是默默地投向丈夫的目光，透露出她一颗生动而深情的并不苍老的心。

我还见到了王顺友那匹眼睛似乎会说话的马，当主人用手一下一下为它梳理着马鬃时，我能感觉出他们之间那种亲密无言的默契。

我开始意识到，我所面临的采访，是一次几乎无法用语言进入的采访。在王顺友这个人物身上，没有我见惯了的那种作为"典型"的一层厚厚的壳，没有我习惯了的那些时尚语言打造出的时尚概念，也没有了让我不花太多力气、仅凭交谈就可以走进他心灵的捷径。一切都没有了。他就像大山里一块未曾面世的石头，望着他，我失去了一切固有的思维。

但正因为如此，这也是一次令人神往的采访。面对着这样一个一年有330天独自行走的、没有任何修饰的、原生态的人物，要了解他、懂得他、走进他心灵的唯一办法，就是走进他的邮路。因为邮路就是他的生活，邮路就是他的心！

我被一种真实的生活、一颗真实的心所诱惑。那个清晨，我们采访团一行跟着王顺友和他的马出发了。

在那个高原的夜晚，我终于开始触摸到一路寻找的那颗心

"这叫路吗？"这4个字的疑惑从一开始上山，就不断在我脑子里纠缠。盘旋于悬崖峭壁之间被来往的骡马踩出的一行脚窝窝；由雪水和雨水在七上八下的山梁中冲刷出的一道沟壑；徒步行走，没有一步能平稳放下一只脚；骑在马上，感觉就像是悬于崖壁之间的一种生死未卜的惊险游戏。

行进的队伍终于开始接二连三出现险情。先是一记者因紧张而不适，从马上晕倒；接着另一记者不慎从马上摔下，头破血流；没多久，又有一摄影记者因马一脚踩滑，随马跌向悬崖边，幸亏马夫眼疾手快，拼了命把马拉住，马上的人才躲过一劫，两只死死抠住马鞍的手却被磨得血肉模糊。

中午时分，当队伍到达一个叫树珠的村落时，带队的同志临时作出决定：所有文字记者全部下撤，只留电视台和摄影记者跟王顺友继续前进。

我茫然地望着远处，心头若有所失。那还有很长很长的路呢？那还未全部展现的另一种生活呢？那一颗我渴望能触摸到、感受到的邮路上的心呢？……一个个问号，就像是一个个钩子在钩住我，我无法抗拒。

万分感谢带队的同志，在沉默半晌之后，他批准了我的请求。此后，我成了跟随王顺友继续走下去的为数不多的记者中唯一一个文字记者和唯一一个女记者。

这之后，我们进入了真正意义上的原始森林。山峦交错叠嶂，古树遮天蔽日，山道也越来越险，许多地方几乎就是踩着悬崖边行进。当我骑在马上，走过一段最险的山道时，斜眼望去，一个马蹄之外便是深不见底的万丈悬崖，我大气不敢出，两手紧紧地抓住马鞍，脑子里不断闪现着一个念头：万一马踩滑了怎么办？万一……会死吗？会的……

马终究没有"万一"，它把我驮了过来。那一刻，我流泪了。不是为自己，而是为王顺友。在这样一条生死路上，他一年走330天，走了整整20年，而且还在继续走着。

他凭了什么？他为了什么？在这个朴实的乡邮员心里，该有着怎样执着的信念？又该有着怎样炽热的忠诚？

路在我的面前渐渐成为有生命的物体，我能感觉到内心与它越来越深入的交流。

临近傍晚，我们翻过了海拔4000米的察尔瓦梁子，在一面山坡上就地宿营。篝火旁，一群从十几里外跑来的山里的孩子们，和我们拉成圈儿跳起了舞。喝了几口酒的王顺友也被拉了进来，开始他有些羞涩，很快便如醉如痴。跳着跳着，突然，他用手捂着脸哭了，泪水不断地从手指间滚落下来。他说，他太高兴了，今晚就像做梦，20年里，在邮路上从没有见过这么多人；他说，如果天天有这么多人和他在一起，他愿走到老死；他还说，一个人在路上太孤独了，可是他还要走下去，因为大山里的乡亲们少不得他。火光映着他兴奋的脸膛，打开的心绪一发而不可止，他又讲了许多许多和马在一起的故事……

深夜，我躺在帐篷里，听着回荡在大山中的风声、水声和半夜远处的狼嚎，辗转反侧，一夜无眠，泪水静静地淌下来，又淌下来。在这个高原的夜晚，我终于开始触摸到我一路寻找的一颗心。这是一颗如阳光一般温暖、明亮、灿烂的心啊！他就像一个殉道者，一个人默默地承受着邮路上种种的艰辛和常人难以忍受的孤独，他的心头很苦。但是，他却把这杯苦酒在"为党和政府做事了不起，为人民做事了不起"的使命感中，酿成了一泓甘泉，带给大山的乡亲们。当乡亲们因为他的付出而获得快乐时，他便有了莫大的幸福！

清晨，我走到山泉边洗脸，看见王顺友正在给马备鞍。远处，大片大片的索玛花儿就像蓝天上飘落的云霞。忽然间，我觉得眼前这人、这马、这路，渐渐融化在这云霞之中，像燃烧的火，无言而壮美。

当又一天的清晨，我终于站在了这次采访的终点——海拔1000米、气温40摄氏度的雅砻江边。这时，我感觉，真的是再也走不动了。而我知道，过了江，王顺友的路还很远很远……

把最真实的王顺友从大山里捧出来，把最真实的感动传递给读者

回到北京，坐在电脑前，两天，写不出一个字。刚刚过去了的马班邮路上的情景，就像走马灯一样在我眼前旋转着，太多的镜头，太多的思绪，心涨得满满的。我该怎样把让我哭让我笑让我夜不能寐的乡邮员王顺友从心中倾吐出来呢？我该怎样向千千万万的读者传递出内心的感动呢？

我再次像一个跋涉者，努力寻找着通向彼岸的路。

记起一位哲人说过的话："在道德的力量中，真实是最具有震撼力的。"我回味着。

回顾这次采访，之所以对王顺友这个人物有如此强烈的感动，对

这次经历有如此刻骨铭心的记忆，不正是因为它的真实的力量吗？作为一个记者，我真实地走进了王顺友马班邮路上的生活，真实地体验了他的甜酸苦辣，真实地感受了他质朴而高尚的心，乃至，我真实地领悟了高原上被人们称为"圣洁之花"——索玛花儿如诗如歌的内涵。

我对自己说，好吧，那就把最真实的王顺友从大山里捧出来，把最真实的感动传递给读者，把带着高原土、高原风的索玛花献给千千万万的普通人！

3个夜晚，长篇通讯《索玛花儿为什么这样红》完成了。那一刻，我感受到一种心灵洗礼之后的辽远与宁静。

短短几日，马班邮路乡邮员王顺友的事迹传遍了城市乡村，感动和震撼了无数颗心灵。在多家媒体报道中，新华社的长篇通讯《索玛花儿为什么这样红》以它真挚的情感和对人物原生态的观察视角，受到了广大读者发自内心的喜爱。

一位读者给我打来电话，他说："谢谢你，你把王顺友一颗金子般的心，通过你的心，感动了无数读者的心！"

另一位读者发来短信："我一次次看你的文章，一次次地流泪，谢谢你，我能体会出你那颗充满同情和尊敬的爱心！"

还有一位读者托人捎来两句话："读了'索玛花'我流泪了。这是一篇真正从生活中来的好文章！"

几天后，王顺友事迹报告团来到北京，我又见到了这位矮小苍老的乡邮员。

那天饭桌上，许多人与他举杯喝酒，我也走到了他的面前。不想，他竟提出一个特别的要求："张记者，我们喝一杯交杯酒吧。"我愣了一下。望着他真诚质朴的目光，我举起杯子，挽过手臂，与他喝下了交杯酒。他的眼里开始有泪，突然，又蹦出一句："你写的，我看了。你最明白我心头。"那一刻，我佯装心不在意，眼睛使劲地望着天花板上的吊灯，不让泪水流下来。

作为一个记者，我一生中享受到了太多的与一个人、一颗心、一个灵魂的相互碰撞、相互交流，最终留给我长久的感动与滋养的幸福。采访王顺友和他的马班邮路，让我再一次体味到这种幸福。从这位大山里乡邮员的身上所传达出的关于生命的价值、人生的幸福种种，都将不断地启示着我：怎样做一个记者？怎样做一个人？

同时，这次采访本身，也让我更深刻地体会到：生活永远是记者心灵的源泉；真实的，才是具有震撼力的。

（原载《新闻业务》）

采访手记二

雕塑般的记忆

王顺友和他的邮路他的马,是刻进我生命中雕塑般的记忆,是我记者生涯中一次最为难忘的深刻的哺育。曾经多少回想过,一定要再去一次木里,再跟着王顺友走一趟那条艰辛的马班邮路。记得,那年年底的一个傍晚,北京飘着小雪,我在暖气热乎乎的家里突然接到王顺友用手机打来的电话,声音里夹杂着山风的凛冽。他说,他这会儿正在山里的邮路上,燃着一堆火在取暖呢。他说起那年我们几个记者和他一起走邮路,说起他编了不少新山歌,说起他牵挂的妻子和儿女,说起他心爱的马。他说,快过年了,又想起和我们一起在邮路上喝酒的情景;他说,开了春再来木里吧,我备上几瓶好酒等着……他一句一句说得很慢很坚定,在空寂的深山里每一个字都带着硬邦邦的回音。

我连连答应着。再去木里,成了我心心念念的出行计划,并与《凉山日报》的记者、我的朋友石进做了这趟行程的计划。石进是早年第一个跟随王顺友进山走邮路的媒体记者,她与王顺友结下深厚友情。

万万没有想到,2021年的春天,噩耗从天而降,年仅56岁的王顺友因病猝然离世。

依旧是在春天的季节里,就像我第一次与他相遇。

永别,封住了所有的愿望,太多的话消融在悲伤的静默中。

那天晚上,我翻出当年采访时带回来的几页王顺友写的山歌手稿,泪落衣襟。

那些日子,《索玛花儿为什么这样红》这篇稿子再次漫卷网络,千千万万的读者们从来没有忘记这位深山里的信使。

我托付已经到达木里的石进，在大山里采下一捧盛放的索玛花，献给我的老朋友王顺友，愿他去往的天堂里永远有索玛花儿相伴。

我想告诉他，在我的记者生涯中他给予我的这段珍贵的记忆，将永远是我生命的力量。

2023 年 9 月

将军已经出发

——追记优秀共产党员、第二炮兵某基地原司令员杨业功少将

我们来晚了,将军已经出发。就像他曾经的无数次出发一样,口令坚定,步履匆匆……

战士们说,没见到他们的将军,可谓人生憾事。将军就像一门小钢炮,个儿不高,腰杆笔直,说话简短,走路如风,每餐饭用不了20分钟。旅团长们说,没见到他们的将军,便空缺了一道生命的壮景。将军懂军事,善谋略,能写诗,会书法,还能填词作歌,文韬武略。

见不到将军,我们却听到了将军的声音。

他出发后的那个清晨,阵地上再一次响起将军为部队创作的军歌。"赤胆忠心,众志成城;首战用我,用我必胜……"激扬的旋律回荡在崇山峻岭。

他出发后的那个傍晚,一位年轻的军官又一次诵读着将军的《满江红·和岳飞词》,"何日请缨提锐旅,决战决胜伏强魔……"一句未了,仰望长天,泪如雨落。

将军已经出发,这竟是他最后的、永无复返的一次出发。

一年前,将军因病去世。他曾经说过:"作为一个军人,最大的

憾事是没有打过仗，最大的幸福是国家处在一个和平盛世。"将军的生命就是在这样的两极之间燃烧、迸发！

享受着和平的人们或许很少有人知道将军其人，而他却会让我们更深地理解和平。记住他吧——共和国新型导弹部队的建设者、第二炮兵某基地原司令员杨业功少将。

使命如山，将军站在了共和国的最前沿

1992年始，春寒料峭。二炮某基地办公楼前的哨兵们注意到，一连几个夜晚，刚任副参谋长的杨业功总是半夜两三点才回家。当他走出办公楼向哨兵还礼的一瞬间，他的眼睛里分明透着一种让人心头发热的神采——激情。哨兵们或许并不知道，这一刻，杨业功已经被历史和祖国选择。

20世纪90年代初，筹建我军第一支新型导弹旅的任务，落在了杨业功身上。

杨业功，血脉偾张。

这是一项崭新事业，缺少装备，人才不足。然而，对于具有挑战性格的杨业功来说，这恰恰是一张白纸，好画最新最美的图画。

创业的艰难是外人无法体味的，大量琐细的工作更非语言能够描述，官兵们能够记忆下来的仅仅是一些片段，但就是这些片段，足以折射出杨业功生命燃烧的痕迹。

基地许多现任旅以上军官都记得，当年他们中大多是杨业功从基地上千名干部中遴选出的"种子队员"，这些"种子"被组成新型导弹装备试训队，奔赴生产厂家，全程跟踪新武器的生产、定型和实验。

就是这批人，成为后来新型导弹部队"裂变"式发展的人才"能源库"。

官兵们最难以忘怀的是 1992 年的那个冬天，部队赴西北进行某新型武器低温实验性训练。茫茫戈壁滩上，狂风夹着飞雪，扑打在人的脸上手上，如刀割一般。每天凌晨 4 点开始，杨业功就带领着部队在零下 20 多摄氏度的环境中携装拉动三四个小时，每次回来，他的衣领和眉毛上都结着一层冰碴，衣服从头到脚都冻成了冰坨，半天脱不下来。官兵们心疼他年纪大，劝他留守大本营坐镇指挥，保证一定及时把现场实验的数据提供给他。可他坚决不同意，说："第一手的资料必须是自己亲自获得的。"

就这样，连续 15 天，他一天不落地率领部队奋战在一线，在现场亲手记录了大量的实验数据，为新型导弹的定型列装和快速装备部队提供了准确的科学依据，摸索出一套导弹武器在高寒环境条件下作战的重要经验。

一年四季交替，在人生的长河中只是短暂的一瞬，但杨业功在事业的时钟上却是一个惊人的飞跃。这一年，他负责组建的我军第一支新型导弹旅实现了"没有武器能训练，有了武器能打仗"的目标，部队当年组建，当年形成战斗力，当年就成功地发射了第二炮兵历史上第一枚新型导弹。

1995 年的夏天，是载入历史的一个夏天。新华社公告：中国人民解放军将向东海海域进行导弹发射训练。

这是中国新型导弹部队组建以来首次公开亮相，世界为之瞩目。时年 50 岁的杨业功再次领受重任，担负这次演习的一线指挥员。

弓已拉满，箭在弦上，演习进入"倒计时"，而杨业功面临的是一无作战经验，二无发射场坪的严峻形势。

那些天，官兵们眼里的杨业功就像高速运转的机器，一边勘察，一边设计，一边组织修建发射场坪，他的越野车每天都没日没夜地冒着酷暑在山路上跑几百公里。不少人劝他注意休息，他说："现在不是休息的时候。全国人民在看着我们，广大官兵在看着我们，我们的进度只能加快、加快、再加快，不能有一刻的懈怠！"有着钢铁意志的杨业功，终于创造了钢铁般强硬的奇迹，他带领部队仅用 7 天时间就建成了平时需要 30 天才能修好的发射场坪。

导弹 6 发 6 中——这一出色的战绩实现了党中央、中央军委的决心和期望。举国振奋，举世惊叹。

蹲在最前沿掩体里的杨业功，看着一枚枚导弹喷雷吐火，直冲云霄，幸福地笑了。

1999 年 6 月，杨业功走上基地司令员的岗位。在新老司令员岗位交接大会上，他再次陈词："组织把我放到这个位置，我必须把全部精力用在部队建设上，如果履行不好打得赢的使命，就会成为千古罪人！"

杨业功在上任后的第一次党委会上提出：作为一支"拳头"部队，基地将把决战决胜作为追求的最高目标。

这是一个充满理想主义色彩的人，他的理想就是谋国家和民族之和平；这是一个一心想打赢、谋打赢的军人，在他的眼里，没有什么比打赢更重要，包括他自己的生命。

他用行动践行着自己的价值。

杨业功先后率领部队高标准地完成了中央军委、第二炮兵组织的多次重大军事行动，为锻造共和国"拳头"部队做出了突出贡献。

1999 年国庆 50 周年大阅兵时，作为受阅导弹方队的大队长，杨业功带领 4 个威武的导弹方阵气势恢宏地通过天安门广场，接受祖国和人民的检阅。那一刻，导弹方阵的威武雄姿永远载入了共和国的史册，东方大国的国威军威永远留在了世人的目光中。

杨业功曾回顾那一刻的感觉：旁边的一切声音都没有了，脑子里只有两个字——"通过"！

砺剑如战，将军的标尺和准星只瞄准一个目标——战斗力

在基地，我们常听到这样一句话：杨司令员不是一个会做官的司令员，但绝对是一个能打仗的司令员。

杨业功的一句名言在部队广为流传："天下虽安，忘战必危。军人不思打仗就是失职！"杨业功对部队反复强调的，就是要树立随时准备打仗的意识和提高打赢的能力。

这是在某旅旅史馆听到的一件事。2000 年，这个旅在基地率先提出每月实施全系统、全要素、全员额、全程序、全装备拉动训练。对这一前所未有的创新之举，不少人忧心忡忡，认为"五全"训练动用装备多，风险太大，弄不好出个事故，谁也难以承担责任。杨业功得知后，当即表态："只要有利于战斗力的提高，就要大胆地干，决不能为保安全降低训练标准。作为一支部队，在提高战斗力上消极保安全，对于国家来说就是最大的不安全。'五全'训练可以搞，有责任我来负！"

然而，这个旅第一次全装夜间拉动就出了问题，一台发射车因路基松软陷入路边的稻田，险些酿成事故。杨业功连夜赶到训练现场，他没有批评指责哪个人，而是在认真分析原因之后对旅领导说：

"你们一定要科学施训，即使出点问题，我们基地党委也不搞'一票否决'！"

将军的激励是对部队最有力量的导向。全旅官兵士气大增，不仅没有减少训练内容，反而增加了训练的难度和强度，使训练真正实现了与实战结合，部队的实战能力大大提升。后来，这一做法在第二炮兵得到全面推广。

常言说，兵熊熊一个，将熊熊一窝。杨业功深知，要带出一支能打赢的高科技精锐部队，自己必须首先成为学习新知识、掌握新技术的带头人。他多次在基地会议上说："作为军事斗争准备一线部队的指挥员，学习不仅是个人的行为，更是一种历史的责任。"

为此，读书学习成为杨业功的酷爱。他给自己硬性规定：每晚至少学习 1 个小时，双休日学 4 个小时。根据现代战争的特点，他涉猎的领域很广，信息、航天、生物、导弹、微电子技术、指挥自动化、新型导弹作战运用以及各军兵种作战理论等等。几年间，他先后撰写出 20 多篇对指导部队建设有重要意义的研讨文章，其中多篇被军内外刊物选用。

2002 年，已经 57 岁的杨业功，在基地党委常委中带头参加了军事科学院的在职研究生学习。在他生命的最后几个月里，他伏在病榻上完成了题为《建立联合作战指挥机构应把握的问题》的毕业论文。

杨业功以他坚实的理论和实践，成为一名既懂指挥又懂技术，既通装备又通操作的"指技合一"型高级指挥员，为锻造共和国"拳头"部队奉献了他卓越的才能。

——他研究形成了新型导弹部队机动作战等基本战法；

——他创造了"部队作战综合数据库、自动化指挥程序、作战方案代码"等一批信息化建设成果；

——他建立起近万道几乎涵盖导弹专业的试题库，每年都要组织考核和比武竞赛，激励人才成长。

杨业功的发明还有很多。其中"缩比飞行弹"是最有名的。以往在部队训练中，由于实弹发射代价昂贵，大多数训练只能是模拟操作，实弹发射能力无法得到检验和提高。杨业功大胆设想，多方求证，最终与技术人员一起研制出了能用于模拟实弹发射且造价低廉的"缩比飞行弹"，有效地提高了部队实弹发射能力。这一成果得到军委领导的高度赞扬。

在基地，无论你问任何一个官兵：杨司令员话语中出现频率最高的词是什么？他会告诉你："是'操作'，执行任务是'操作'，训练是'操作'，就连吃饭一类的事他也称为'操作'。"

如果你再问：为什么他爱用这个词？官兵们会乐了："因为他脑子里装的全都是打仗的事啊！"

阵地如命，将军的战位永远在第一线

2001 年的一天下午。

"我 15 分钟后赶到高速公路收费站口，你在那里等我，给你 10 分钟的汇报时间。"接到司令员杨业功的电话，某团团长直奔收费站。当他气喘吁吁赶到时，杨业功已经等在路边。"你迟到了，还有 9 分钟。" 9 分钟后，杨业功听完汇报后跳上车飞驰而去。

这是杨业功日常作风的一个典型场景，从中可以看出他的严、细、实，并带有强烈的硝烟味。

第一章 脊梁

对于一支导弹部队，阵地可以说是它的命脉。阵地的选择，阵地的布局……都将直接关系着战争的胜负。杨业功所在的基地，阵地部署高度分散，点多、线长，为全面指导部队建设，特别是勘察好阵地，杨业功就像一个冲锋的战士，长年马不停蹄，穿梭在崇山峻岭之间。有人粗略地算了一下，杨业功每年跑阵地的路程大都在15万公里以上。

基地参谋长高津讲述了杨业功勘察阵地的一天——摸黑出发，天蒙蒙亮时已看过七八个阵地，早饭在途中以最快的方式解决；上午继续勘察，到午饭饭点，先派车前驱10公里泡上方便面，自己带人再勘察阵地，等他赶到，面已泡好，吃完就走；下午继续勘察，直到晚上八九点返回。

高津说，司令员的越野车一天要跑几百公里甚至上千公里，途中上车下车，有时他连抬腿上车的力气都没有了，只得靠旁边的人把他扶上去。

像所有出色的将军一样，杨业功风格鲜明。不过，并不是所有的人都认同他的这种"亲力亲为"的工作风格。在有些人看来，司令员应该在"中军帐"里运筹帷幄，工作应该是听汇报、做指示、下命令，大可不必如此务实。但杨业功对此有不可动摇的理念，他说："作为指挥员如果不熟悉阵地，指挥打仗心里就没底！"

杨业功的风格一点一滴磨砺着部队。

在一次演习中，各项工作准备就绪，按要求发射车在进场准备时必须提前定位。某旅的一名指挥员认为这是演习，不是真打，便随意目测了一下。杨业功来到现场后问："精确吗？"指挥员答："差不多。"话音未落，杨业功质问："差不多是差多少？马上重测，必须绝对精确！"

事后，他专门向官兵们讲解定位精确与否直接影响导弹飞行速度和精度的道理。他说："我们部队掌握的是高技术武器，'差之毫厘，谬以千里'，打起仗来就会吃败仗，就会葬送官兵的生命！"从此，训练按实战标准测定方位线这一细节，被作为"法规"写入了专业教材，沿用至今。

在杨业功的心里，要的就是战斗力标准，在事关作战的重大问题上，坚持按打仗的要求下结论。2002年8月，他在一个旅参加阵地工程交接验收，调试过程中，发现直接关系导弹打击精度的基座不符合实战要求。有人解释说，这是上级设计的，征求过权威部门的意见，以前的阵地也是这样做的。但他依然提出质疑，立即组织人员对基地所有的基座全部检查一遍，确认存在问题后，迅速向二炮领导做了汇报。很快，由包括工程院院士参加的专家组对此进行了重新勘察论证，按新标准全部返工。

基地的多位将领这样评价他们的司令员：杨业功是把中央军委确定的军事变革的目标变成现实的人，他是开拓者，组织者，践行者；是指挥员，又是战斗员；是将军，又永远保持了士兵的本色。

将军与士兵，还有什么比这两个形象的高度统一，更能传达出杨业功的内蕴！

清廉为本，将军的生命底色是永不凋谢的鲜红

杨业功善作古体诗词。他曾仿照唐朝诗人刘禹锡的《陋室铭》填写了一首《公仆铭》，其中有这样的句子："位不在高，廉洁则名；权不在大，为公则灵。斯是公仆，惟吾德馨。"

熟悉他的人说，这正是将军的自画像。

杨业功的清廉在基地有口皆碑，甚至有人说，他太倔，倔到不近人情，从他当旅长起，家门楣上就贴着"携礼莫入"四个字，十几年来，就不曾有过一个人能带着一条烟、一瓶酒走进他的家门。

杨业功的"倔"事太多。他贴在门楣上的"戒条"真的是不知让多少携礼者望而却步，但也确实有人不信，非要往里走，结果不是被拒之门外，就是被"请"出家门。有一次，一个湖北籍干部被提拔后，揣着一个"红包"来到同为老乡的司令员家表示感谢，他没料到，"红包"刚刚放到桌子上，就被杨业功一把扔到了门外。

杨业功酷爱书法。1999年，他在北京组织国庆阅兵训练，一个干部到北京出差，顺便看望他，给他带了一些优质宣纸。他谢绝了，并半开玩笑地说："用你送来的宣纸，我心里不安，肯定写不出好作品。"

基地政治部纪检处至今还保留着一张礼品登记表，那上面登记的是2001年6月29日杨业功退回的一张包裹单，上面标有价值400多元的高级竹凉席和按摩枕，那是一位退伍战士寄来的。

还有一次，杨业功到某旅检查完工作，旅里的干部知道他从不受礼，便等他临上车时塞了一小袋芦柑，让他在路上解解渴。一见东西，杨业功的脸色马上就变了，旅长赶紧解释："这都是当地产的，不值钱，市场价也就是15块钱。"杨业功更不高兴："你们了解我的脾气，就是一毛钱的东西我也不会收的。去，把水壶灌满水，我路上就不愁了。"

的确，在许多人眼里，这都不过是一些小事，但在杨业功看来，这都是他做人的底线。他曾对身边的人说："腐败行为屡禁不止，好多都是从'毛毛雨'开始的。我今天收了几瓶酒几张纸，明天就会有人给我送更贵重的礼物。共产党人的党性绝不能在一瓶酒、一张纸上失守啊！"

他的独生子杨波涛结婚，他事先就给身边工作人员定下规矩，不准声张，不准收受任何礼金，仅在基地文化站以茶话会的形式邀请了几位老战友和朋友到场，搞了一个简单的仪式，瓜子和糖果都是自己掏钱买的。几位老战友过意不去，商量后，每人封了一个"红包"，悄悄留在了桌上。可第二天一大早，这些"红包"便被一一退回。

1998年，杨业功年近八旬的父亲因白内障住进了基地医院，治疗后，医院提出要免费。杨业功坚决不同意，他说："我是我，我父亲是我父亲，他不是军人，不该享受的待遇就不能享受。"最后，医院只好收下了4200元的全部费用。杨业功担心别人会把发票要去报销，当天回到家里，就向妻子杨玉珍要来发票，当场撕毁。妻子委屈得流了泪："老杨，这么多年，你还不相信我？"

杨业功几十年如一日坚持自己为官做人的原则，直到他生命晚期，从未放弃。他生病在上海住院期间，手术前，专门向家人和身边工作人员"约法三章"：一、无论手术是否成功，基地任何组织和个人不得找医院麻烦；二、任何单位不得以任何理由派人前来探望，做好工作就是对我最大的安慰；三、家人不得以任何理由收受礼品和现金。

手术后，杨业功转入某医院观察治疗，基地在医院附近的招待所担负起了照顾司令员的职责，时不时地熬点鸡汤、鱼汤给他滋补身体。没想到，出院时，杨业功把招待所所长叫到医院，从口袋里掏出2000元钱交给他："我生病期间，谢谢你们的精心照顾，这两千块钱就算是我交的伙食费吧。"所长推辞不过，捧着司令员递上的钱，流下了眼泪。

走进杨业功的家，无人不惊。这位在建设共和国导弹部队事业上成绩卓著的将军，这位有着崇高美好人生追求的革命军人，在物质方面是超乎常人想象的淡泊。房间的墙壁是一抹儿的"大白灰"，家具多是老"古董"：睡的床是4个大箱子拼成的，那是他30年前担任团副参谋长时自己设计的；一张饭桌、一个柜子是20年前当作训处长时自制的；书桌上的台灯座是用一个旧乒乓球拍做的；一只吃饭的搪瓷碗跟了他30多年；衣柜里找不到一件高档衣服，一件腈纶秋衣穿了18年，几件衬衣多处都有补丁……他的家里最壮观的就是装着满满书籍的4个大书橱。

清廉简朴在杨业功身上真正是一种本色，这种本色包含了他作为一名将军对党和军队事业的挚爱与忠诚。

为了部队的建设，杨业功从来都是以最优的质量标准用钱。但是到了自己的身上，他是能省就省。他常说："我们还有很多事情要做，不要把时间和金钱浪费在吃住一类的事上。"在基地，人人都知道杨司令员下基层的规矩是"禁酒减菜少陪同"，吃饭不能超过四菜一汤，如有违者，他筷子一放，起身就走。他外出开会或下部队，吃饭有碗面条就行。有时乘火车为了赶时间，坐硬座也要走。住宿他更不讲究，经常为了省钱把大房间换成小房间。

那年国庆阅兵期间，有一次因工作需要在宾馆住宿，他便吩咐找个标准间和司机住在一起。司机说："您是将军，我是战士，哪能和您住在一起？"他却说："不就是睡觉吗，能有一张床就行了，老是分那么清，你不觉得累呀！"

还有一次到友邻部队开会，对方给他安排了一个条件较好的套房，他一到就立即要求把套房换成单间，一番推让之后，随行的一位人员悄悄劝他："司令员，你就住吧，反正是他们花钱接待。"他一听气来了："花谁的钱不是花人民的钱？"最后还是坚持搬出了套间。

杨业功的刚硬和不讲情面，曾让很多人下不来台，但是他内心拥有的爱让更多的人感动。

他爱他的士兵。杨业功每到连队，总要走进战士的宿舍，用手摸摸他们的被褥够不够暖和；走进饭厅，尝尝他们的饭菜够不够香。每年春节，他总要驱车几百公里，到最偏远的导弹阵地上和战士们一起扎彩门、贴对联、包饺子、吃年夜饭，和战士们在一起，他总有无穷的快乐。

2003年"非典"时期，一名战士从南方"疫区"归来出现胸闷发烧等症状，疑似"非典"病例，被送往部队医院隔离观察。杨业功得知后，迅速赶到医院，走进隔离室，握着这位战士的手说："不要害怕！不一定是"非典"。即使是，部队党委会采取措施全力抢救你！"他召开紧急会议，研究对策；指示医院领导，要用最快的方法确诊，用最好的药物治疗。这位后来被排除"非典"的战士一说起这事，眼圈就红："杨司令员待我胜过我的父亲！"

他爱孩子们，特别是那些需要帮助的苦孩子。他从小在湖北一个贫苦的农民家庭中长大，他深知对于一个苦孩子，什么是最宝贵的。

基地驻地附近的山村里，有一个小女孩叫孙丝雨，因为家庭贫困，小学只上到三年级就要辍学。杨业功知道后，立刻寄钱支付了她完成小学学业的全部学费。同时，他在部队发出倡议，开展捐资助学"春蕾工程"，基地团以上干部每人每年捐资400元资助一名失学儿童完成学业。

杨业功还在湖北老家资助了一名叫宋特伟的失学儿童,他一次性寄去了3000元钱;在他病危之际,还交代家人又寄去了1000元。

杨业功在湖北的高中母校举办了一次校友会,期望着有"头面"的校友单位为学校建设捐点钱,在场的老同学大都拿着单位的支票填了捐资的数目,轮到杨业功时,他把准备好的1万元钱交到了校长手中,说:"老校长,我从工资的积蓄中拿出1万元,虽然不多,略表心意!"

理解杨业功真的不是一件简单的事。他对世俗的无情和冷落,恰恰蕴含着他对一种高尚的真情与浓烈。他曾经说过:"一个人的欲望如果只是追求金钱,他便永远得不到满足,而不满足便不会快乐。我没有很多钱,但有很多钱买不到的东西,我是一个清贫的富翁。"

他为人处世直爽的风格,正折射出他的坦荡磊落。

2003年11月,他在最后一份述职报告中主动公布了自己的收入与财产:"我家四口人,都拿工资,我的月收入3000元,家庭月收入6000元,总存款年年上升,已达30万元,属于较高水平的小康家庭。"

这是一个真正的将军,恪守做人之道,奉献军人赤情,内心滚热,通体透明!

战斗不息,将军永远在征途中

39年前,杨业功在入党志愿书上写下这样一段话:"为了实现党的任务而奋斗。我保证:任何时候个人利益都无条件地服从党的利益,不惜牺牲自己的一切乃至生命……"

将军的誓言无声地传递了一生。

2003年11月，这是一段令基地每一位官兵心蒙阴霾的日子。正在国防科技大学学习的司令员杨业功突然发病，医院确诊为十二指肠腺瘤癌变，且已到晚期。

临上手术台前，将军笑着安慰家人和同志："生亦何欢，死亦何苦？不必担心，我的命大得很！"

杨业功的命的确是大得很。他活着的每一天几乎都像在玩命。

1999年，国庆阅兵回来，杨业功感觉上三楼有些吃力，经医院检查，结果是肥厚型梗阻性心肌病，他做了手术，安装了心脏起搏器。手术第20天，他就回到基地，驱车下了部队，照样一个水壶、一包方便面从天亮跑到天黑。医生急得团团转，一再提醒他："您这样下去会出事的，身体才是革命的本钱。"他则拍着胸膛说："这不挺好的嘛！有'本钱'就要干革命，不然要'本钱'有啥用？"

2003年6月，杨业功的身体每况愈下，吃不下饭，每次就餐前都要吃一把药。可他并没有停止工作，依旧和官兵一起爬山翻梁勘察阵地。有一次，勘察完毕从阵地回到某旅招待所，准备吃晚饭时，大家才发现司令员在房间没出来，进去一看，他脸色煞白地躺在床上，吃力地向大家挥挥手："我没事，你们先吃吧，我要躺一会儿。"以后，这样的情景越来越多，甚至在勘察途中，他常常因为太过虚弱，只得躺在汽车的后座上赶路。

官兵们心里不忍，又劝不住他，就用激将法："您何苦这样拼命？您不必事必躬亲，工作照样开展啊！"

他大笑，说："部队建设当然不会因为少我一个而停滞不前，但是上天也不会因为你卧床休养而延长你的寿命啊！与其躺着休养，还不如爬起来干活。我就是倒下，也要以战斗者的姿势倒下！"

现实对将军的愿望，兑现得竟如此急促！这一次他真的要倒下了。

对于已经突显的癌变，他失去了及早发现的时间，失去了最佳治疗的时机。一天 24 小时，一年 365 天，10 年、20 年、30 年、40 年……将军从没有过一刻对自己身体的顾惜。正像他的一位老战友含泪痛说的："司令员走了，可司令员原本也有一个好身体！他把毕生的精力、智慧，乃至自己的身体，都贡献给了他热爱的军队！"

病魔现在成了将军的最大敌人。手术后的杨业功体重降了 12 公斤，化疗后的脱发、呕吐、疼痛轮番折磨着他。他躺在病床上，就像一只被关在笼子里的猎豹，焦躁、不安，却又向往、亢奋。

对每一位前来看望他的人，他问的、说得最多的都是关于部队训练、阵地建设、装备换型等等。他牵挂最多的是基地担负的重要任务。

他几乎天天要求出院。2004 年春节前夕，经过再三争取，总医院终于同意他回基地治疗、休养，那天，当他看到出院书的"医嘱"上写着"全休"二字时，一下子急了："谁说我不能工作？"

大年初六，春节还没过完，基地就抓紧研究节后的重要工作。这天，杨业功早早起了床，瘦弱的身体裹在军大衣里，拖着沉重的步子向办公楼走去。他走得非常艰难，大口喘气，直冒虚汗。一位老战友见到他，劝说："司令员，你还是休息吧。"他说："节后的任务这么重，作为军事主官我怎能在家休息呢？"

会议整整开了一个上午。会上，杨业功不停地擦着汗。散会以后，他几乎是被人架着走出了办公楼。

第 2 天，杨业功又来了。

第 3 天，他依然来了。

直到第 4 天、第 5 天……

第 10 天，他再也支撑不住，又一次倒下，被紧急送往解放军总医院。

癌细胞在杨业功的身体里迅速地扩散，疼痛一天比一天强烈地向他袭来，他常常疼得全身发抖，大汗淋漓。但是他从不喊叫一声，更拒绝用杜冷丁一类的止痛药，因为他怕损害大脑的记忆。他是绝不会允许自己没有清醒的大脑的。部队的每一项重要工作，都在他的大脑里装着，他一次又一次给基地和旅团的领导打电话，提醒各种需要注意的问题……

他有时会默念起自己前不久给部队党委写下的述职报告中的一段话："此时此刻，我更加怀念部队的领导班子，更加怀念朝夕相处的战友，更加怀念部队驻地的山山水水，常忆哪些工作没有干完，哪些工作没有干好。请同志们放心，病魔只能摧垮我的身体，摧不垮我的钢铁意志……"

余下的日子里，杨业功开始出现昏迷，他的嘴里不时地念叨着"操作""装备"等各种工作术语。他相濡以沫几十年的妻子、深爱着的儿子，一家人片刻不离地守候在他的身边，他们多么期望即将远行的亲人再对他们说点什么，可是他没有。

7月1日早晨，杨业功再次陷入昏迷，嘴里不停地发出"一二一，出发……"的口令，两只手无力地却是顽强地挥舞着。从基地匆匆赶来的参谋长高津，深深地懂得司令员的心，他低下头伏在杨业功的耳边轻轻地说："司令员，请您放心，您交代的任务，我们都已经完成……"杨业功奇迹般安静了，挥舞的双手缓缓地落下。

片刻，他努力地睁了一下眼睛，似乎是在聆听什么，脸上浮现出一丝豪迈的微笑。他是否听到了阵地上的战士们正在唱他创作的那首威武的军歌呢?是的,一定是。因为,他只有在听战士们唱这首军歌时,脸上才会有这般的笑容。

"群山巍巍,江河纵横,在祖国辽阔的大地上,部署着我们的火箭军。牢记我军宗旨,坚决听党指挥,一声令下,无往不胜……"

那将是将军何等幸福的时刻!为祖国的和平、人民的安宁而战,永远是一个军人最崇高的使命。生为此,死亦为此,战士自有战士的人生!噢,将军已经出发……

(新华社北京 2005 年 7 月 26 日电　新华社记者张严平、张选杰、李国利)

▸ 时代面孔 ▸ 新华社领衔记者笔下的人物肖像

采访手记

将军给我的感动

这是第一次采访一位将军，一位逝去的将军。

记得刚接到任务的那一刻，脑子里一下子生出了诸多的好奇、想象，以及谜一般的憧憬：一位导弹部队的司令，距离百姓的日常生活似乎是那样的遥远和陌生，他带给我们的将是一种怎样的人生，怎样的感动呢？

7月里一个繁星密布的夜晚，我从北京乘飞机，直飞到了杨业功曾经战斗和生活过的二炮某基地。望着眼前一个个戎装威武的军人，我就像望着一条条通往将军世界的路，几乎有些迫不及待，我拉住他们发出了一连串的问号：将军是一个什么样的人？他威严吗？他发火吗？他发起火来是什么样子？他最快乐的是什么？他最痛苦的是什么？他最不能容忍的又是什么？……

那个晚上，我兴奋得就像一个中学生，颇有些幼稚，但充满了追寻的渴望。

感受灵魂的崇高与透明

采访在我的感觉中常常就像是在茫茫原野的夜晚中去寻找一簇篝火，当那光亮投射到你的眼前时，你便找到了你要去往的路。至今忘不了有两位军人的话，在我心中点燃了最初的火花。那位思维敏锐、风格刚硬、有着典型军人气质的基地参谋长高津说："杨业功从来不是一个会做官的司令员，但绝对是一个能打仗的司令员！"；那位精干练达、话语爽直、充满着军人豪爽的旅长张建强说："杨司令的身上有鲜明的两极，他在道德情操上有着高尚与完美的追求，但在物质生活上却甘于朴素与淡泊。"

这两句话像钩子一样紧紧地钩住我，我强烈地感受到一种灵魂的崇高与透明。寻着这火光照映出的方向，我进入了一个以前完全不知晓的将军的世界。

战士们告诉我，将军永远都是腰板挺直，走路如风，说话干脆，吃饭不超过20分钟，任何事情都愿用一句口头语："操作！"

参谋们告诉我，将军最恼火的是在训练场上听到"差不多"三个字，他会严厉反问："差不多是差多少？训练如打仗，一丝一毫都不能差！"

旅长们告诉我，将军一年中在阵地上的时间最多，常常一天驱车跑上千公里，成百次的上车下车，腿肿得都抬不动。

许许多多的人告诉我，将军的家门口常年挂着"携礼莫入"四个字，不曾有一个人能带着一钱一物走进他的家门。

我还听说，将军最爱士兵，每逢春节，他都要到最偏远的连队和战士们一起扎彩门、贴对联、包饺子，还给战士们讲故事、读诗、唱歌。

我也听说，将军不会享福，好几件衬衣上有补丁，家具是几十年前的老"古董"，一个搪瓷饭碗竟用了30多年；然而，对自己如此苛刻的他，却一次又一次从自己的工资里拿出成百、上千、上万元的钱，资助贫困的孩子和学校。

我同时更听说，将军是一个懂军事、善谋略、思想超前的优秀将领，为了追赶新军事变革的浪潮，年过半百还参加了研究生学习，癌症手术后依然在病床上写军事论文。

……

将军为何而生？为何而生？

从清晨到夜晚，从司令部到连队，将军像一个巨大的磁场吸引着我，震撼着我。

那些日子里，总有一种如火一般的东西在心头炙烤着，撞击着，一个关于将军生命的终极问题占据了我大脑的全部神经，我一遍又一遍地问自己：将军为何而生？为何而生？

一个细雨蒙蒙的上午，我走进了杨业功的家。当这个能毫无遮掩地透视出一个人生命信息的私人世界呈现在面前时，我良久无语。

一抹儿的水泥地面，大白灰墙壁，简朴陈旧的桌椅板凳，每一个房间的天花板上都吊着那种老式的像棍子一样的日光灯，书桌上的电源插座竟是用一个旧乒乓球拍子制成的。

这就是将军的家吗？我用手轻轻地抚摸着我所能接触到的这个"家"，努力地感受着它的真实。

环顾时下，当追求时尚与体面的生活已经成为一种潮流，当电视、杂志里到处都挤满了教你如何打造精美居家、享受极致人生的指南，当越来越多的家庭变得五彩斑斓……杨业功将军的家，就像是一张过了时的黑白老照片。

我慢慢地徘徊在这个家，细细地品味着这张老照片中深含不显的内蕴。

有一瞬间,脑子里曾经闪过:将军或许是一个古板而没有生活情趣的人?不,我很快就否定了,因为一进部队就听说,将军不仅精通打仗,还能写诗,善书法,填词作歌,文韬武略,是一个精神世界极为丰富的人。眼前,在这个家,我渴望着找到将军内心的轨迹。

在四个大大的书柜面前我站住了,它是这个简朴的家中唯一壮观的家具,里面塞着满满的书,内容涉猎军事、历史、天文、地理、生物、信息、政治、文学……我随手取出一本《我军若干著名战役指挥实践与经验》,字里行间有钢笔画下的长长短短的道道,书眉中有写得细细密密的笔记。

在房间的墙壁上一幅又一幅将军书写的书法和诗词面前我站住了,它们是这个简朴的家中最为多姿多彩的风景。《满江红·和岳飞词》中有将军的仰天长啸:"何日请缨提锐旅,决战决胜伏强魔?!"《水调歌头·爱阵地》中有将军的赤热袒露:"奉献为本色,牺牲是豪情。山皆绿,水长青,人忠诚。问鼎世界事,赖我有长缨。"《公仆铭》中镌刻着将军高洁的操守:"位不在高,廉洁则名。权不在大,为公则灵。斯是公仆,惟吾德馨。"我默默地念着这些词句,这一刻,似乎开始慢慢地认识杨业功将军,开始懂得了那个关于生命终极的追问:将军为何而生!

杨业功有一句令我刻骨铭心的话:"作为一个军人,最大的遗憾是没有打过仗;最大的幸福是国家处在和平盛世。"战争与和平,水火不相容的两极,而将军的心却正是在这样的两极之间燃烧迸裂,融为一体。这其中该有着多少常人难以领略的壮怀激情!

我和杨业功的妻子面对面地坐着,她善良朴实,一如我们平常见到的每一位善良朴实的女人。她絮絮叨叨充满真情地讲述着,从她的讲述中我体味了将军的柔情。和每一个人一样，将军深爱着自己的家。他让妻子每年至少回一趟他们共同的老家，为敬重如山的老人尽孝；他在妻子重病手术的时刻，坚持亲手把她推进手术室，并在手术室外寸步不离地守候了整整5个小时，当再一次见到妻子时，他许下了他最终也没能实现的心愿：等退休以后，一定带她去全国各地旅游；他在儿子结婚那天，亲手为一对年轻的新人选下两棵桂花树，祝福他们的幸福生活像桂花一样美丽芬芳。

和平的日子是多么的宁静而美好，然而，将军的心注定无法停泊在这片宁静美好的港湾。军人自有军人的爱，将军自有将军的责任。作为一支导弹部队的带头人，对国家安危的深重忧患，使杨业功清楚地意识到自己肩负的使命。他在日记中写道："战争只有一种结果，不可能再来一次，打不赢就无法向党和人民交代，我将成为历史的罪人！"

国家、民族和人民，让将军心重如山。正是为了这如山的使命，将军毅然舍弃了宁静与美好的和平生活，义无返顾地选择了阵地，选择了山沟，选择了风餐露宿漂泊不定，选择了长年累月艰辛训练，选择并习惯了简朴、艰苦的生活！

将军为何而生？当这一追问又一次回荡在心头时，我的眼前蓦然浮现出了天安门广场上那面高高飘扬的五星红旗；浮现出了学校里孩子们幸福烂漫的笑脸；浮现出了那遍布乡村城市大街小巷的无数享受着和平生活的人们……

杨业功将军让我明白了：在和平的阳光下，军人从未享受和平，他们只有枕戈待旦的战位！

杨业功将军让我理解了：和平便意味着军人的奉献，在共和国和

第一章　脊梁

平的大厦下，挺立着千千万万以牺牲奉献为荣的中国军人！

杨业功将军让我懂得了：和平，是对军人的最高奖赏！

的确，将军让我感悟太多。在他的身上，我领略了生命的一种奇特"景观"：他对部队的工作有着最为严格的、最高标准的要求，而对自己的生活却完全是粗放式的得过且过；他在精神和道德情操上有着极高的追求，而在物质的欲望上却是极为的淡泊；他对世界局势、国家安危和军事变革的思考都处于时代的前沿，而待人处世却一直保持了真诚质朴的传统本色。

这些看似不合的两极，却正是杨业功将军独具的风范与魅力。在将军的人生哲学中，从不以追求物质的享受为幸福，简朴对于他是一种心灵的自由与解放。他这样说过："一个人如果只追求金钱，他便永远得不到满足，而不满足便不会快乐。我没有很多钱，但有很多钱买不到的东西，我是一个清贫的富翁。"献身保卫祖国和平的崇高事业，才是杨业功将军毕生惟一的追求！

永远感动将军在生命垂危的那一幕：他没有一句对家人要交代的话，心里全部的牵挂和向往除了阵地和战备，还是阵地和战备。他是躺在病床上听到部队已经完成任务的报告时，绽放了他生命的最后一个微笑；他是在昏迷中喊着"一二一，出发……"的口令声中，留下了他生命最后的定格。

将军为何而生？为何而生？

"群山巍巍，江河纵横。在祖国辽阔的土地上，部署着我们的火箭军。用热血，筑长城，保卫祖国；砺神箭，丧敌胆，维护和平。牢记我军宗旨，坚决听党指挥。一声令下，万箭齐发，断然出手，决战决胜……"这是杨业功将军为他的部队创作的军歌，生为此，死亦为

时代面孔 ▶ 新华社领衔记者笔下的人物肖像

此,将军自有将军的人生!

那个清晨,我来到杨业功将军生前参与组建的中国新型导弹第一旅,仰望着战士们在蔚蓝的天空下升起的国旗,听着战士们迈着刚健的步伐高唱着他们的军歌,看着战士们在阵地上挥汗如雨的操作……我落泪了。在每一个战士的身上,我分明看到了将军的身影,感受到了将军的呼吸,听到了将军心脏的跳动……我从没有像今天这样深切地理解了那句传诵久远的诗:"有的人活着,他已经死了;有的人死了,他依然活着。"

将军已经出发

是的,将军依然活着。当我和我的同行们,把内心的感动和震撼化作文字和画面,传递到整个中国以至更远的世界,杨业功——这位共和国的将军便有了千山万水的回应。

新华社播发的《将军已经出发》《将军没有远行》《从牛玉儒到杨业功》等20多篇报道,被全国600多家报纸采用,被130多家网站转载,创下新华社典型报道覆盖率之最。

新华网、人民网、央视国际网开设的"导弹司令杨业功"的专题,在短短的几天里,点击率高达150多万次,帖文超过1万条。

为什么一个军人牵动了全社会关注的目光?

为什么一个将军震撼了无数普通的百姓?

我翻开了从网上、电话、信件、手机短信等各种渠道收到的来自天南地北的留言:"将军的事迹感人至深,有这样的共和国军人,老百姓可以安心!在将军身上,我看到了一个真正的共产党人,看到了共和国生生不息的真正原因。希望军队能有更多的杨将军，好让我们挺胸昂首做中国人！"

"有这样的将军，就没有带不好的兵，没有打不赢的仗。人民就会安居乐业，国家就会愈加富强。"

"中国有这样的将军，人民感到欣慰！"

"杨业功：国家的栋梁，军人的骄傲，人民的期盼！"

"军魂、国魂、党魂！向杨司令致敬！"

"杨将军令人敬佩啊！为他的远行干杯壮行酒……"

……

我不知道自己读了多久，我为这如火的感言而热血沸腾。

这便是百姓与将军的共鸣，在这共鸣中，我看到了一个自强不息的伟大民族的灵魂！

在那些日子里，我一直对自己说：采访将军是对你记者生涯的一次奖赏。是的，杨业功将军给了我太多太多。

记得，离开部队的那一天晚上，夜色格外的晴朗，群山在青色的天际间连绵起伏，像不息的海浪。我知道，在那海浪之间，便是将军的阵地。那一刻，我多么想投入海浪之中，站在将军的面前，向他报告：是您让我真正地理解了和平；是您让我真正认识了和平年代的中国军人；还是您，让我再次坚信理想的崇高，人生的高尚！

我还要向将军报告：我渴望着加入您的部队，尽管我知道这种渴望是多么的荒唐而永远不可能实现，但我依然固执地渴望……因为这渴望里含了无尽的精神的向往。

然而，将军已经出发，我终究没有看到将军的身影。

但是，在将军与千千万万人民的呼应中，我看到了：他的理想，他的热血，他的壮志未酬的心愿，他的仰天长啸的豪情，都正在化为一座精神的山峰，永远地矗立在共和国和平的土地上，激励着亿万人民为实现中华民族的伟大复兴而不懈奋斗！

将军已经出发，将军没有远行！

（原载《新闻业务》）

张云泉：爱因信仰而璀璨

——记优秀共产党员、泰州市信访局长张云泉

这个人的心似乎是用两种材料做成的，一半是水，一半是钢。他善良重情，不知曾为多少百姓的疾苦流下热泪；然而他又坚忍强硬，遇不平之事，会怒发冲冠，拍案而起，置生死于不顾。

这是一个富于挑战性的人，他每天面对的都是一张张怒气冲冲的脸，听到的是骂声、哭声和埋怨声，碰到的是一个个令人头疼的问题，做不尽的是烦事、难事和窝囊事。然而，正是在这个号称"机关第一难"的岗位上，他以22年的春秋让生命最炽烈地燃烧，他用一身的志气、骨气和血气证明了一个共产党人的存在。

这是一个为了信仰和理想而战的人，他付出了一生，不求人们记住他一个字，只愿人们懂得一个理：共产党好。

2005年3月，我们见到了他，身前的办公桌上有一张醒目的公示牌——"一号接待员"。他，就是江苏省泰州市信访局局长张云泉。

他把病重的老人视为父亲，把流浪的小姑娘认作女儿——爱是一种心贴心的情感

1996年秋季的一天，泰州市政府门口跌跌撞撞走来了一位面色枯黄的老人，他跪倒在地上，身上到处都沾满了呕吐物，散发着一股股难闻的酸臭味。他叫孙玉宝，是里下河贫困村的一个孤寡老人。前不久，他身患胰腺癌，无钱做手术，绝望中来到这里，只求死后政府能为他买一身寿衣。

张云泉望着老人哀伤的眼睛，喉头发哽，一把将老人从地上抱起来，一直走进信访局的接待室。他用湿毛巾为老人擦干净脸和身上的污秽，又端来一杯热茶，送到老人的嘴边，看着他一口一口地喝下去。随后，他叫来一辆三轮车，把老人揽在怀里，坐上车，送进了医院，接着他四处奔走，为老人筹集医疗费。

终于要手术了，老人红着眼圈对前来看望的张云泉说："医生要求直系亲属签字，我没成家，无儿无女，咋办？"张云泉握着老人的手轻轻地说："共产党的干部都是人民的儿子，我就是你的儿子。这个字我来签！"老人泪如雨下。

手术做了5个小时，张云泉在手术室外等候了5个小时。随后的日子里，他和同事们每天给老人送去可口的饭菜，帮他洗头洗澡。那年中秋节的晚上，张云泉没有回家吃团圆饭，下班后匆匆上街买了月饼，赶到病房。老人望着月饼，张了张嘴，失声痛哭……

出院那天，张云泉领着信访局的干部到医院为老人送行。老人拽着张云泉的手久久不肯松开，含着泪反复地念叨着："你让我实实在在地看到了还是共产党的干部好啊！我要把这些告诉全村的人。"

像孙玉宝这样的上访百姓在张云泉的牵挂中成百上千。他有一个活页记事本,每一个需要帮助的人和事他都记在上面,解决一个,扯掉一页,22年里,不知扯掉了多少页。然而这扯掉的,却成为老百姓情感中永久的珍藏。

2004年农历腊月二十,张云泉的"女儿"方小娟出嫁了。婚礼上,新娘依偎在张云泉夫妇身边,甜美地笑着,一双大眼睛里却闪动着抑制不住的泪水。从乡下赶来的方小娟的亲友们简直惊呆了,他们怎么也不敢相信,眼前这位身着婚纱、亭亭玉立的新娘,就是8年前跟着患有精神疾病的母亲上访11年、被遣返150多次的"野丫头"。

是的,小娟曾是一个不幸的小姑娘,她4岁时,父亲突发脑溢血去世,母亲戚华英不堪打击,得了偏执性精神病,一口咬定丈夫是被人谋害的。从1986年起,她带着年幼的女儿走上了一条注定没有结果的上访路。艰辛的上访生活,让年幼的方小娟落下了一身病,也养成了她叛逆、倔强、冷漠的性格,她不相信任何人。

张云泉知道了这个小姑娘的事,下决心要救下她。1997年的一天,得知方小娟回乡的消息,他立刻驱车上百里,赶到她的家。谁知,车子在门口一停,就有人叫起来:"上面来抓人了!"一个头发蓬乱、眼神茫然冷漠的少女倚在门框上,斜着大大的眼珠敌意地盯着张云泉。凭直觉,他判断出她就是方小娟。他亲切地朝她走去,突然,一条黑狗从门后扑了过来……那一瞬间,张云泉没有恼怒,他有的只是更深的心痛。他记起曾经读过的一则有关印度狼孩的报道,他想:方小娟即使是个狼孩,我也要把她感化过来,让她过上本该属于她的幸福生活。

他喝住黑狗,走进了这个破败的家,不声不响地收拾起散落满地的锅碗瓢盆、坛坛罐罐。方小娟愣愣地看着这位不速之客，怎么也不敢相信，这就是上面来的信访局长！

张云泉成了戚家的常客。每一次来，他都会带来日常生活用品。得知小娟有胃病，他便带她求医购药；了解到小娟有上学的愿望，他又立刻联系学校，让她直接插班上了5年级，书费、学费、书包、文具，张云泉一一为她备齐。

15岁的方小娟第一次感受到人间的温暖，心中的冰山在慢慢融化，她开始主动做母亲的工作，让母亲住进了精神病医院。一次，在陪小娟去医院看望母亲的路上，张云泉认下了这个干女儿。那一天，方小娟笑了，笑得天真烂漫，这个小姑娘已经记不得自己有多少年没有这样笑过了。

不久，张云泉把小娟接到了自己家中，夫妇俩像对待亲女儿一样地关爱她、教导她。昔日那个衣衫破烂、蓬头垢面的流浪儿变成了一个衣着整洁、漂亮的小姑娘。她不仅学会了写字、算账，还完成了电脑初级、中级的学习，后来又去学插花，成了泰州一家鲜花店的插花师。

张云泉操心了整整8年的方小娟终于长大成人，她以美丽、善良、聪慧迎来了自己的爱情。张云泉夫妇喜得合不拢嘴，为"女儿"准备了全套嫁妆，泰州风俗该有的全有了。眼下，在这个隆重的婚礼上，小娟最感激的人就是张云泉，她流着泪说："我从小没有父亲，是干爸让我体会到了前所未有的父爱。我真的很开心！"

"信访干部的工作要像甘露一样一滴一滴流进群众的心田。群众高兴了，我就高兴！"这句朴实的话语，渗透了张云泉22年中对人民群众的一腔赤子之情。他曾常年资助一位叫沐苏鹏的孤儿上学，一直到这个男孩当上了一名解放军战士；他曾为一个身患尿毒症需要换肾的女工四处化缘筹钱，让她获得了第二次生命；他还曾多次资助一位叫王晖的家境困难的大学生，使这位因穷困而对社会产生冷漠的年轻人重新焕发出热情，他在给张云泉的一封信中写道："当今，人与人之间的利益关系越来越复杂，想让一个素不相识的人关心你，是不可能的，更说不上帮助你。而您张局长却做到了，这不正是课本上学到的人民公仆的形象吗？"……

文字在这里是苍白的，它根本无力记下张云泉留在群众心里的一桩桩、一件件事。22年来，他平均每天工作12个小时以上，每年批阅落实人民来信2000多封，接待群众2000多人次；义务帮扶过200多户特困家庭，为上百名群众求过医、购过药，先后从自己的工资里挤出4万多元救济困难群众。许许多多原本素昧平生的人，把这位信访局长当作自己的家人。

爱是一种心贴着心的情感。张云泉对人民群众的爱，就是这样一种心贴着心的爱。他痛苦着他们的痛苦，欢乐着他们的欢乐。他说："有困难，就找我张云泉。即使我不能彻底解决问题，也要奉献我的一腔真情！"

他为失明的老人洗脚，帮绝望的老夫妇新生——一句"共产党好"让爱有了最幸福的回报

1983年秋天，35岁的张云泉被调入泰州信访办工作。当时，他对这份许多人不愿来的"冷门岗位"正处于苦闷之中。

一天早晨，他还没有走进办公室，就被一位面容憔悴的中年人截住了。来人叫王德元，是20世纪60年代的大学生，由于当时所处

时代的种种原因，他失去了公职，先是下过煤矿，后经人帮助找了一份代课教师的工作，这期间还经历了妻子失踪、儿子饿死的悲惨遭遇。旧伤未平，眼下又添新痛，他面临着即将被精减的可能。

王德元一腔悲苦讲得泪流满面，张云泉同情万分听得满面泪流。"我来帮助你！"他为王德元填好来访登记，给了他回程的路费。随后，他调查情况，按照政策协调此事，在当地政府的配合下，最终为王德元解决了公职身份和工资待遇。

感动不已的王德元给张云泉写来了一封长长的感谢信，不久，又专程登门送来锦旗。他拉着张云泉的手说："我把自己的经历讲给了学生听，并让他们写一篇作文《党恩》。"

这件事给了张云泉很大的震动，他从中看到了信访工作的价值。他说："我能用自己的行动，让群众更加热爱我们的党，热爱我们的政府，我付出，值得！"他给自己立下誓言："群众把我们看作希望，我们绝不能让群众失望！"

泰州市某百货公司职工朱兰，20世纪60年代被错误下放，全家5口人仅靠丈夫胡克明微薄的工资生活，一直过得非常艰难。1986年，他们夫妇开始到泰州市政府上访，可他们的问题总是被这个部门踢到那个部门。一天，他们走进了信访办，就再也没有被"踢"出去，整整18年，张云泉数百次地走进他们的家，先后帮助他们解决了全家的户口、孩子的上学等问题。后来，胡克明双目失明，又患上心脏病，不禁再次陷入对痛苦往事的回忆，情绪很不稳定。有一次，老伴在医院给他洗脚，去拿袜子的空，他因为看不见，踩翻了脚盆，床上地上到处都是水。他的火一下子被点燃了，非要家人拉着他到市政府讨说法。

张云泉闻讯赶到医院，用墩布把地上的水拖干净，又重新打来一盆水，双手托起老人的脚放进盆里，轻轻地给他搓洗。那一刻，老人哭了，眼泪像断了线的珠子滴落在张云泉的头上，他颤巍巍地摸着张云泉的头说："这一辈子，我的儿女都没给我洗过脚，虽然我以前受了很多冤枉气，但今天一个共产党的局长为我洗脚，我死了也闭眼了！"

老人弥留之际，张云泉一直守候在他床边。他拉着张云泉的双手轻声说："感谢共产党，感谢人民政府……"他嘱咐老伴和子女："我死以后，谁也不准再去政府上访！"

有人曾问过张云泉：你每天接触到的大多是社会中负面的东西，它们会动摇你的人生信念吗？他回答："正是这些负面的东西让我更坚定了为党工作的信念。一个理想的社会不是从天上掉下来的，不然，要我们这些党员做什么？"

2001年五一劳动节，农民李庆余的独生子打工时不幸因煤气泄漏事件中毒身亡。晚年丧子的巨大悲痛使他一夜之间白了头。老两口终日以泪洗面，不知多少回，他们相依在阳台上，眼巴巴地望着儿子单位下班时涌出的人流，幻想着那个熟悉的身影。有一次，李庆余的老伴因悲伤过度，昏倒在阳台上，跌断了手臂。

一直协调处理这个事故的张云泉看在眼里，痛在心中。他决心把老两口从悲痛中解脱出来。他走进了老夫妇的家，对他们说："请你们放心，只要共产党存在一天，就保证你们有饭吃，有衣穿，有人管，让你们享受人世间的温暖！"

这一天，老两口悄悄扔掉了前两天买来的一瓶敌敌畏。张云泉让他们重新看到了生活的希望。

为了让这对老夫妇能安度晚年，张云泉经市委领导同志的支持，把他们的户口从偏远的农村迁入了市区，并办了最低生活保障。老两口的心平静了，想着活下去就应该做点事，便考虑开个小售货亭。张云泉一听，连声说："好！我帮你们想办法。"他又开始一趟趟跑邮政局、城管局、税务局等部门，办妥了一切手续。听说建棚子还差点钱，他连夜送来1000元。老两口知道这位局长养家糊口并不富裕，说什么也不肯收他的钱。张云泉急得眼泪都快流出来了，他说："我小你两岁，咱们算是兄弟，你现在有困难，我这个做弟弟的能不管吗？"老夫妇含泪收下了钱。

2002年7月1日，售货亭开张了。这之前，有人曾建议李庆余一定要给小铺子起个时尚的名字，他笑笑："到时候你们会看见的。"谁也不知道，他已经悄悄地花50元钱请人打制了五个字。开张这天，这五个金色的大字方方正正地镶在了售货亭的上方——"共产党万岁"。从此，这个小售货亭成为泰州市街道上的一道风景。李庆余说："我的小铺子就叫这个名字。我要感谢张局长，更要感谢共产党，只有共产党才能培养出这样的好干部！"

爱因情而生，爱更因信仰而坚定。因为自己的付出而让人民群众有发自内心地对共产党的感情，让张云泉享受了最幸福的回报。他说："信访工作，说到底就是党的群众工作，就是要在党和政府与人民群众之间架起'连心桥'。我作为信访局的领班人，就要当好'连心桥'上的一块砖。我最大的满足，就是让人民群众从我们身上看到共产党好！"

他为一桩 16 年的冤案奔波，为一对盲人夫妇的安危向权势者发出警告——无私无畏才能爱得风骨铮铮

王友德是泰州某企业中层干部，20 世纪 80 年代，他在一起经济案件中因当地极左路线的扩大化而蒙受冤屈，被错判入狱。他患病的父母急火攻心，先后离世。为洗刷罪名，讨回清白和公道，1985 年他出狱后便开始了上访申诉，16 年间，他数十次到北京、南京等地上访，先后给各级信访部门和法院寄出了上万封申诉材料。1996 年，在申诉上访始终没有结果的情况下，他找到张云泉说："如果不能讨回清白，我就把当年害我的人杀掉，然后自焚，以告慰父母的在天之灵，捍卫做人的尊严！"

张云泉一连几天都睡不好觉，王友德的遭遇让他有一种很深的负疚感。他想：当年的极左路线让一个善良的人遭受如此痛苦，我作为一个信访局长一定要用行动向他赎罪！他对王友德说："你不要做蠢事，要相信党和政府对你的问题会正确处理的。"

张云泉对事情做了深入调查，之后，他为昭雪王友德的冤案开始了奔波。他一趟趟地出差，一次次地到有关法院申诉，一遍又一遍地与坚持原判的几位法官依据事实，据理力争。有一次，他去某地高级法院陈述事实，几位法官特意在一间图书资料室会见了他。一位法官指着满屋子的书问道：

"你看过这些法律的书吗？"

"没有。"

"那你今天看到这些书有什么感想？"

"感想是有的。我过去当过海军，在海洋里游过泳，没被淹死。

我希望我们今天不要在知识的海洋里被淹死。"

法官们惭愧了，他们为张云泉锲而不舍的求真精神所折服，做出了重新审理此案的决定。最终依法使王友德的冤案得到彻底解决。

1999年6月11日，1米78个头的大汉王友德在接到泰州市中级人民法院宣判无罪的判决书后，号啕大哭，他卷起裤管，裸露膝盖，向张云泉磕了三个响头。

张云泉也流泪了。他扶起王友德，心痛地说："我们对不起你。如果没有这样的冤案，16年你可以为党和人民做多少事情啊！"

张云泉办公室的墙壁上有一个很大的镜框，里面镶嵌着毛泽东同志在《论联合政府》中的一段话："全心全意地为人民服务，一刻也不脱离群众，一切从人民的利益出发，而不是从个人或小集团的利益出发。向人民负责和向党的领导机关负责的一致性，这些就是我们的出发点。"他在二十多年的信访工作中，始终以这句话为行动准则，对种种漠视人民群众利益的行为，从不妥协。

1991年夏天，泰州发大水，市郊一座简易棚里居住着一对年近花甲的盲人夫妇。晚上狂风大作，简易棚的屋顶被掀翻了，这对盲人在雷鸣电闪中摸进了一座拱桥的桥洞里，算是熬过了一夜。第二天，浑身冻得发抖的两个盲人摸到了有关单位，找负责人反映问题。那位负责人明明在，却哄骗盲人说"出去了"。无奈之下，盲人摸到了信访局。

张云泉立刻打电话给那个单位负责人，请他们迅速安排盲人夫妇的住所。对方却打起官腔："这事要按程序办，先本人打报告……"

张云泉大怒，吼道："我和你闭着眼从家里走到办公室试试，走不远我们就会被撞死。你对这样的人还耍官腔，简直没有人性！"

对方问："你想怎么着？"

张云泉看着手表，一字一顿地说："现在是上午 9 点，如果到下午 3 点他们还在桥洞里，我就拿着斧子砸开你利用职权谋取的空关房（泰州方言，指已有房主而无人居住的闲置房），让两位盲人住进去！"

结果，不到中午，这位负责人就派人用车帮盲人搬了家。第二天早晨人们发现，桥洞已经被淹没了。

这样的事在张云泉的经历中很多。他曾痛斥一个有后台的包工头的不法建筑行为，喝令他立刻停工；他曾领着一位叫徐宇的贫苦青年，向一个由于自己的过失而导致徐宇母亲高位截瘫而又拒不执行法院赔偿判决的某企业负责人要钱，他愤怒地说："如果你再不给钱，我就自己来解决问题！"那人怕了……

张云泉曾经说过这样的话："只要老百姓有理，我宁可得罪一个官，绝不得罪一个百姓。"的确，他从不以恩赐者的姿态出现在群众面前，他要做的是一个坚决执行党的路线、方针、政策；做"赎罪""赔礼""补救"工作的党的干部。

爱，在很多的时候可以见出一种风骨。张云泉对人民群众的爱正是这样一种见风骨的感情——坦荡，坚定，无私无畏。他说："人民的满意是我们信访工作的最高标准。"

多年的信访工作在他身上留下斑斑创痕，还有种种发泄在他头上的怨气——爱需要一种忍辱负重的胸怀

张云泉有一个习惯动作，经常掏出手帕擦拭左眼，他平时总戴着一副墨镜，办公室的窗帘常常是紧合的。原来他的左眼曾受过严重的

伤害。

那是1998年10月，泰州一家国有企业面临破产。消息一传出，全厂炸开了锅，1700多名工人聚集在厂部为人员分流问题向厂领导讨说法。两天过去了，一名工人因情绪过激引发脑溢血，当场死亡，事态急剧恶化，场面几近失控。

得到消息，张云泉火速赶到现场，一下车，激愤的人群便潮水般向他涌来。他呼叫着，要工人相信党和政府，理智地对待改革。然而他的声音被巨大的吵闹声淹没了，拳头从四面八方挥舞过来。平心而论，靠着他当年在部队练就的一身功夫，此刻他完全可以冲开人群，逃离危险。然而，就在这时，他发现前面的一名女工被挤倒，而后面不知情的人群仍然在往上拥，情况万分危急。他来不及多想，一下子扑过去，护在了这位女工身上，任凭拳头雨点般落在他的身上……突然间，他的眼部受到猛烈一击，霎时眼前一片漆黑……

经多方医治，张云泉的左眼保住了，但却留下了终身伤残，视力从1.5下降到0.15，经常肿胀、流眼泪、怕光、怕风。

在张云泉的经历中，像这样遭罪受气的事是家常便饭。但是他从没有一句怨言。有人开玩笑，说他干的是"三赔"工作——赔礼、赔罪、赔钱。他说："为党和政府做'三赔'，甘愿！"

1995年夏天，泰州市在创建卫生城市中遇到一个"拦路虎"，在城区建起的一座公厕建了4次被推倒4次，原因很简单，公厕旁边的4户居民，家家都嫌厕所靠自家太近。这一来，急坏了附近200多位无厕可用的居民，给政府出了难题。

张云泉奉命前往处理。他来到现场，看到这一带属于旧城区，房屋密集，很难有更大回旋空间，那4户居民嫌公厕太近是有道理的，但厕所又不能不建。他先给这 4 户人家赔礼道歉，又苦口婆心与他们反复协商，最后，他们提出一个条件：公厕距离 4 家的外墙必须都是 50 厘米，才同意修建。

条件提出来了，那就需要丈量。人们的目光不约而同地落在了已经被推倒两个月的公厕上。只见粪坑里砖头堆积，粪便四溢，还有腐烂的鸡肠、鱼腩、烂菜叶子等各种生活垃圾，成群的苍蝇在上面嗡嗡地叫着，随行的瓦工捂着鼻子："这么脏的活，不干！"

"我来。"张云泉从瓦工手中拿过卷尺，脱下袜子，卷起裤腿，走进了没到脚脖子的粪污中，他走过来走过去，前后左右，足足丈量了半个小时。居民们感动了，有人大叫："张局长，快出来，凭你这精神，就是差那么几公分，我们也心甘情愿！"许多人用脸盆端来水，为张云泉冲洗腿和脚上沾满的粪便。这座公厕很快就修好了。

有人曾很不理解地问张云泉：你当的这个官吃苦、受罪、受气，凭什么能坚守 20 多年，而且还继续坚守着？

张云泉讲了早年他在海军部队做军人的一幕：那是"七·一"的晚上，舰艇抛锚在大海中，远处的城市灯光点点，就像一座星城。指导员对大家说："今天是节日，你们向后看看，大后方的人民之所以能在这个晚上享受和平与安宁，就是因为有我们海防战士在前面站岗。万家灯火，万家温馨就是我们海防战士的幸福与境界！"这句话影响了张云泉的一生。在信访局长这个岗位上，他感觉就像守卫在海防前线，虽然自己承受着很多，但换来的是更多人的安宁。他因此而坚守。

张云泉有一句自勉的话："把困难和危险留给自己，把安全和便利留给同志。"于是人们看到，哪里有危险，哪里就有张云泉；哪里有冲突，哪里就有张云泉。他曾乔装成司机深入到专门欺压出租车司机的流氓团伙中抓获歹徒，被群众称为"铁头局长"；他曾夺下精神病患者手中锋利的破酒瓶；他曾徒手解除有人带在身上的杀猪刀和炸药包；他还曾多次接到死亡威胁的电话……

22年的信访工作生涯，在他身上留下了大大小小抹不去的创痕：他的腿被踢过，落下了深深浅浅的伤疤；他的胳膊被掐过，留下了又黑又紫的斑块；他的左手拇指曾被咬得露出骨头，至今不能灵活弯曲；他的脸部曾被击打得血肉模糊；最令人心痛的是他的眼睛……

张云泉的妻子曾哭着问他，为什么要当这"受罪""受气"的官？他说："这'受罪''受气'的官不但要当，而且要为老百姓当好。如果受了委屈的群众把气出在我身上，群众气顺了，我甘愿受这份气！"

当爱的情感里包含了一种忍辱负重的胸怀，它便有了坚韧不拔的力量。张云泉因此让人感动。

他用三鞠躬化解千人上访；以敏锐的眼光发现事件背后的问题——爱与智慧同辉

1998年中秋节前的一个晚上，泰州某镇发生恶性交通事故，一位村民在公路上被汽车撞死，肇事司机的强辩激怒了死者的家属，于是第二天他们聚集了全村近千人准备徒步到市里上访。

此时张云泉正在医院治疗被打伤的眼睛，听到消息，他躺不住了。妻子对他说："你已经残了左眼，再到这些闹事的场合，万一右眼也被打残了，今后的日子怎么过？"他说："今天我去了，风险在我个人；不去，就是关系一方的稳定。"他拔下正在输液的针头，赶到了出事现场。

张云泉立刻被愤怒的人群团团围住，哭的，骂的，推搡的，吐唾沫的都有，个别人还煽动掀翻他的汽车，说"给他点颜色看看"。张云泉竭力克制着，一步一步走进死者家中，在死者的遗像前，他恭恭敬敬鞠了三个躬。霎时，喧嚣的场面静了下来。张云泉从怀里掏出600元钱，用一张白纸包好，放到遗像前，转过身来大声说："我鞠三个躬，第一个躬是我本人代表信访局全体同志向死者致哀，向家属和亲友们表示慰问；第二个躬是代表肇事者及其全家向死者和各位请罪；第三个躬是代表政府向你们承诺，一定会合情、合理、合法地处理好这件事。"

他的一番话使紧张的气氛顿时缓和下来，可坐下说事的时候，现场人多嘴杂，你一言我一语，一下子又把秩序搞乱了。见此情景，张云泉高声问："谁是死者的老娘舅？老娘舅（辈分）最大，他说话最算数，请他跟我谈。"受到尊重的老娘舅立刻喝住众人，和张云泉谈起事情的处理。

张云泉的声音嘶哑着，伤残的左眼不断地流泪，曾被打伤过的鼻子也因为过于紧张不停地流血。他从上午9点一直谈到下午3点，终于感化了群众，把一场即将发生的大规模的集体上访事件提前化解了。

张云泉常对信访局的同事们说，做好信访，要有"四种能力"：贴近群众的亲和力；良好的语言表达能力；临场处置问题的能力；驾驭复杂局面的能力。还要有"五心"：为民服务的真心；换位思考的同情心；高度负责的责任心；解决难题的决心；长期作战的恒心。除此之外，长年的信访工作还练就了张云泉一身常人无法想象的"憨功、忍功和站功"，在比较严重的事发现场，为了尽快平息事态，他可以一天不喝水，不去厕所，几天不睡觉，可以连续站立8个小时以上，可以苦口婆心与上访群众连续谈话5个多小时。张云泉正是靠了"四力""五心"和自身的硬功夫，在信访局长这个处于矛盾旋涡中心的岗位上，上百次上千次地化危机为安宁。

2003年9月14日，是泰州市信访局许多人记忆深刻的日子。那天下午，大雨如注，信访局的院子里突然涌进了某食品厂的一群工人，他们手中高举着横幅："还我工厂，还我工人主权。"原来，这个工厂的工人们刚刚听说，已经3年领不到一分钱的厂子又未经职代会商议而被卖掉了。全厂工人哗然，他们推举了36名工人代表冒雨前来上访。有人耳闻张云泉能为百姓说话，所以他们指定要见张云泉。

张云泉很快出来了，看到工人们浇在雨水里，他心疼地劝大家到信访大厅里谈。但工人们情绪激烈，表示不给个说法，哪儿也不去。同时，不顾张云泉的劝阻，硬是把两块横幅挂了起来。这时，信访局的一位工作人员给张云泉递来一把伞，他没接。他说："这么多群众都能被雨淋，我张云泉为什么不能？"就这样，他站在大雨中，同工人们谈了近1个小时。

工人们感动了，主动撤下了横幅，跟着张云泉进到了信访大厅。凭借多年对复杂问题的判断力，张云泉意识到这件事非同寻常，背后一定有问题。他对工人们说："我张云泉一定负责任地向市纪委汇报，请大家相信党和政府，我们不会放过一个腐败分子，也保证不会把大家丢下！"

工人们回去了。张云泉连夜起草"信访摘要"，直报市委领导，市委第二天就向这家食品厂派出了由多家部门组成的联合调查组。事情很快有了进展，一个瞒着工人卖掉工厂中饱私囊的腐败分子被揪出，这年春节，工人们第一次拿到了政府给的解困资金，工厂下一步的改制问题也开始有序地进行。带头上访的工人丁秀琴逢人便讲："我们找张云泉找对了！"

有人说，张云泉是天生的信访局长。他自己说，他的能力来自实践。

他交友甚广，了解底层。他常去公共大浴池洗澡，有机会就坐坐三轮车、出租车，那些搓澡工、三轮车夫、的哥、的姐里面都有他的朋友，再加上长期干信访，他算得上是泰州城里"第一消息灵通人士"。

他注重学习，在他办公室的书橱里堆放着各种各样的书籍，有思想理论、政策法规、领导必修、心理学研究、《资治通鉴》等等，他称这些是他的内功。

他善于研究和总结信访工作的规律，先后制定和完善了20多项信访工作制度，其中，律师坐堂信访局、市级机关年轻干部到信访局锻炼等制度在全国都走在前列，现在有许多信访部门效仿。

他还有一条更深的感触，即泰州市委、市政府对信访工作的高度重视和全力支持。"如果没有来自领导的力量，我一个信访局长再有本事能折腾到哪儿去？"这是他由衷的感慨。

"信访工作是一门永远探索不完的艺术，这里面的学问大着呢……"，20多年来，张云泉一直用这句话鞭策自己。他的确就像一个艺术家，在信访工作这个大舞台上，以他的激情、才华与智慧，上演了一出又一出精彩的好戏。在他的内心深处，是献身这一事业的虽九死而不悔的痴情！

他曾被误认为是"冒牌局长";他的妻子也曾是上访者——爱是一种崇高的奉献

张云泉有句名言:"做人必须像人,当官不可像官。"这是他的自画像,很真实。

因为工作需要,泰州信访局的干部每年都要到北京出几次差。在北京市区住个像样一点的旅馆,一般每天要花费几百元,加上吃饭等开支,一趟下来要上万元。张云泉心疼。

他是一个在苦水里泡大的人。1948年6月,他出生在江苏省如东县一个贫穷的小渔村,10岁以前没有穿过像样的衣服;很少吃上几顿热乎饭,人家扔的残汤余羹、烂菜叶子都是他的食物,乃至今天,他的胃口还有着过去的适应性,爱吃生东西,包括生茄子、生地瓜。后来他成家,依然很穷。那年他和妻子坐着一只小木船沿长江支流而下,落户泰州。船到码头,16元钱的船费他搜遍全身还差1.6元,实在无奈,只得从脚上脱下两只半新的袜子给了船老大。他常说,这是他的本,不能忘。

20多年的信访工作,张云泉不但一直记着自己的本,而且更多地了解了老百姓的疾苦,他能掂得出1块钱、10块钱、100块钱……在老百姓手中的分量。他常说:"群众的疾苦,教育我永远甘守清贫。"

因此,每次到北京出差,张云泉总是自带一个小电饭煲,拣便宜的小旅馆住。2001年春天,张云泉和一位同事又一次来到北京,住进了一家房费一天70元的小旅馆,没有卫生间,没有电视,自己用电饭煲煮饭。旅馆的工作人员看到登记的是地市级政府副秘书长、信访局局长,可吃住竟如此寒酸,便起了疑心:会不会是骗子?他们悄悄报了警。警察闻讯赶来，细细查证了张云泉等人出示的所有证件，才真的相信了。警察临走给他恭恭敬敬地敬了一个礼，说："像您这样的局长，我还没见过。"这趟差，他们节省了1万多元。张云泉欢喜地说："这1万多元钱，能让好几个失学孩子回到课堂啊！"

张云泉为人做官的自画像里，有一笔重要的无字的诠释，那就是他的家人。

说出来人们或许难以置信，张云泉的妻子也曾经是上访者。她叫丁秀兰，在泰州一家商场做售货员。有人对丁秀兰说，凭你丈夫的地位和威望，他只要一句话，就可以给你换一份薪水高的工作。妻子回家把话转给了张云泉。张云泉说："商场有300多人，我如果把你调了，那些工人呢？不要忘本，我们已经很好了，我们两个人不是有一个在机关吗？"贤惠的妻子不再吭声了。这么多年，丁秀兰工作唯一的变动，是因为上了年纪，从布匹柜台调到了羊毛衫柜台。

后来，这家商场破产倒闭，职工们因为待遇和安置问题准备集体上访。妻子回家告诉了张云泉。张云泉劝她不要参加，妻子为难地说："我不想增加你的负担，说出去被人笑话。可不去的话，人家说我'吃落地桃子'，还说你早已为我准备好了退路。"

张云泉沉默了，心里发酸。他知道，这么多年，为了支持他的工作，妻子吃了太多的苦，受了太多的委屈，眼看着就要下岗，还要与他"对簿公堂"。无奈，他对妻子参加上访"约法三章"：一不带头，二不讲话，三不久留。就这样，这位信访局长在信访大厅里见到了一位特殊的上访者——与他相濡以沫近40年的妻子。两双眼睛在默默地对视中，传递着彼此的理解……

2001年，由于工作需要，泰州市人事部门给信访局下拨了一个行政附属编制名额。消息一传出，就有人准备给张云泉送礼，想安排自己的人。张云泉一口回绝。这时有更"聪明"的人向他提出了一个"交换"的主意：让张云泉在信访局安排此人的亲属，此人则在自己所在事业单位安排张云泉的儿媳。当时，张云泉的儿媳妇正处于哺乳期，在距家很远的一个企业上班，每天往返十分不便。

有人提醒张云泉：这是官场"潜规则"，不答应对方就要得罪人；再说，你的儿媳条件很优秀，何不趁机转个好岗位呢？

张云泉连犹豫都没有，说："不行！答应这事，就是助长腐败歪风。再说我儿媳尽管在企业上班，可毕竟有班可上，这个岗位还是留给更需要帮助的人吧！"经过信访局领导班子集体讨论，最终这个令人羡慕的编制给了局里一个叫许丽的临时工。张云泉说："小许的父母都是下岗工人，编制留给她，理由最充分。"

在张云泉的亲戚中，有八九个人下岗，他从来没有通过自己的关系为他们找一份工作。家人有时候抱怨他"专帮人家的忙，自家的事不管不问"，他总是诚恳地说："帮群众的忙我理直气壮，为自家人谋利益我口难开，腰杆子不硬。"

张云泉寡情吗？了解他的人都知道，他对家人有着十分的疼爱。如果碰上哪个休息日能安稳地在家待着，他就会拼命地做家务，拖地、洗衣服、做饭……似乎要弥补那许许多多不能在家的日子。在他文件、书籍成堆的办公室里，有一件最温馨的东西，就是两本家庭影集，一本是他们全家人的，一本是他4岁的孙子洋洋的。如果不是深深地爱着，又怎么可能在日理万机的日子，渴望着这温柔的一瞥呢？

"知否兴风狂啸者，回眸时看小於菟。"张云泉对家人的爱，带着一个战士特有的风采。他是一个共产党员，是一个人民的信访局长，他首先要做到的是上不愧党，下不愧民。家则是他永远为之幸福的内心深处的港湾……

张云泉今年57岁了。他依然每天骑着那辆已经破旧的自行车上班、下班；他放满材料的提包里，为备急需之用，依然装有饼干、八宝粥、黄瓜或生茄子；他依然走路如风；他依然有过人的手劲；他依然刚烈；他依然深情……

忘不了那一天，张云泉给我们唱了一首歌，一首他最喜欢的《牡丹之歌》。"……冰封大地的时候，你正孕育着生机一片，春风吹来的时候，你把美丽带给人间！"

张云泉是幸福的。他的内心就像有一泓涌吐不尽的爱的甘泉，拥抱着人民，拥抱着党，拥抱着事业，拥抱着同志和亲人；甘泉之上，他更有一颗精神的太阳——信仰，他坚信为人民群众谋幸福的共产党的事业是人类最崇高的事业。因此，他的爱恒久而璀璨！

（新华社北京2005年4月7日电　新华社记者张严平、朱旭东）

> 时代面孔 ▶ 新华社领衔记者笔下的人物肖像

✐ 采访手记

采访一个人，就是理解一个人

对人物的采访意味着什么？

我一直认为，采访一个人就是了解他，认识他，理解他。前面两条我们一般都不会忽略，但理解一个人却是我们常常会不自觉地忽略掉的。但是，正是这容易被忽略的一点，决定了我们人物报道的心灵深度。

《爱因信仰而璀璨》写的是一位信访局长，它完全有可能写成一篇事迹汇总，就像在前期的采访中，我们了解了张云泉的大量事迹，足可以写成一篇看过去内容还挺丰富的稿子了。之前，不少写他的报道大都止步于此，因而张云泉这个人物，就像快速印刷出来的一张海报，迅速随风而去。

这其中最大的问题，就是我们前期在集体采访后的一种不安，始终感觉与他之间有一层看不见的屏障，我了解了他，也算认识了他，但我没有理解他。他为什么会在这个令人头痛的岗位上一干就是20年，而他的几届前任最多没干过3年，就都坚决要求调动。这仅仅是写上几句热血豪迈的誓言就能回答了的吗？显然不可能。

我们决定对张云泉做一次单独深入的采访，不仅仅把他看作一个信访局长，更要看作是一个人，要打破他面对记者时总是无意中显示出的职业面孔。

这次采访之前，我们特意到信访办的窗口实地体验了一个半天，上访的人不少，有的怒气冲冲，有的怨声喋喋，有人静坐不语，有人干脆躺在地上。一个上午，我们的脑瓜子被搅得嗡嗡响。

晚上，见到张云泉，开门见山，我们直接向他提了一问题："十几年中你接待这么多来信来访，看到听到感受到的都是负面的和消极的东西，常年生活在这样的环境中，对你的神经大脑有没有影响？如果有的话，是一种什么样的影响？"

张云泉稍稍愣了一下，脱口说到，没想到你们新华社记者会问这样一个问题。他低头沉思了好一会儿，抬起头来诚恳地说道："这个工作环境对我的神经影响很大。每天处理完工作下班回到家后的两个小时内，最不愿意的就是听到老婆或者孩子为家里的什么事唠叨，如果听到，就会大发雷霆，甚至把茶杯摔到地上……"

这次采访我们谈了很久，收获震撼心灵。

我们了解了他作为一个人的种种喜怒哀乐，了解了他曾走过的极其坎坷的人生之路，了解了他超于常人的非凡的内心世界。正是这次采访，解开了我们的心头之谜，让我们深深地理解了他是一个怎样的人。虽九死而不悔的坚定信仰，是张云泉身上最本质的力量。

那天晚上采访结束，感觉之前了解到的他所有事迹猛然之间如同被闪电照亮。"爱因信仰而璀璨"这七个字在心中喷薄而出，这也就成了后来稿子的标题。

稿子播发后，反响强烈，人们为有张云泉这样的信访局长而震撼，我知道，这震撼不仅仅是因为他为百姓做的那些事情，更因为人们在这些事情的背后，读出了这位局长大海一样深情的爱，钢铁一样坚硬的信念。这才是让一颗心靠近一颗心，让一个人走近一个人，以至让千千万万颗心灵共鸣相契的力量。

2023 年 11 月

我的"中国心"
——记报国有成的党员专家、中国航空发动机之父吴大观

他静静仰望着窗外的蓝天,气若游丝,已经说不出话,唯有痴迷的目光吐露出内心的深情。

这是最后的仰望吗?

泪水溢出了他的眼角。

93岁,漫长而又短暂。为中国的战鹰装上一颗"中国心",这个目标就像穿越一个世纪的火焰燃烧了他全部的生命。

回首来路,他没有亲手收获果实,他用一辈子种下一棵参天大树;他没有亲手捧得鲜花,他用一辈子披荆斩棘、点火拓荒;他没有骄人的光环,他用一辈子托举起一代后来者的臂膀。

告别人世,他留下遗嘱,作为一个共产党员,将自己积蓄的10万元人民币缴纳最后一次党费。一生中,他缴纳特殊党费及救灾捐款共计30.4万元,占到他工资总收入的三分之一。而他的家,清贫得如一张60年代的黑白老照片。

创造伟大事业的人,该有一颗怎样高洁的心灵?

吴大观,中国航空发动机之父,以他赤热的"中国心"让我们看

到了这个世界上无限辽阔的天空……

在中国航空发动机艰难而悲壮的起飞线上,他是力挺千钧、勇往直前的开山脊梁

20世纪50年代,沈阳东郊一片出没着野兔子的荒草地上,走进一支神秘的队伍,领头的人中有历经战火的少将、大校,有扛着中校军衔的专家,身后是一百多个齐刷刷的二十岁出头的大学生。没有喧闹,像地里一夜钻出的小苗,新中国第一个喷气发动机研制机构在这片草地上诞生。社会主义"老大哥"的全线撤约,调动起的是一种卧薪尝胆般的中国式激情,年轻的共和国决心摆脱弱者的姿态以永远自立于世界民族之林。

担负技术总负责的40岁的吴大观,是这支队伍中唯一见过喷气发动机的人。他和他的战友们面临的将是一条怎样艰难的道路?

俄罗斯航空发动机终身院士法沃尔斯基说过这样的话:"所有飞行器上的东西,它们都是提高阻力增加重量的,惟独发动机是提高动力的。只要发动机好,绑上一块木板也能飞起来。"正是这个让木板也能飞起来的发动机,作为飞机的"心脏",在被誉为工业之花的航空工业领域中,犹如皇冠上那颗最璀璨的明珠。

一代发动机决定了一代飞机。世界上为数极少的能够自主研制飞机发动机的国家,历来严格限制此项技术的转移。美国国防部十大严格保密行业中,航空发动机占第二位。

仿佛是一片被如墨的夜色浸透了的荒原,没有路。吴大观和所有的夜行者坚定地出发了,他们在茫茫的夜色中寻找着属于中国航空发

动机之路。

太多的过程，都散落在今天已经看不到的荒草地上，人们能够清晰记忆起的是灯光，吴大观办公室的灯光，设计室的灯光，资料室的灯光，从黎明到深夜，灯火通明。学俄文出身的年轻人要从ABC开始向英文进军，唯一的老师是吴大观和两张唱片；6架部队送来的U2飞机残骸成了他们最宝贵的研究"标本"；一部手摇计算机噼噼啪啪成千次成万次成几十万次地计算着一组组不能差之丝毫的数据；一把烟袋杆长的计算尺，丈量着以吨计算的设计图纸。

记忆中还有冬天里的试车，每当这座城市入睡后的夜晚，他们一个个穿着厚厚的棉大衣、戴着棉帽子，坐着敞篷汽车，在哈气成霜的寒风中，向着50公里以外的试车场一路狂奔，试车后的每一次归来都在东方发白的黎明。

记不得从哪一天开始了，食堂碗里的饭一圈一圈地减少，到最后只剩下一个碗底。昔日从北京、南京等各名牌大学云集来的活泼可爱的年轻人开始浮肿，他们常常在紧张地运算、试验之后，虚弱地喊着"我们饿"。

吴大观急了，他和搭档们开始派人满东北跑，为这一百多口子中国搞航空发动机的"宝贝"们搞吃的。终于，他们从黑龙江某部队农场调来了两大车黄豆，从此食堂有了最"高级"的菜——盐水煮黄豆。

1962年春节，吴大观等又亲自点将，请32名技术骨干聚餐。这是一次精神与物质的双重褒奖与激励，在食品极度匮乏的年代，这个有着土豆炖粉条猪肉的"尖子宴会"，至今在已经白发苍苍的亲历者们的记忆中口齿留香。

依然是U2残骸，依然是计算尺，依然是手摇计算机……

"什么时候拿出你们的产品来献给党?"吴大观把日思夜想的这句话写在了办公室笔记本的扉页上,他让自己每一天都捧着一颗渴望的心。

艰辛地探索与劳动,使得这支年轻的中国航空发动机队伍经受了意义深远的磨炼,这是一条漫漫长途。后来者们在今天几乎可以毫不费力地利用现代交通工具一掠而过,可那时,吴大观和那批年轻人都是用徒步的方式丈量着,开拓着。

路,终于打开。那是一个个创纪录的闪光足迹。

1958年,中国第一型喷气式发动机——喷发–1A发动机试制成功,它把歼教–1飞机送上蓝天,飞到了北京。叶剑英元帅、空军司令员刘亚楼专程赶赴沈阳出席庆祝大会。中央电影制片厂拍制了电影《早送银燕上青天》。

1959年,红旗2号喷气式发动机试制成功。

1969年,中国第一型涡轮喷气发动机——涡喷7甲发动机试制成功。

1971年,中国第一型涡轮风扇发动机——涡扇5发动机试制成功。

1978年,中国第一型大推力涡轮风扇发动机——涡扇6发动机试制成功。

在一个又一个成功后,该是何等喜悦!然而,吴大观一代先驱者们在成功后体验更多的是悲壮。

由于种种原因,所有这些发动机在当时都没有实现定型装备部队,最终下马。其中具有里程碑意义的涡扇6发动机,生逢10年"文革"动乱,历经4次上马,3次下马,5次转移研制地址,最终因周期过长,失去了装备部队的最佳时期。那一天，当吴大观一手培养起来的总设计师李志广在台上宣读涡扇 6 发动机停止试制的决定时，台上台下哭成一片。

一台发动机带走的是一代人的青春，一代人的心血，一代人的奋斗。无论什么原因的下马，都像宇宙黑洞一样不知吞噬了多少曾经灿烂的光线。

悲壮深深烙在吴大观的心里。然而，他的伟大正是在这远离鲜花、掌声、聚光灯的悲壮中寂寞而坚忍地前行。

他不止一次地说过："不研制出自己的发动机，死不瞑目！"

他曾为攻克下"气冷空心叶片"这项发动机的尖端技术与一位同行打赌："谁研制不出来，谁的脑袋就挂在研究所门口！"

他一遍又一遍大声疾呼："发动机要重视预研，要像吃苹果一样嘴里吃一个，手里拿一个，眼里看一个。"

他在西安航空发动机厂主持英国斯贝发动机专利仿制工作期间，着眼吃透技术，为我所用，从全国有关研究院所的重要岗位选派力量赴英参加试车，从而带动了我国高空试验台、震荡燃烧等一系列尖端技术的发展。他还采集回来上百吨英国培训技术资料，全部翻译成中文，出版了 11 本文献，对全行业发动机的研制技术起到了重要的推动作用。

1985 年 12 月，他与另外 8 名专家给中央写信，力陈独立自主解决飞机"心脏病"的重要，建议以国外先进技术为基础自行研制大推力发动机，从而催生了中国"太行"发动机的诞生。今天，由"太行"发动机装备的战鹰已经冲上蓝天。

晚年，他在担任航空部科技委常委期间，用 6 年时间主持编制了中国第一部航空发动机研制国军标，使发动机研制从此有章可循。

吴大观的目光永远在前方。

或许，在时下某种价值观的视角里，吴大观有些悲剧。他从未在自己的手上拿到过奖项，一辈子的最高职务仅是副局级，甚至连世人仰慕的院士都不是。

但是，他的伟大与贡献全与此无关。

他是在没有路的地方走出路的人，他是后来者的天梯，他是院士的老师。正是因为有了他和他那一代先驱们的艰难探索，中国航空发动机事业才能在穿越黑暗、迷雾、险滩之后，站到世界的平台。

今天，当中国航空事业的年轻一代以前所未有的速度赶超世界先进水平时，吴大观收获的是一个世纪的中国人的骄傲。

在一代知识分子上下求索的漫漫征途中，他永远怀揣着一颗"航空报国"的赤子之心

翅膀，多么神奇的翅膀！蝴蝶、蜜蜂、蜻蜓……有双层的，有单层的……

1940年，正在西南联大机械系3年级读书的23岁的吴大观迷上了各种昆虫的翅膀，他用一个漂亮的日记本把收集到的翅膀夹在里面，编上1号，2号……

他没有想到，与这个爱好几乎同时降临的是一群贴着膏药旗的轰炸机。那些也有着一双翅膀的魔鬼，在昆明上空发出刺耳的号叫，投下一串串黑色的炸弹，顷刻间，美丽的土地横尸遍野血流成河……

一个强烈的愿望——"航空救国"——就这样在年轻人心中爆发

了。他要转系，要学航空，他抱着贴满昆虫翅膀的日记本找到航空系主任，先生的眼睛亮了。

1942年，吴大观从西南联大航空系毕业，带着新婚的妻子去了贵州大山里一个叫大定的地方，这里有国民党出资建立的中国历史上第一个航空发动机修理厂，这个条件艰苦、只有一百多人的小工厂，却有8位从英国、美国回来的留学生，"航空报国"之信念，是一代中国人的梦。

两年后，他舍妻别子受派前往美国接受培训，先后在莱康明航空发动机厂、普·惠航空发动机公司等处学习。这期间，他不仅进一步掌握了活塞式发动机的技术，还第一次了解了喷气式发动机。

三年后，吴大观踌躇满志，回到祖国。

然而，迎接他的是已经分崩离析的国民党政府在航空界所呈现的惊人腐败，工厂无力为继，当年的航空志士们已各奔东西。窘困中，他刚见面不多日子的女儿感染白喉，等他四处奔走借钱买来药，只有4岁的小生命却咽下了最后一口气。那个晚上，他望着从美国带回的一箱子发动机资料和给女儿买的小花衣裳，恸哭。

女儿没了，"航空救国"梦破了。

吴大观进入北京大学工学院做了一名讲师。

一颗渴望为祖国的强盛插上翅膀的心是不会沉沦的。面对现实的黑暗，吴大观成为学校罢课、罢教、反内战、反饥饿活动的先锋，并担任了教师联合会主席。他最终上了国民党的"黑名单"。

"吴先生，想不想去解放区啊？"一位助教问他。

"解放区！呵，太好了！我早就想去了！"他又惊又喜。

年轻的助教笑了。他是一名中共地下党员。

第一章 脊梁

那个暑期，吴大观扮作一个照相馆的小老板，由原名"吴蔚生"改为吴大观，带着妻子华国和出生不满一岁的女儿，在地下党的安排下，一路辗转来到了当时华北人民政府所在地石家庄。

多明亮的天！多红的太阳！还有那位年轻而精神的聂荣臻司令员，他像个老朋友一样同他握手，邀请他们全家吃羊肉火锅。

"吴先生原来是做什么的啊？"聂荣臻问。

"我是搞航空发动机的，在贵州，后来到美国……国民党没有希望，我唯一的愿望就是投奔共产党、解放区，希望将来造飞机，造发动机！"他几乎是一口气说出了这些话。

聂荣臻高兴地大声说："吴先生，很好啊！没问题，你将来大有作为！"

吴大观像个孩子一般笑了。"我现在到了我向往的世界，祖国航空工业、祖国繁荣昌盛全靠共产党领导。我要为她献身！"

1951年，新中国航空工业局正式成立，吴大观和飞机设计师徐舜寿分别担任了发动机处和飞机处处长。朝鲜战争爆发，新中国的航空事业从沈阳接收的一处老兵工厂起步，进行飞机修理和零部件生产。每天坐在位于北京德胜门一带的那栋局机关的小楼里，吴大观和徐舜寿想得最多的是，中国应该自己设计飞机，设计发动机。

"不做大官，要做大事。"这是那个年代的知识分子深深信奉的格言。吴大观和徐舜寿一起向局里打报告，请求离开北京机关，到沈阳去，到一线去。

火车飞跑着，载着一颗颗比火车更急切的心。沈阳到了，那片出没着野兔子的荒草地到了。

在6岁的女儿嘟嘟眼里，那是多么美的荒草地啊！上面开着各种小花，有蝴蝶飞舞，她还看到了一只小鸟，翅膀扑动着停在半空中，尖尖的小嘴朝向花蕊。"爸爸，这是什么鸟？为什么不会掉下来？""这是蜂鸟，它能够悬停。""什么叫'悬停'？""你好好学习，长大了就知道了。"

那是一个遭遇风暴的年代。嘟嘟长大了，爸爸却进了"牛棚"。

1966年，"文化大革命"爆发。

吴大观以"走资派"和"特务"的双重罪名被关押批斗。他因长年劳累导致视网膜脱落的左眼，被说成里面有搞特务活动的照相机，3天3夜被强烈的灯光照射着交代问题，并强行停止治疗，最终彻底失明。他早年的胃病也犯了，开始吐血。最让他痛苦的是他失去了搞发动机的权利，每天的任务是清扫厕所。身穿黄棉大衣和一双军用胶鞋的吴大观，在那段日子里，突然变得苍老。

迷茫，无边无际的迷茫……

还记得那些笑容吗？20年前聂荣臻司令员的笑容，一个个八路军同志的笑容，真诚，清澈，见到心底。有这样笑容的共产党人，怎么会做坏事？！

蓦然间，他的心晴朗了。

他通过看守他的一位善良的老工人把技术书偷偷带进"牛棚"，白天刷厕所，晚上看书，画图没有纸，就用手纸和旧报纸，画好了，夹在床上的草垫里。

他唯一牵挂的是妻子华国。很久以后才知道，她因为拒绝与他划清界限，遭无情殴打，椅子腿打断三根，昏过去，再用冷水泼醒……

疼痛渗入心底。在后来的岁月里，每到冬季的每一天，吴大观总会亲手给妻子削一只梨，曾经的苦难让她落下不能痊愈的咳嗽；每一年的 365 天，每一天的中午晚上两顿饭后，吴大观总会起身打一盆热水，拧一块热毛巾给妻子擦手擦脸。无言的爱，是彼此的珍惜，更是相互的搀扶。

"文革"终于过去了。他们笑了。因为，他们一直坚信，那些做坏事的人不代表共产党。

吴大观重新回到了发动机的世界。还有什么比祖国的航空发动机事业更令吴大观虽九死而不悔？！

他在笔记本上写下这样的话："翻阅一些杂志看到，国外在我们搞'文化大革命'的十年，电子技术、工业化发展非常快，就是这十年中，我们与国外先进科学技术拉开了更大的距离。这是非常痛心的。"

他开始和时间赛跑。

他拖着一只失明的左眼和仅剩 0.3 视力的右眼，每天早晨 7 点前就到办公室，晚上 11 点才离开。

引进斯贝发动机期间，进行 150 小时定型持久试车时，英国专家组织两班倒，63 岁的他却一个人顶两班，发烧到 39 摄氏度仍不下岗。

晚年的他，视力更差，路都看不清楚，就由老伴打着手电筒，每天早晨 7 点前把他送到办公室，晚上再由秘书把他送回家。后来，老伴走不动了，就由家里的保姆继续送他出门。

他在 88 岁的高龄上学会了使用电脑，天天坐在电脑前，戴着眼镜，再拿着放大镜，搜寻下载着各种有关航空发动机资料，一摞一摞地装订好，送给工作在一线的晚辈们。

他在 90 岁高龄写下肺腑感言："在我这个中国老航空人心中，为中国制造的飞机装上中国制造的、具有先进水平的'心脏'——航空发动机，是我最大的心愿！老骥伏枥，壮心不已。我愿在自己有生之年，继续为我们的航空工业尽心尽力，为实现今生航空报国夙愿，奉献一颗赤诚之心！"

一个人，一生，如此单纯执著地为自己的祖国做一件大事，他该是多么幸福！

在为共产主义而奋斗的鲜红党旗下，他把信念、忠诚与爱洒满祖国的万里长空

这一天，是 2009 年元旦。下午，吴大观早早坐在电视机前，维也纳新年音乐会即将转播，他急切地等待着那首他最喜爱的乐曲《蓝色的多瑙河》。

……广阔、辽远、如梦如幻的蓝色世界啊，这不正是他仰望了一生的天空！

他拉拉老伴的手："华国，我们都老了，自然规律。如果我走在前，有些事你要帮我做到。"

94 岁的老伴温柔地望着他："你说吧。"

他慢慢道来，一口暖融融的江苏镇江老家的乡音，像 66 年前他们在谈恋爱。

"第一，若有情况，不做任何治疗，不要浪费国家的医药费。

第二，后事一切从简。

第三，不要向组织提任何要求。

第四，代我把积蓄的 10 万元钱交最后一次党费，剩下的一半留给你生活……"

老伴认真点点头："我一定照办，决不含糊！"

吴大观抬起手，轻轻抚摸着老伴稀疏花白的发丝。半个多世纪的患难夫妻，两颗心早就长到一起了。

多缴纳党费，是吴大观几十年的自觉行为。

20世纪50年代，中国普遍执行低工资制度，一个普通工人的工资二三十元，一个车间主任的工资六七十元，作为二级专家，吴大观每月的工资是273元。他十分不安，几次打报告要求降低自己的工资，未获批准。于是，从1963年开始，他主动每月多缴100元钱党费，一直坚持了30年。"文革"期间，他被打成"特务"，工资停发，连许多年的多缴纳党费也被污蔑为"筹备特务经费"。他不作任何辩解。"文革"结束后，他把组织补发给他的6000元工资，拿出4000元再次补交了党费。后来，当他的工资早已落入社会中下等水准，他依然没有停止。从1994年开始，他以年为周期，每年向中组部继续多缴纳党费4000—5000元。

他在给组织的一封信中写道："从根本上讲，我们国家穷。'国家兴亡，匹夫有责。'我们这代人只能过艰苦的生活，只有我们过艰苦的生活，我们的后代才能过上幸福的生活。多缴党费，代表了一个党员的一点心意，也可以说是自己的信仰。"

生活在精神世界的人，是超然于物外的。走进吴大观的家，每一个人都会为这个清贫如一张褪了色的老照片的家感到震撼。

刷着半截白灰半截油漆的老墙，吊着一根老式日光灯的天花板，一张可以折叠的简陋饭桌，磨白了皮的破沙发，一排用当年从沈阳搬家过来的包装箱打的衣柜，衣柜里最好的一件衣服，是有4个口袋穿了40多年的涤卡中山装，他把它称为"常委"。

这个朴素而老旧的家，就像它窗外那些不知从什么时候留下的古老的梧桐树，有着属于他们自己的精神和自己的历史年轮。

"人生是施与不是索取。"

这是谁的话？雨果的。

很多很多年了，吴大观总忘不了这句话。那是他19岁去昆明西南联大求学路过广州，在街头看到一家电影院上演一部电影《悲惨世界》，他买了票走进去，一下子被震撼了，一连看了两遍。"人生是施与不是索取（life is be to give not to take）"刻在了他的心间。

后来，他在西南联大，看到了那些留学英国、美国却为国家、为抗日甘愿回到祖国过着清贫生活的教授；在解放区，他看到了聂荣臻司令员等一大批为民族解放而斗争的共产党人，他的人生信念与共产主义信仰紧紧融为一体。1949年11月，当他在新中国的礼炮声中加入中国共产党的那一刻，已注定了他一生的方向。

给予的人生是多么幸福的人生。哪怕一点点，都给这个世界增加温暖。除了多缴纳党费，他努力做得更多。

"希望工程"，他捐款；南太平洋海啸，他捐款；四川抗震救灾，他捐款；身边的同事朋友有困难，他更是倾囊而出；及至家中的保姆生病住院，他全部买单。

给予的人生是多么快乐的人生。可是，他老了，要走了，他还能拿什么给予？

在近90岁的高龄，离开一线岗位，有时间了。吴大观自费订阅了《人民日报》《求是》杂志以及各种航空刊物报纸，每天从早到晚孜孜阅读，认真做学习笔记。从毛泽东、周恩来的语录，到邓小平文选；从"三个代表"的思想论述，到科学发展观的文摘，他都一一抄录下来，工工整整，一笔不乱。有谁能想到，这出自一位只有微弱视力的耄耋老人之手！

绵绵密密的字里行间，他还写尽了对中国航空发动机事业的思考和建议；写尽了对科学发展观的深刻理解；写尽了对祖国、人民和党的挚爱。

他写道："历史事实证明：唯有共产党才能救中国，才能振兴中华。唯有共产党才能洗雪国耻。唯有共产党才能振兴航空工业！"

他写道："自己当年放弃国外优越的物质生活条件回到祖国，投奔共产党，这是我一生最大的光荣与幸福！"

在他走后，家人把这些心得日记和学习笔记总共 56 本，全部交给了组织，这是他为党和国家所能做的最后的奉献了。

2009 年 2 月 18 日，93 岁的吴大观住进医院。搞了一辈子自然科学的他，清楚地知道自己的日子不多了。

他拒绝一切治疗。

"没有用了，不要浪费国家的医药费。把药用到最需要的病人身上吧。"这是他对医护人员说得最多的话。

因肝区严重腹水，饮食难进，医生给他挂吊瓶输营养液，针头扎进去，他坚决地拔出来。护士等他睡着了再扎针，他醒来，又坚决拔掉。医院考虑请外院的专家为他会诊，他同样拒绝。

他的慈祥、纯真以及彻底的唯物主义态度，让每一个医护人员心怀敬意。创造伟大事业的人，是不会戚戚于死亡的。死亡对于吴大观，是又一次出发。

他最高兴的事依然是读书看报，活动小餐桌成了他的小书桌。

每有领导和同志来看望，他兴奋不已，总有太多的话想说。

那一天，从事航空发动机的晚辈刘大响、马福安等人来到他的病床前，这些当年他手下的小伙子，现在都是领军的人了。他坐起来急切地拉住他们。

"吴老，您快躺下。"

"不，我没有时间了，让我说。"

思维依旧简洁明快，却蕴含了一生厚重的托付。

"第一，对我们国家的航空事业，我做得很不够，我感到深深有愧。第二，航空发动机太难了，一定要吸取历史教训，按科学规律办事。第三，一定要加强预先研究，要把基础工作打牢。第四，一定要讲真话，千万不要忽悠！一定要把真实情况告诉领导。第五，一定要落实科学发展观，把我国的航空发动机搞上去！"

他的目光朝向窗外的天空，久久仰望……

"我就要去见马克思了。看着窗外的蓝天白云，多么美，多迷人啊！我是看不到我们自己的大飞机装着我们自己的发动机飞上祖国的蓝天了。但我相信，总有那么一天……"

他流泪了。

风筝，一个红色的像鸟一样的风筝，是20年前他带着4岁的外孙女毛毛放的那只风筝吗？毛毛开心得不想回家了，他答应她下次再来。可他再也没有给毛毛下次。他相信外孙女不会怪他，她懂得外公。他对她说过一句话——"只有一个国家强大了，这个国家的人民才会有归属感"。她一定记得，一定……

多么温柔的声音！是她吗，华国？是她，一生相濡以沫的爱人。她坐着轮椅来到他床前，可他睡着了。她默默地望着他，心里在和他说话。他都听到了。他多么幸福，这辈子因为有了她，心里永远像怀着一盏温暖的灯……

晓云，还记得那只能悬停的蜂鸟吗？时光多快，早年那个小嘟嘟竟也已经退休了。他为女儿骄傲。他没给她留下什么财产，她却继承了他们的家教——"传家有道唯忠厚，处事无奇但率真"。这是早年舅舅家宅院门上的一副对联，他记住了，传给了女儿。他相信，女儿也一定会传给她的女儿……

这是 2009 年 3 月 18 日。刚刚过去的夜晚，吴大观一夜无眠。

抬起头，最后一次仰望天空，他的心乘风而去……伴随着他的是一架架轰鸣着"中国心"的中国战鹰。

飞过长江黄河，飞过泰山昆仑……中国的天空上肆虐着侵略者的时代，一去不复返了。今天，中国已经跻身于目前世界上仅有的、能够独立自主研制航空发动机的 5 大常任理事国之一，后来者们正在向着更高更远的目标奋进。

百年航空报国志，仰天长啸"中国心"。

吴大观——中国航空发动机之父、报国有成的党员专家、祖国人民的忠诚儿子，以其毕生的信念与奋斗，将他一颗炽热的"中国心"镌刻在中华民族的百年航空史册，镌刻在祖国的万里长空……

（新华社 2009 年 6 月 30 日电　新华社记者张严平、孙一曲，人民日报记者鲍丹）

> 采访手记

科技人物不是写"科技"

在人物报道中，科技人物是比较难写的一种类型，难就难在"科技"二字。有同行称写这类人物是吃力不讨好。

的确，每一门类的科技专业领域与普通人的生活和认知相距很远，但写这一领域的人物又绝对离不开他们的专业研究。作为承担着科技人物与读者之间桥梁的记者就夹在了他们中间。这一边，记者对科技人物的专业同样十分陌生，只能被一堆专业资料牵着鼻子走，照葫芦画瓢，由此造成相当多的科技人物报道被困在一团似是而非的专业概念中；那一边，读者对记者画出的这只艰涩的瓢，看得昏头昏脑，乃至对人物本身失去了兴趣。

如何突破这一窘境？

我在采写航空发动机专家吴大观的报道中努力做了一些尝试，回头想来，最重要的有两个方面：

首先，科技人物的报道最关键的是要让人物立起来，要作为一个人去写他，科技活动是他作为一个人之人生命运的有机组成。因此，不仅要写出他的专业创造与贡献，更要写出他的人生、情怀、心灵等一切与人相关的内涵，要让读者越过专业的屏障去感受到一个人、一个生命的气质与力量。

在吴大观这篇稿子中，我着重传达的就是他作为一个中国研制航空发动机的先驱者所具有的艰难攻关、无私奉献、淡泊名利的高尚情怀与赤子之心。这样的一个科学家才能走进读者心里，才能感动和激励更多的人。

其次，对科技人物报道中不可缺少的专业元素，记者一定要花费一点脑子弄清楚其核心价值，清晰地了解关键点和大致脉络，从艰涩难懂的专业概念中跳脱出来，深入浅出，以简明扼要、通俗易懂的表述写出这一科技人物的专业价值，这也是他作为一个人的重要价值。写不出这个价值，这个人物就失败了。

记得当时采访吴大观时，仅仅为了搞清楚研制航空发动机究竟难在哪里这一问题，我们便花费了很长的时间和精力，不断地请教，不懂就问，听人讲理论，下厂看设备，不怕被人笑被人烦。我们为此付出的时间和精力能体现在稿子里的文字很少，但是这对展示吴大观的价值至为关键。最终，我们终于从大量的采访中凝结出了短短几十个字的表述："这个让木板也能飞起来的发动机，作为飞机的'心脏'，在被誉为工业之花的航空工业领域中，犹如皇冠上那颗最璀璨的明珠。"

稿子在《人民日报》《新华每日电讯》等几十家媒体刊出后，读者反响很大。一位在媒体工作的读者说："第一次读科技人物的稿子流泪了。"

道理与实践之间总有距离，在吴大观这篇人物报道中，尽管我的主观上做了很多努力，但今天回望，依然有很大的改进提高空间。我常常想，如果让我重新再写一次，会写出新的样子吗？

2023 年 12 月

永远的巴山红叶
——记四川省南江县原县委常委、纪委书记王瑛

见到她，已是一尊定格的美丽：黑黑的眸子，弯弯的眉毛，温婉的目光，粲然的笑容，碎花布衣之上的脖颈处系着一条红色的丝巾。

这是一个一生都痴爱枫叶红的女子。

有人说她柔媚似水；有人说她大气如山。有人喊她"瑛儿"；有人称她"王哥"。她多情善感，眼里常含热泪，每一个父老乡亲的疾苦都让她心痛；她亦有拍案而起的侠气，哪怕面对权高位重者，只要损害人民群众的利益，绝不退让。

她对自己共产党人的信仰无限忠诚，就像当年用鲜血和生命浇灌了她脚下这片巴山热土的中国工农红军红四军男女将士们，她是他们无愧的后来者。

在她生前自己设计的一方小小名片上，我们看到了烂漫如霞的巴山红叶，一行娟秀的小字透着生命的气质跳跃在红叶之间——中共南江县委常委、纪委书记王瑛。

蓦然低头，有泪落下。

她有红叶的风骨，不惧霜打，在党和人民利益的防线上傲然挺立

王瑛只有1米54，瘦瘦小小的，但在纪委书记这个钢铁般的职位上，她让人见识了小女子的骨头有多硬。

2003年3月24日，南江发生一件震动全县的大事，一名在扫黄中被拘留询查的年轻女子在县公安局某派出所留置室上吊自杀。案子经有关部门迅速了结。一个月后，一封举报信转到县纪委，举报派出所某民警在办案中玩忽职守致人死亡却逍遥法外。

任县纪委书记刚满一年的王瑛，被推上风口浪尖。

"马上调查。"她毫不犹豫。

事情很快现出端倪，这竟是一起涉及多个部门、背景复杂、且连带县公安局个别领导有制造伪证、隐瞒真相嫌疑的重大案件。

纪委内部有人建议，应付一下算了。

王瑛出语否定："有后台有背景的更要查！既然老百姓有反映，我们就要查个水落石出。"

"敢查这个案子，你几爷子不想活了！"一时间，县纪委八面临风，指责、谩骂乃至威胁接踵而来。

王瑛毫无畏惧："邪不压正。我们是正义的，不怕！"

那些日子，王瑛和她的战友们一道，如同百米冲刺，日夜奋战，曾连续5天5夜没有睡觉，吃住在办公室，与主要涉案人员反复谈话，掌握了大量第一手材料。

她的压力是人们难以想象的。在一次向县委常委汇报案情的会议上，一位领导黑着脸当面指责她不该查这件案子。她无法沉默，挥手朝桌子重重击去……

回到办公室，她哭了，哭得很伤心，像受了委屈的孩子。哭完，抹干眼泪冲出一句话："人生就是要荡气回肠一回！"

王瑛不是孤军作战，她的身后有各级纪委组织的坚强支持。最困难时，巴中市纪委专门派出力量对所有办案人员暗中保护。

真相终于浮出水面：案发当天，拘查年轻女子的一名民警因接受他人吃请，违反规定将被拘人一人留在留置室，导致这名女子上吊自杀。案发后，县公安局个别领导为不影响争创全国优秀公安局，隐瞒了当事民警擅离职守的事实，指示下属做了出警的假证。

最终，十多名涉案人员全部受到法律的制裁和党纪政纪处分。

纪委书记的职责，就像一方砺剑石，将王瑛的锋芒越磨越锐。她对身边的同志坦言："纪委是干什么的？纪委就是为纯洁党的队伍、永葆党的战斗力而冲锋在前的尖刀兵。作为一个纪委书记，不办案就是失职；作为一个纪检干部，不办案就不配在岗！"

几年来，王瑛直接牵头办理疑难案件、典型案件50多起，为国家挽回经济损失近1000万元。她先后被四川省纪委、省监察厅表彰为"办案先进个人"，被中央纪委、监察部表彰为"全国纪检监察系统先进工作者标兵"。

王瑛不止一次说过："我知道我得罪了很多人，但谁叫我是纪委书记。我对得起党和人民的是：我从没得罪纪委书记这个称号！"

她有红叶的眼界，天高地阔，以超前的工作为党凝聚起万千力量

王瑛去世后，有一个曾被她断了大好前程的人为她守了整整一夜的灵。他叫柳昆。

第一章 脊梁

10年前，柳昆作为一名公安民警，曾因为"打黑"英勇荣获南江县十大杰出青年。10年后，在2003年"3·24"案件中，他作为当时县公安局副局长负有连带责任，受到行政撤职处分，33岁，跌入人生低谷。

王瑛对身边的人说："惩处不是我们的最终目的，教育和挽救干部才是我们的天职。柳昆本质不坏，是一时糊涂走错了方向，我们有责任教育挽救他。"

那是柳昆受处分后第一个春节前的晚上，王瑛来到他家，柳母冷若冰霜，柳昆垂头漠视。王瑛朝向老人说："我们都是做母亲的人，如果你是那个死去女孩的妈妈，你怎么想？"她又朝向柳昆说："错误只属于过去，你未来的路还很长，要努力！"母子俩哭了。

不久，柳昆响应县委号召，主动申请下放到条件艰苦、经济落后的观音寺村做驻村干部。4个寒暑秋冬，他带领这个村修公路，建学校，安电话，养黄羊，种板栗，干出了当地老百姓梦想多年的事。

4年里，王瑛每年都要到观音寺村检查、暗访柳昆的工作，每年年终都要组织县纪委、监察局全体干部听取柳昆的工作汇报。有一年8月，一场大雨过后，柳昆正在村民的房顶上架电话线，忽然看到一辆载客的"摩的"歪歪扭扭进了村，后座上下来一个人，一身泥一身水，抬起头来竟是王瑛。原来她下乡检查工作，特意绕道这里看看柳昆的情况。此时她已经重病在身，脸色憔悴。"王书记……"柳昆一语未落，泪如雨下。王瑛笑笑："我莫事，你好好干！"

柳昆连续3年被县委表彰为优秀驻村干部，2006年7月1日，又受到巴中市委的表彰。当天下午，他收到王瑛发来的短信："大姐祝贺你，真的勇士是跌倒后爬起来继续前行的人！"

几年来，王瑛教育帮助的受过处分的党员干部有 50 多人，其中 5 名成绩突出者重新走上了领导岗位。

作为党的一级纪委，如何建立起一套行之有效的防范机制，将错误的东西遏止在萌芽之中，是王瑛更为努力的。

2002 年，南江县发生两起损害经济发展软环境的案件，致使 3 名客商撤资。王瑛经过调查，创造性地提出了纪委工作服务社会发展的"五个零"工作方法：

——建立投诉中心，为民服务零距离；

——召开专题听证会，干群关系零隔阂；

——开展"三最佳"（最佳执法单位，最佳执法领导，最佳执法人员）创评，监督监察零空当；

——评选诚信先进，再塑形象零起点；

——实行投诉查结制，案件查处零搁置。

"五个零"的工作方法实行 3 年间，南江县招商引资 9.8 亿元，56 家外地客商相继安家落户。

2006 年，王瑛发现群众反映村社干部的信访举报占到全县信访量 70%，为此她提出在全县各行政村设立村级党风廉政建设监督员制度的设想。这一制度实行后，村级信访案件占全县案件的比例下降到 32%。

王瑛就像一位拓荒者，在纪委工作的领域，以忠诚与智慧奋力开辟出一片片理想的绿洲。

她有红叶的深情，俯首朝下，人民群众的冷暖疾苦是她不舍

的牵挂

在南江，有一群"背二哥"，他们曾是王瑛最放不下的人。

"背二哥"是大巴山特有的苦力人，终年靠给人背运货物为生。"背二哥真辛苦，长年在外难落屋，吃的'筒筒饭'，走的'阎王路'，动步唱路歌，停脚打杵杵，背压弯，汗流枯，日头背进又背出。"好唱山歌的他们，早年的歌里唱出了字字辛酸。

然而，落脚到南江的"背二哥"做梦也没想到，在这里，生存条件发生了天翻地覆的改变，他们有了自己的宾馆，自己的餐厅，还常有人来讲课，讲的都是让他们心里亮堂的实在话。

这一切，都与王瑛有关。

55岁、做了十多年"背二哥"的廖庆和，一直忘不了2004年冬天的一个晚上，累了一天的他，像往常一样把头钻进竹篓，蜷缩着身子，下身盖了一条破棉絮，睡在了县城红星桥旁的马路边上。朦胧中，他感觉有人把棉絮轻轻地往上拉了拉，睁眼望去，是一个戴眼镜的女子。他想是个好心人吧，没说什么，又闭眼睡去。没有想到，一年以后，廖庆和参加县工会组织的农民工培训，竟意外地看到了那个女子，她微笑着走过来给他倒了一杯水。他问旁边的人，这女子是工会的服务员？人家告诉他，那是县纪委的王书记，也是县工会的主席。他一时惊得说不出话来。

这之后的事情，是他一点一滴体会到的。

王瑛的心里把"背二哥"看得重，到处为他们说话，跑前跑后为他们解难，最终在县委的支持下，办起了"背二哥"公寓，他们这群一年四季睡街头的流浪汉晚上终于能在屋子里睡觉了，一人一晚只收 5 角钱，缺口的费用由政府补贴。不久，又办起了一家专供"背二哥"吃饭的餐厅，一顿饭只要 2 元钱，有荤有素，憨厚的"背二哥"为餐厅起了一个直抒胸臆的名字——"感恩餐厅"。

王瑛经常晚上去给"背二哥"们上课，给他们讲"要进得来，留得住"，要"先富脑袋，后富口袋"，要"自尊自强，堂堂正正做人"。

在街头，我们意外地听到廖庆和唱起在"背二哥"中流传的新曲，苍凉高亢的音调透着重生的喜悦："进城干活十多年，没想到党的政策这样宽，建了'背二哥'好宾馆，只花半元钱，又有水来又有电，开水丢在枕头边，服务周到真齐全……"

王瑛出生在四川阿坝藏族羌族自治州小金县一个普通工人家庭，她对人民群众有质朴的爱；巴中这片浸透了红军鲜血的热土，更为她的爱融入了一种信仰的力量。她说："尽心尽意为群众做事，是我们党员干部的天职。"

她曾为一个全家 5 口挤在 30 平方米房子里的抗美援朝老兵，上下奔波，四处"化缘"，购置了一套 90 平方米的新房。

她曾为一名无钱读大学的农村女孩黄霞一次掏出了 3000 元的学杂费。之后每一个月，黄霞都会收到王瑛寄来的 500 元生活费。直到她去世，这笔生活费依旧按月寄到。原来，她把自己荣获"全国纪检监察系统先进工作者标兵"得到的 2 万元奖金，专门在银行为黄霞开了一个账户，去世前她把存折郑重委托给了县纪委的同志。在南江工作 11 年，王瑛先后资助了 12 名贫困学生。

她曾为住房与耕地被一条大河隔在东西两岸、只能赤脚过河到对岸种田的洋滩村村民圆了几代人的梦，20 多天建成了一座横跨东西两岸的铁索桥。当地农民在桥头一块大石头上雕刻了三个深情的大字——"连心桥"。

……

在人民群众的心里，王瑛就像一缕阳光，一阵春风，她来了，就会留下温暖。

她有红叶的操守，风尘不染，认定自己只是一个人民权力的保管员

王瑛做官多年，手中的权力，一尘不染。

她有个亲弟弟王勇，一直在阿坝州一个条件艰苦的基层林业站工作，弟媳妇下岗在家，一家人的日子过得紧紧巴巴。王瑛任南江县纪委书记后，王勇似乎看到了希望，给姐姐打来电话："姐，你把我调到巴中去工作吧，在阿坝实在太苦了！"每次得到的回答都是："你要安心工作，调动的事有机会再说吧！"

这个机会却一直没有出现。

最难忘那年，父亲去世，临终前握着王瑛的手："我最放心不下的是你弟弟，你要好好照顾他啊！"王瑛含泪点头。

然而，她依旧食言了。

王瑛的内心不苦吗？苦。哪个姐姐不疼弟弟，哪个女儿不愿成全老人遗愿？但是，当要圆满这种亲情便要动用手中的权力时，王瑛退缩了。

她曾对在巴中市机关工作的丈夫张勇说："我们手中的权力都是公共权力，是人民群众让我们保管的，我们只是一个保管员。如果用权力谋私利，就是对人民的背叛！"

她的弟弟始终没调来巴中。同时，丈夫的弟媳王雪梅也下岗多年。丈夫的弟弟找到嫂子，希望走后门给雪梅找个工作。王瑛摇摇头："不是嫂子无能耐，也不是嫂子不帮忙，只因我是一名纪委书记。比起许多更苦的群众，你们还没有到那种揭不开锅的地步，如果给你们走了后门，面对那些群众，我心里不安啊！又如何去监督其他干部呢？"

王瑛把对家人的愧疚压在心底。每逢过年过节、学校开学，她总是从自己不多的工资中挤出一点钱或买下一些生活用品，送给两个弟弟、弟妹和他们的孩子。

王瑛去世后，王勇从阿坝赶来为姐姐送行。当看到姐姐灵前鲜花如海、挽幛如云，他从心底懂得了姐姐。他跪在姐姐的遗体前痛哭："姐姐，过去我让你为难了，你原谅我吧！姐，你是对的！"

在南江，王瑛常去位于城中心一个叫"红四门"的地方站一站，它是当年红四军73师血战后胜利入城的地方。青色条石交错砌成的拱形石门上，至今可见红军錾刻下的标语口号。她对一位朋友说："'红四门'是一种洗礼与鞭策，在这片土地上做纪委书记，一步脚印也不能歪！"

每一个细节的东西，在她都是一种无声的表达。

她在南江本可以租一处条件好的房子，可她坚持住在职工旧宿舍楼里，脱落的墙皮用白灰刷刷，破了洞的窗户用报纸糊上，一张钢丝床用到她去世。

她的装备总是很"寒酸"，当别人都在用高档手机时，她用的还是一部旧话机；当其他部门轿车换了一辆又一辆时，县纪委的一部老桑塔纳仍在使用；当别人用高档笔记本电脑时，她用的还是联想第二代产品。2008年，有职工提出更换电脑、买一辆新车，王瑛专门召开干部职工会，她说："纪委是执法的，如果我们去跟'风'，其他单位更会跟'风'，只有我们带好头，不良风气才会被遏制！"

她生病住院，一家企业的负责人来探望，说什么也要留下5000元钱，以感念她在企业遇到困难时为他们排忧解难。王瑛说："你们来看我，是我最大的慰藉，送钱反而是加重我心灵的病痛。你们还忍心给我钱吗？"企业的负责人只好收回钱含泪而去。

拒绝一切用权力谋取私利的王瑛，宁愿自己承受生活的重担。

几年中，她的丈夫、母亲先后得病，儿子又考上大学，加之她平日里帮助人也多，日子常捉襟见肘。2006年，成绩优秀的儿子被学校送往国外一所大学交流学习，生活费用提高不少。为了节省开支，她为儿子托运了全部的旧衣服，以及一把菜刀和一把理发的剪刀，让他平日里做饭理发自己动手。但这依然不能填补费用的空缺。无奈之下，王瑛背着所有的人，悄悄到一家信用社贷款了8万元钱。半年后，信用社捎来话，问她是否还点本金，不然一年的利息太高。她问："利息有多少？"回答："6000元。"她沉默半天，说："实在没钱，我先还利息吧。"去世前夕，她把这件事记在了本子上，以期家人将来把钱还上。

小小红叶，生之高洁，所以璀璨，一如王瑛。

她有红叶的不朽，虽死犹生，她以生命最后的燃烧诠释了一个红色的灵魂能走多远

还有什么比选择死亡的方式更能表达一个人对生命的态度？！

王瑛的选择是——"就是倒下了，也要倒在岗位上。"

2006年7月,南江遭遇特大旱灾,王瑛冒着酷暑在抗旱一线连续奋战十多天,几次昏倒,随行的同志强行把她送进医院。检查结果震惊了所有的人:肺癌晚期。医生断言,她的生命最多还有半年。

两天两夜,王瑛沉默不语。

两天后,她终于痛哭了,面对丈夫与挚友。

哭完,她说了一句话:"我要创造奇迹!"

从此以后,人们再也没有看到她流泪。

一次次化疗,一次次抽胸水。血管萎缩,手背溃烂,恶心呕吐,头发脱落……她一声不吭全挺下来了。

刚刚结束三个疗程的治疗,王瑛坚持出院。临走医生叮嘱她回家好好休息,干自己最快乐的事情,她点点头,回到了纪委书记的岗位。

巴中市委得知情况,准备给王瑛安排一个轻松点的工作,既可减轻她的劳累,又可以解决她的正县级待遇。王瑛谢绝。她对市委书记李仲彬说:"我知道我没有多长时间了,干一天算一天。我热爱纪委工作,我要在这个岗位上坚持到最后。至于是否正县级,我不在乎。"

当死亡逼近,王瑛以百倍赤诚的心去拥抱她钟爱的工作。

2008年5月12日,汶川大地震爆发,到重庆新桥医院接受化疗还不到一个星期的王瑛,不顾医生劝阻,提前出院,第二天一路颠簸500多公里赶回南江,立刻带领县纪委的干部奔赴救灾一线。

南江县有48个乡镇受灾,受灾人口达44万多人,是全国地震重灾县之一,监管好抗震救灾物资是王瑛最牵挂的事。她对身边的人说:"这些钱和物资都是用来救命的,出了问题,我们就是犯罪!"

她连续召开会议,组织讨论制定了《关于严明抗震救灾资金物资管理使用监督的纪律规定》,面向社会公开招聘17名义务监督员,县纪委、监察局落实专人 24 小时接访，并在重灾乡镇集中设立现场投诉点，调查核实群众反映的问题。八庙乡有群众举报，乡干部在救灾款上做"手脚"，王瑛立刻派人查处，这个乡的党委书记、乡长、副乡长等 4 人全部被撤职。

这一时期，王瑛直接批示处理有关抗震救灾信访举报 36 起，解决群众具体问题 14 起，确保了国家发放给南江县的上亿元资金、成千吨救灾物资及时发放到受灾群众手中。

县监察局副局长何勇至今忘不了王瑛送他们抗震救灾物资检查组下乡的情景。那时的王瑛由于连日高强度工作，病情加重，车子一路走她一路咳嗽。实在坚持不了，就停下车，咳嗽稍缓一些，再接着走。就这样，近 3 个小时的路停了四次。每到一个村，她都千叮咛万嘱咐，到达最后一站燕山乡时，王瑛交代完了，临上车又回身抓住何勇说："每人每天 10 元钱 1 斤粮，一定要发放到群众手里啊！"

站在生命的轨道，已经听得见死亡脚步声的王瑛，此时几乎是在与死亡赛跑，她渴望在有限的时间里，为党和人民多做一些，再多做一些。

在大坝水库危在旦夕的抗洪现场有王瑛……

在冰天雪地的查灾一线有王瑛……

在群众倒塌的房屋前拉着老伯老婆婆的手，一次又一次掏出钱塞到他们手上的还是王瑛……

在她病情确诊后的两年零四个月的日子里，除去十多次的化疗时间，她都在工作第一线，有 194 天在抗洪抢险、抗震救灾和案件查处现场。

最后的王瑛，依然给人们传递着阳光的暖色。

她随身的包里除了笔记本和笔，总是带着3样东西：止痛药、口香糖、化妆盒。工作中每当疼痛难忍，她就悄悄服上几粒止痛药；每当要剧烈咳嗽，她就反复咀嚼口香糖以压住呼吸；每当脸色蜡黄，她就躲在角落迅速涂一点胭脂，抹一点口红。她对朋友说，她不想把担忧和伤感带给别人。

这是2008年11月里最后一个周末，王瑛回到了巴中的家。此时，癌细胞已经扩散到她的大脑和颈部，极度的疼痛吞噬着她的寸寸骨髓，人虚弱得已经连走路都很困难。她终于答应请假，到重庆接受治疗。

望着眼前这个几十年聚少离多的家，王瑛无限伤痛。5年前，丈夫右手患骨瘤做了假骨移植手术；2年前，70岁的老母亲患乳腺癌，一直靠化疗吃药生存。她多想为他们多做一些，可还没来得及，自己竟也被病魔袭倒。

时间突然变得如此珍贵！她只有抓住每一个回家的日子，默默不停地做着，为母亲拆洗了四季的被褥，一一写了字条放好；为丈夫整理了四季的衣服，按季节颜色一套套搭配得当。

短暂的相聚，似乎只为了那最后的诀别。

这一次，她多想再多做一些。但是，她已经什么也做不动了。

2008年11月27日，王瑛一家起得很早，她让丈夫搀扶着来到厨房，久久地凝望着正在为她做早饭的母亲，痴痴的目光如诉如泣。她费力地抬起手，为母亲捋了捋花白的头发，喃喃细语："妈，您为我太辛苦了，今后要多注意身体啊！今天我真不想到重庆去，真不想走……"

这是万般不舍的离别。

她让丈夫帮她带上那条她最喜爱的红围巾，那种红恰如枫叶经霜后的爆发，如火如霞，她的衣服中最多的就是这种颜色，她一生都迷醉枫叶红。

丈夫弯下身子要背她下楼。"不，会压坏你的手臂。"高大的男人突然满眼泪水，猛地抱起她直奔楼下。

县纪委的同志已在等候。她若有所思："我还有什么事没交代吗？我让机关的同志代我到挂联的乡镇走访慰问，了解贫困群众安全过冬的情况，他们千万别忘记啊……"

车子开动了。

一路静静的，副驾驶的位子让她有开阔的视野，宽大的挡风玻璃宛如一幅幅迎面涌来的画面，那是她熟悉的山川、河流、村庄……

没有人知道她什么时候停止了呼吸。她就这样走了，走在了路上，像一片红透的枫叶飘落在巴山的土地……

明天，将是她47岁的生日。

她的身后，65万南江父老乡亲洒泪壮行；她的身后，巴山枫叶一夜尽染。还有什么比生命享受如此的挚爱与燃烧更幸福的了？！

这是红叶的选择。

这是一生痴爱枫叶红的女纪委书记王瑛的选择。

（新华社北京2009年2月8日电　新华社记者张严平、杨迪，人民日报记者李章军）

时代面孔 ▶新华社领衔记者笔下的人物肖像

📝 采访手记

寻找红色的路标

王瑛的温柔、坚忍、美丽、深沉一直像一首红叶之诗，在我的记忆中闪闪发光。红叶之红，是她引我走进她的内心世界的路标。

去四川南江采访王瑛的时候，她已经去世两年多了。对于已经去世的采访对象如何采访，这一直是我努力探索的。不少人物，由于采访时已经去世，无法面对面感受到他们的性格、气质、内心，总感觉与他们十分遥远，无力抵达他们的世界。采访王瑛即是如此。

记得当时在南江采访了很多人，包括王瑛的领导、同事、家人，以及曾得到王瑛帮助过的市民、农民、棒棒哥等众多群众，几天下来，了解了有关王瑛的许多事迹，件件感人至深。但是，王瑛对我来说好像依旧隔着一层纱雾，影影绰绰，看不清她的样子，更看不清她的眼睛。作为南江市委的组织部部长，她短暂的一生呕心沥血，业绩斐然，有口皆碑，她就像一个背负着使命的圣徒，奉献着燃烧着。然而这一切源于一种什么力量呢？她的女性特质与工作角色之间强烈的反差更加深了我对她的探索欲。

每一棵树都有自己的灵魂，绝没有现成统一的词句能够概括那广阔如大海的人心。

采访中无意中听说，王瑛最爱红色，是深秋大巴山的红叶那种红；她的围巾，一年四季无论薄厚，都是这种红色的；她生前自己设计的一张小小名片上，也是烂漫如霞的巴山红叶。这让我的神经如被触电一般，如此挚爱红色的这位女子，一定有非凡的心怀。我渴望抵达她的内心世界。

我们四处打听，谁最了解王瑛？是那种无话不谈的了解。

终于，一个很难被想到的人被找到了。巴山市一家小茶馆的女老板，王瑛的闺蜜。王瑛一年难得回到巴山家中期间，总会到这位闺蜜的茶馆中长坐。那天，我们和王瑛的这位闺蜜聊了足足4个小时。聊王瑛的性格，爱好，聊她的开怀大笑，聊她的无言痛哭，聊她的侠胆柔情，聊她的柔弱忧伤……采访结束那一刻，我久久地回不过神来。王瑛的形象在我的眼前陡然之间变得那么清晰，那么生动，带着她生命全部的声音、色彩、气息。我多想拥抱住她，无须言语，就这样长久地默默地拥抱着。

人物内心的光芒将之前采访到的事迹全部点亮，每一个故事都有了生命。我知道，如果没有后来的这次采访，我们也可以完成一篇看过去不错的稿子，但是有了后来这一次采访，我们才能写出一篇闪动着人物灵魂光芒的稿子。

这也让我领悟并坚信，对于已经去世的被采访对象，找到他或她的那一个"知己"是多么的重要。那一个人不一定在哪里，不一定是谁，但他（她）一定存在。

稿子播发后，王瑛这位南江市女纪委书记以独特的形象气质感动了千万读者。我手上一直保存着一本小册子，这是山东莱州检察院在学习王瑛同志的事迹后出的一份专刊，与我素不相识的他们把这份专刊特别地寄给了我，并附了一封信。信中告诉我，他们读了王瑛同志的事迹后深受激励和鼓舞，掀起了学习王瑛同志事迹的高潮，全院干警还踊跃为王瑛的亲属捐款。他们还告诉我："我们是您的忠实读者，多年以来，您的作品一直深受我们的关注和喜爱。

您的作品深入生活,深入人物心灵,充满感情,富有诗性,激励人心……"

素不相识,却有这般心灵之交。作为一个记者,我何等幸福!

2024 年 1 月

写给英雄母亲的信

王佩老妈妈，您曾说过您那个长着 1 米 78 大个的儿子除了出生那天嘹亮地哭过一回外，就没见他什么时候再流过泪。

但是他确实流过泪。他躺在医院的病床上，望着床头衣架上挂着的那身他穿了 16 年的警服，热泪涌流。您的儿媳妇春梅轻轻地问他，有什么话想说？他哽咽道："我实在是没干够这一行！我死也不该死在这病床上啊！……"他没再说下去，拿起床头的纸和笔，挥泪写下 8 个字："生命不息，冲锋不止！"

这一天是 2001 年 4 月 16 日，两天之后，您这个做梦都在与犯罪分子搏斗的儿子——秦皇岛市公安巡警防暴大队队长、共产党员田川，被病魔夺去了年仅 38 岁的生命。

"活着真美好！"

王妈妈，您知道 2001 年 2 月田川住进北京中科院肿瘤医院那天说了什么吗？他细细地看着战友们送来的一束束鲜花，对一旁的春梅说："活着真美好！等我病好了，带上妈和女儿由由，咱们一起来北京好好玩几天。"

春梅把头扭向一边，眼泪可劲地流。是的，活着真美好！可是十多年来田川从没有和家人一起来过一次北京，他总是忙，唯一的这一次，竟是为了挽救他已无法挽救的生命。还有什么比这样地活着，更让爱他的人痛断心肠？！

王妈妈，您还记得那些被田川称为亲兄弟的防暴队员吗？田川的话传到他们那儿，每一个队员都哭了。是的，活着真美好！可是十几年来每一次执行任务的危急关头，田川总是3个字："我来上！"

他们最难忘1995年9月，防暴大队接到任务，抓获一批从云南乘火车进入秦皇岛境内的持枪贩毒分子。为了不打草惊蛇，必须有一人潜入列车跟踪，其余人在铁路沿线掩护截捕。"我来上！"田川又是一马当先。就在这时，他发现一名新队员忘了穿防弹背心，二话没说，他立刻把自己的防弹背心脱下，塞到那位队员的手上。一时间，所有在场的队员齐刷刷地把自己的防弹背心脱下，往田川的手上塞。田川急了："你们比我年轻，日子还没过呢，都穿上！"当队员们与火车上的田川胜利重逢时，大家紧紧拥抱。

王妈妈，生生死死对于您年轻的儿子已是常事。

他曾在半夜巡逻时，遭遇两名歹徒杀伤一名出租车司机后，劫车欲逃。他全力追击，在鸣枪无效的情况下，以英勇而高超的技术，把歹徒驾驶的车辆挤到路边，冲下车与两名持刀歹徒徒手搏斗，最后将他们制服。

他曾在一次奉命堵截在北京杀人后劫车外逃的两名身带武器的罪犯中，驾驶着吉普车冲在最前面，一手握方向盘，一手持枪，迎面向歹徒扑去。最后慑于我人民防暴警察的强大威力，两名犯罪分子被迫投降。

春梅曾劝过田川："换个工作吧，万一有个三长两短……"田川摇摇头："再危险的事也得有人去干，要不然哪有多数人的太平啊！"

早年与田川一起在北京军区服役转业后下海经商的一位战友，几次找到田川诚恳相邀："你这活太危险，无论啥时候，你打个电话，第二天就到我公司任职。"田川总是笑道："这防暴警察最适合我干！"

也有人问田川："你就不怕死？"田川说："没有少数人的牺牲，就没有多数人的安宁，为了千家万户老百姓能过上太平日子，我甘愿做一把九死不悔的利剑！"

莫道落红无情物，化作泥土更护花。

王佩妈妈，您收藏下吧，收藏下您的儿子对千千万万父母、妻子、孩子的那句深情的祝愿："活着真美好！"

"妈，放心，你儿子是铁打的汉！"

王佩妈妈，您手上至今还保留着那张北京著名胸外科专家王成峰教授写下的诊断书。当时，这位有着 20 多年行医经验的大夫打开田川的腹腔时，惊呆了：病人原发胃窦黏液腺癌已广泛转移到胰脏、肝脏、网膜、腹壁淋巴……根据他的经验，像这样的病人得癌症至少已经 2 年，而且早已躺倒在床。他怎么也不敢相信，这个病人十几天以前还一直战斗在防暴警察的岗位上！医术已无回天之力，他默默地缝上刀口，预计病人可能活不过 15 天。

没有人能够接受这个现实。

王妈妈，那一夜您哭干了泪。您清楚地记得，儿子最后一次从家里去防暴大队上岗时，您心疼他下半夜回来只睡了3小时，劝他再睡会儿，他笑着说："妈，放心，你忘了你儿子是铁打的汉了！"

与您同样一夜无眠的是防暴队队员们，这些小伙子无法相信终日在训练场上摸爬滚打、一天往地上摔几次、几十次、上百次的大队长，竟然已病到这步田地。

您知道，您儿子的"铁"是出了名的。早在部队服役期间，他就是连队的训练尖子，进入防暴队以后，他自我加压，天天滚在训练场上，在摔跤、散打、射击、攀登、游泳、硬气功等方面，练就了一身绝活。

没有人忍心告诉您的是，田川为了让队员们都能练出一身硬功夫，总是以自己的身体做靶子，让大家施展手脚。

他曾在陪新队员练摔跤时，左肩胛处韧带被撕裂，他咬着牙不吭声，继续摔，直到训练结束，倒在地上，再也动不得了。他的一条腿训练时被踢得新伤压旧伤，反复红肿积水，长久不愈，他就在腿上绑上木板，让队员们继续踢。有时队员们实在不忍下脚，他就吼道："平时多吃苦，战时才能少伤亡。踢！"

王妈妈，您一直想弄明白，癌细胞是什么时候潜进田川那高大健壮的身体的？

最早是2000年初，春梅发现田川晚上睡不好觉，说胃不舒服，她让他去医院查查，他说："没大事，吃点药就好了。"

这一年10月，公安部将在北京举行首届全国巡警防暴警技能比武，为参加这场大比武，烈日炎炎的盛夏，田川带领着防暴队员进入了没有自来水、没有电、住处连窗户都没有的场所进行全封闭训练。

队员们开始注意到大队长饭量锐减，常胃疼呕吐，有时晚上睡着觉被疼醒，他就跪在床上，用被子死死地顶在疼处，抗到天亮。有一天半夜，他疼得实在受不了，就开车跑出好远，敲开一家药店的门，买回一大包止痛药。

队员们心里急呀！轮番劝田川快去医院，他总是一句话："训练完再说。"

王妈妈，您曾那么深情地告诉我们，当您在电视上看到儿子在10月比武大赛上的镜头时，真想上前为他擦擦头上的汗。

那次大赛，田川以优异的成绩荣立三等功。

您比儿子还高兴！当您听说秦皇岛黑道上的人流传着"犯啥别犯在防暴队手上，更不敢犯在田川手上"这句话时，您开心地笑了。

您还记得，比武归来的田川一天没休息，又接受了为秦皇岛市110巡警进行全员培训的任务。春梅跟您抱怨，让他看病，他又推了。

12月，培训结束的第二天，您嘱咐春梅盯住田川，让他去医院。可春梅在医院左等右等不见人影，最后等来一个电话："我已经在执行任务的路上，别担心！"

田川半夜回到家里，整整24个小时，他没合过眼，没吃进一口饭，吞进胃里的是半瓶止痛片。他完全虚脱了，呕吐不止，吐出来的全是咖啡色的黏液、绿色的胆汁和整颗整颗头一天吃进去的药片，足足有半脸盆。

您忘不了那个早晨，田川喝了一点葡萄糖水，摇摇晃晃又要去上班，被您拉住了。春梅流着泪拨通了防暴大队的电话，给田川请假去医院看病。田川在一旁用虚弱的嗓音一再叮嘱："就请一天，队里还有好多事呢！"

医院诊断结果，震惊了田川身边所有的人：晚期胃窦黏液腺癌。

王妈妈，您为什么不再哭泣？您只是一遍又一遍地重复着儿子在刀口刚刚缝合的当天对前来看望的领导和队员们说的话："我这辈子最自豪的事，就是当上了一个为民除害的防暴警察。我干一天就少一天了，你们就让我回去工作吧，我实在是没干够！"

您只是一遍又一遍地读着与儿子同病房的一位68岁的老人为田川写下的字："登峰剃虎骨，入海锲蛟龙；凛凛金钢汉，铮铮铁骨人；凭谁安天下，看我匡乾坤。"

有人说，田川的病是被耽误了。

您说，您绝不愿有其他母亲再经历您的痛苦。但是，您不怨儿子，您知道，人民防暴警察这份工作是儿子的痴爱呀！

"生命不息，冲锋不止！"

王妈妈，您永远忘不了田川从北京出院回到家中的那一天，您的11岁的天真烂漫的孙女由由跳到钢琴边，为欢迎爸爸弹奏了一首让全家人心碎的钢琴曲《梦中的婚礼》。

由由是1990年5月在防暴大队成立一个月后出生的，被队员们昵称为"小防暴队员"。别人的爸爸都带女儿逛公园、吃麦当劳、买漂亮衣服；田川有点空就带女儿玩摔跤、打拳、去大海里游泳。他常跟春梅开玩笑说："没准将来防暴大队收女队员，咱们的由由肯定最合格。"现在他听着女儿的弹奏，心里明白，他已经看不到女儿的将来了，女儿的将来，包括她的婚礼，他真的只有在梦中相约。女儿一曲弹完，扑进他的怀里，他捧起女儿的小脸亲呀亲不够。

您记得，第2天田川和您说了大半晌的话，说他小时候的调皮，说您当年做教师时的辛苦,说他那位已去世的军人父亲的耿直。临了,他说:"妈,您一定多保重,您平平安安的,我到哪儿都放心!"

第3天,田川发烧,住进了秦皇岛市人民医院。

王妈妈,您一直惊奇,儿子的病怎么就牵动了那么多人的心。相识的、不相识的,每天来医院看望田川的人川流不息。他的病房里、病房旁边的走廊上到处都摆满了鲜花;有人送来了自己熬制的甲鱼汤、鸡汤;有人送来治疗癌症的偏方。一位从事文化事业的人士特意给田川录制了一盘歌颂人民警察的歌曲磁带,托人送到医院,他在同时带来的信中写道:"百姓们深深地记挂着你,百姓们爱你!"

王妈妈,有一样您最知道,田川的心里同样有着深深的记挂!

他记挂着抚宁县深河乡那两个贫困家庭的孩子。两年前,他从一封救助信中得知他们失学的困境,便把他们上学的事包下了。就在他去北京看病的前两天,还带着钱、作业本、铅笔去深河乡看望了孩子们。当两个孩子听说田川叔叔生病,提着鸡蛋、花生赶到医院时,田川拉着孩子的手再三鼓励他们用功读书,并当场掏出200元钱,放到孩子们的手上。他对副大队长刘建成说:"我走后,这两个孩子就交给大队了。"

他深深地记挂着防暴大队,记挂着那些与之生死患难的队员们。从北京回到秦皇岛头一天,队员们来看他,一见面他就问:"现在队里的训练情况怎么样?咱可不能掉链子。"转过脸又问副大队长刘建成:"年前我住院时,告诉你买些米和面送到建栋家,办了没有?"建栋是队里家庭生活上比较困难的一个队员,妻子下岗,本人又长期在北京执行任务,为此,田川常常自己掏钱买些吃的用的送到他家里。当他牵挂的问题一一得到满意的答复后,他笑了。

那些日子，田川人躺在病床上，心一天也没有离开过防暴队。他把那年在北京参加大比武时的一些心得口述出来，让春梅记下，嘱咐她日后交给大队，供队员们切磋研究。一位战友给他送来一台小电视机，除了看新闻，他每天必看的就是拳击节目，还有当地电视台正在播放的反映人民公安干警生活的电视剧《我是警察》。

王妈妈，这世界上还有什么比让一个母亲眼睁睁地看着自己心爱的儿子一天天走向死亡更为残酷的了？当生命对于田川已进入最后的倒计时，他几乎一天一个样，头发全掉光了，人瘦得血管贴在骨头上，常人难以想象的疼痛日夜折磨着他，他经常把毛巾塞到嘴里，紧紧咬住。

不！在您的眼里儿子一点儿都没变，他依然坚强、快乐、深爱。他与来探望的队员们讨论拳术；他给病友们唱歌；有一次由由来看他，他突然想呕吐，又怕吓着孩子，便对由由说："爸爸给你表演一个节目。"由由天真地问："什么节目？""呕吐。"说完，他再也控制不住，大口地吐起来。看着爸爸痛苦的样子，由由大叫："爸爸，不要表演了。"

王妈妈，4月16日那天您没去医院，您永远都没有看到您的儿子在昏迷的前夕看着那身他穿了多年的警服，流下了眼泪。

4月18日，带着壮志未尽的深深遗憾，您的儿子永远地离开了这个世界。

他给春梅留下的最后一句话是："我死后，不要向组织提任何要求。"春梅从他生前简陋的办公室里捧回了他的遗物：一双警靴，一副护膝，还有13本约4万字的学习笔记和工作日记。

人们从四面八方涌向街头，鲜花撒满了灵车经过的十里文化长街，路上奔跑的大小车辆一辆接一辆地跟在了灵车后。港城百姓以英雄的礼遇为田川送行……

田川的骨灰安放在秦皇岛市郊一座可以望得见大海的公墓，墓碑上刻着他最后一刻挥泪写下的誓言："生命不息，冲锋不止。"

王佩老妈妈，您终于知道，您那个长着 1 米 78 大个的儿子确实流过泪。您说得真好，您为儿子心疼，但是更为儿子骄傲。因为您深深地懂得，儿子的泪水里流淌的是一颗英雄的心……

（新华社秦皇岛 2001 年 6 月 18 日电　新华社记者张严平，通讯员郭晓涓）

> 时代面孔 ▸ 新华社领衔记者笔下的人物肖像

采访手记

寻觅"感动"

当我接受采访秦皇岛市公安巡警防暴大队队长田川英雄事迹的任务时,心里真没多大谱。这几年,媒体关于英雄警察的报道很多,而他们所从事的职业决定了他们的英雄事迹有着许多相同之处,采写起来,很容易流于一种"格式"。

但是我仍然充满了一种探索的欲望。想想看,秦皇岛市那么多人民在田川住院时前去看望,一位普通的市民在他死后专门给新华社写信提供他的感人事迹,这其中该有怎样无法割舍的真情?!

我来到了英雄生前所在的城市。不得不承认,最初几天,我陷入了一种异常焦躁的状态。尽管从当地有关部门、新闻同行、田川的战友以及他的妻子、姐姐那里,我听到了许多他的英雄事迹,了解了他短暂的一生,但是聚集在我脑子里的仍然是"格式"化的英雄警察的概念。我没有找到"这一个"与"那一些"的不同之处,没有对"这一个"产生独有的感受。我觉得自己就像一个机器人,什么零件都有了,就是没有心脏,没有让我一下子要蹦起来、跑起来、要哭要笑的那一颗活脱脱的心脏。

也许,按一般惯例,就现已获得的材料而言,写成一篇通讯已经够用了,而且文字也可以弄得不错。但我对自己说:不!

一篇英雄人物的报道,没有记者自己的感动,又何以再现英雄那颗崇高的心?何以去感动和燃烧千千万万读者的心?我要用我的心、我的情感,去寻觅那份没被发现的"感动"!

听人说，田川人格的养成，受其父母的影响很大。他的父亲已经去世，我便很想见见他的母亲。但有人劝我，不必白费那个劲了，老太太因失去儿子悲痛至极，说话絮絮叨叨不成条理，况且她知道的田川的事迹不比别人更多，聊半天也未必能聊出个啥。

但是我还是想见见这位老妈妈。是的，我没有指望她能给我说出更多有关田川的事迹，但我想到，在这个世界上，她是给田川生命的人，是给田川最伟大母爱滋养的人，她是对田川牵挂最多的人，田川是她的心头肉啊！我相信，在她的面前，无须更多的语言，只要静静地聆听她作为母亲的那颗心的律动，就一定会有情感的碰撞！

我相信母亲对儿子的情感是最朴素的，也是最本质的，因而最具有穿透人心的力量。

当我第一眼看到这位英雄妈妈那双透出慈祥、悲伤、坚毅的眼睛；当我心痛于她提起儿子满目泪水的悲情；当我听她喃喃地讲述着儿子如何地孝敬仁义；当我惊讶于她清清楚楚地记得儿子在家时的每一张快乐的笑脸，每一丝疲惫的倦容……我终于被深深地感动了。感动的不仅仅是母爱，更是这真切的母爱背后那一个活生生的儿子，那一个有血有肉的警察英雄。

谁没有生养、疼爱自己的母亲？谁不懂得白发人送黑发人是这世界上最悲惨的伤痛？然而，田川却选择并坚守着防暴警察这样一个有着极大生命危险的职业达12年之久。他寡情吗？不！他的母亲让我感受到了他一个热血男儿的情深义重、大孝大爱，而他对警察事业的挚爱正是从这里升华而得的。为了千千万万的母亲与儿女的相聚，他甘愿牺牲个人这最珍贵的幸福，他实践了一个共产党人爱的最高境界！

我顿悟了。田川的一言一行、点点滴滴，都被这种爱的光芒照亮了。

> 时代面孔　▶ 新华社领衔记者笔下的人物肖像

　　他之所以在生死关头总是三个字"我来上";他之所以身患癌症依然忘我地训练工作;他之所以在告别人世前流下了壮心不已的泪水,一切一切都是源于这种爱啊!他爱亲人,爱战友,爱人民,爱事业。爱,熔铸了他一颗英雄的心。那是一颗跳动的、滚烫的、平凡而又高尚的英雄的心!

　　打开电脑,我把深深的感动全力倾诉于英雄的母亲。因为是她启动了我情感的闸门,是她让我懂得了田川。尽管这种倾诉如此令人心痛,但是唯有这样的倾诉,才能表达出一个人民警察在我心中所烙下的真切的独有的英雄形象,而且我相信,这个形象会感动更多的人。

　　《写给英雄母亲的信》一稿经新华社播发(2001年6月18日)后,被全国众多报刊、网站采用,它受到了许多同行的鼓励,我也收到了不少读者打来的电话,表达他们读后的感动。有人问我:怎么会想到这样一个角度?我回答,因为在这位英雄的母亲那里,我找到了对英雄的最真挚的感觉。

　　回顾这篇人物通讯的采写过程,我再一次悟到,记者要写好一个人物,仅仅采访到几个事例是远远不够的,要想让这个人物活起来,有灵魂,有血肉,就必须去寻觅那些让你心热的、让你流泪的、让你爱的、让你不写出来就心里难受的感动。

　　只有你被感动了,你才能读懂这个人物,你的文章才有精神气儿,你写出来的东西才能去感动更多的人。

　　去寻觅感动吧。对高尚美好心灵的感动,不仅仅可以让我们写好一个人物,而且对我们心灵的成长也是极为珍贵的,它会使我们永远保持一颗新鲜、敏感、激情、诗性的大脑。这将不仅是作为一个记者而且是作为一个人的幸福。

(原载《新闻业务》)

第一章 脊梁

一个共产党人的一辈子
——追记云南省保山市原地委书记杨善洲

  他走了,就像一个操劳了一生的老农民一样,走了……身旁留下一顶草帽,一把砍刀,一支烟斗;身后留下一个依然需要刨土取食的家,家里有风烛残年的老伴,有每天上山种地、喂牛、打猪草的女儿女婿,有开着农用车跑运输的孙子们……

  他奋斗一辈子,掏心扒肺让老百姓的日子富起来,自己却两手空空而去,而把价值几个亿的森林送给了大山里的群众。

  照片上的他,温暖地笑着,目光慈祥又明亮。

  他,就是云南省保山市原地委书记杨善洲。

一辈子的赤子之心,把生命最后的霞光,化为家乡大亮山上永恒的春天

  1988年3月,杨善洲退休了。一头牛,卸了架,该休息了。

  然而,谁也没有想到,他选择了另一种活法。这是一次还债,也是最后的报恩。

地处施甸县南边海拔 2619 米的大亮山，是杨善洲家乡最高的山。他 16 岁时父亲病逝，和守寡的母亲艰难度日，母亲常常带他到山上挖野菜、草药，拿到集市上卖。是大亮山养活了他一家。

在日后风风雨雨的岁月里，杨善洲亲眼看到曾经长满大树的大亮山，一点点变秃变荒，乱砍滥伐，曾成为一个时代的隐痛。他不止一次向身边的人诉说："都是在我们手上破坏的，一山一山都砍光了，多可惜！我们要还债！要还给下一代人一片森林、一片绿洲！"

他当地委书记期间，曾带人风餐露宿，徒步 24 天，详细了解大亮山的土壤、气候、地理环境，一个"种树扶贫"的梦想在他心中萌芽。

从不为家人办事、不为家乡办事的杨善洲，对家乡的人说："退休后，我会给家乡办一两件事的！"

现在，他退休了。

杨善洲婉言谢绝了按规定到昆明安家休养的厚意，说服了家人希望他回家团聚的愿望，留下一句滚烫的话："我是一个共产党员，说过的话就要兑现，我要回大亮山种树去！"

3 月 8 日，杨善洲退休的第三天，他卷起铺盖，当晚就赶到离大亮山最近的黄泥沟。第二天，他带领着从各方调集的 15 个人，雇上 18 匹马，驮着被褥、锅碗瓢盆、砍刀镢头，一鼓作气上了山。

晚上，他们搭起草棚，挖出炉灶，点起篝火，召开了大山上的第一个火塘会议，做出计划，第一年种树 1 万棵。是夜，狂风四起，大雨瓢泼，窝棚被掀翻，炉灶泡了汤，一群人只好钻到马鞍子底下，躲过一个风雨交加的夜晚。

杨善洲的大亮山植树造林就这样开始了。

"好个大亮山，半年雨水半年霜，前面烤着栗炭火，后面积起马牙霜。"

在恶劣的气候环境中，住下来，成为第一考验。最初用树枝搭的窝棚，不到半年就被风吹烂了。他们又修建起40间油毛毡棚，冬天冷，夏天闷，碰上下雨，被窝常被淋湿。上山几年，杨善洲患了严重的风湿病和支气管炎，夜深人静，人们常常听到他阵阵咳嗽声从毡棚里传出。

1992年，林场建起了砖瓦房，职工们首先想到了杨善洲，可他死活不住，他说："我一个老头子住那么好的房子干什么？"最后硬是把房子让给了新来的技术员，自己仍住在油毛毡棚里，一住就是9年，直到全部人搬进了砖瓦房。

没有路，他们往山上运苗子和物资都是马驮人扛，杨善洲常常一边赶着马，一边挑副担子，在山里一走就是大半天。

1990年，杨善洲跑到省上要了一笔钱，林场开始修路。有人主张请专业设计部门来做公路规划，他不同意："林场现在没有多少钱，有钱也得用来买树苗呀，我们自己干！"他找来一些仪器，每天背上一袋干粮出去测量，常常天不亮出发，摸黑回来，14公里的山路，不知跑了多少趟，哪里有个窝窝，哪里有块石头，一清二楚。最后，全部路修下来，平均每公里只花了不到1万元钱。

买树苗资金不足，杨善洲就经常提个口袋下山到镇里和县城的大街上去捡别人吃果子后随手扔掉的果核，桃核、梨核、龙眼核、芒果核……有什么捡什么，放在家里用麻袋装好，积少成多后用马驮上山。他说："捡果核不出成本，省一分是一分。"

每年的端阳花节，是保山的传统节日，也是果核最多的季节，杨善洲就发动全场职工，一起到街上捡果核，成了花市上一道"另类"

风景。

有认识他的人说："你一个地委书记，在大街上捡果核，多不光彩。"他说："我这么弯弯腰，林场就有苗育了。等果子成熟了，我就光彩了！"

不过，在大街上看到父亲捡果核的女儿老二老三感到不光彩了，劝他不要再捡。他说："是不是你们觉得丢面子了？不要老想着你们的父亲是个地委书记，我就是一个普通人。如果你们感觉我给你们丢面子了，那以后不要说我杨善洲是你们的父亲！"两个女儿流下泪水："爸爸，我们错了……"

有一次，捡果核，杨善洲不小心撞到一个小伙子的自行车，小伙子恼了，张口就是粗话，有人赶忙把他拉一边，告诉他老人是原来的地委书记，捡果核造林呢。他惊得半天没吭声，转过身说了一句："这样的官？我服了！"

如今，杨善洲捡回来的果核，已成为大亮山上郁郁葱葱的果林。

杨善洲还常背个粪箕到村寨路上捡骡马粪猪粪，给树苗做底肥；到垃圾箱里捡纸杯、碗装方便面的外壳，当营养袋，培育"百日苗"；坐长途车颠簸几百里，从怒江引来红豆杉，从大理引进梨树苗。那年，栽树季节，他牵着马去昌宁买树苗，为了能及时把苗子栽上，他赶着马连夜往回返，足足一天。

为种树造林，杨善洲倾注了多少心血与艰辛，大亮山知道，每一棵树知道，每一片绿荫知道……

1999年，杨善洲在山上用砍刀修理树杈时，一脚踩到青苔上滑倒，左腿粉碎性骨折。很多人都想，老书记可以留在山下好好休息了。可半年后，他挂着拐棍，又走进了大亮山。

有人说，何必自讨苦吃？

杨善洲回答："入党时我们都向党宣过誓，干革命要干到脚直眼闭，现在任务还没完成，我怎么能歇下来？如果说共产党人有职业病，这个病就是'自讨苦吃'！"

22载辛勤耕耘，大亮山重新披上了绿装：5.6万亩人工造林、1.6万亩杂木林、700多亩茶叶、50亩澳洲坚果、100亩美国山核桃……

一辈子的生命坐标，心永远贴在群众的脉搏上

在保山，至今流传着许多关于杨善洲的"经典段子"。

一天，施甸大街上一个赶马人想钉马掌，无人帮助，难以操作。见一乡下模样的人走来，忙说："兄弟，帮个忙！""干啥？""帮我端马脚钉马掌。""好！"那人用两手端起马脚，双腿前弓后蹬，用膝盖撑住，赶马人又割又钉，一阵忙活，半个小时，马掌钉好，那人拍拍手和裤上的灰走了。一个过路人问赶马人："你可知道帮你钉马掌的是哪位？""不知道。""施甸县委书记杨善洲。"赶马人张着嘴，半天说不出话。

施甸县城边一段公路上石工们正砌一座涵洞，工地上一片打石声。一个年轻石工技术不熟，手上有点不听使唤，忽闻旁边有人说："钎子要捏紧，下锤使点劲。"他有点不耐烦，脱口说："有本事，你打我瞧瞧！"那人拿过工具，叮叮当当，一会儿工夫，一块漂亮的芝麻形花纹石头打成了。年轻人不好意思地咬咬嘴唇。那人走了，有人告诉他，教你打石的是保山地委书记杨善洲。

杨善洲从20多岁起担任县领导直至地委书记，他始终把自己的

根牢牢扎在群众之中。

他很少待在地委机关，一年里大部分时间都在乡下跑，顶个草帽，穿双草鞋，随身带着锄头、镰刀等各种农具，碰到插秧就插秧，碰到收稻就收稻，哪块地里的草长高了就锄两把。地里看过了，群众访问过了，这才到乡上县上。他说："与群众一起劳动，了解到的基层情况最真实。"

保山有5个县，99个乡，每一个乡都留下了杨善洲的脚印。龙陵县木城乡地处中缅边境，不通公路，是最远的一个乡，很少有领导去。杨善洲上任不久，便徒步4天，进了木城乡。

在一间破旧的茅舍前，一位农民把他引进屋。一张用竹竿捆扎的床，一张草席，火塘旁放着一只破瓦罐，杨善洲把手伸进瓦罐，抓出一把干瘪的苞谷。他走到那位农民面前："老乡，对不起，我没有当好这个地委书记……"

当夜，杨善洲召开乡干部会议，他说："我得先做检讨，你们这里的山是荒着的，地是闲着的，人的肚子是瘪着的，袋子里是空着的，我没尽到责任。我们要立即行动起来，帮助父老姐妹铲除贫穷的根子，让他们都过上幸福的日子！"

第二天，他从木城出发，又徒步3天，跑遍了周围的几个乡，十几天后，保山地委做出了改变边境贫困乡村面貌的实施方案。

杨善洲常对地委一班人说："我们干工作不是做给上级看的，是为了人民群众的幸福，只要还有贫困和落后，我们就应该一天也不安宁！"

不安宁，成为杨善洲烧在心头的一把火，为了群众能过上好日子，他一刻也不安宁。

"一人种三亩，三亩不够吃。"这是早年流传在保山地区的顺口溜。由于保山地区山区面积占 91.79%，土壤贫瘠、种植方式落后、农田水利设施薄弱，农业产量在解放初期很低。

杨善洲看在眼里，急在心上："我们是党的干部，如果老百姓饿肚子，我们就失职了！"

他专门在保场乡种了半亩粳稻试验田，试验"三岔九垄"插秧法。一亩地可以提高产量三四百斤。为让群众熟练掌握这一种植技术，他常年跑田间地头，亲自示范推广。

1982 年的插秧季节，龙陵县平达乡河尾村的几个农民正在地里忙活。

一个农民打扮的老者走了过来："你们插秧的方法不对，村干部没跟你们讲'三岔九垄'插秧法吗？"

农民们以为他是路过的农民，没好气地答："你会栽你来栽嘛！"

杨善洲二话不说，卷起裤脚就下了田，一边讲一边示范。插秧是倒着插，越往后插得越快，农民们惊奇地发现，很快他就跑到最后去了。

直到现在，保山当地群众插秧还用这个"三岔九垄"。他还种了"坡地改梯田""改条田"、改籼稻为粳稻等各种试验田。1978 年至 1981 年，保山的水稻单产在全省一直排第一。1980 年，全国农业会议在保山召开，保山获得"滇西粮仓"的美誉，杨善洲则被人们称作"粮书记"。

毋庸回避，杨善洲也不是事事都看得准。他也承认自己在某些问题的认识上落后于农村改革的实践。但当他一旦了解到群众的意愿，便会义无返顾地为之奋斗。

一辈子的精神品格，用手中权力老老实实为人民办事

1985年，保山地委建办公大楼，第一层已经建起，这时，昌宁金华乡发生水灾。杨善洲立即赶往灾区，看到老百姓受灾严重，十分难过，回到保山，命令办公大楼在建项目马上停工，把资金拿来救灾。有人想不通，认为可以从其他地方调动资金。杨善洲激动地说："如果眼看着人民群众在受苦，我们却安逸地坐在这么富丽堂皇的大楼里，悠闲地办公，你不觉得有愧吗？"

在杨善洲的心里，对人民群众永远怀着一种谦卑与敬重，他们真正是主人，他是公仆。

公仆如牛。杨善洲说："我就要俯首甘为孺子牛！"

他下乡，总像一个三人战斗小组，司机、秘书，一辆212吉普，其他随员一个不要。上路，直奔田头。

碰上饭点，老百姓吃什么，他吃什么，吃完结账，绝无例外。

有一次，在龙陵县调研，结束时，三人在县委食堂吃了一顿饭，一碗白菜，一碗蒜苗，一碗酸菜炒肉，外加一碗萝卜汤，一共6.5元。秘书去结账，县委书记推辞："菜很简单，我用我的伙食费去冲抵就行了。"

回保山路上，杨善洲突然问起吃饭是否结账，秘书如实相告。

"停车，你立刻搭班车回去结账！"他的口气不容商量。

秘书只好下车，拦了一辆公共汽车，回去结了那6.5元的伙食费，可他在路上来回的车票、住宿却花了33.5元。他一路都在想，这就好像用一只鸡去换一只鸡蛋。

回到保山，一连几天，他想着最后全部由老书记掏钱结的这笔花

费，忍不住脱口而出："为了6块多，你又花上33块多，值不值？"

杨善洲接口道："账不能这么算。领导机关的人不能占基层便宜！"

他岂止是不占便宜。

当时，机关的同志下乡每天有4毛钱补贴，20多年里，杨善洲一大半时间都在乡下跑，却从没拿过一天的补贴。他说："和群众比，我有一份工资，已经很好了。"

有一个给他当了两年半秘书的同志坚持每次下乡后都把书记的补贴办好，开了存折存起来。杨善洲知道了，没吱声。1978年，他在大官市果林基地听说当地群众搞林业多种经济想养蜜蜂，但没钱买蜂箱蜂种，一下子想到了秘书帮他存的出差费，一问，竟有400多元，他高兴得很："这下解决大问题了，把它全部给他们买板子打蜂箱，把蜜蜂养起来！"

杨善洲用钱"散"是出了名的。走到哪里，看到困难的人家缺衣少被，遇上哪个群众买种子、买牲口少钱，他就从自己兜里往外掏。有人劝他不必，他说："我是这里的书记，老百姓有困难，我能看着不管吗？"

用钱"散"的杨善洲，自己的生活却"抠"得很。

他常年住在办公室旁一间十多平方米的小屋里，一张木桌，一张木板床，床上一个草垫子和草席；穿的总是一身发了白的灰色中山装，夏天草鞋，冬天胶鞋；喜欢抽烟，还舍不得抽纸烟，天天一包烟叶子一支烟斗带在身边。他走到哪里，谁也看不出他是个大干部，曾经闹出几次去宾馆开会被服务员挡在门外的笑话。

杨善洲更"抠"的是，他绝不允许自己占公家一丁点便宜。

他的家在保山施甸县姚关镇大柳水村，离保山有100多公里。他回家从来没用过一次公车,都是自己买车票坐班车回到施甸县城,往下的路当时不通车,他就徒步走回到大柳水村。他的理由很简单:"回家是私事,不能用公车!"

1984年一个星期天,杨善洲回家后,与三女儿杨惠琴一起回保山,突然天降大雨,淋得没法走,他们就到一旁的姚关镇政府躲雨,镇委书记说:"老书记,我和县上联系,来接你。"他说:"接什么接,我们躲一下,等雨停了就走。"

父女俩躲了一阵,见雨不停,就打着雨伞走了。区委书记赶忙给县委办公室打电话,县委办公室主任深知老书记的脾气,专门派车,他肯定不坐。于是,他想了个主意。

驾驶员小李按吩咐,开车沿大路朝老书记驶去,碰面时不停车,开过几公里后再折回来,赶上他们,大声招呼:"老书记,去哪里?是去施甸吗?我刚办完事,正好捎上你们一脚!"杨善洲没想到他们的招数,确信是偶然相遇,这才和女儿一起上了车。到了施甸,父女俩买上车票回到保山。

杨善洲的二女儿杨惠兰是乡里的民办老师,那年考地区中专差一分落榜,他拍着女儿的肩头说:"别难过,明年再考。"女儿问:"爸爸,要是明年还考不上,你能给我安排个工作吗?"他严肃地回答:"不行!我没这个权力。"后来女儿考上了公办教师。为此,县里特别叮嘱杨善洲的秘书:"请你一定要告诉老书记,他家老二是自己考上的,和我们没关系。"

在杨善洲眼里,权力是人民的,他只是为人民来行使,行使的标准,就看符合不符合人民的利益。

有一年,他的一位老相识从外地回来分配到公社工作,老相识找到他，希望帮忙转到城区。杨善洲说："为什么首先考虑的不是工作而是个人利益？这是党组织集体研究决定的，你应该去报到，以后有困难再研究。"

在回地委的路上，杨善洲对秘书说："地委是党的机关，要告诉机关所有的干部，不能为那些只图个人利益的人开方便之门。"

回到地委，一位亲戚早已在屋里等候："大哥，你现在说话办事都管用，把我爱人和小海从乡下调进城里吧。就求你这一次……"杨善洲笑了："我这个共产党的干部可真不好当，办私事的都把我给包围了……"他对这位亲戚说："我手中是有权力，但它是党和人民的，只能老老实实用来办公事！"

多少年来，杨善洲把"后门"关得紧紧的，但他的"前门"总是敞开的。地区农科所农艺师毕景亮的妻子和两个孩子都在农村，家里比较困难，杨善洲在地委常委会议上提出："像毕景亮这样的科技干部我们要主动关心他，尽快解决他的困难。不光是他，也要注意解决其他科技干部的后顾之忧。"

群众说："老书记'后门'上的那把锁是没有钥匙的，但是他帮助干部群众解决困难的钥匙却揣了一大串！"

一辈子的为官情怀，宁愿自己和自己的家人与群众一道，承担起通往幸福生活路途上最后的艰难

环抱在山洼洼里的大柳水村，是杨善洲这辈子从未起过根的家。他生在这里，长在这里，20岁就成了这一带有名的石匠。后来，在这里娶了媳妇成了家。又后来，他跟着共产党的土改工作队走了。

然而，对于这个家庭，走出的男人身份的改变，丝毫没有影响祖祖辈辈生活在大山深处的一家人的人生轨迹。他们和大山里每一个农民一样，至今依然过着地里刨食、山上找钱的艰辛生活。

看过去很普通的几间砖瓦房，是2008年才建起的。村里人说，他们家原先的房子是全村最差的。

1967年，老房子破得挺不住，一到下雨，满处漏水。妻子张玉珍看着婆婆和娃娃在雨水中躲来躲去，无奈之下去了保山，找到当家的说了家中的难。杨善洲听了，半晌无语，摸遍全身，找出仅有的30元钱："你先拿这些钱去姚关镇买几个瓦罐，哪里漏就先接一下，暂时艰苦一下。"

妻子回到家里，告诉孩子们："你们的爹爹确实没办法，他很穷，我们以后再也不能给他添麻烦了，家里的日子我们先凑合着过吧。"

多少艰难困苦，张玉珍靠着山里女人石头一般的坚韧挺了过来。

3个娃子上学，当家的捎回的钱不够，一到秋天，她就每天跑十几里山路去采野果子，背到集市上去卖，一背篓能卖2元钱。

1986年，姚关镇一个年轻的副乡长到杨善洲家，看到老书记的老母亲、老伴、孩子一家人正在吃苞谷饭，家里粮食不够吃，很难过，赶快让乡民政送来两袋救济粮。杨善洲知道后，立刻让家人把两袋粮送回去，并狠狠批评了那位副乡长："很多人家连苞谷饭都吃不上，要接济就应该接济比我们更困难的群众。大家都在穷，我一个地委书记能富得起来吗？"

早在1964年，杨善洲担任施甸县委书记时，组织上就提出把他的妻子孩子转成城镇户口，他谢绝了。

杨善洲担任保山地委书记后，按照上级有关政策，地、师级干部，家在农村的母亲、爱人和不满 16 岁的儿女可以"农转非",可他却把申请表格压在抽屉里一直不办。他说:"大家都来吃居民粮,谁来种庄稼?身为领导干部,我应该带个好头。我相信我们的农村能建设好,我们全家都愿意和 8 亿农民同甘共苦,建设家乡!"

1988 年,家里人想在施甸县城附近建个房,为他下山进城办事方便,家里人也可多照顾他。他同意了,心底里更多是为弥补多年来对家人的愧疚。于是儿女先借下 5 万元钱,买了地,盖了房。老伴找到他:"能不能凑点钱,帮娃娃们还还账?"

杨善洲东拼西凑只凑到 9600 元。老伴问:"9600 块,能还 5 万?"账还不上了,为了不拖累儿女们,杨善洲做主,房子还没住就卖了。

这件事在保山广为流传,人们编成了顺口溜:"施甸有个杨老汉,清正廉洁心不贪,盖了新房住不起,还说破窝能避寒。"

杨善洲的根,就这样永远留在了大柳水村。

每当有人问起张玉珍老人:"你当家的是'大官',你一家子怎么还过得这么苦?"

老人总会平静如水地说:"他当官是为国家当,又不是为我们家当。"

也有人问过杨善洲,作为一个儿子、丈夫、父亲,你对家人有愧疚吗?

他点点头,低声地说出两句话:"自古忠孝难两全,家国难兼顾啊!"那一刻,他眼里有泪。

这个秉性忠厚质朴的山里人,何曾没有一腔儿女之情?!

母亲早年守寡,他是母亲的孝子。每年,他都会花钱从保山买一包补药,煨给母亲吃几天。地委的人都知道,只要书记老家来信说是母亲病了，他一定回去。母亲 89 岁那年，他回去探望，原打算第二天就走，看到老人家病重在身，便留下来，日夜侍奉，整整住了 9 天。这是他离家几十年中，回来住得最长的一次。老母亲是在他的怀里去世的，他抱着母亲的头失声痛哭："娘，不是儿子心肠硬，只因为您儿子是人民的干部！"

他疼爱妻子。每次回家，哪怕住一晚，他都会下地，把要做的农活做了，把家里的水缸挑满了。逢年过节，总记得扯几尺女人家喜欢的花布。他 23 岁娶了她，那会儿穷，没给她点什么物件。他出去了，可这事一直没忘。直到 1997 年，他省吃俭用攒下 500 块钱，塞到她手上："替我给你买个戒指吧。"

他是慈祥的父亲。3 个女儿都是他给起的名——惠菊、惠兰、惠琴，爱树爱花的父亲，把女儿们在自己心里种成了三棵美丽的花。每次回家，他都会从粗大的手掌里给娃娃们变出几块糖，几个果子，然后拉着她们的小手一块下地干活。惠兰总忘不了，有一次爹爹给她梳头，扎的两根小辫子就像两只小牛角。

杨善洲这一辈子，是带着他的家人和他一起担当起一种胸怀，一种"先天下之忧而忧，后天下之乐而乐"的胸怀。他心疼家人，但是，看着更多的还在艰难中的群众，他别无选择。

一辈子天高地阔的豪情，捧着一颗心来，不带半根草去

杨善洲病了。他得了肺癌。尽管家人瞒着他，他心里明白，这一回，是过不去了。

其实，对于死亡，他并不在乎。重要的不是死，重要的是如何生。

他欣慰，这一辈子选择了自己想过的生活，即使在人生最后的年月，他依然没有愧对自己的心。

作为大亮山5万多亩林场的指挥长，他除了拿自己退休后的一份退休金，在林场拒绝拿一分钱工资，只接受每个月70元钱的生活补贴，后来随物价水平，涨到了100元。林场曾多次要给他一个月500元补助，他总是一句话顶回去："我上山是来种树的，要那么多钱干什么！"

不仅不要钱，他还倒贴钱。

他下乡、出差都是自己掏腰包，22年里，他在林场从没开过一张发票，没报过一张单子。

按照保山当地政策，引进资金可以有5%—10%的提成，按这个额度计算，杨善洲这些年前前后后引进的资金应该有40万元的提成，他从来没要过一分钱。他说："拿工资就要干活，引进项目是本分，怎好意思提成！"

上级部门考虑他年纪大，上山下山不容易，给他配了一辆吉普车，他还是老规矩，私事不用公车，用了就要交钱。他老伴去医院看病，用了4次车，他一共交了370元的汽油钱。

1993年，杨善洲的孙子到大亮山林场打工，后来受不了山上的艰苦想去外地。按当初他和林场的签约，干不满5年违约要交罚金。林场的人找到杨善洲，为他孙子说情，孩子年少，罚金就算了。他一口咬死："皇帝的儿子也不行！违约不处罚，以后还怎么管？"后来硬是盯着场里罚了他孙子300元违约金。

对自己和家人严上加严的杨善洲，对林场职工关怀备至。有一个工人得了肝硬化，大量腹水，生命垂危。他一家子都在农村，拿不出钱医治，家人边哭边为他准备后事。杨善洲得知后，连夜赶到县城医院，找到医生说："我们这个工人够苦了，没享过一天福。你们要全力抢救，只要对病人有用，要什么药就尽快去调，医药费，我负责！"医院第二天调来了特效进口药，工人的命保住了。杨善洲去医院探望他，这位工人抓住老人的手，泪落如雨。

有人曾问，杨善洲凭了什么能拢住十几个铁杆追随者，在一片荒山秃岭上造出这么大一片森林？

林场的人说，我们就是冲着老书记这个人，再苦再累，跟着他心甘情愿！

大亮山就这样在杨善洲带领的这支队伍手中变样了。

树苗儿一片片扩展，一年年长高，长成了林子，汇成了5.6万亩的林海，林海招来了云，蓄住了水，昔日干涸的大亮山在水的滋养下"活"起来了。

多少年，喝水靠马驮人挑，婚丧嫁娶送礼要送两担水的山里人，第一次在家门口喝上了甘甜的水。有了水，农民种起了蔬菜、蘑菇、茶叶……拉到集市上换回了钱。

多少年，山里人出门没有路，如今，林场的一条大路串通了村村寨寨，山里跑起了大大小小的运输车。

多少年，山里人没有电，如今，林场的电拉到了七岭八坡，夜晚的大亮山如同掉下一片星星。

多少年，荒芜的大亮山吓跑了所有山里的野生动物，如今，这里又出现了野猪、野鸡、狗熊，还有了国家一级保护动物灰叶猴。

大亮山成了聚宝盆。

有关部门算了一笔账：整个林场约有1120万棵树，按每株30

元的最低价算，总价值也有 3 亿多元！林子每年成长，又是一笔可观的绿色存款，至于生态效益和社会效益，更无法估量。

杨善洲笑了。

这时他才感觉自己老了。老了，就要做老了的安排。

2009 年 4 月，82 岁的杨善洲作出一个惊人的举动，他把大亮山林场的经营管理权无偿移交给国家。

他说："这笔财富从一开始就是国家和群众的，我只是代表他们在植树造林。实在干不动了，我只能物归原主。"

施甸县政府决定奖励杨善洲 10 万元，被他当场谢绝："我早就说过，自己办林场是尽义务，不要报酬。"

保山市委市政府决定给予他 20 万元的特别贡献奖。经再三劝说，他接下了。转过身来，给保山第一中学捐出 10 万元，给林场建瞭望哨捐出 3 万元，给山下老百姓修建澡堂捐出 3 万元。

他最终留下 4 万元。因为，他想到了老伴，一个一辈子含辛茹苦、给他撑起整个家、没享过他一天福的老伴。

他对老友说："如果我先走了，在这个世界上，我最放心不下的就是她了。"

他决定把这 4 万元留给老伴百年之后，让他一生愧疚的这个好女人安安稳稳，一路走好……

2010 年，杨善洲突然病倒。他预感到，他真的要走在老伴前头了。他躺在病床上，老伴来看他，俩人都说不出话，你看着我，我看着你，两双眼睛都在淌泪……

他知道，她懂他。这个世界上，没有谁比她更懂他的了。他为什么一生选择了这样一条人生道路？根，在大柳水村。

他 16 岁，滇西抗战，被派去参加担架队。和他一起抬担架的是一个叫刘贵的 40 多岁的农民。刘贵用绳索将年少的他套在担架上，万一滑倒，他会拽住他。上坡时，刘贵叫他在前，他在后；下坡时，刘贵让他在后，他在前。少年的杨善洲走得轻松稳当，可刘贵走得挥汗如雨，磨烂的草鞋露出脚趾，在山路上留下点点血迹。

这件事在他心里装了一辈子，父老乡亲给予他的真情，成为他日后作为一个共产党人一辈子为人民谋幸福的源泉。

后来，村里土改。他家是佃农，没有一分田地，他最大的梦想就是分到一亩地。没承想，他家分到了 10 多亩地，从此他可以在自己的田地上种庄稼了。他感恩共产党。也就在那一年，22 岁的他，娶了邻村 21 岁的她。

再后来，他走出家门，成为共产党的一员，懂得了共产党的理想与信仰，他的心一下子变大了，认下一条道，这一辈子要为党的事业奋斗终生。

她懂他。病床边起身，她轻轻留下一句话："病好了，就回家……"

他终于要回家了。

这之前，他在林场房前仔细种下一棵玉兰花，这是万千花中他最喜欢的花。玉兰花在当地称"报恩花"，他说，这棵花是对家人最后的表达了。

这之前，他给林场 4 棵雪松仔细培了土，这是他当年上山时带上来的 4 株小盆景，如今已在大亮山上扎下根，苍翠挺拔。他说："共产党人就要做雪松。"

2010 年 10 月 10 日，杨善洲告别人世。

他留下话：不开追悼会，不办丧事，遗体火化，如果我的亲朋好友和家属子女想念，就到雪松树下坐一坐吧……

这是大亮山最悲伤的秋天，层林如挽，长风当泣……

成千上万的百姓扶老携幼，涌出家门，为他们的老书记送行……

"一尘不染香到骨，两袖清风昭汗青"……哀思如潮，挽联如织。

"杨善洲，杨善洲，老牛拉车不回头，当官一场手空空，退休又钻山沟沟；二十多年绿荒山，拼了老命建林场，创造资产几个亿，分文不取乐悠悠……"

这首歌唱遍了整个大亮山。

（新华社昆明 2011 年 1 月 29 日电　新华社记者张严平、杨跃萍，人民日报记者姜洁、宣宇才）

时代面孔 ▶ 新华社领衔记者笔下的人物肖像

✎ 采访手记

抓住"金子"

常听到同行谈论一个话题，人物采访如何确立主题？也有年轻记者与我交流，面对同一个人物的报道，为什么你笔下的人物总能给人更多的感动？

这是人物报道中一个很深刻的问题。

这里面的关键，除了扎扎实实的采访、大量素材的占有、细节的把握之外，最重要的就是你看待这个人物的眼光、角度和深度，或者说是你对这个人物的理解和认识。你是怎样理解和认识的，你就会有怎样的呈现。这个理解和认识也就决定了这篇稿子的主题。这就需要我们在采访中有独立深刻的思考，有不为自己头脑中固有的陈旧的狭窄的平庸的认知所束缚的探索与勇气，还要打破人物报道中主题先行的框框，用自己的脚板、自己的眼睛、自己的大脑去发现"金子"，抓到"金子"。

杨善洲这篇稿子就是这样一个发现的过程。

刚接到采访任务时，有关部门给出的意见是，杨善洲是一位已经去世的老干部退休后发挥余热的典型。这亦可以理解为主题。作为记者在这一刻何去何从？或者就此思路，省心省力，但很有可能因此失去新的发现。我在人物报道中一直坚守"采访第一"的理念，避免还没有采访就把一个鲜活的人物填在了一个主观臆想的毫无生命力的框架中。

去到云南，追随杨善洲同志生活工作过的地方一路采访，一路震撼，一路心潮起伏。当我们看到杨善洲早年任地委书记时简陋狭小的家，看到他退休后在大亮山上开荒种树时住的茅草窝棚，看到他的一直还住在农村老家大山里身为普通农民的家人——他的老伴和三个女儿，看到这些家人在艰辛岁月中脸上刻下的道道沧桑，我目瞪口呆，泪水一次次扑出眼眶。

杨善洲超出了我全部的想象。

这是一个什么样的人？什么样的地委书记？什么样的共产党人？

我们在大亮山上他住的草窝棚里，读到了他生前写下的一摞已经斑驳泛黄的笔记。

他写道："有人问我为什么不把家人的农村户口迁到城里？我想，虽然按政策我可以把家人迁进城，但眼下我们的农村还比较落后，农民的日子还没有过好，我这个地委书记先把家人迁出来了，心里不安呀！我要给群众信心，要留家人与群众一道建设新农村。等到群众都过上好日子，那时再迁心里才踏实。"

他写道："有人劝我把自家的生活搞得好一些。我想，我当年入党时站在党旗下宣过誓，要让穷苦人民都过上好日子。现在群众的生活还没有过好，我怎么能先把自家搞得富丽堂皇呢？那我宣过的誓不是骗人吗？"

手捧这些笔记，我们陷入巨大的震撼。我越来越感觉到，仅仅把杨善洲作为一个退休老同志发挥余热的典型，远远不能表达这个人物所具有的更深的精神内涵，在他的身上，体现的是一个真正共产党人对党的坚定不移的理想和信念，对信仰从未动摇、从未褪色的坚守与忠诚。

我把这个想法与同行的记者沟通后，又与上级部门带队的同志做了交流，大家感受一致。到达昆明后，又把这个意见向云南省委主要负责同志作了汇报，得到肯定。最终，确认杨善洲同志是一位坚守共产党人信仰永葆公仆本色的重大典型。

长篇通讯《一个共产党人的一辈子》播发后，在社会上产生巨大反响，杨善洲成为全体党员干部的旗帜与榜样。

曾有同行问我，写好人物的秘诀是什么？我的回答是：其一"采访，采访，再采访"；其二"理解，理解，再理解"。

总记得雨果的那句话："世界上最宽阔的是海洋，比海洋更宽阔的是天空，比天空更宽阔的是人的胸怀。"记者的幸福，就是通过采访去发现、去抓到、去呈现那蕴含在人心中比天高比海阔的无尽胸怀。

2024 年 3 月

> 记者心路

记者该有一颗什么样的心

按时下电影、电视剧里常常打造的上通下达、呼风唤雨、八面皆灵的记者形象,我该是最不适合当记者的一类人。生性内向,不善言谈,脑笨嘴拙,至今都不适应在一些大的场合抛头露面,最安心的是淹没在人群中,不为人注意。

然而,命运偏偏给了我一个挑战,我成了一名记者,而且还是新华社记者。或许,我该很不自信。但当传说中的新华社记者一个个成为触手可及的我的前辈、同事时,发现他们并非电影、电视剧中那般有"范儿"。他们中有爱说爱笑的,也有平日里沉默寡言、甚至木讷的人,只是当他们一旦进入采访现场,便如战士上了战场,总能爆发出蓬勃激情,总能将稿子写得生机灿烂。

潜移默化中,我追寻着他们。

是的,日常生活中,我不善交际。但不知为什么,只要一面对我的采访对象,面对那一个个我视为一座矿、一座山、一本书,哪怕是一棵无名小草的有待于去寻找发现他们内心的人们,我就进入了一种通电的状态:兴奋、好奇、敏锐、思维活跃,悲喜同身。

我就这样当了一年记者,又当了一年记者……直到今天,已经30年了。

30年中,我写了很多稿子,其中一些稿子为读者、为社会、为这个历史留下了长久的记忆。但我一直是那个笨拙的我,我凭了什么?

今天这个记者节,我认真地想了很久。慢慢领悟到一点,是新华社这片有理想、有激情、有热血、有雷电、有阳光、有春风的热土,给了我一颗总能被生活之火点燃的心。

有了这样一颗能被点燃的心,便能感知到这个世界的崇高、神圣、伟大,也能感知到这个世界更多充满着的爱、喜悦、愤怒、忧伤、无奈……一切生命的信息

能被点燃,就意味着不僵硬、不麻木、不冷漠。能被点燃,就意味着在世俗、平凡的人生中,能发现蕴藏其间的光芒,哪怕如流星坠落般爆发出的最后美丽。

记得,那年,去上海,采访陆幼青——一个写下《死亡日记》的人。平凡的小职员,可恶的疾病,还有人人恐惧的死亡,一切生活中并不闪光的元素,都在这个即将离世的生命面前,绽放出生与死这一人类永恒主题的震撼人心的力量。整整一个晚上,我捧读他的《死亡日记》手稿,读得喘不上气。

3天后,我们的稿子《永远的向日葵》播发。他太太在病床边读给他听。

6天后,他让太太托人从上海带给我一本他弥留之际签下的最后一本《死亡日记》。

9天后,他的追悼会举行,按他的嘱托,追悼会上的横幅便是"永远的向日葵"。

至今感谢陆幼青,他让我第一次以审美的眼光看待平凡生活中平凡的死。

　　记得，那年，采访王顺友。一个人，一匹马，一条路，20 年的邮路生活最初在我眼里只是一个传奇，直到走进那条绵延于深山老林、挂在悬崖峭壁之间、鹰都飞不过去的邮路，我哭了。一半害怕，一半为王顺友。

　　这是一次没有多少语言的采访，王顺友的高尚与忠诚是他用生命写在这座大山里的。《索玛花儿为什么这样红》，我们大声地唱。这种情感不会因采访的结束而消失。那年，王顺友随报告团来北京，我去驻地看他，房间里在座的还有几位当地官员。聊起木里马班邮路乡邮员的辛苦，我忍不住建议，是否可在每条线路上多配一个乡邮员，两个人轮班可以多一些休息时间。没想，一位官员一副不屑的神色，脱口而出："那不可能，成本太高了！"他笑眯眯的眼睛里，看王顺友们就是一头头牲口。坐在一旁的王顺友低着头，局促不安。

　　我很久说不出话，有无言的悲愤。这伤痛一直难以释怀。或许没必要，但没有办法，这就是心。

一颗能被生活之火点燃的记者的心，是真诚而无畏的，因为这样的心里有道义与责任

　　总忘不了，2002 年、2003 年两个春节期间，国内部政文采访室组织的关于关注农民工生存、农民工工资的系列报道，这是新闻媒体首次提出关注弱势群体的勇敢作为。

　　政文采访室的记者们兵分多路，跟随农民工做体验式采访，写下了《血汗钱何时能到手——21 位建筑民工的控诉》《奔波三千里，

忧愤 200 天——民工卢连庆讨债记》等。

记者邹声文后来回忆，当他走进一家工地，看到一群被欠薪的农民工蜷缩在没有火炉的工棚中，中间围着一个正发高烧的孩子，午饭是靠周围的居民送来的馒头蘸着盐粒子，他的眼泪一下子流出来。他也是从四川大山里走出来的农家子弟，他的哥哥姐姐也在外打工，看到眼前的民工，他想到了亲人。稿子中穿透人心的文字，全部来自他内心的力量。

参加这次报道的另一位记者翟伟，除了采访写稿，还与农民工一起向发包商讨工钱，被黑心的发包商狠狠地打了一棍。他没有退缩，继续为农民工鼓与呼，最终帮着农民工讨回了血汗钱。翟伟是一个喜欢诗的人，他的心和他的诗一样火热。

还忘不了，2011 年 5 月，《香河违规征地调查》的报道，记者刘敏等人是冒着被盯梢、围攻、绑架的危险进入村子采访的。事后问她怕不怕？刘敏说："最初心里还是很怕，但当我们看到老百姓那一双双渴盼正义的眼睛，看到他们像当年保护八路军一样保护着我们，心里就只有一个想法，一定要把这件事调查清楚，不能让老百姓的利益受损失。"

常有人对我说，这年头，什么事都不要过心过肺，特别是当个记者，遇事总动心肺，那还不累死了。但我看到的是，新华社有良知的记者们，在人民的利益面前，个个都是过心过肺、一腔热血的人。

一颗能被生活之火点燃的记者的心，是始终不被滚滚红尘淹没、不被钢筋水泥磨硬的充满人性之光的心

作为一个读者，有一篇报道让我难忘。《中国青年报·冰点》的

《永不抵达的列车》动人心魄。记者将在一场大灾难中几乎可能被忽视、被一连串冰冷的死亡数字所淹没的两个年幼的生命，通过时空穿插的一系列拼图，以他们登上列车之后的每一个微笑，每一条短信，每一个梦想，再现出两个活泼可爱的少年，让那生命瞬间消失的剧痛，寸断肝肠。

《永不抵达的列车》，让我们记住了灾难，更记住了灾难中离去的人，还让我们对生命有更接近本质的认识。这篇稿子，几乎可以成为那场灾难的标志性作品。听朋友介绍，这篇稿子的作者赵涵漠是一位非常年轻的女记者。我由衷地羡慕敬佩她。她有如此一颗温柔洞穿的心。

罗丹的理论，不同的自然环境塑造出不同的人种的美。那我想，一种职业将更赋予一个人生命中抹不去的印记。但凡在内心真正认同自己是一个记者，他（她）拥有的一定是比常人更蓬勃、更辽远、更敏锐、更刚强、更温柔的心。

忘不了，跟随从军社长采访时，一路上，他澎湃的激情，或喜悦，或愤怒，或沉思，或一往无前，正如他酷爱的贝多芬的《命运交响曲》，激荡人心……

忘不了，一次，何平总编辑给我们记者讲起他下矿井看到矿工们的艰辛时，眼睛里闪动的泪水。那份真挚的情感，发自他内心深沉的爱。由此想起他讲过的一句话："记者要写出好的稿子，必须要眼到，身到，心到。心到，情才能到。"还有什么比这句话，更道出了一个记者的精髓。

这种精髓，在我与新华社同行们一道采访的日子，总是通过那么多细小的片刻闪现出来。

我荣耀，我走在一支多么优秀的记者队伍中。

边巴次仁、普布扎西，两个快乐幽默的西藏分社记者。那年，我们一同去采访我国最小的行政乡玉麦，一路上他们对西藏山水、人事如数家珍的讲述，采访中与当地百姓亲如兄弟姐妹的情感，深深感动着我。

刘杰，一个矮矮小小、少言寡语、却总有惊奇发现的年轻摄影记者。我曾有幸和他一起去新疆采访一个守石窟的人，那一天，当他执意要留在荒芜诡异、寸草不生、滴水不流的石窟群与守窟人同住一日时，我知道了，一个有灵魂的镜头后面，必是一颗热气腾腾的心。

人世间，还有什么比心更宝贵的？

一颗能被生活之火点燃的心，就是一个记者当有的心。

拥有一颗这样的心的记者，该是一个多么富足的记者。他（她）被点燃，同时，他（她）能够去点燃更多的人。

我庆幸自己成为这样的记者们中的一个。尽管我生活中依旧内向、木讷、不善言谈，但我惟一能做到的，是在记者的道路上，掏出一颗心，燃烧。

因为，心比其他，更重要。

（原载《新闻业务》）

第二章　星辰

　　他们是冬夜里为他人取暖的炉火，是人世间深情的守护，是卑微平凡中的天使。因为他们的存在，这个世界才有了最美的语言——爱。
　　爱，是他们的生命。每一个走近他们的人，都会洒下致敬的泪水……

▶ 时 代 面 孔 ▶ 新华社领衔记者笔下的人物肖像

一位老人与 300 名贫困学生
——记退休三轮车工人白芳礼资助 300 名贫困学生的故事

9月23日早晨，93岁的他静静地走了。

无数活着的人在口口相传中记住了他——蹬三轮的老人白芳礼。

这不是神话，在这位老人74岁以后的十几年生命中，靠着一脚一脚地蹬三轮，挣下了35万元人民币，他把这些钱全部捐给了天津的多所大学、中学和小学，资助了300多名贫困学生完成学业。而每一个走近他的人都惊异地发现，他的个人生活几近乞丐，他的私有财产账单上是一个零。

"孩子不读书，国家怎么强大？"——
家乡的那一次行程，让他在古稀之年开始了朝圣般的追求……

这是他弥留的一刻：干枯瘦小的身躯紧贴在床铺上，闭合的双眼深陷在眉骨间，胸腔里发出一阵阵微弱的喘息声。他已经昏迷了19天。

轻轻地握起老人的手，在已经没有语言的时刻，我们渴望着用心去感受。奇迹竟在一瞬间出现，老人慢慢地睁开眼睛，清亮的眸子直直地望过来，嘴里发出断断续续的字眼："好……学……习……"一颗晶莹的泪水从他的眼角边溢出，手心间的温热朝我们暖暖地传来。

呵，老人一定是在幻觉中看到了他资助的学生。

那一刻，心因感动而痛。

是的，在这个世界上，除了学生，还有什么能让这位93岁的老人在生命即将谢幕的时刻唤起心底最后的记忆？！

1986年，74岁的白芳礼从天津回到阔别几十年的家乡河北省沧县白贾村。这是一个让他悲伤而又牵挂的地方。小时候，他最大的愿望就是能读书，可家里祖辈贫寒，饭都吃不上，哪来的读书钱。他13岁那年便被迫逃难到天津，先是乞讨流浪，后来做了一名卖苦力的三轮车车夫。从那时起，他的三轮车就再也没有停下过。

解放后的白芳礼，靠蹬三轮车成了为人民服务的劳动模范，也靠三轮车拉扯大了自己三个孩子。他对孩子们最大的期望就是读书上学，当他看着自己的两个孩子成了大学生时，高兴得落了泪。眼下，人老了，孩子也都成家立业了，又有政府每月发的退休金，该歇歇腿了。白芳礼计划着回到家乡安度晚年。

他漫步在村间地头，渐渐发现一个让他奇怪的现象：大白天，到处都可以看到正在干活或玩耍的孩子。他问他们，为什么不上学？孩子们说，大人不让他们上。他便又找到大人问，为什么不让孩子上学？大人说，种田人哪有那么多钱供娃儿上学！他一听，连忙又跑到学校问校长，收多少钱孩子们上不起学？校长苦笑，一年也就是百八十的，不过就是真的有学生上学，可也没老师了。老人不明白，老师呢？校长说，工资太少，留不住呗。老人无言。

这一晚，躺在家乡的土炕上，白芳礼一夜没合眼。他没有想到，几十年过去了，家乡的孩子们仍在经历着他小时候的悲剧！他不禁想起曾听人说起的，有些农村的孩子考上了大学，却没钱读，即使进了校门，书读得也很难。

现在他切身感觉到了。

白芳礼虽然没什么知识，可他很喜欢知识，特别喜欢有知识的人。他常对人念叨一个理儿：国家要发展，知识为先。眼前家乡的一幕让他无法平静。难道能眼瞅着家乡就这样一辈辈穷下去？难道能眼瞅着那些没钱的孩子上不了学？不成！

这一晚，白芳礼做出了他人生的重大决定。

第二天，天一亮，老人便召集家庭会议，当着老伴和儿女宣布了两件事："第一，我要把这些年蹬三轮攒下的5000块钱全部交给老家办教育；第二，我原准备回家享清福，现在改主意了，我要回天津重操旧业，挣下钱来让更多的穷孩子上学！这事你们赞成还是反对都一样，我主意已定，谁也别插杠了。"

全家人都知道白芳礼是一个认准一条道九头牛都拉不回的人，所以尽管大吃一惊，也都默认了。

就这样，74岁的白芳礼回到天津，又重新蹬上了他蹬了大半辈子的三轮车。和以前蹬车相比，他现在感觉天高地宽，目标亮堂。他像是在圆自己的一个梦，这个梦是他小时候做过的却没能实现的。现在，他要把这个梦扩展得大大的，要让它在更多的有梦的孩子身上变成现实……

"我心头天天惦记着那些孩子，我就不能花钱，只能往里挣！"——他近乎苛刻地苦着自己，只为了学校的孩子们有更灿烂的笑脸

每一个见过白芳礼的人，都会心酸。

这位老人一年四季从头到脚穿的总是不配套的衣衫鞋帽，那都是他从街头路边或垃圾堆里捡来的。他倒为此挺开心，曾对人说："我从头到脚、从里到外的穿戴没有一件是花钱买的，今儿捡一样，明儿捡一样，多了就可以配套了。"

他每天在外的午饭总是两个馒头一碗白开水，有时候会往开水里倒一点酱油，那已是他的"美味"了。

有人说，白芳礼是个拿钱不当钱的人，挣多少往外撒多少。他的家人说，在老爷子手里，一分钱能掰成五瓣花。

白芳礼在家里立了不少"规矩"：蒸馒头必须把面称好，二两一个，免得吃起来没个数；剩菜剩汤不能扔，留起来下顿再吃；热饭时锅底下必须同时煮稀饭，省火。他家的饭桌上常年就是一碗素菜，一盘咸菜，赶上做点有肉有蛋的菜，他一顿最多只吃一块肉或一个蛋，怎么劝他再吃都没用，他总是说："留着下顿，吃多了白瞎。"偶尔放纵自己的是馋厉害了，就在晚上睡觉时往嘴里放上一星肉，含着，慢慢品滋味。

白芳礼在物质生活上几乎把自己压榨到了最低点，可他却把自己的能量释放到最高度。

一年365天，无论节假日，无论刮风下雨下雪，他从来没有休息过一天。早晨6点准时出车，要到晚上七八点钟才回。有一次，半夜2点还不见他的身影，全家人急得四处寻找，直到凌晨4点才见他疲惫不堪地返回来。一问，原来他找到一个去50公里以外的地方送货

的活，道不好走，来回蹬了整整6个小时。家人埋怨他不该去，他却一脸欢喜地说："这活给钱多。"

多拉一趟活，多挣一块钱，成为白芳礼老人每天最大的盼望。为此，他几乎到了不要命的地步。

他曾在夏天路面温度高达50摄氏度的炙烤下，从三轮车上昏倒过去；他曾在冬天大雪满地的路途中，摔到沟里；他曾由于过度疲劳，蹬在车上睡着了；他曾多次在感冒发高烧到39摄氏度的情况下，一边吞着退烧药片，一边蹬车，虚脱的汗水湿透了棉袄；更有不为人知的是，由于年事过高，冬天里他常常憋不住小便，棉裤总是湿漉漉的，他就垫上几块布照样蹬着车四处跑。

白芳礼生于1913年5月13日，属牛。他家人说，他真是牛命，吃的是草，出的是苦力，挤的是奶。

他为了什么？对于一颗挣脱了世俗羁绊的心灵，并不是每一个人都能理解。有人背地里称他是"高级神经"。

老人知道自己这个绰号，笑笑，并不多说什么。

只是有一回，他对一位老友掏了心里话："我咋就不知道享受？可我哪舍得花钱！蹬一次车赚一二十块钱不容易啊，孩子们等着我的钱念书，我天天心头惦记着我资助的那几百名学生，我就不能花钱，只能往里挣才是！那年我听说咱天津几所大学里有不少学生考上了却没钱买书，没钱吃饱饭，我想，孩子们的家长没办法给他们挣来钱，可我蹬三轮还能挣些呀，孩子们有了钱就可以安心上课了，所以一想到这些，我就越蹬越有劲！"

这是一颗太阳的心，默默无言，却灿烂炽热！

**"我过得是苦，可我的心里是舒畅的！"——
看到自己捐的钱能化为孩子们读书的甘露，他便有了无上的幸福**

白芳礼每天最快乐的事，就是吃过晚饭抱着他那个小木盒子往里数钱；每一块，每一毛他都要把它们展平、码好。他每个月最快乐的日子，就是蹬着三轮车去天津大学、南开大学、天津师范大学、红光中学等学校捐钱。儿女们的印象中，这样的日子老爷子总是像过年似的喜庆，一天都乐得合不拢嘴。

红光中学是天津唯一一所接收藏族孩子的学校。白芳礼是在一次拉活时，偶然遇到了这个学校的学生在车站学雷锋做好事。当他得知他们中大多数是从西藏贫困的牧区来的，有一些孩子还是孤儿，心一下子就被揪住了。半个月后，他蹬着三轮车来到学校，对校领导说："我是白芳礼，今后我要用蹬三轮的钱每月资助这里的藏族学生，别让孩子们委屈！"说着，从口袋里掏出900元钱，在场的人都惊呆了！那全是1角、2角、5角、1元、2元、5元、10元……厚厚的一叠。

打那起，老人每月按时来送钱，每次来时，孩子们都会向他汇报学习情况，老人总是高兴地说："好孩子！好孩子！你们一定要好好学习，哪怕我有一口气一分钱也要资助你们，你们要考大学，将来去建设自己的家乡！"从1993年到1998年，白芳礼资助了红光中学的200多名藏族学生，月月给他们补助，直到他们高中毕业。

白芳礼第一次给天津大学捐钱是在1995年秋天。

那天他蹬着三轮车，穿着一件白衬衫，戴着一顶草帽，找到学校，师生们奇怪，不知道这个蹬三轮的老人会有什么事，当得知他是想给困难学生捐钱时，在场的人竟惊讶和感动得不知所措。天津大学每年都会收到来自各个方面的捐款，多是大企业。来自个人、而且是一个蹬三轮人的捐款，这在学校的历史上是头一回。

白芳礼为这所大学先后资助了40多个贫困学生，他们都已经走上了不同的工作岗位。一位现在军队从事科研工作叫李栋林的受助学生曾给学校写来一封信，信中有这样的话："白芳礼爷爷用他的无私和真诚感动着整个社会，感染着我们每一个人，他时刻激励着我在人生道路上努力拼搏，正直善良，知恩图报。"

白芳礼老人倾尽所能地把他的热和光洒向了众多需要帮助的学生身上，学生们从他那里获得的感动和成长，让他收获了无上的幸福。

老人忘不了那一年第一次到南开大学给贫困学生捐款的一幕。当时，学校要派车去接他，他说不用了，把省下的汽油钱给穷孩子买书。他自个蹬三轮到了南开大学。捐赠仪式上，老师把这个事一讲，台下一片哭声。许多学生上台从老人那里接过资助的钱时，双手都在发抖。一位来自新疆地区的贫困学生，门门功课优秀，没毕业就被天津一家大公司看中，以高薪相聘。在这次捐款仪式上，这位学生走上台激动地说："我从白爷爷身上感到了一种前所未有的精神和力量，这种精神使我的灵魂得到升华。我正式向学校、也向白爷爷表示：毕业后我不留天津，我要回到目前还贫困的家乡，以白爷爷的精神去努力为改变贫困落后做贡献！"说完，他深深地向白芳礼老人鞠了一躬。

全场掌声雷动。老人高兴得流下了眼泪。

事后，老人对他老友说："有人说我傻，辛辛苦苦挣来的钱都送给别人，自己却过这苦日子。要说人家这话一点道理没有也不对，我过得是苦，挣来的每一块钱都不容易。可我心里是舒畅的。看到大学生们能从我做的这一点点小事上唤起一份报国心，我高兴啊！像我这样一大把年纪的人，又不识得字，没啥能耐可以为国家做贡献了，可我捐助的那些大学生他们不一样，他们有文化，懂科学，说不定以后出几个大人才，那对国家贡献多大！"

幸福的白芳礼车轱辘越转越欢，捐款的地方越来越多。

这些年得到他捐助的大学、中学、小学以及教育基金等单位达30家之多。

老人捐钱从不图回报，许多得到他帮助的学生并不知道他的姓名。他的快乐和幸福来自他那一颗太阳的心！

"等我病好了，我还要继续蹬三轮为孩子们挣钱读书！"——他坚守着自己心中的追求就像战士坚守着战斗的高地

1994年，白芳礼81岁。这一天，他把整整一个寒冬挣来的3000元辛苦钱交给某所学校后，学校领导说代表全校300名贫困生向他致敬。这话触动了他。他想，现今缺钱上学的孩子这么多，光靠我一个人蹬三轮车挣来的钱救不了几个娃呀！

他琢磨了一夜，第二天一早就把儿女家的门给敲开了。老伴两年前去世，他现在有什么事就和儿女们商量。

"我准备把你们妈和我留下的那两间老屋给卖了，再贷点款办个公司，赚钱支教。"老人说得迫不及待。儿女们先是愣住了，接着你看我，我看你，说了同一句话："爸，只要您老看咋合适就咋办。"他们深知老爸的脾气，以顺为孝吧。老人笑了。

不多天，在天津市市长亲自给白芳礼老人在紧靠火车站边划定的一块小地盘上，出现了一个7平方米的小售货亭，里面摆着一些糕点

烟酒水果等，当头挂着一块牌子——"白芳礼支教公司"。开业那天，他对受雇的员工庄严宣布："我们挣来的钱姓'教育'，所以有一分利就交一分给教育，每月结算，月月上交……"

亭子虽小，可由于处在火车站的黄金地段，生意很不错，每月进的钱比老人蹬三轮要多好几倍。外人想，白芳礼这下可以当回老板歇歇腿了。可哪想，他名义上是公司的头，可照旧像以前一样天天出车拉活，售货亭的事全交伙计打理了。

他说："我懂啥做买卖？闲坐着更不舒服。再说，想想那些缺钱的孩子，我也坐不住啊！我出一天车总能挣回个二三十块钱，可以供十来个苦孩子一天的饭钱呢！"

支教公司让白芳礼增加了不少支教的财力，却一点也没有改变他蹬三轮的生活，他过得甚至更苦。为了夜里照看小亭子，也是为了在车站拉活方便，他索性挨着亭子用铁皮搭了个小棚子，每天就住在里面。进过这个小铁棚子的人都吃惊：仅仅3平方米的空间，两排砖头搭着一块不足1米宽、1.5米长的木板，算是"床"，棚顶上的接缝处露着一道道青天。夏天里面的温度可高达40摄氏度，冬天放一杯水可以冻成冰坨子。白芳礼就在这个小铁皮棚里住了整整5年。

在现实生活中，一个人要坚持自己的理想而恰恰这种坚持又以一种超越常规的形式表现，便会有十分的困难，来自家人的不理解甚至反对，常会让一颗坚持的心软弱。

白芳礼同样遇到这样的痛苦。

老人的一儿两女在很长一段时间一直承受着某种误解的压力。及至老人住在铁皮棚里不回家时，这种误解更多。

"这老爷子怎么像个没家的人……"他们终于受不了，一趟趟请老爸回家，怨他，生他的气，甚至有点"恨"他。

小女儿白金凤心里更有"苦"，她和丈夫前两年下了岗，原以为老爸一定会资助一把，可老爸就是没动这个念头，他对她说："闺女啊，比你困难的人有的是，你要靠自己的力量，没有爹妈还不活了？"现在，白金凤站在父亲的铁皮棚子面前，几乎想哭。

白芳礼不疼爱自己的女儿吗？不！小时候他是蹬着三轮车一个个把他们带大的；上学时又是蹬着三轮车一个个接来送去看着他们从小学进中学入大学；女儿结婚时，他亲手为她们包饺子做捞面；儿子的儿子出生时，他亲手为小孙子打制小推车，那是四方邻居人见人爱整一条街上最漂亮的小推车；逢年过节，饭桌上有点好吃的，他总是暗暗地省一口留给儿女孙辈们……

这一切只是他疼爱儿女的一面，他更深的疼爱是希望他们成材，做一个对国家和人民有用的人。

现在儿女们对他还没有全部理解，怨他，恨他，他该怎么办？

蹬着三轮车闯荡了一辈子的白芳礼，骨子里充满着一种大义与胸怀，国家与社会在他心目中有头号的位置。他对儿女们说："不管别人怎么说，你们应当明白我。我现在是有国无家，为了能给孩子们多挣钱，眼下就住这儿了！"

很多年过去之后，白芳礼的儿女提起那段日子，已是深深地理解了父亲。父亲是一个有理想有追求的人，捐款支教是他人生的精神支柱啊！

的确，白芳礼像一个坚守战斗高地的战士一样坚守着他的追求。

然而，终于在那一天他感到了无奈。1999年，天津火车站进行整顿，所有商亭一律被拆除。望着转眼工夫被拆成一堆垃圾的"白芳礼支教公司"，老人哭了。这年他86岁，蹬在车上，已明显地感觉到腿脚没有力气了。以后，他还指望用什么挣钱给孩子们读书呢？

老人蜷缩在车站附近一个自行车棚里，硬是给人家看了3个月的自行车，每天把所得的1角、2角、1元、2元的钱整整齐齐地放在一个饭盒里，等存满500元时，他揣上饭盒，蹬上车，在一个飘着雪花的冬日，来到了天津耀华中学。人们看到，他的头发、胡子全白了，身上已经被雪浸湿。他向学校的老师递上饭盒里的500元钱，说了一句："我干不动了，以后可能不能再捐了，这是我最后的一笔钱……"老师们全哭了。

一颗太阳的心是不会熄灭的，白芳礼依然活在他的追求中。其后的岁月里，他播撒下的阳光迸裂成一个更大的阳光的世界！

当他患病的消息传出，一批又一批学校的学生和各界人士来到他的身边。南开大学的学生给老人叠了99只纸鹤，上面不仅有全校学生的签名，每只纸鹤上都写有一句感言，老人捧着纸鹤看了又看，嘴里不停地念叨："宝贝中的宝贝！"

天津大学的学生给老人送来一幅十字绣，上面绣着老人蹬了一辈子的三轮车，旁边写有两句话："三轮蹬出栋梁材，寸草难报三春晖。"老人颤巍巍地摸着这辆绣出来的车，泪水一个劲地流……

"孩子们，等我病好了，我还要蹬三轮挣钱资助你们读书！"

然而，老人再也不能实现他的愿望了。他像流星一样划过，但却让自己燃烧着，给世界留下了最后的光芒……

（新华社天津2005年9月28日电　新华社记者张严平、李靖）

采访手记

标题和结尾

　　白芳礼，这个名字已经成为我们这个时代一座大爱的丰碑。这位蹬了一辈子三轮车的93岁老人，在生活最低微处，让我们看到了人世间最高贵的灵魂。

　　接到采访白芳礼的任务，连夜赶到天津，与分社记者李靖走进白芳礼的家中时，老人已经处于十多天的昏迷中，他瘦小的身躯蜷伏在一条毛巾被下，像一个熟睡的婴儿。多想他能睁开眼睛，多想他能开口说话，多想问问他，像老牛拉车一样苦了一辈子，却把挣到的每一个铜板都捐了出去，这究竟图个啥？

　　我们俯身在老人的身旁，不断轻轻地呼唤着：白爷爷，白爷爷，我们看您来了……

　　忽然，老人的眼皮动了一下，慢慢睁开眼睛。这是奇迹吗？已经昏迷十多天的老人居然睁开了眼睛。他一旁的女儿说，他一准把你们当成他资助过的学生了。

　　这是一双怎样眼睛啊！清澈，明亮，温暖，如夜空中的星星。

　　老人费力地张开嘴，断断续续地说："好……学……习……"，他的眼睛努力挣扎不舍地又慢慢地闭上了，再也没有睁开。

　　这一瞬间的接触，让我强烈地感受到了白芳礼内心深深的爱，深深的愿望，深深的幸福。这一个瞬间，奠定了我们稿子的温度与色彩。

　　接下去的几天里，我们采访了所有与白芳礼有过交往的人，所闻所见所感，都在丰富深化着这位与我们仅有过瞬间眼神交流的老人其

时代面孔 ▸ 新华社领衔记者笔下的人物肖像

心底的世界有多么宽阔多么明亮。这是一个普通得不能再普通的老人，而正是从他的身上，我如此真切地懂得了什么叫"高尚"，感受到一种心灵的洗礼。

在巨大的感动中完成了初稿。

稿子送到总编辑何平同志那里审阅签发。拿到退回的稿件，修改处很多，其中两处改动异常闪亮。

一处是标题，原来的标题是：

《他有一颗太阳的心》；

改为：

《一位老人与300名贫困学生》。

另一处是结尾，原来的结尾是：

"'孩子们，等我病好了，我还要蹬三轮挣钱资助你们读书！'

打这，老人每天都会在床上都会痴痴地望着那辆车，眼神里充满着渴望……

一颗太阳的心是永生的。人们将永远记住他——一个蹬三轮的老人白芳礼。"

改为：

"'孩子们，等我病好了，我还要蹬三轮挣钱资助你们读书！'

然而，老人再也不能实现他的愿望了。他像流星一样划过，但却让自己燃烧着，给世界留下了最后的光芒……"

已经无须用语言赘述，标题与结尾的两处改动画龙点睛，使白芳礼这个人物的精神内涵得以升华，使白芳礼这个人物的形象有了更为深刻、生动、雕塑般的表达。

稿子播发后，白芳礼的名字炙热了千千万万中国人的心，这位老人成为一个时代的坐标，民族的雕像，在当年"感动中国"人物的网上投票中，白芳礼始终位居榜首。

感恩，我的记者生涯中遇到白芳礼老人，他让我懂得，身居卑微，依然可以活出最高贵明亮的人性；人生艰辛，依然可以拥有最富足辽阔的胸怀！

亦为这篇稿子遇到的好编辑感恩，开头与结尾赋予了这篇稿子永恒的魅力。

2024 年 2 月

> 时代面孔 ▸ 新华社领衔记者笔下的人物肖像

走不出雪山上那双眼睛
——记养路工陈德华

顶着头晕、胸闷、四肢无力等高山反应终于登上海拔 6168 米、满目冰雪的雀儿山时，我看到了那双温暖、清亮、而又有一种如岩石般坚硬气质的眼睛。

这是阳春 4 月的一天。随行汽车驾驶室里的温度计显示此时此地的气温为零下 17 摄氏度。

足足几分钟，我语塞。无法想象，眼前这位 45 岁的康巴汉子、四川省甘孜藏族自治州公路管理局雀儿山五道班班长陈德华（藏名扎西降措）在这里已经生活了 20 年。

他为了什么？他经历过多少艰难？他有着怎样的痛苦？他又有着如何的幸福？

"为什么到这座没有生命的雪山来？""因为有路，路就是这座雪山的生命！"

雀儿山藏名"措拉"，意为大鸟羽翼。它位于青藏高原东南部，在四川省甘孜藏族自治州德格县境内，闻名世界的川藏公路就是经雀儿山直奔西藏昌都，把西藏与内地紧紧地连接在一起。

上山前，我从一份材料上看到，雀儿山被学者称为"生命禁区"，这里空气中含氧量只有平原地区的50%，水烧到76摄氏度就开锅，年平均气温在零下18摄氏度，最低气温零下40摄氏度，每年冰冻期长达9个月，6级以上的大风要刮5个月。当地流传着这样的顺口溜："雀儿山，一年无四季，十里不同天，风吹石头跑，四季不长草，一步三喘气，夏天穿棉袄。"

来到山上，当我亲眼看到这里的人们面对的是一种什么样的生活时，才真的被震慑了。晚上屋里熄了火，你可以在几分钟之内看着铁桶里的水是如何结冰，冰又是如何把铁桶涨破的；早晨起来，连被子上也结着一层冰；雪山上找不到河沟与溪流，生活用水全靠取冰雪融化，煮饭和取暖用的柴火要到山下几十公里的地方采购；这里一年四季吃不到新鲜蔬菜，有时过往的驾驶员带点青菜上山，还没卸下车，就冻成"冰棒"了。由于长年缺乏必需的微量元素和维生素，很多人牙齿松动，指甲变软，头发脱落，嘴唇都裂着血口。那天我跟陈德华和工人们一起吃饭，他们拿出了山上最精致的食品——方便面和泡辣椒招待我，看他们大口大口地吃得那么香，我的鼻子一阵阵发酸。

陈德华说，刚上山时他曾试着用脸盆种过蒜苗，可蒜埋到土里不见发芽，还试着养过鸡，可鸡越养越小，他终于明白，在雀儿山，除了人，其他生命难以生存。

就是在这样一片除了人再没有其他生命的地方，雀儿山五道班已坚守了50年。

五道班驻地海拔4889米，是三千里川藏线上海拔最高的一个道班。陈德华是这个道班的第 16 任班长，也是第一任藏族班长。

陈德华找来一张纸，给我画他们五道班负责养护的雀儿山顶 10 公里路线图，他画得很细，每一个弯每一道坡都标得清清楚楚。雀儿山公路是 20 世纪 50 年代初期解放军进藏时在不到半年的时间修建通车的，路基狭窄，坡陡弯急，十分险峻。我问他，这山上养路最难的是什么？他说："缺土。"我又问，为什么不铺柏油？他连连摇头："柏油铺不得，一下雪再结冰，车就没法走了。这山上的路就得铺土。"

土路消耗大，雀儿山公路每年必须加铺两次沙土才能保证路面正常通行。但是这里处于花岗岩风化石地带，寻土如寻金，大量的土只能到 20 多公里以外的半山腰去采运。有人算了一笔账，光这一项每年就要花费 2 万多元。陈德华心疼国家的钱，他提出就地取材，利用岩石缝中风化的沙土。他带领着工人拿着铁锹登山攀岩，从岩石缝里往外掏土，有的石缝太小，铁锹伸不进去，他就把手伸进去，一点一点、一把一把地抠，手指磨烂了，他缠上胶布继续干，胶布磨破了，就再缠上一层、两层。就是这样，一年又一年，陈德华和他的工友们将渗着鲜血的泥土，一层又一层铺在了长长的雪山公路上。

雀儿山路的险峻是出了名的，途中有"老虎嘴""鬼招手"，这些名字听上去就令人恐怖。其中半山腰有一段过去被司机称为"老一档"的险路，有 100 多米长，弯急路窄，整个路面临悬崖一边倾斜达 30 度，每当汽车行驶到这里，驾驶员都要挂上一挡，心里还战战兢兢，稍有不慎，便会车毁人亡。

按职责，改造路段并不属于养路工的工作范围。但是陈德华情感上受不了，他说："每当知道有车翻下去，心头比自己掉下去还难过。"他决定彻底改造这段险路。没有修路的材料，他就带领工人们到山上放炮炸石；没有机械，他们就用手搬、用背驮；没有水泥，他们就采取干砌的方式修挡墙；同时平整路面，加宽路基，降坡改弯。经过整整3年的苦战，终于把"老一档"改造成"放心路"。

近年来，陈德华和工友们先后改造危险路段57处,加宽路段19处，累计完成土石方量28500多立方米，如果把这些土石堆成一米见方的体积排列起来，是五道班养护里程的两倍还多。

"人在路上，路在心上""路好我荣，路烂我耻"，我默念着陈德华和工人们的这句座右铭，觉得冰冷的雪山变得生动起来，开始懂得，生命在这里意味着什么。

雪夜中他守护着三具尸体，一遍又一遍对自己说："我就是死了，也要化成个路标，戳在这雪山上！"

长年在川藏路上奔波的司机们有一句口头禅："冬过雀儿山，如闯鬼门关。"冬天，雀儿山大雪纷飞，山上的路全成了冰道，路面积雪最深时达1.5米，两边的雪堆积如山，分不清哪里是悬崖、哪里是路。汽车被风雪困阻、抛锚、甚至翻车的事经常发生。仅20世纪80年代末的3个冬天，就有15辆汽车在这里翻下悬崖。

陈德华清楚记得那年冬天的一个夜晚，他和工友们顶着鹅毛大雪，从60多米深的山谷背出了当夜随车摔下山的3具尸体。他找来柴火，生起一堆篝火，在刺骨的寒风中守护了整整一夜。他一遍又一遍对自己说："我就是死了，也要化成个路标，戳在这山上！"

人们说，陈德华就是雀儿山上的"活路标"。

过往司机们经常看到，每当遇到暴风雪，车子不敢前进的时候，陈德华就会出现在汽车前，挥着手，大声招呼："跟我来！"他用自己的身躯做路标，一步一步引导车辆过山，几乎每天都要在风雪中来来回回走几个小时。

那天陈德华把他一个破旧的手提包放在了桌上，我无意中打开看了一眼，里面有一些狗皮膏药和一些叫不上名字的土药丸，问他是治啥病的，他说是治风湿和胃疼的，旁边一个工人接话："班长的这些病都是在风雪里做下的，十多年了，他老是不当回事，疼了就弄点药压压。"

陈德华真的是拿自己不当回事，听说在这条路上他被崩塌的雪方埋过，被山上的石头砸过，还有一次开着推雪机差点被暴风雪冲到悬崖下……

他拿什么当回事呢？路，只有雀儿山路的畅通。"断道就是命令，抢险就是战斗"，一旦出现险情，他总是冲在最前面。

有一年冬天，山上几天几夜连降暴风雪、几十辆去西藏运送救灾物资的汽车被困，大批旅客受阻。紧急情况下，陈德华一头扎进推雪机的驾驶室，推了整整5天5夜的雪。渴了，抓把雪塞进嘴里；饿了啃一口糌粑；累得实在熬不住了，就裹着大衣打个盹，直到线路畅通，汽车安全通过。许多乘客亲眼目睹这一切，拥在推雪机前，流着泪，向他鞠躬。

雀儿山路冬季一个最大的问题是过山车辆会车时阻塞。1990年，陈德华向上级主管部门建议：在雀儿山实行冬季交通管制，单向放行，以减少交通事故，确保公路畅通。1990年11月，甘孜人民政府批准：在雀儿山路段，每年1至4月，实行冬季交通管制。陈德华担任了交管中最危险、最艰苦的道路防滑组长，五道班担负的任务大大加重了。

陈德华和工人们没日没夜地推雪开道，打冰防滑，救助抛锚车辆。

1991年4月，这是雀儿山实行交通管制的第一年，山上一连几天猛降大雪，路面雪深1.2米。4月7日一早，陈德华带着推雪机上路推雪，漫天的风雪打得人睁不开眼，坐在驾驶室里，白茫茫一片，什么也看不见。跟机作业的陈德华跳下推雪机，取过方耙倒过来做手杖，向着驾驶员大声喊："跟我来！"他蹚着齐腰深的大雪，一步一步艰难地向前迈动，狂暴的风雪厮打着他，手冻僵了，脚冻僵了，全身都冻僵了，他觉得只剩下心口还有一捧热气，就是凭着这捧热气，他始终一步不停地向前挪动着身体。工友们几次要换他，他都只有一句话："我路熟。"1个小时，2个小时，3个小时……他的身后，推雪机推出了一条平整的路面，一辆辆汽车安全通过雀儿山，每一位司机都长久地按响喇叭，向这位英雄的养路工致意！

就在这时，陈德华倒下了。工人们像疯了一样把昏迷的班长抬上推雪机，开足马力，直奔驻地。他的身体已经僵硬，衣裤冻在身上脱不下来，大家用剪刀一层一层把衣服剪开，只见他的两条腿已经全部冻成紫乌色，摸上去像冰块。人们撮来一大堆雪，没命地给他搓身子，给他灌白酒，不知过了多久，陈德华慢慢醒来，睁开眼睛，颤抖着嘴唇说出一句："有点痛。"

自1991年实行交管以来，雀儿山交通事故发生率降到了最低，取得了连续5年无翻车、无死亡、无事故的成绩。

"雀儿山的路危险，雀儿山的人保险。"这是我后来从一位司机那里听说的流传在川藏线上的一句话，竟不觉又想起陈德华包里的那些个膏药和药丸。

"来这条路上的人都是我的亲人,他们的困难就是我的困难,他们的平安就是我的福气!"

在五道班驻地,我发现从陈德华到每个工人的宿舍,都摆着两张大床,一打听,原来这是他们为随时可能被困在山上的驾旅人员准备的。

雀儿山高耸入云,远离人烟,如果有车在这里抛锚,有人在这里遇到困难,他们最需要什么?陈德华这个厚重的康巴汉子懂得,他们最需要人的温暖。茫茫雪山中的五道班成了这冰雪世界的一团火,每当有车辆受阻或发生险情,五道班便成了车站、食堂、医院、旅馆和供应站,而陈德华和他的工友们就成了服务员、卫生员、炊事员和修理工。

1992年5月的一天,一辆满载木料的东风货车在大风雪中行驶到距五道班800米处时,突然滑向右侧悬崖边,一个轮子悬空,随时都有翻车的危险。恰巧陈德华出来撮雪化水,见此情景,一边大声呼唤工友,一边向货车奔去,来到车边,他二话没说,一把脱下自己身上的皮大衣塞进车轮底下,防止汽车再次下滑。接着他和工友们爬上汽车,小心地把木料一根一根搬下来,再奋力把空车推到路中间,然后又把木料一根一根装上车。5个小时过去了,陈德华和工友们头上结满冰凌,汗水湿透了内衣,他那件从车轮下取出的皮大衣早被碾得稀烂。司机感动地从身上掏出一叠钞票往陈德华手里塞,陈德华推开他的手说:"我们救你帮你,不是为了钱,你来到这里,我们就是一家人,你能平平安安就是我们的福气!"那位司机哽咽着,半天说不出话。

这样的事在五道班很多，时间长了，过往的司机旅客都对五道班产生了一种亲人般的依靠感，遇到困难，他们都会首先想到去找陈班长。尽管雀儿山上生活用水、烧柴都非常困难，日用生活品也来之不易，可是只要有人来到道班，他们就留吃留宿热情相待。

1996年一次特大暴雪造成雀儿山断道堵车10多天，300多名旅客滞留山上。陈德华和工友们把他们接到道班，让出了全班工人的床铺和会议室，拿出了道班所有的米面，在每一个房间都生起了炉火。白天陈德华和工人们上路排险除雪，晚上回来就披件大衣坐在火炉边过夜。几天下来，人们把道班的食品吃光了，柴火也烧完了，为了不让旅客挨冻，陈德华最后连自己房间的地板都撬起来烧了。险情排除后，人们与陈德华和工友们挥泪告别，几十辆汽车同时鸣起震天的喇叭。

我曾与当地一位司机说起这些事，他说："你这才知道多少，在这条路上跑车的，人人都能说上陈德华的几段故事。"

他曾一口气扒了4个小时的雪，从一辆被雪崩埋住的车里救出一位已经昏迷的司机，司机醒来，跪在陈德华面前，连叫"救命恩人！"

他曾从一辆抛锚的大客车上，救下一位发生严重高山反应脸色发紫、眼睛翻白的孕妇，孕妇被救两小时后在山下医院顺利产下一名女婴。

他还曾给一位回昌都取配件修车的司机看管货物，风雪天里硬是在驾驶室里住了整整6个夜晚。

陈德华和他的工友们以一颗炽热的心赢得了天南地北的人们的爱戴，许多驾驶员会从几百公里甚至几千公里以外给他们带来一些青菜、水果，许多车辆走到五道班驻地，即使没有什么事也会鸣响喇叭以示致意。

　　那天站在雀儿山上，我无意中问陈德华，你看这座山像个啥？不想这个浑身线条如岩石一般的康巴汉子说出一句极柔美的话："像一朵正在开放的雪莲花。"我想，从这条路上走过的人们，如果听见这句话，一定有一种特别的温暖。

　　风雪中的告别是无言的，我再一次凝望着那双温暖、清亮而有着岩石般气质的眼睛……车子盘山而下，雪峰渐渐远去，那双眼睛却依然在眼前闪动着。心中从此不再忘记，在高高的、冰雪覆盖的雀儿山上，有那样一群人，有那样一种生活，有那样一颗质朴如石、高洁如雪的心……

（新华社北京2003年4月23日电　新华社记者张严平）

> 采访手记

如何有一个好标题

眼睛，那是一双闪动在飞鸟绝迹、白雪皑皑的雀儿山上的眼睛啊！它那样纯净、坚毅，带着4889米雪山的最动人的神韵，与其说是这罕见的如神话般的雪山让我震撼，不如说是这一双闪动在雪山上的眼睛让我震撼。

岁月流逝，这双眼睛在我的脑海中从未消失。

曾有人问我，你是怎样想到这样一个具象而又如诗一般的标题？

怎么回答呢？这个标题不是想出来的。

记得那天采访结束后从雀儿山上下来，车子载着我们一圈一圈从山顶往下盘旋，我坐在车上回望着直插云端的雀儿山，视线一刻不舍，盘山路蜿蜒而下，雀儿山一寸寸远去，阳光在它的峰顶洒落一片金辉，远远望去，像一座神话中的火焰山。最终火焰山一点点融化在碧蓝的天穹之上，而那双眼睛依旧闪动在我的面前。若不是去到过上面，若不是亲眼见到那上面一张张粗砺坚毅闪着岩石一般目光的面孔，我怎么敢相信这座千年万年积雪不化的雪山上会住着一群人？怎么敢相信仅仅为了雪山上的一条路会有一群人在这里奉献了一生！常年与家人分离，常年吃不到蔬菜，能喝到的唯一的水是雪，能听到的唯一的声音是暴风雪的嘶吼。他们承受的艰辛与寂寞是常人难以想象的。然而，他们就这样坚守着，为了保护住雀儿山上唯一的路，为了每一个过路的司机在寒冷的夜晚能有一处温暖的炉火，他们就这么样舍家舍命地坚守着，无怨无悔。我问陈德华："咋受得了这么大的苦？"他笑呵呵地说："每天看着这山上来来往往的车需要咱，再苦也觉得值！"这位朴实的藏族汉子目光里闪烁着万丈自豪。

泪水一次次涌落，走不出雪山上那双眼睛啊……

后来，这句盘旋在心中久久不散的话成了稿子的标题。

记得稿子播发后，四川省交通局一位女同志给我打来电话，一开口就哭了，"我们是流着泪读完了你的稿子，看那个标题就感觉和你的心可近了！"

我向来把标题看得很重，标题就是一篇稿子的眼睛。曾有同行问我，为什么我很多稿子的标题都很耐看，富有诗性，并与稿子结合完美，是先想好标题还是写完稿子再加标题？

事实上标题常常是我对人物最深印象的素描与提炼，我一般是要先把这个印象素描画出来之后为整篇稿子奠定一个基调，有时标题想不出来，一天稿子都开不了头，晚上做梦都在想标题。在我众多稿子的标题中，有好有差，有被肯定有被否定，总结起来发现，好的标题都不是咬文嚼字琢磨出来的，而是内心情感与思考的呼之而出。相反，那些拿着劲只在文字表面做功夫想出来的标题，都流于空洞、无力与苍白。

如何写出一个好的标题，我想，没有公式，这是一个思想与文字共生的结果。

2024 年 3 月

赤子花，心中的花

——记优秀军转干部、四川省语委办主任林强

7月里，高原的阳光像火一样烧烤着，他又渴又累，几身大汗之后，有些脱水，粗壮的身躯缓慢地移动着，一头长发被山风吹起。

今年53岁的林强已经是第10次踏上这条险峻的山路了。仅有1米多宽的沙石路，以60度的陡坡盘旋在平均落差2000米高的山岩间，路的另一边是深不见底的峡谷。

有风吹来，一片黄色的小花在崖壁间摇曳着。蓦然，他停住了脚步。

呵，赤子花！2年多前，他第一次只身闯入这片大山时，这花儿一路伴他前行，可他并没在意。然而当他返回时，心，竟再也放不下它。

是谁，牵动了他的心？

是花儿尽头的地方——

一片美丽与忧伤交织的土地，一个与世隔绝了近半个世纪的"麻风村"。

当鲜艳的五星红旗缓缓升起在学校的上空、升起在阿布洛哈村的上空时，每一个男人、女人，老人、孩子都静穆了，他们仰望着，久久地仰望着……

阿布洛哈村位于四川省凉山州布拖县乌依乡境内，人称"麻风村"。

麻风病在凉山彝族百姓居住的高寒山区，一直被视为"风吹来的魔鬼"。这种20世纪50年代肆虐一时的传染病，以皮肤溃烂、毛发脱落、五官变形、手脚残缺等症状，令人谈"麻"色变，被称为"世纪瘟疫"。

凉山彝族山区历史上对待麻风病人十分残酷，轻者逐出乡土，赶进深山老林；重者用火烧死、活埋或淹死。直到1963年，当地政府把麻风病人集中到一起治疗，形成了后来的阿布洛哈村。它坐落在大峡谷中，三面靠山，一面临河。

40多年来，党和政府竭尽全力，使麻风病在中国得到有效控制，阿布洛哈村的患者早已全部治愈。但是，由于社会无法消除的"恐麻"心理，这种疾病留给他们的终身残疾，使他们难以为外界接受，只好别无选择地永远留下来，过着自给自足、自我繁衍的原始生活。"麻风村"渐渐成了与世隔绝、被人遗忘的角落。

2003年夏天，担任四川省教育厅体育卫生艺术处处长的林强到凉山布拖县出差，偶尔听当地人说起乌依乡有个"麻风村"，他很想去看一看。没想到，一连找了几个人都不敢带路，第二年他又来，还是没人敢带路，直到2005年3月，被他的"恒心"所感动，当地一个勇敢者带着他，闯入了这个令人不敢涉足的世界。

初春，山谷中万物竞发。当林强第一次对视那一双双惊奇、羞涩而又纯情的目光，当他第一次看到曾经的麻风病患者残缺的四肢、塌陷的面孔，当他第一次接过一位老人递过来的仔仔细细保存了几十年、盖着政府大红印章的"康复证"，当他第一次抱起曾经的麻风病人的后代——一个健康美丽而神情迷离的孩子，他泪流满面。

这一天，林强没有按计划返回，他住了下来，挨家挨门走访了全村63户、184位村民，其中麻风病康复者有46人。这个封闭贫穷的小村子至今还实行人民公社制，分配以工分计算，生活来源主要靠在山坡上开挖出来的500多亩贫瘠的土地，主要劳动力一天的工分是4角6分钱。

林强痛心的不仅仅是这里的贫穷，更让他难过的是，他发现全村基本上没有一个识字的人，村里的第二代身体健康强壮，小伙子个个能背着200斤重的东西在山路上跑，但都是文盲；第三代孩子可爱如山野里的花儿，但他们却像荒草一样重复着他们父辈的生活。

晚上，林强躺在村保管室的一堆玉米棒上，久久不能入睡。

林强曾是一名优秀的军人，在部队里入了党。当年，作为成都军区政治部的一名干部，他打破过全军田径十项全能纪录，受到过徐向前元帅的接见。脱下军装已经多年了，但他血脉里依旧流淌着军人的情愫，除了勇敢、坚强和不屈，还有一种对五星红旗之下的江河、山川、土地以及土地上的人民深厚的挚爱。眼前，这个小小的"麻风村"让他心疼。

"既然遇上了他们，我就有责任和义务帮助他们。要为他们建一所小学，孩子们只有插上知识的翅膀，他们才能飞出大山，改变命运，融入社会的大家庭。"林强说。

4天之后，林强走了，留下了身上所能留下的全部东西。

他直奔布拖县政府和县教育局，高大粗壮的汉子说到动情处掉下眼泪。人心相通，几天后传来消息，县政府决定从极为紧张的财政中拨款20万元，在"麻风村"建立希望小学。

2005年9月15日，是"麻风村"最快乐的日子，这个村历史上第一所学校——林川希望小学开学了。学校只有一个班，34名孩子，从7岁到17岁——他们是村子里全部学龄少年，一个都不少。

这一天，整个村子像欢庆盛大的节日，杀牛杀猪，每家每户都分到了肉、大米饭和土豆。大人们聚集在学校的周围，看着自己的孩子走进学校，眼睛里笑出了泪。

这一天，被布拖县教育局聘为林川希望小学名誉校长的林强，带着他的3万元稿费和朋友资助的价值7万多元的物品来到村子。他亲手为每一个学生背上新书包，书包里装着水彩笔、铅笔和图书。他同时还带来了一面国旗。当鲜艳的五星红旗缓缓升起在学校的上空、升起在阿布洛哈村的上空时，每一个男人、女人、老人、孩子都静穆了，他们仰望着，久久地仰望着……

这之后的日子里，学校成了"麻风村"的政治文化中心。上课的时候，村里的大人们时常静静地坐在学校周围，听孩子们读书，有时会走进教室，坐在孩子们中间，感受那一份快乐。

林强要操心的事很多。县上派来的两名代课老师按当地规定，每个月只有200元工资，他决定自己来承担两位老师每月各800元钱的补助。34个孩子读书期间的午餐也由他出资解决，孩子们每顿午餐吃到的大米饭和酸菜汤，是全村最好的让大人们羡慕的伙食。他还组织村民为孩子们修建了体育场，里面有单杠、吊环、秋千、跷跷板等。

每天清晨，太阳刚刚出山，"麻风村"一间间低矮、灰暗的茅屋里就会蹦出一个个戴着鲜艳的红领巾、背着五颜六色的花书包、飞扬着灿烂笑脸的孩子，向村头的小学走去。

学校，给"麻风村"的孩子们开启了一扇通往新生活的大门。

"感谢党培养的好人林伯伯，我们能上学了！"还没有学会写字的孩子们，托老师把这句心里话写在了高高的山崖上。

发电机在峡谷中轰鸣，当电灯被点亮的那一刻，全村的人都欢呼起来，人们围着这个看过去比月亮还明亮的奇怪的玻璃瓶，很晚很晚不肯离去

自从进了"麻风村"，林强在成都的日子开始变得不平静了。走在宽敞整洁的马路上，他会想起通往村子里的那条艰难惊险的"鸟道"；望着一幢幢高大漂亮的住宅，他会想起村子里那一间间矮小的茅草房，他脑海中常常浮现出"麻风村"人的身影，有时做梦也梦见与他们在一起。

一颗有了牵挂的心，就像一个有了家的人，千里万里终究放不下那份情感和责任。

林强对妻子说："我舍不下那里。"

相知半生的妻子答："去吧，只要你快乐。"

于是，林强利用一切假期或出差的机会一趟一趟往600公里以外的"麻风村"跑。每次去，他都要买上一批山里人需要的常用药和一些生活用品，口袋里总要揣上五六千块钱，村里的每一户人家几乎都得到过他的帮助。

有一位叫阿聪尔聪的孤寡老人，由于患麻风病，两只手全都烂掉，一个人住在四面通风的窝棚里。林强第一次见到他时，他穷得连一件裤子也没有，光着上身，林强把自己的衣服脱下来给他穿上，老人感激得直抹泪。他告诉林强,他 5 岁那年,舅舅得了麻风病,全村人凑钱买了一头牛杀了,给舅舅吃了 3 天的牛肉,3 天后用那张牛皮把舅舅包起来活埋了。

老人说,他后来也得了麻风病,可赶上共产党领导的好时光,治好了病,活到今天。他打心眼里感谢党和政府。这位淳朴、善良、乐观的老人深深感动着林强。每一次来,他都去看看老人;每一次离开,老人都会站在山坡上挥动着没有手的肘臂向他告别。

林强的到来,让这位老人一天比一天开心。有一次他对村长说,他夜里做了个梦,梦见自己有了新房,结了婚,有了儿子。

这话传到林强的耳朵里,他高兴了好一阵。一辈子没结过婚、没沾过女人、没有亲人的阿聪尔聪,开始对生活有了渴望。

他对村长说:"给阿聪尔聪盖间新房吧,费用我来承担。"

3 个月后,林强又一次来到"麻风村"时,阿聪尔聪已经住进了用土坯、草秸、石块盖起的新房子,还养了一头猪。他欢喜地说:"日子不用愁了!"林强很高兴,盘算着下次再来要给老人带个手电筒,他年纪大了,视力不好,夜里走道用得上。

林强又来了,却一直没看到阿聪尔聪的身影,村里人悲伤地告诉他,一个月前,阿聪尔聪因走夜路从山崖上掉下去摔死了。

林强心痛如绞,大声喊着:"不可能!绝不可能!我们说好要再见面的啊!"他拿着带给老人的两只手电筒和一双胶鞋,来到老人的房前,把东西轻轻地放在门口,流着泪说:"阿聪大叔,我来晚了!如果早一个月把手电筒给你带来,你就不会摔下山去。我现在把手电筒放在门前,希望它能在另外一个世界为你照亮……"

内心悲痛的林强再一次进村,带来了 2 万元修路钱,他对村长说:

"一定要把路加宽，这条路你们不能走一辈子！"

山路加宽了。尽管对外面人来说，它依然艰难险峻，但对"麻风村"的人来说，已是了不起的改善。

2006年夏天，凉山州遭遇特大旱灾，远在成都的林强寝食不安。当他得知"麻风村"因旱灾粮食严重减产，到年底就会断粮的消息，立刻从银行里取出1万元钱，买了4000多公斤大米，并与妻子商量，决定把家里的一部VCD和一台彩电也搭车带给"麻风村"。

林强性格内向，不事张扬，他为"麻风村"做的事从没给单位讲过，只有身边的一些朋友知道。朋友们及朋友的朋友一传十，十传百，纷纷解囊相助，捐出了1万多册图书和100多套衣服；成都万科公司送来了一台5000瓦的发电机，希望为"麻风村"带来光明；一位朋友半夜敲开林强的门，搬来了满满一纸箱上等的巧克力，要让"麻风村"的孩子们尝一尝。

所有的东西都运进了"麻风村"。

林强至今不能忘记，乡亲们领大米时那个喜极而泣的场面。一位60多岁的老人拉着他的手含着泪说："你就是我的爸爸、妈妈！"

林强至今不能忘记，那天晚上，发电机在峡谷中轰鸣，当电灯被点亮的那一刻，全村的人都欢呼起来，人们围着这个看过去比月亮还明亮的奇怪的玻璃瓶，很晚很晚不肯离去。

林强至今不能忘记，孩子们吃巧克力时那种安静、沉醉的神情，似乎正在做一个美梦。

林强对孩子、对全村的人说："不是我一个人在关心你们，还有很多很多的好人在关心你们，党和政府及全社会都将越来越多地关心你们。你们的日子会越过越好！"

"麻风村"的大人和孩子们幸福地笑了。

村里请人在高耸的青石崖上写下了大大的字："没有共产党就没有新中国！""共产党万岁！"

每当我在这片大峡谷中迎来一个个日出的时候，每当我同这些坚韧、勇敢、善良、纯情的人们接触和交往的时候，就会感受到一种召唤……

一颗种子播下，它将生长出一片春天，这是种子的幸福。林强对朋友说："'麻风村'净化了我的心灵，给予我很多很多。"

在这里，林强是人们衷心爱戴的亲人和朋友，他每一次进村，村里总要按彝族风俗中最高的礼仪——杀牛款待他，都被他拦下。

在这里，林强是善的化身，村民们把他的名字和他做的事写在了一面又一面山崖上，他们要让子孙后代都记住这位了不起的好人。

走在濒临深谷的山路上，林强永远都是被人护在靠着岩壁的一边。酷暑三伏，一个小伙子一路跟着他，用老鹰羽毛扎的扇子，为他扇了4个小时的风。

大山里的爱，是那样朴素，又是那样直抵心肺。

林强记得那个中午，因为有些劳累，他躺在村头一块石头上休息。不知过了多长时间，当他醒来时，发现身边围了一圈的孩子，谁也不说话，静静地望着他，眼神焦虑而不安。他赶紧告诉孩子："我没事，只是走路走得累，腿有些痛。"孩子们一下子放心了，欢叫着扑上来，十几双小拳头一齐落在他的腿上。

爱，让林强的心，飞不出这座大山，而这座大山里正在孕育的希望的种子，更让他魂牵梦萦。

2006年的秋天，林强又一次来到"麻风村"时，正是林川希望小学建校一周年之际。他惊喜地看到，学校的34个孩子一个也没有流失，他们已经能认能写700多个汉字，能简单地运算加减乘除。如今，村里的人买头猪或卖只鸡，都会信任自豪地把孩子找来："帮我算算！"

孩子们还能完整地唱完国歌。清晨，在学校每天一次的升旗仪式上，林强和孩子们并肩站在五星红旗下，听着他们用稚嫩的嗓音一字一句用心用力唱出庄严的国歌，他落泪了。

这一天，林强拿到了孩子们写给他的一大堆信。山里不通邮，孩子们一直盼着他来，把生平写下的第一封信送到他们最爱的人手上。

晚上，他一封一封仔细地读着孩子们的信，就像是读着世界上最美的诗。

"敬爱的林校长：你的生活好吗？你离开我一个月了，我做梦都梦见你，醒了就不见你了，我很想念你。我要听你的话，听老师的话，一定好好学习……林川希望小学学生：且沙扭呷"

"亲爱的林爸爸，我是吉觉大地。你比我父母更亲，没有你，我现在还在家放羊，把1看成一根小棒，把7看成一把挖锄。你办了学校后，老师把我变成一个聪明人，我心里很高兴……"

"林伯伯，我感谢你，我没有学习之前，眼睛就像'黑夜'里一样，现在我能认识700个字了……你的学生：且散切呷"

"林叔叔，我们一定好好学习，学好自己的知识，我们就变成了雄鹰，飞出大山去了……林川希望小学学生：吉力子日"

……

孩子们的信中还夹着许多图画，倾吐了他们更多的用语言表达不尽的爱与梦想。有一幅题为"明天的学校",里面有一排排宽敞明亮的教室,有一面面迎风飘扬的红旗,有整洁的马路,有盛开的鲜花,还有在蓝天自由飞翔的鸟。画面五彩斑斓,就像是一个美丽的童话世界。

泪水再一次涌出来,林强心潮难已。从一件件稚气可爱、生机勃勃的文字和图画中,他看到一种新生命的萌动,这些从没有走出过大山的孩子们,开始有了向往、憧憬,有了走出大山的冲动,没有什么比这更让人激动的了。

这个晚上,他睡得很香。

又是一个大山的清晨。一簇簇黄色的花儿沐浴着朝霞,染遍了山崖。4年前,就是这样一个早晨,林强认识了这黄色的小花。它是这座大山里独有的花儿,看似不经意,却十分执著。3月里,山野间还是白雪皑皑,它已经鼓胀起葱绿的枝芽;11月里,山中已是银装素裹,它的花朵依然在峭壁上开放着。"麻风村"的人们称它为"赤子花"。

花儿和人,就这样落入了林强的心中。

此刻,他久久地望着山谷中美丽的赤子花,脑海里翻滚着久已蕴积的深情:"每当我在这片大峡谷中迎来一个个日出的时候,每当我同这些坚韧、勇敢、善良、纯情的人们接触和交往的时候,就会感受到一种召唤。对人民常怀感恩、关爱之心,应是一个共产党人一辈子永怀的深情。"

还有什么比拥有一颗能够感受召唤的心更幸福的!

呵,赤子花,心中的花……

(新华社成都 2007 年 7 月 29 日电 新华社记者张严平、刘永华、刘大江)

采访手记

去发现那一颗开放着赤子花的心

要了解一个人的事,不难;要了解一个人的心,不容易。对于记者,在人物报道中,最重要也是最难的,就是探寻那一个人的那一颗心。

7月29日起几天里,新华社连续播发了人物通讯《赤子花,心中的花》《一颗种子的爱》等系列稿件,报道了四川省优秀军转干部林强同志的先进事迹,为众多媒体刊用转载。我先后接到了北京、上海、广州、深圳、乌鲁木齐、成都、西昌等各地读者打来的电话和发来的短信,表达他们读后的感动,其中一位读者说:"看了你们的报道,我落泪了,我真实地感受到了一颗有血有肉、充满真爱的心!"

幸福的感觉涌满我的心间。

千难万险也要跟林强走进深山里的"麻风村"

受国内部、军分社的派遣,我于7月中旬赴川采访优秀军转干部、四川省语言工作委员会办公室主任林强。出发前,贾永同志给了我一包有关林强的材料,装材料的大信封上写着他对这次报道思考的几条大纲。像一个将赴战场的战士,我感受到一种兴奋与渴望。

飞抵成都的当夜,即与已先期进入采访的军分社成都支社社长刘永华、四川分社记者刘大江会合。大半个晚上,他们与我交流了已经获得的大量有关林强的信息,我深为自己的战友叫好,也对林强充满了更强烈的探知欲望。

深山里的"麻风村"——那个神秘的世界里究竟有一种什么东西，令林强从第一眼看到它便再也无法舍弃？

是一种什么样的生命追求，让林强在知天命的年纪里，选择了这样一条艰难险峻的道路，无怨无悔？

是什么样的雨露阳光滋养了林强一颗厚重、挚爱的心灵？

....

一个又一个"谜"在我脑子里盘旋。

终于见到了林强，远远地，他在四川省政府举办的先进事迹报告会的台上，我们在台下。这是一个体态敦实粗壮、脸膛黝黑的中年人，留着一头在政府机关中不多见的长发。通篇报告，似与朋友倾吐，朴素无华，动情处，几次哽咽。两个小时的时间，我似乎感受到他那颗充满真爱的心。

之后，我见到了林强的妻子，一个淡然、安静、大气的女人，讲到自己的丈夫，她没有太多的话，只是微微地笑着："他就是那么个人，心里装下的事，再苦再难，也要做到底。"

我还见到了与林强有着20多年友情的甘孜大山里一位已经退休的藏族小学老师吉嘎，念叨着自己多年的朋友，他就像念叨着自己相亲相爱的兄弟，那份深情，让人心热。

渐渐地，我开始朦朦胧胧地意识到，林强——我要采访的这个人，他的心里，一定有一种执著的、厚重的、久远的东西，成为他生命里的一种召唤，他为这种召唤而停不下脚步，"麻风村"正是他感知这种召唤的一次强烈的爆发。

这是一种什么样的召唤呢？它来自哪里？它又去向何方？

感知一颗心的最好途径，是感知这颗心所驻足、所跳动、所忧伤、所欢乐的那一道水,那一座山,那一片土地,那一群人。心走过的地方,必有心的密码。

我们下定决心,千难万险也要跟林强走进那个与世隔绝了近半个世纪、充满神秘与恐怖的"麻风村"。

陡峭险峻的山路,成为一段超越千言万语的无语的采访

天还没亮,我们就出发了。同行中还有四川分社的摄影记者陈燮。

阿布洛哈村位于四川省凉山州布拖县的一个大峡谷中,三面是海拔4000多米高的横断山脉,一面是波涛汹涌的金沙江支流西西河。进村的路是一条只有1米多宽的砂石路,以60度的陡坡盘旋在平均落差2000多米深的峭壁悬崖间,一边抬头是不见顶的山岩,一边低头是不见底的深谷,人走在上面,想快不能,想停又停不住,真是心惊胆战。我们每人拄着一根拐棍,小心翼翼地迈着每一步,生怕一不留神,酿成难以想象的后果。

整整4个小时,我们终于到达谷底。

在村里的事先且不说,还是说路。返回的路成了上山,加倍艰难,几乎每走一步都要使尽全身的力气。7月高原的阳光像火一样烘烤着,几身大汗之后,身体里再也淌不出一滴水,双手竟有些发凉,头又昏又木,思维好像僵止了一样,几乎每走几步都要停下来喘半天,生平第一次体验了疲乏到极限的滋味。那时刻,我的大脑闪现的唯一念头是:"即使后面有老虎追来,我也走不动了……"

只是,走不动,也得走。村里派来给我们带路的一位叫阿聪小八的憨厚的彝族小伙子,说要背我,我心里感动,却绝不忍,说:"除

非我昏倒不省人事。"无奈，他一头抓起我的拐棍，另一头我在后面牵着，一路连拉带扯。同行的大江也不乐观，在极度疲劳中，不慎摔了两跤，万幸，没酿成大祸，可受伤的右手却肿得像个紫面包。

就是这样一条路，一下子把我们和林强的距离拉近了，这是一段无言的采访。

我们真切地感受着他走在这条路上每一步的艰辛，而在这艰辛之后，我们感受到的是他的一颗心。从他第一次踏上这条路，就再也没有放弃，2年多中，已经走了10次，而且还在继续走着。他走这条路的目的只有一个，去帮助那些饱受麻风病折磨与苦难的人们以及他们的后代。

没有人要求他这样做，甚至他的单位没有人知道他所做的一切。他一个人，默默地，一趟又一趟，栉风沐雨，历尽艰辛，像是一种心灵的朝圣。

要有一种怎样的坚韧，怎样的信念，怎样的情感，生命，才能有如此的清透与豪迈？！

上山一路，整整用了7个小时。当我站在山顶，回望着刚刚走过的那如飘带一般若隐若现在深山里的崎岖山路，回望着大峡谷中那已经看不见的阿布洛哈村，泪水模糊了眼睛。

路，在我们的面前打开了通往林强内心世界的大门。

美丽、忧伤与希望并存的山谷，有一颗开放着赤子花的心

这应该是我今年第二次进"麻风村"了。第一次是年初去广东佛山的一个"麻风村"，采访一位在那里做义工的香港退休护士傅宝珠。

如果说，佛山的那次采访，让我惊异于曾经的麻风病患者所承受的那令人不忍目睹的身体的残疾，那么在阿布洛哈村，让我深感震撼的是它的极端的封闭、贫穷，以及在这封闭与贫穷之中格外光芒夺目的纯情与善良。

难忘那一间间低矮的破茅屋，屋子里一贫如洗，只有养在屋子旁边的一两头猪，是每一户人家的最大的财富。

难忘那一个个英俊帅气的小伙子、美丽如花的姑娘，有如清水一样的眸子，如春风一般的笑容，问起来，他们却从没走出过大山一步。

然而，正是在这样一片土地上，在这样一群人中间，更让我感到震撼的是林强的分量。

我看到，因麻风病而手脚残缺、五官塌陷的老人们，握着林强伸过去的双手，有着怎样的幸福与喜悦。

我看到，那些戴着红领巾的美丽可爱的孩子们，远远地见到林强，一拥而上不停地欢叫着"林校长""林爸爸"。

我看到，在这座大山中，林强的名字与"共产党万岁"5个大字并排写在高高的山崖上。

我们特别地走了一段不短的山路，找到了那位跌进山崖下摔死的阿聪尔聪老人曾经住过的家，林强给他修建的仅仅住了半年的房子静静地立在山坡上，周围长满了正在抽穗的玉米。想象着林强第一次与穷得光着膀子的老人见面时，脱下自己的衣服为老人穿上的情景；想象着一辈子没结过婚、没沾过女人、没有亲人的老人，自打搬进新家，养了一头猪，还做了一个结婚生子的美梦的一幕；想象着老人走后，林强在这个小屋前放下两只手电筒挥泪为老人送行的点点滴滴……我们久久说不出话来，远处西溪河奔腾不息的流水声轰鸣在心头。一路寻找的，一路追随的，一路无言的东西，在这一刻汹涌而来。

这是一颗种子对土地的挚爱，是一颗心与一颗又一颗心的呼应，这其中有水一样的深情，有山一样的责任，有家一般的眷恋，有生命中至善至美的追求。林强，一个有着军人血脉的汉子，一个对五星红旗之下的江河、山川、土地以及土地上的人民永远怀着深深的感恩、挚爱之情的赤子，一个信仰如磐的大写的共产党人！

风吹花动，漫山如锦，那一刻，我们终于触摸到了一颗开放着赤子花的心……

让那山、那路、那人、那花……原汁原味地流淌出来

坐在电脑前，一闭上眼睛，眼前就会浮现出那山、那路、那人、那花……

该怎样向读者传达出这心中的一切呢？

震撼人心的力量永远蕴于生活的真实。当经历一次真正的采访之后，没有什么比真实、朴素地传达出采访所得更令人兴奋的了。好吧，那就把那山、那路、那人、那花……带着山野间的清风与朝霞捧给读者吧。

几天奋战，我与永华、大江先后写出了《赤子花，心中的花》《一颗种子的爱》《是他们激励着我前行》等系列稿件，从不同角度和侧面展现了林强的事迹与内心世界。高尚、善良与美好永远是人与人共鸣的知音。一个又一个读者表达的感人肺腑的话语，是对我们最大的鼓励。

像这样的采访，对于一个记者，不是能经常遇到的，这是我们的

运气，为此，我深深地感恩。它让我愈加渴望能有更多的深入生活的采访，作为一个记者，所收获的不仅仅是稿子，更有稿子之外的生命的滋养。

（原载《新闻业务》）

用爱点燃爱

——香港退休护士傅宝珠帮助广东"麻风村"村民的故事

人生于她似乎南辕北辙。

她是一个香港人,却服务在内地一个偏远的小村庄;

她是一个曾做过多次手术的病人,却长年照顾着一群麻风病康复者;

她一生没有结婚,却拥有一个充满着爱的大家庭。

1月28日国际麻风日这一天,我们在广东潭山康复新村见到了她。齐耳的短发已是灰白,眼角与额头间生着细密的皱纹,唯有一双黑白分明的眼睛里,透着一种似乎没有经过岁月磨损的温暖与安静。她叫傅宝珠,人们都称她"傅姑娘"。

告别面向大海的房子,她来到与世隔绝的"麻风村"

"麻风村",这是一个让今天的人们感觉神秘的地方。

20世纪中期,肆虐一时的麻风病,曾让潭山村的村民饱受磨难。全村现存的102人,平均年龄69.8岁,被截肢的有38人,其余几乎都有不同程度的手脚残缺，五官变形，还有近一半人身体各部位患有长年不愈的慢性溃疡。

尽管15年以前，医学已经彻底治愈了他们身上的麻风杆菌，但是，年老、残疾、伤痛的后遗症，更有"麻风"二字让他们遭遇着世人无法消除的恐惧与鄙夷的目光，使得他们中竟没有一个人愿意和敢于离开这个他们曾经做梦都想离开的地方。

在世界进入21世纪之初，这里的人们还不曾见过楼房，不曾坐过汽车，不曾去过商场，甚至连城里的马路都没有走过。

2003年的春天，随着傅姑娘的到来，这一切，被永远地打破了。她曾是香港南朗医院的一名护士，退休那年，她用全部积蓄买下了一间能看得见大海的房子，后半生的安逸，就像维多利亚港湾舒适的海风，拥抱着她。

然而，有一天，在朋友那里看到的一盘记录广东省"麻风村"生活的光碟，让她流泪了。"我能为这些需要帮助的同胞做些什么？"

57岁的傅宝珠打点行装，走出家门，身上揣着一张香港医疗动员会义工的身份证明书，辗转跋涉，来到了这个三面环山，地处偏远的"麻风村"。

她采来一束火红的鲜花放在老婆婆手中，老人含笑而去……

此刻，她正在为一位叫陈胜彩的老婆婆脚上的伤口换药。

这双脚已经残缺，每只脚的脚底与脚背处都长着鸡蛋大小的溃疡，粉红色的伤面渗着白色的脓液。傅宝珠伏下身，一只手握着老人的脚，一只手用药棉仔细地清洗伤口，再用小刀一点一点把伤口周围的死皮削掉，然后是上药、包扎。老人一直安详地笑着，像个孩子。

我们了解到，像陈老婆婆这样的情况在村里很普遍。

傅宝珠来之前，"麻风村"里从没有过专业护士，身患溃疡的村民只能从巡诊的医生那里领一点药，自己处理。由于缺乏专业技术，他们的伤口反复感染，几十年不愈，严重者侵蚀到骨头，不得不截肢。

每日为溃疡患者清疮换药，成了傅宝珠最繁重的工作。最初换药时，那些伤口常散发出一种难闻的气味，夏天还会有苍蝇在周围盘旋，她从不在意。在她的专业护理下，不少村民的溃疡开始愈合。我们见到了1967年进村的任昌明老人，这些日子他特别开心，因为他两条腿上的溃疡全都好了。他说："以前没有护士，都是我们自己上药，老也好不了。傅姑娘给我上了两年药，终于好了。她上得好，还不嫌脏。"

村民的每一点开心，都让傅宝珠有深深的欣慰。她说："他们长期过着这种生活，现在年纪大了，剩下的时间不多了，应该给他们更多的关爱与温暖，让他们在离开人世前感到人间有情。"

村里有16位老人生活不能自理，每当看到他们用残存的一点胳膊夹着竹竿晾衣服，用拐棍支着半条腿做饭，傅宝珠心里便十分难过。她回到香港，四处奔波，通过医疗动员会筹集了5万元资金，为老人们建立了一座生活设施比较完备的"福安居"，并自己出钱请了两位身体较好的村民照顾他们。

村里常有老人生病住院。21岁就进了护士学校的傅宝珠记得，护理课上的第一项内容就是学习如何给病人洗脚、擦大小便，而且这一内容要贯穿护士工作的一生。来到潭山，她才知道，这里的护士是不做这些事的，他们只管打针发药。于是，无论哪一位老人住院，她一定要跟到医院陪护，喂水喂饭，擦身洗澡，端屎端尿……

欧以和老人因肺气肿住进医院，傅宝珠要给他洗脚，不让；要给他端小便，不让；要给他擦身，更不让。当傅宝珠再三坚持，终于让老人安下心来享受这些在她看来是一个护士应尽的本分时，这位20岁就进了"麻风村"从此失去了所有亲人的老伯恸哭……

傅宝珠刚来时，全村有112人，现在已经走了10位，这是最让她伤心的。但同时，她又把有机会陪伴这些老人上路看作是自己的一种荣誉。她说："一个人的一生最后的时间你和他（她）在一起，这是福。"

她进村后第一个去世的老人患肺癌，临终前呼吸困难，十分痛苦，村里的人都不敢进他的房间。傅宝珠进去了。她拉着老人的手，趴在他的耳朵上说："不要怕，我在你身旁！"老人的眼角溢出了两滴晶莹的泪水，慢慢地闭上了眼睛。

一位老婆婆一生喜爱花，她弥留的日子正是春天，傅宝珠采来了一束火红的鲜花放在她的手中，老婆婆怀抱鲜花，含笑而去……

傅宝珠为村民所做的事情一件一件都数得清，但她在每一颗饱尝伤痛的心里播撒下的爱的种子有多深，却是无以估量。

在村里，我们遇见了一位叫吴年好的老人，这位10岁就进了"麻风村"的老婆婆，一辈子最温暖的记忆就是她生病住院时傅姑娘陪护她的3天3夜，她忘不了，每天晚上，像母亲又像女儿一样的傅姑娘躺在她身边的椅子上，给她讲许许多多快乐的故事。讲述中，老人情不自禁地唱起了歌："朋友，我永远感谢你，感谢你的辛劳，感谢你的勉励；朋友，我永远想念你，想念你的笑脸，想念你的友谊……"她边唱边用只剩下两只肉团的双手上下打着拍子，嘴角笑着，泪水却从她的眼睛里淌出来……

老人们生平第一次看到了老虎、狮子、大象、长颈鹿……高兴得手舞足蹈

傅宝珠一直记得她进村不久，第一次被冯同枝老两口请吃饭的情景。这是一对在"麻风村"里难得的夫妻家庭。

有一天，他们找到她，郑重却又是试探地说要请她吃饭，末了问了一句："你来吗？"傅宝珠一口答应："来！"这一下可乐坏了两位老人，一整天都在忙着杀鸡煮菜。那顿饭，他们高兴得像过年，嘴里不停地念叨："几十年没有人和我们一起吃过饭了！今天真的有人和我们一起吃饭了！"

打这，越来越多的村民把请傅姑娘到家里吃顿饭看作是天大的享受。傅宝珠懂得他们的心。这些村民大都是十几岁、二十几岁就进了"麻风村"，不仅常人，即使他们的父母、丈夫、妻子、儿女都不再愿意与他们往来。心灵的伤害使他们宁愿隐身于公众视线之外，面对社会，他们存有强烈的自卑、胆怯和隔膜。

这，正是傅宝珠最为伤痛的。她对我们说："麻风病让他们失去了一切，他们身体的伤口容易愈合，但内心的伤口却很难愈合。作为一个社会人，我应该竭尽全力把他们重新带回到社会中去。"

她来后的第一个中秋节，请在香港的家人和朋友买下了100多块港式月饼带到村里，送给每一位村民品尝。

她来后的第一个春节，得知许多村民一辈子没有见过放烟花，便到城里买回烟花，在饭店订下佳肴，全村人齐聚一堂，放烟花，吃美食，过了一个空前的欢乐年。

2005年，佛山举办亚洲艺术节，傅宝珠在市区一家高档茶楼订

了 10 个最好的临街茶座，请了 10 位村民代表前往观看。老人们边喝茶边看表演，一个劲地说："做梦都不敢想的，今天看到了！"

2006 年秋天，傅宝珠组织全村 70 岁以上的村民坐上旅游大巴，去了番禺动物园。老人们生平第一次看到了老虎、狮子、大象、长颈鹿等各种各样的动物，乐得手舞足蹈。

傅宝珠还经常分别带上三五个村民到城里去逛商场，到餐馆里吃饭，或者到儿童乐园游玩照相……

潭山康复新村的村民们就是这样开始经历着一个又一个"人生的第一次"，他们封冻了几十年的心一点一点向着外面的世界打开，他们看人的目光不再胆怯和卑微，他们的笑容一天比一天多起来，他们最向往的就是去更多的地方，看更多的新鲜世界。

有人说，傅姑娘一个人改变了一个村子。其实，她改变的何止是一个村子。方圆几十里、几百里都能听到这样的话："人家香港来的傅姑娘都不怕，我们还怕啥！"

越来越多的外村人走进"麻风村"，与这里的人们交往。

康复新村的村民到集市上买东西，再也不会遭到商贩们的拒绝。

广州的大学生开始年年暑期来到"麻风村"，帮村民们整理卫生，清洗蚊帐，还带来他们的歌声。

潭山康复新村的村民们从没有像今天这样感到心高气爽。

我们在村里碰到了一位叫冯可滕的村民，他用木棍在地上写了一首自己创作的诗："我是一个人，不要划清界限，你能享有的我有权享有，我虽然是精神和肉体经受了双重折磨的人，今天，我看见了人间的温暖……"

用生命去扶持另一个生命,就像用蜡烛点燃蜡烛

没见到傅宝珠之前,想象她该是一个身体硬朗、精力充沛的人。一见面,吃惊地发现,她面容憔悴,步子沉缓,稍微走长一点就会气喘,竟是一个病人。

2003年,她被查出脑部患肿瘤,做了开颅手术;2004年,她又被查出心脏有问题,安装了心脏起搏器;早些年,她还因腿部的一次意外受伤,安装有人造髋骨,她笑称自己是"机器人"。她说:"每当回香港探亲时,常有一种担忧,不知道自己还能不能再回来。"

生命对于傅宝珠显得珍贵而脆弱,本来她可以选择一种舒适轻松的方式度过余生,然而,她却义无反顾地选择了"麻风村",选择了一种常人不堪、不愿的辛劳,并且,没有任何报酬。

她不懂得珍惜生命吗?

不,她太懂得。

当了一辈子护士的傅宝珠,不知见证了多少有关生命的来去,特别是她做过7年的临终护士,看到了一位又一位进来的人,就是在等待哪一天离去,生死离别成为环绕在她身边的主旋律。正是这样的经历让她更深地参悟了生命的意义。她说:"生命不在有多少岁月,而在岁月里有多少生命。就像一根蜡烛,放在那里,就是那么一根放着的蜡烛,但如果把它点起来,虽然它自己一点点消失了,却可以给周围的人们带来温暖和光亮。"

她最幸福的就是"用我的生命去扶持另一个生命,就像用蜡烛点燃蜡烛"。

刚来时,村里没房子,她就在一个满是蜘蛛网、蟑螂遍地跑的仓

库里放了一张床，住了一年。现在她住的一间房子依然简陋，墙皮剥落，屋顶有裂纹，下大雨时会往里渗水。

傅宝珠每个月要回香港待四五天，筹集村里缺少的消毒药水、纱布、棉签等医疗用品，行李箱常常重达二三十公斤，而她每次从香港回到村里，途中要换乘5种交通工具，转6次车，历时9个小时，其中最后一段通往村里的13公里的土路不通汽车，每次都是村民开着残疾人三轮车来接她，三轮车没有顶，夏天烈日当头，雨天一身水，冬天寒风刺骨。

那年做完开颅手术，刚能下地走路，她便回到了潭山；安上心脏起搏器不到一个月，她又回到了潭山；她原来能使用15年的人造髋骨，由于太过奔波，用了不到9年已经严重磨损，医生说如果这样下去，只能再用一年。她抱歉地笑笑："一年就一年吧，我放不下那边村里的人！"

傅宝珠一生未婚，在香港，她有一位86岁的老母亲和两个妹妹，每次回去，她总要先赶到母亲身边住一个晚上。她常念叨："从潭山到香港路途周折，如果家里打来电话说妈妈病重，我赶回去就可能见不到她了。"但是她知道，一辈子善良的母亲是理解她的，老人家有妹妹们照顾，她完全可以放心，而"麻风村"的村民们更需要她的帮助。她说："只要还能走得动，我会一直在潭山待下去！"

燃烧自己温暖他人的人生，让傅宝珠收获了无比的快乐。

许多个早晨，起床开门后，总会看到不知是谁挂在她门上的各种刚采摘下来的新鲜蔬菜。

夏季里的一天，她为一位老伯的伤口换完药把他送走后，不想，他一会儿又转了回来，拿着一根冰棒，塞到她手里。她心里一阵发酸，这些老人平日里很少会舍得花 5 角钱买一根冰棒的。

那年，村里人不知怎么打听到她的生日，悄悄出去买了蛋糕和水果，全村人齐聚一堂，为她举办了一个她这一辈子没有过的盛大生日晚会，望着那一张张五官不正却笑容灿烂的面孔，她流泪了……

有两位村民，一个 80 岁，只有一只手，一只脚；一个 76 岁，手指和脚趾都残缺不全，可他们竟做起了傅宝珠的"义工"，天天用胳膊夹着扫帚打扫医疗室的卫生，到山上砍竹子做消毒用的棉签。问他们为什么要做这些，老人说不出更多，只有一句话："傅姑娘跑这么远来帮我们，我们也要帮她！"

爱点燃爱，蜡烛点燃蜡烛。

"我的后半生活得比前半生更有意义，前半生是挣钱，看到的只是钱，后半生看到的就是人了。给予比接受更有福！" 61 岁的傅宝珠幸福地笑了。

（新华社广州 2007 年 2 月 25 日电　新华社记者张严平、孔博）

> 采访手记

探寻"好人好事"后面更深的东西

傅宝珠在我的采访生涯中,就像一个天使的出现。

最早是广东分社注意到了她,一个香港退休护士,拿着不错的退休金,住在面朝大海的公寓,本可以享受舒适的晚年,而她却把自己的晚年生活慷慨地献给了广东佛山一群麻风病康复者们,一年绝大部分时间都住在麻风病患者康复修养院。这些康复者虽然身体的疾病已经治愈,但大都落下终身残疾,被人嫌弃,甚至被家人嫌弃,很难回归社会正常生活,其心理的创伤给他们造成了难以抹去的阴影,他们成为一群与社会隔离的人。

傅宝珠的到来,给这些康复者们带来了深深的安慰、温暖、爱与希望。

我们来到了广东佛山这家麻风病患者康复休养院,见到了傅宝珠。

对于这样一个故事脉络清晰单纯的人,或许与她简单聊聊,就可以顺利写稿,而且当地民政方面也给我们提供了一些有关傅宝珠的事迹材料。这是一个省力气又效率高的办法,当然,代价常常是一个鲜活的人物埋在了一堆没有生命气息的文字中。这不是我会接受的采访思路。我坚持,采访一个人就必须深入了解、感知一个立体的人,不但要了解他做了什么,还要了解他为什么会这样做;不但了解他说出来的,还要了解他没有说出来的,很多内心世界的信息,只靠一次临时的采访是很难获得的。唯有努力地靠近他体验。对于选择了这样一个大多数人很难理解更很难做到的生活方式的傅宝珠,更是如此。

刚一走近休养院，真是头皮发麻，康复者们大都手脚残疾，面部残缺，表情怪异，我甚至幻觉空气中都弥漫着一种什么可怕的病菌。我下意识地尽力屏住呼吸，小心翼翼地避免接触任何物件。那一刻，脑子里一再发问：傅宝珠怎么会选择到这里来做义工？

稍微往里走了几步，看到了傅宝珠，她正坐在一张椅子上，怀里抱着一个老婆婆的脚，为她溃破的伤口消毒、上药、包扎，她低垂的面孔距离老婆婆的面孔很近很近，一缕头发已经摩擦到老婆婆的面颊。我怔怔地说不出话来。

那一个上午，我们就在这个小院里看着傅宝珠为这些连他们的家人都不愿意看他们一眼的麻风病康复者手脚不停地忙碌着。我们完全被震撼感动了，从开始战战兢兢连院子里的小板凳都不敢坐，到后来跟着傅宝珠从这家串那家。

这之前，我一直认为这个人物就属于一件好人好事，但此刻，她让我触摸到了她深藏在内心高贵的人性之光。这种认识在几天后我们跟她去了她在香港的家之后，更为强烈了。有那样好的环境舒适的家，而她偏偏选择了一个一般人避之不及的麻风病康复休养院做义工，作为常人的我难以理解。傅宝珠不善交谈，只会安静地用很少的话与我们聊着，她说，"之所以会选择去那里，是因为那里的人更需要爱。"她说，"比起个人生活的舒服，能让那里的人感受到爱，我更幸福。"她说，"每一个人来到这个世界都是有使命的，每当我对需要帮助的人做一点事，就能感受到自己的生命更为圆满。帮助人爱人这是我的使命。"

如果不是走进麻风病康复院，不是看到傅宝珠在那里的工作状态，不是目睹她在香港舒适的家，我们怎么会懂得这样一颗金子般的心呢！"好人好事"的概念对于她太浅了，她有着更深刻的心灵内涵。她让我们第一次体会到世界上有这样一种人生境界——爱是一种使命。

稿子写出来了，送到总编室何平同志那里。又是一次难忘的改动，除了行文中文字更加凝练，原来的标题《"麻风村"里的爱心使者》被改为《用爱点燃爱》。第一眼看到改稿，我兴奋极了，这个标题点亮了整篇稿子的灵魂。

稿子播发后，傅宝珠的事迹在内地和香港被口口传颂，《读者》杂志在转发这篇稿子时特别加了编者按，我收到多位读者写来的读后感，其中有一位读者写道："用爱点燃爱是傅宝珠的人生信念，也点燃了我们每一个人内心的火焰。"

2024 年 3 月

农民为乡村医生立碑
——记延安宝塔区贯屯乡卫生院院长刘易

他是在2005年12月13日夜里12点,从一座没有护栏的桥上摔下深沟去的,这一天他一直骑着摩托车在山里出诊。

人们记得,一天里他只吃了一包方便面和两个酸菜包子;那一晚他本可以留宿在乡亲家,可他惦记着第二天要上报的全乡合作医疗表,谢绝了老乡的挽留,蹬车上路。

这是大山里最黑最冷的午夜,在距离卫生院仅仅还有不到2里路的桥上,他竟永远地去了……

噩耗传开,几千山里人痛断肝肠,一路哭喊着涌向桥头:"咱贯屯人咋就这么没福气,这么一个好医生没留住啊……"

寒风裹着凄厉的呼叫在山野间回荡,大山以它无言的怆痛铭记下一个年轻而高尚的生命。他——就是延安宝塔区贯屯乡卫生院年仅33岁的院长刘易。

16张地图，两句承诺，一个电话号码，他让卫生院走进农民的心窝窝

走进大山，我们来到他的世界。

刘易是2003年12月16日上任贯屯乡卫生院院长的。3天前，当区卫生局长征求他意见时，贯屯在他脑子里还是一个遥远冷僻的地方，而这一年31岁的他已经是宝塔区姚店中心卫生院优秀的外科医生。

贯屯距离延安70多公里，是全区最远的一个乡，山大沟深，地偏人穷，被称为延安的"阿里"。乡里20世纪70年代就建了卫生院，可没个上心的人，除了卖点药以外，所有医疗防保业务都开展不起来，连最基本的打点滴也做不了。年复一年，卫生院只剩下个名，几孔窑洞破败不堪，院子里荒草长得没膝高。农民们只得小病忍着，大病扛着，而城里的大医院是要筹借很多钱才能去的。

"贯屯5000多农民能去哪儿看病啊？！"卫生局局长的一句苦叹，让刘易最终铁了心。

行前，父亲问他："娃啊，贯屯那么小，那么穷，你不觉得委屈吗？"他说："贯屯虽小，娃也很小，我一定要在贯屯把白衣战士的形象树立起来！"

刘易上任了。当他终于置身于大山中，望着重重叠叠的山峰，想着山后面的一个个村子、一户户人家，真正体会到山里的农民看病有多难；当他第一次看到来买药的山里人抱着半个脸盆大的包包，打开一层又一层，最后拿出的是一卷零毛零块的票票时，他深切懂得了生病对于农民有多么沉重。他对卫生院的职工说："人要做事，事在人

为。我们要送医上门,让卫生院走进农民的心窝窝!"他在笔记本上重重地写下两个字——出诊。

山里冬天的风硬得像刀割,刘易带上两名职工一头钻进寒风中。他们一个村一个村地跑,一户人家一户人家地拜访,每一个村有多少户,每一户多少人,家在什么位置,户主叫什么名字……一一登记在册,晚上,他再根据白天的记录绘出图纸。就这样,他们跑完了贯屯乡 15 个行政村,33 个自然村,访问了全乡的 1038 户人家。

一个月后,刘易在办公室挂出了一张他自己手绘的全乡各村各户的分布总图和 15 张每一个行政村的分图。在这些图里,他注明了每个村的具体位置以及每户人家在村里的居住位置,并按进村先后顺序编了序号,对家里有 7 岁以下儿童、60 岁以上的老人、孕产妇、乡医和村干部的住户都做了特殊标记。从卫生院出发到哪个村、哪户人家怎么走、需要多长时间到达,看着这些图便一目了然。

之后,刘易又拎着灰桶,把卫生院的接诊电话号码刷到了全乡公路边上所有能写字的墙上,并挨家挨户发放了"医疗联系卡"。他向乡亲们承诺:贯屯乡卫生院 8 小时上班,24 小时出诊,保证随叫随到。

卫生院里面也在发生变化,荒草除了,窑洞整了,新开了门诊室、治疗室、手术室、产房和两间病房,药品的价格全部下调。

农民们惊奇了,几十年里从没见过卫生院有这动静。过去山里人有句老话:"医生门前过,请往家里坐一坐。"在他们眼里,医生是这个世界上最善最亲的人。眼下,这个新来的娃娃院长的承诺可都是真的?山里人重看不重听,他们将信将疑。

那一天,贯屯乡最高的杜家山村有一位老人发病,村里人无奈之下试着给卫生院拨了电话,刘易放下电话就往村里赶,十几里的山路赶得人喘不过气。一位开三轮车的青年农民路过卫生院，得知刘易去了杜家山，吃了一惊。这个小伙子对新来的院长一直不抱希望，眼前，他感动了，轰大油门一路追去，谎说正想去杜家山办事，硬把刘易拽上了车。

只有四五十人的小村子，竟有30多口人迎候在村头，得知来人就是卫生院院长时，他们几乎不敢相信，簇拥着他就像簇拥着久别的亲人。刘易的眼睛湿了。他在山上待了4个多小时，给那位老人看完病后，一直被众人包围着，这个问腰腿痛怎么办，那个问头晕眼花能不能治。下山时，乡亲们把他送出半山腰。

又一天，宋家沟村的一位叫李富强的农民腿部受重伤，被人抬进卫生院。刘易仔细为他查伤治疗，得知他担心交不上药钱，便安慰他："不要紧，没钱药费先欠着，我个人给你垫上一部分。"李富强住院7天躺在床上不能动弹，刘易一天三顿为他端饭端水，每天用便盆为他接尿倒尿，用肩膀架着他上厕所大便。这个断了骨头都没落一滴泪的山里汉子，面对刘易的温情，几次热泪长流。

这两桩事口口相传，成了山里的头号新闻。上卫生院看病、打电话求诊的人一天天多起来，这一年贯屯乡卫生院接诊病人由原来的600多人次，上升到了2800多人次。卫生院就像春天里的一颗种子，在这片大山里农民的心中破土发芽……

"半夜叫，半夜到；'鸡叫'叫，'鸡叫'到"，他把温暖带到每一个病人的身旁

刘易到贯屯乡3个月后，一次进城开会回到家对妻子白海燕说：

"海燕，跟你商量件事。我们卫生院太穷了，我想用咱家的钱买辆摩托车下乡出诊用。"

海燕害怕了："人家都说'骑摩托是骑老虎'，贯屯山高沟深，路不好走，万一出事怎么办？"

"海燕，你不知道贯屯的乡亲们有多可怜，他们小病拖，大病扛，有的村离卫生院30多里路，我骑自行车太慢，心里着急啊！"

妻子同意了。她是姚店中心卫生院的一名妇科医生，从谈恋爱到成家一直与刘易在同一个单位，她了解在丈夫的心里没有什么比病人更重要。

刘易买回了一辆价值5000元的摩托车，用铁皮做了一块写有"急救"二字的牌子挂在车前。从此，贯屯乡老百姓有了自己的"救护车"。

人们无法说清刘易骑着这辆摩托车究竟出过多少趟诊，跑过多少里路，他留下的是无数让山里人暖着心窝的记忆。

在龙湾村，我们见到了70岁的老婆婆钟桂花，提起刘易，老人落泪了。2005年9月，老人上山摘苹果，不慎摔了一跤，致使半身不遂，下不了炕，也认不清人了。家人把电话打到卫生院，刘易骑着摩托赶来，检查后，决定用中草药为老人治疗。他开了方子，把药送来，亲手为老人熬了第一锅药，之后每吃完3天，他就来为老人做一次检查，把方子调整一次。每一次来时，他都会把自己的手放进老人的手里，让她长久地握着，观察老人的病情是不是好一些，当感觉老人握他的手越来越有力气了，他便像个孩子似的开心地笑。

4个月后，老人的身体奇迹般地康复，能下地走路，脑子也清楚了，还能做些轻微的家务活。她拉着刘易的手说："娃娃，你的大恩大德我下辈子做牛做马也要报答啊！"刘易慌了："大娘，快别这样说，看到你站起来，看到你的笑脸，就是对我最好的报答！"

老人回忆着，慢慢走到院子里，望着通向村头的路，嘴里不停地念叨着："好娃娃，好娃娃……"

在这个村，我们还听到一件事。一天清晨，农民白安云刚刚一岁多的女娃娃突然发高烧，抱到卫生院时已经昏迷。刘易放下刚端起的饭碗，火速抢救，用冰块和酒精轮番为孩子降温，直忙到深夜。看到孩子的病情还未稳定，他便日夜守候在病床边，整整三天三夜没有合眼。孩子终于得救了。白安云的家人流着泪说："女娃这条命是刘院长给的。"

在史家湾村，我们见到82岁的任凤鸣老汉。他盘腿坐在炕上，还没开口，眼圈红了。他老伴说，老汉一直肺气肿，厉害时喘不上气来。那年去卫生院，刘易给他看完病，又用摩托车把他送回家，告诉他，你年纪大了，以后不要往卫生院跑了，不舒服就打个电话来。从此，不论啥时辰，只要老汉一犯病，电话一打，刘易就到。挂点滴时，他总要守上一个多小时，直看到老汉没什么问题，才会离开。这位一辈子连贯屯乡都没有出去过一步的老汉抹着泪讲："刘易娃娃病治得好，钱也不多收，连咱一口饭都没吃过。好人哪，好人！"

农民们说，刘易是半夜叫，半夜到；"鸡叫"叫，"鸡叫"到，他为百姓做下的善事多得就像夜里的星星。

一个下着鹅毛大雪的冬夜，摩托车骑不成，刘易带着一名职工徒步在雪地里走了10多里，去刘胜沟村为一位妇女接生。

一个冬天，一位老汉来卫生院看病，刘易要给他做检查，他怎么也不肯，说自己身上脏。刘易拉着他的手告诉他，只有检查了才能下药。他把老汉扶上床，做了仔细检查，开了药，一直把老人送出大门外。老汉一路掉泪，对人说："这娃娃不嫌弃咱哪！"

2005年初，政府的合作医疗政策下来后，为了让每一个农民都能享受到它，刘易利用晚上的时间，跑遍全乡每一个村子，向农民讲解合作医疗的好处和参加的办法，当年全乡参加合作医疗的农民达到70％以上。

在贯屯乡卫生院，我们看到了一张刘易生前填写的"个人情况一览表"，里面有这样两栏字——座右铭：勿以恶小而为之，勿以善小而不为。职业宣言：艰苦奋斗，努力工作，热心奉献，服务民众。

刘易做到了。他以自己短暂的一生，温暖了这片大山里每一个需要他的人。

他的眼里有的是农民的疾苦，而绝不是"赚钱"！他因此成为幸福的人

采访中常听到一句话："刘易是个过光景的人。"最初我们不太理解，后来，懂了。

国家每年拨给乡卫生院的经费只是正式职工的人头费，其他所有费用都要靠自己去挣。刘易本也可以像时下某些人一样，把人人离不开的医院办成个"暴利"之地，或者至少弄个日子舒舒服服。

然而，刘易的眼睛是一个真正的医生的眼睛，他的眼里有的只是病人，只是农民的疾苦，而绝不是"赚钱"！

卫生院要发展，怎么办？他只有苦自己，省自己。他知道，只有自己苦了，省了，农民身上的担子才能轻些，再轻些。

上任之初，卫生院整修时新添的设备都是他从四处"淘"来的。

他通过熟人从延安的大医院求助到一批人家退下来的旧桌椅，他用油漆把它们刷新；求助到人家闲置的手术无影灯，自己动手设计建起了手术室。病房没有钟，病人看时间不方便，他把自己在姚店卫生院工作时获奖的一个挂钟，挂到了病房。护士治疗护理需要掌握时间，他又把在延安家里的一个小挂钟拿到了治疗室。

作为院长，他有时要到外面开会，凡是会上需要花钱的地方，他总是躲得远远的。有一次，他去榆林参加一个为期3天的乡镇卫生院长疾病分析统计培训班，得知每人要交300元住宿费，他放弃了自己的房间，每天早晚赶10多里路借宿在岳母家。培训班结束时，他发现许多人把班上发给的档案盒扔了，便四处声明："有不想要的给我！"结果收了一大堆，他用绳子捆成一串，颠簸一百多里路带回了卫生院。

刘易到贯屯后，发现这里的妇科病非常普遍，想在全乡做一次普查，可卫生院这方面没有人，去外面请要花钱。他想到了妻子，电话打回家："海燕，你倒休几天，来帮帮忙，工资没有，路费不报，就当扶贫吧。"知夫莫如妻，海燕一口应下。她利用自己几个休息日来到贯屯，为这里的妇女做了她们有史以来的第一次妇科普查。

刘易平日里很少回家，院里几个职工都是刚从卫校毕业的女娃娃，他怕万一有急诊，她们经验少，耽误事。他只有在进城开会时才会顺便回家看看。每一次回去，他都带着一大堆要给卫生院办的事，其中一件很花力气的事就是进药。从延安到贯屯如果每次包个车，运费一年算下来不是一个小数，刘易舍不得。于是，他总是先把进好的药抱回家，收拾好东西再带着药挤公交车，之后再由公交车倒上去贯屯的长途客车。海燕曾劝他不要为难自己，打辆车直接把药拉上。可他说：

"我在那里工作可不是一朝一夕,山背后的日子长着呢!为了贯屯的老百姓,能省一点是一点吧。"

妻子心酸了。打这,她主动承担起帮刘易运药的活。每次药进好后,刘易给她打个电话,她就想办法把药拉到开往贯屯的长途车上,她再打个电话,刘易那边接货。

碰上海燕工作忙不开,这个活就会被刘易的母亲揽下。这位已近60岁的母亲提起儿子,忘不了那一次,刘易来看望父母,母亲拉着他去商场想给他买件衣服,转了一圈,看中一件,一问,要200多元钱,刘易扭头就走。回到家,他问:"妈,您说两块钱能不能看个病?"母亲说:"两块钱在城里只够挂个号。"刘易说:"我在贯屯就用两块钱给老乡看了许许多多病。妈,您不知道山沟里的老乡有多可怜,他们常常就是带着一两块钱来看病啊!"母亲半天没再说话,她知道儿子是有牵挂的人了。她为儿子心疼,又为儿子高兴。每当为儿子往卫生院运药时,她就会想:"我给儿子帮一把,儿子就省一点心。"

有人说,刘易的心很细很细;也有人说,刘易的心很大很大。这其实是一个刘易。他太疼爱山里的百姓,因为爱,他的心绵密如织;还是因为爱,他的心天高地阔。

有一个晚上,同样是结账,他发现卫生院多收了一个病人的5毛钱,立刻叮嘱一位职工第二天一早把钱还上,并要赔礼道歉。旁边有人说了句:"只要把病治好,多个块儿八毛的没啥。"他生气了:"不能!对于那些贫困的农民,5毛就是5毛!"

还有一次,宋家沟村的一个农民在卫生院买了一盒银翘解毒颗粒,回家后发现盒里的药好像少了几袋,打电话来询问。当确认由于一位职工的疏忽盒里的确少了药后,刘易立刻骑上摩托车把药送回那位农民的手里。

刘易为农民出诊看病，从不收出诊费，也从不收看病费，病人只需付药钱。据农民们说，自打刘易来了之后，全延安地区就再找不到比贯屯乡卫生院的药价更低的药了，而且这里的药可以整盒买，也可以拆散了买。即使这样，刘易每次给病人看完病开药时，都会问："家里还有什么药，能用的就用上，短缺的我给你配。"

刘易身上总是装着一大把零钱，那是他每次买东西时特意让售货员找的。遇上哪个来看病的农民手头紧，他就帮上几块。

在卫生院的账单上，刘易来贯屯两年，从没有报销过一分钱，从没有领过一分钱的奖金；出诊一次补助 2 元的登记中，唯独没有刘易的名字。职工们甚至难以记起刘院长和他们一起吃过几顿安稳饭。由于出诊看病，他总是赶不上饭点，而又从不在农民家吃饭，他常说："农民养家糊口太不容易，生了病就更难，吃他们的饭我于心不忍啊！"他买下一箱子一箱子的方便面，用以果腹。职工们常常看到他因为反胃在墙根呕吐。

卫生院的一位年轻人有一天曾问刘易："刘院长，你每天这样操劳受累究竟是为什么呢？"

他微笑了："我想做一个幸福的人。"

"什么样的人是幸福的人？"

"幸福的人就是永远记得别人给过他什么，而不记得自己给过别人什么。"

刘易的确是一个幸福的人。他以他的幸福证明了一个人民医生的高尚！

他将生命化为如火的山丹丹，永远为山里的父老乡亲们而灿烂

年轻的刘易匆匆地走了，没来得及向他挚爱的乡亲们告一声别，没来得及给惦念着他的家人打一声招呼……

他留下的遗物是3个纸箱子，一个装着书和杂物；一个放着两床被子；还有一个是没有吃完的半箱方便面。

哭干了眼泪的父母在家里翻出一条儿子围过的羊毛围巾，那是母亲送给他的，他只围了几天，惦记着天冷母亲会冻着，又悄悄送了回来……

心痛欲碎的妻子捧出丈夫去世前三天进城开会时，他和她带着女儿一家三口照下的照片，这是他们结婚以来唯一的一张"全家福"。他曾对她说："把照片放大些，我下次回来要好好看看！"可他竟没有来得及看上一眼……

默默流泪的女儿收藏的是爸爸当年在地区卫生系统文艺调演中，以一段名为《超凡脱俗》的个人霹雳舞表演而拿到的一等奖奖状，爸爸在家常跳给她看。以后，她再也见不到爸爸帅气的舞姿了……

几千名山里的老百姓在零下十几摄氏度的寒风中，扶老携幼，高举着"好院长刘易，贯屯人民想念你"的大幅挽幛，呜咽着挤满了通往延安的送行路上。这一晚，农民们通宵为刘易守灵……

伤痛如山，思念如水。一户、两户、一百户、上千户……全乡的父老乡亲们从衣兜兜里捧出4438块9毛钱，为刘易立下一块碑，碑文上写道：

医泽永铭心，

医德传千秋。

品高共日月生辉，

英气随天地长存！

……

（新华社西安 2006 年 5 月 10 日电　新华社记者张严平、刘书云）

时代面孔 ▸ 新华社领衔记者笔下的人物肖像

采访手记

"还原感性的力量"

采访一个普通的乡村医生,最深刻的价值就是在他平凡的人生中所蕴含的不平凡。这篇稿子的题目是最生动形象的体现。

但是初稿的题目却不是这样的,而是《山丹丹开花为谁红》,写出这个题目,我还得意了好一会儿。稿子送到时任总编辑南振中同志的手上,当天下午接通知去南总办公室取稿,接过稿子,一眼看到题目改为《农民为乡村医生立碑》。

我很惊讶,没有想到我咬文嚼字想出来的得意标题被否定了,而眼前这个题目看上去很是直白。南总似乎看出了我的小心思,微笑着说:"这个题目的改动是认真考虑过的。这篇稿子写的是一个乡村医生,他的生活、工作环境都与山村的乡亲交织在一起,息息相连,他们之间的感情更是如家人一样密切。用这样一个质朴直观的标题,更能表达出这个乡村医生在农民心中的感情分量。而原来的标题用在这个人物身上显得空泛,游离,不贴切,很难有打动读者的力量。"

南总的话,让我陷入沉思。

南总继续说:"我们的很多稿子,在语言表达上总是概念大于形象,理性大于感性。其实,在新闻作品中,特别是通讯特写一类的稿子,应该更多地还原感性,这样才能给读者更鲜活生动的体验,更有利于我们的稿子走进读者的心里。这不仅需要记者也需要编辑的共同努力。"

南总举了很多例子,其中讲到,有一年一个分社的记者写来一篇春耕消息的稿子，导语用生动形象的布谷鸟春风等自然景物表达出春耕的到来，结果到了总社编辑手里，那些生动感性的形象被一笔抹去，取而代之的是如同发布文件一样刻板概念的导语，令这篇稿子完全失去了原有的魅力。

我的脑袋豁然开朗。一下子懂得了南总新改的这个标题所具有的力量。

稿子播发后，读者反响热烈，我收到很多反馈。有一个读者说，感觉这个标题像一幅白描，一下子就把人抓住了。

后来，我特别认真地阅读了南振中同志所著新闻理论名篇《还原感性》，获益匪浅。文章中说："要想方设法使新闻作品能够影响读者的感官，让读者如见其状，如闻其声，看我们的新闻作品，就像看一部短小精悍的彩色纪录片。""这类作品提供给读者的不是'没有生命的骨骼'，而是'活的细胞''活的生命'。当我们阅读这些作品的时候，就像走进了作品所描写的生活场景之中，目有所见，耳有所闻，心有所感，这样的新闻作品自然具有较强的可读性和感染力。"

南总的教诲对我影响很深，之后写人物稿子无论标题还是行文都会不断地提醒自己"还原感性"。如今再次回想《农民为乡村医生立碑》这篇稿子题目的改动，更深刻地领悟了"还原感性"的力量。

2024 年 4 月

黄土丹心

惊蛰过后，大西北的黄土抓一把都是热乎乎的。

西北建筑工程学院69岁的退休讲师焦五一站在一片刚刚开挖的建筑工地上，扔掉手中的拐杖，俯身捧起一团湿润的黄土，轻轻地掰开，又轻轻地搓一搓，低下头，仔仔细细地看……

他生在这片黄土地，一生致力于黄土的研究，他创造性地运用"弦线模量"理论准确地计算出黄土的沉降及其湿陷变形量，使黄土地基的设计方法产生了革命性的飞跃。30多年来，为使这一科研成果得到承认、造福国家，他四处奔走，推广实践，表达了一个中国知识分子对国家、对科学的忠心耿耿！

他让倾斜的烟囱重新"站"直

1968年3月，西安机瓦厂建成不到三年的55米高的大烟囱向西南方向倾斜了93.4厘米，随时都有倒塌的可能。陕西省建设部门八次召开紧急现场会，邀请各路专家学者商讨对策，但都苦于无法准确地计算出烟囱的沉降量而无计可施。

这时，中国建筑西北设计院34岁的技术员焦五一站出来提出："用一种新参数'弦线模量'即可准确地计算出烟囱的沉降量，根据沉降量的大小在倾斜的反方向加压载荷，便可以矫正倾斜的烟囱。"

现场一片哗然，几位建筑专家纷纷摇头：迄今为止，世界上还没有人能够准确地计算出黄土沉降及湿陷量，况且反方向加压载荷在建筑业也无先例。

问题僵住了。

身置现场的陕西省建设部门的一位主要负责同志果断拍板："既然没有更好的方案，就用焦五一的方案。成功了，推广经验，失败了，我承担全部责任。"

焦五一很快计算出烟囱的沉降量，他提出，在反方向加150吨铁块即可使烟囱恢复垂直位置。1969年6月11日，当铁块加至151吨时，倾斜的烟囱完全被矫直了。

"烟囱能听人指挥了！"这成了轰动一时的大新闻。

这就是焦五一和他的"弦线模量"第一次"亮相"。

随后，一发而不可止。

三门峡库区住宅工程令许多设计部门感到棘手。这一工程所处的地质情况很差，水位高，土粗，空隙大，地基软得像稀粥，承载力极低。有的设计部门认为，根本不能在这里建楼房；有的设计部门则认为，建也可以，但必须把整个地基全部用水泥灌浆，还要做一个最大号的"筏板"基础。初步估算了一下，仅这两项就要花费几十万元。焦五一根据"弦线模量"计算测量后，设计出了无须灌浆、基础改小的新方案。结果，地基完成后经测定，承载量大大超过预定目标，原本盖五层的楼房加到了七层，节约投资 20 万元。

西安"八佳花园"住宅工程有着七万平方米面积、九层楼高。这一工程的旧址是一片老玻璃厂，基础很大，还有好几个水泥墩，按传统的设计方法，只能全部爆破、铲除，再用土回填，费工、费时、费钱。焦五一用"弦线模量"计算后提出根据不同部位做不同处理，基础由原来的 2.4 米改为 1.2—1.5 米。工程在短时间内拔地而起，质量鉴定优良，节省资金 200 万元。它被工程界视为焦五一的"样板"工程。

焦五一用"弦线模量"还先后解决了西安石油仪表厂墙体出现裂缝的二层厂房的加层问题；陕西省化肥厂大面积下沉问题；韩城钢铁厂厂房倾斜的问题。

"弦线模量"法在工程界不胫而走。30 多年中，在陕西地区依据这一方法设计建造的工程已经有六十多项，工程质量鉴定全部良好，节约资金 1000 多万元；还有 100 多项是用这一方法对发生事故的原有建筑进行的抢救工程，为国家挽回的损失当在 1000 万元以上。

焦五一成为工程界的"神"人。

焦五一委屈地哭了

夜半，焦五一捧着他刚刚写完的"黄土地基勘察设计新方法"发明申报书，心情久久不能平静，他的思绪飞向很远……

他出生在陕西富平县一个黄土高坡上的小村庄。1955 年他从西北工学院土木系毕业，分配到中国建筑西北设计院，开始与黄土打交道。

中国有着 64 万平方公里的黄土面积，其中具有湿陷性的黄土就有四分之三，是世界上黄土分布最广的国家之一。黄土的沉降及湿陷变形多年以来给建筑业带来很大困扰。我国20世纪60年代开始制定的《湿陷性黄土地区建筑规范》（以下简称《规范》）一直沿用苏联50年代黄土地区建筑规范的体系，对黄土沉降及湿陷量采用分级划定、定性评估的办法，不仅计算方法繁杂，而且在实际中失误数值很大。设计部门为避免工程事故，一般都不得不采用加大保险系数的办法，有时竟达到需要的好几倍，造成很大浪费。

如何准确地计算出黄土沉降及其湿陷变形量，是中国及世界土力学家们一直苦苦探索的一个谜。

年轻的焦五一，盯准了这个"谜"！

他翻遍了当时所有能够找到的国内外关于黄土研究的书籍，搜集了大量有关黄土研究的第一手资料。哪里有工程载荷试验，他就往哪里奔；哪里有土质新资料，他就往哪里赶。十几年中，他先后奔波于甘肃、陕西、湖北、四川等省市的上百个地区，抄录搜集了100万字的资料。

当时，焦五一的妻子儿女都在农村老家，设计院的单身宿舍成了他不分昼夜的研究室。他没有白天黑夜，没有节假日，甚至连一次娱乐活动都不曾有过。他除了外出搜集资料，就是在屋子里计算。他的书桌上、抽屉里、门后面、床底下、甚至从老家带来的一只大木头衣箱里，全都塞满了演算稿纸。那一年，他12岁的三女儿到西安读初中，他无暇顾及，就把女儿托付给一位同事，日子久了，周围的人都把那位同事当成了他女儿的父亲。焦五一迷黄土迷得如痴如醉。

1967年，在经过大量的演算、分析后，焦五一终于发现：把通常用于弹性材料的"弦线模量"，以分段取值的办法用于非弹性的黄土，即可以准确地计算出黄土的沉降及湿陷量。而且计算方法十分简便，只需实地测出土的空隙比、含水量、压力三项指标即可。

同时，他进一步研究发现，传统的用加大基础增加黄土地基安全系数的办法，不仅提高了工程造价，而且还会因为加大基础反而增加地基的沉降量。他认为，在准确地计算出沉降及湿陷量后，完全可以依据实际情况，大幅度减小基础尺寸，既可以提高地基的安全性，又可以节约大量资金。

这一发现，使焦五一欣喜若狂。

我国当代土力学和基础工程的许多专家、学者都为焦五一的发现而激动，并给予了极高的评价。

清华大学土木系教授江见鲸在给西北建筑工程学院的信中写道：焦五一提出的新方法，"理论正确，方法严谨，数据充分，成果可靠，这在国内是开创性的工作，在国际上也不多见。"

西安理工大学教授刘祖典认为，新方法"是一个很大的创举"。

陕西冶金勘察设计院高级工程师徐正分称赞道："'弦线模量'法甚好，是我国真正的自己的方法。"

然而焦五一没有想到，十几年过去了，他的"弦线模量"法竟一直没有在有关部门讨到一个"说法"。

先是他抱着新方法的资料，敲开了主持编纂《规范》的领导的门，提出用新方法取代苏联的旧方法，为国家造福。但是，被拒之门外。

接下来，他的第一次发明申报书被退回。

再后来，一次有关"弦线模量"的研讨会未终而散。

这个晚上，他又一次写下的这份发明申报，是国家建设部门的一位负责同志做了专门指示而促成的。"总该有个'说法'了吧？"他想。第二天，焦五一把它郑重地交给了学校。

整整两年半，当焦五一在焦急地盼望中一直不见音信，终于硬着头皮找到当时学校科研处的领导，询问申报材料的下落时，万万没有想到，他的材料被这位领导视为"没有任何意思"而一直放在抽屉里睡了两年半的觉。

焦五一这条黄土地上的硬汉子，无论吃多少苦，遭多少罪，都没有流过一滴眼泪。然而现在，他的泪水一下子涌满了眼眶，他强忍着，告诉自己，无论如何不能让眼泪流在这里。但是，当他一脚跨出科研处的大门时，眼泪却泉一般地涌了出来。

"这是一种比命还金贵的责任"

黄土地养育的焦五一，有着这块土地所赋予他的厚重与坚韧。他决定先干起来，他对家人说："能用新方法多设计一个工程，就可以为国家多节约一笔钱，我不能等待！"

工程建筑，成了焦五一日夜追踪的目标。

无论寒暑春秋、刮风下雨，只要一有空，他就骑上那辆破自行车到处转，哪里有工程，他就奔往哪里。每到一处，他都千方百计找到工程负责人，低声下气、苦口婆心地"求"人家用他的新方法。

他碰了许多壁。"浪费怕啥？国家有的是钱给我。而且万一工程出了问题，还有《规范》担着呢！"这是他最常听到的话，他默默地走掉，专业之外的事，他从不善辩。只是，他为国家心疼。

但是，他也遇到了有胆识的工程负责人，愿意使用他的新方法。焦五一感激不尽，对每一个工程都倾尽心血。

泾阳县水泥厂扩建工程地处地裂缝活动强烈地带，难度很大。当时焦五一还在带课，他就每天傍晚乘车往距离西安 80 公里路的工地赶，半夜两三点回家。其时正值三九严寒，滴水成冰，他的手上、脚上到处都是冻裂的血口。那些日子，他每天晚上的睡眠从没超过三小时，他的口袋里装了十几张有关工程难点问题的字条，走到哪儿，想到哪儿，有时半夜刚刚躺下，突然想到什么，就一骨碌爬起来，坐到计算机前。那时，学校的住宅楼还没有暖气，外面零下十几摄氏度，屋里温度顶多也就一二度，根本伸不出手。他爬起来后，就把棉袄、棉裤、棉鞋、棉大衣全副武装，倒一缸子热水把手焐热，开始敲计算机，敲一会儿，手凉了，再焐；焐热了，再敲，常常就这样一直干到天亮。

有一次，他骑车 14 公里到西安建材设计院研究这项工程的方案，一直忙到晚上十点多钟才往回赶。那一天刚下过雪，到了夜间路面全冻成了冰，骑到半路，车子突然打滑，一下子把他甩翻在地，几乎失去了知觉。当他慢慢回过神来，发现满口是血，一摸，两颗门牙磕掉了半截，两条腿也不听使唤了。幸亏有一位解放军战士从此路过，把他搀起来，用自行车推上，一直送到家。焦五一至今还记得这个战士的名字叫邓提西。

带着两颗永远只剩下半截的门牙，第二天傍晚，他又去了工地。

这个工程用新方法优质高效建成，二十多年来，水泥厂原有工程多处发生失陷事故，唯有这一工程安然无恙。

陕西省水产公司七层住宅楼，是焦五一半个多月每天中午在工地上吃着从家里带出的一只馍、一壶水做成的。工程单位几次想请他吃饭，他都坚决不肯，这是他的一条规矩。这个用新方法在"渣土"地上建起的工程，基础由原来的 2.6 米改为 1.2 米，做出来之后经测定，地基承载量大大超出预定指标，可以承载十二层楼房的重量。它被陕西省建筑质量检测中心评定为优质工程。有意思的是，应邀主持对这一工程评定的恰恰就是当年把焦五一的新方法拒之门外、至今仍对"弦线模量"法持全盘否定态度的那位黄土专家。这位专家怎么也没有想到，他打了高分的这个工程恰恰是全盘应用了"弦线模量"法。

工程界的人说，焦五一做工程不仅用手、用脑子，而且用"心"。他对工程的认真负责到了无以复加的地步。为了防止在勘察钻探过程中有可能把土压实，使土的形态"失真"，从而导致设计中土的物理指标"失真"的情况，每做一个工程，他都要请人在地基有代表性的部位打三个到六个探井，自己亲手从每一个探井取出一块"原装土"样，放在一个个盒子里，编上号，带回去，再做一次检测。"失真"的情况很少，但是焦五一为防止哪怕是万分之一的"失真"，他也要百分之百地，一个工程不漏地这样做。

他对一位同行说："每当我在一张张工程图纸上画字签押时，就觉得这是一种比命还金贵的责任！"

几十年来，焦五一用新方法做的一百多项工程，没有一个工程发生问题。他在工程界被誉为百发百中的"神枪手"。

"能让新方法造福国家，我死也瞑目了！"

1987年，55岁的讲师焦五一被学校确定退休之后，1988年他办起了"振华岩土工程研究所"。他的信念：要把黄土事业做到底！

有人说，焦五一开始挣钱了。工程界的人士说，他挣的钱没有贴的钱多。

他接手每一个工程从不讲价钱，先干。干完了，给多少是多少，有些小单位经济效益不好，他就分文不收。他说："我感激每一个接受新方法的工程单位，是这些单位促使新方法在实践中不断得到验证和发展。"

为了让更多的人了解"弦线模量"及它的价值，他让孩子们帮忙，买来白纸、三合板，连画带写，制作了几十幅挂图，凡遇到有关科技方面的展览会，就想方设法往里面插两块展板，有时干脆就在露天里摆"地摊"展览。有一次，他的"地摊"甚至摆到了第七届全国土力学及基础工程学术会议的会场外，当时正值会议午餐时间，这个图文并茂的"地摊"展吸引了众多与会者的视线。只可惜好景不长，当天下午，他与他的展览一起被"请"出了会场。

有好心人同情地对焦五一说，再怎么着，也不能掉价到那里摆"地摊"。焦五一却痴痴地说："很多人都看了，让人高兴！让人高兴！"

新加坡一位商人得知焦五一的情况，给他写来信，表示愿意出资使其科研成果得到鉴定。焦五一谢绝了。他对家人说，为了国格，我不能接受他的帮助。

俄罗斯、美国、韩国等国家的有关研究机构及大学曾多次给他发来邀请信，请他前往参加学术交流，他都漠然处之，他说当务之急是让这项成果在自己的国家推广应用。

他从事建筑的三女儿曾央求道："爸，人家不承认，干脆我跟你学。你的成果总得有个接班人啊！"焦五一一口否决。"你当这是咱自家的东西吗？你爸当初做的实验、用的仪器都是公家的。这成果不是'祖传秘方'，它属于国家！而且只有由国家来操作，才更有利于它的推广应用。"

焦五一的"死心眼"紧紧盯住的只有他自己的国家。

1995年6月27日，建设部接到全国政协转来的关于对"弦线模量"的新方法尽早鉴定、推广使用的提案后，再次向焦五一所在学校发出公函，请学校组织专家对"弦线模量"进行评审鉴定，并说明鉴定费用请学校与焦先生商量。

焦五一把学校给他的公函复印件翻来覆去看了好几遍，直奔银行，取出这些年自己所有的积蓄——2万元，找到学校。学校委婉地表示，参加鉴定的都是大专家，吃、住、行等各项标准自然要高一些，再加上开会费用，来回旅费，估计这个数不会小。

焦五一回到家一言不发，坐在椅子上直发愣，老伴吓得赶紧把两个女儿找了来。当女儿们知道父亲是因为鉴定费而发愁时，当即商定：就是砸锅卖铁也要给父亲凑10万元鉴定费。二女儿把刚刚攒够准备买房的5万元拿了来，三女儿也东拼西凑地拿来了2万元。她们知道，父亲为了自己的科研成果早日造福国家，付出了一生的心血！

捧着两个女儿送来的钱，平日在孩子面前很少表露情感的焦五一再也无法自控，泪水夺眶而出。他哽咽着对全家人说："我对不起你们，但这是一件关乎国家的大事，只要能把这件事办成，我就是死了，也闭眼了！"

10万元的存款单交到了学校。

然而由于种种原因，这次鉴定会没能举行。

焦五一却在这之后的一天早晨，不慎摔倒，跌断了右腿。

84岁的西安理工大学教授刘祖典这样评价焦五一："他对科学忠心耿耿！"

焦五一——这位黄土地的儿子，为了真理，为了国家，几经磨难情不悔，一片丹心日月鉴！

蕴于黄土中的幸福

焦五一的家中挂着上书"黄土斋"的条幅，之下又有两行小字："研究能为国家所应用则有亿万之利在焉，历经困扰而不敢辍者也。"这是焦五一一生苦苦追求的真实写照。

焦五一有一个爱好——摄影。但他的镜头永远对着的只有两个对象——建筑工地和黄土。几十年来，他拍下的这类照片有三千多张，都一一编了号，平常一有空就拿出来像欣赏邮票那样一张一张地看，那千姿百态的黄土形象令他沉醉。他称自己是"集土"爱好者。

平日，无论走到哪里，凡是见到有挖开的新土，他必定要抓起一把，掰开，搓一搓，看它的颜色、空隙、草根等，由此判断它属于哪类土。有时某种土引起他特别的兴趣，为了避免把它弄脏，他总是小心翼翼地用随身带着的干净手绢把它包起来，带回家继续研究。

"黄土就是我，我就是黄土。"这是焦五一对事业的感觉。

为了黄土事业，他甘享清贫。

他从参加工作到退休，一直拿着微薄的工资，到1980年他妻子和孩子"农转非"进西安时，全家连一分钱的存款还没有。他身上一件夹克衫穿了十几年，袖口领边都磨得发毛了，他还舍不得买新的；那辆破自行车，也舍不得换；他和老伴用当年学校处理的一张双层学生床一劈两截拼成的双人铺，至今还在用着；家里存放衣服的，一直是30多年前从老家带来的那只破木箱。

孩子们几次劝老两口买点新家具，装修一下房子，焦五一都不同意。他要把钱用到科研和成果的推广上。

为了他的黄土事业，他可以像一个富翁一样，一掷千金。

1989年，为了提高他的科研效率，他在基本工资只有139.5元的经济条件下，贷款1.7万元买下了当时还是"稀罕物"的"苹果"个人电脑；到1998年，他又花1.2万元将已落后的老电脑更换成奔腾二代；他每年要花费1000多元订阅有关科研方面的报刊书籍；他每年还要花费1000元为科研成果的推广复印资料；他一辈子积下的研究资料和手稿难以计数，狭小的家中实在摆不下，他又以每年4000元的价格租用了一位长年住在外地孩子家的邻居的两间房，作为资料库。在焦五一的眼里，他的黄土事业重于生命！

1997年的一个凌晨，西安附近发生地震，西安市区震感强烈。家家户户都拿上自己最值钱的东西往外跑。在楼房频频摇动的危急关头，焦五一终于走出来了。他右手挂着拐棍，左手紧紧地抱着一个大提包，后面跟着他一辈子相濡以沫的老伴。提包装的是整整120张录满了他几十年有关黄土研究资料与成果的软盘！

许多人为之惊奇：焦五一历尽坎坷，是什么力量支撑着他永不放弃？

焦五一说："我也曾想过放弃，但放弃不下。当实践一再证明我的发现是正确的，是符合客观事物真理的时候；当实践一再证明它能为国家带来巨大利益的时候，我想，我如果放弃了，就是对国家的不负责任，就是对科学的不负责任！"

黄土给了他忠诚的儿子以丰厚的回报。在焦五一家徒四壁的居室里，我们看到了唯一壮观的是一墙一墙的工程建筑单位送给他的锦旗。他说，这是他大半辈子搞黄土地基研究得到的最大安慰与幸福！

我们知道，焦五一所期望的远比这更多更多。

工程界人士做过计算：用新方法设计地基，工程实例节约在10%—15%，由此在黄土地区推广开来，每年可为国家节约3—5亿元；如果推广到软土和其他土类，每年可为国家节约20亿元。

这是一项多么令人振奋的前景！这也正是焦五一最期盼的。

如今的焦五一走路已经离不开拐杖了，但他仍然像以前一样，每天四点钟起床，坐在电脑前演算，夜里十二点入睡；如果接到工程，依然是两脚泥、一身土地跑工地。

焦五一生在黄土地，干的是黄土的事业，他一生的追求都与脚下的黄土息息相关，他把对祖国的一片赤子丹心深深地倾注在这片黄土之中！

阳春四月，生机勃发。当我们结束在大西北的采访时，这片厚重的黄土地上已经绽满一片新绿……

我们相信，这片黄土地再不会让年迈的焦五一等待太久。

（新华社北京2000年6月13日电　新华社记者张严平、吴锦瑜、刘书云）

采访手记

《黄土丹心》是这样"炼"出来的

回想《黄土丹心》两次采访、三易其稿的采写过程，一直都有一种被"冶炼"的感觉。稿子发出去了，但这种感觉却厚厚地沉淀在我们心底。

激情

刚刚接到采写焦五一的任务时，说实在的，我们心里十分茫然、甚至怀疑。据说，这位西北建筑工程学院的退休讲师几十年以前创造了一项可以为国家节约大量资金的黄土地基设计的方法，但多年来一直不被黄土界的专家们承认，致使这项科研成果迟迟不能得到大面积的推广使用。

这样一个人物能写出什么来呢？他的科研成果在没有被承认之前，怎么写呢？

国内部领导看出了我们的心思，指出："不要带任何先入为主的框框，只需要以一个记者的真诚、责任、并具敏锐的心态去走向这个人物，去发现和感受那些不仅仅是成果而是更多的人物本身的东西。"

这句话深深地触动了我们，不禁有些茅塞顿开。于是，我们走向焦五一。

这是一个怎样的老人啊！家徒四壁，衣衫破旧，一双明显睡眠不足的眼睛又红又肿，一条曾经摔折过的腿抖抖地靠着一根拐棍支撑着，他一脸凝重,说话声音很低,总像是自言自语。他一辈子迷恋黄土,如醉如痴的研究状态,使他丧失了在黄土世界之外的几乎是最基本的与人交往的本能,在最初的几分钟,他只是木讷地看着我们,两眼发呆,但当他一听到我们提到"弦线模量"4个字时突然激动起来,两眼发亮,他一瘸一拐地从桌子上、床底下、电脑里找来一摞又一摞的资料,摊了满满一床,然后不管我们听懂还是听不懂,开始无尽无止地给我们讲起他的最具创造性的"弦线模量"。

说真的,我们几乎一句也没听懂他的这项重大发明是怎么回事,他讲得太专业了,他根本没有把我们当记者,没有意识到他是在接受采访,他沉醉在他的黄土世界里无法自拔。但是,就是在这样的时刻,我们被深深地震撼了,我们认定眼前这位老人是块不可多得的"金子"!

接下来,我们采访了十几位从事黄土研究的学者教授,采访了多家大胆采用"弦线模量"新方法设计施工的设计单位及建筑单位,也采访了那几位一直对"弦线模量"持反对态度的黄土界的权威。

"弦线模量"在这样一层又一层的采访中逐渐被我们所认识,焦五一一生的坎坷命运也在这样一层又一层的剥离中渐渐地凸显出来。我们每一天都随着人物所经历的风风雨雨而处于一种悲伤、兴奋、忧虑、焦急相互交织的深深激情之中。

记得,采访结束的那个最后的夜晚,已是深夜1点,我们回到分社,没有开灯,只是久久地、久久地坐着,心里鼓得满满的,泪水一次又一次地涌出眼眶。

回想最初接受任务时国内部领导给我们的忠言,颇为感慨。是的,唯有以真诚、以责任、以激情投入采访,一个记者才能真正发现生活中那些高尚的、美好的、可歌可泣的东西！

灵魂

一万多字的第一稿出来了，题目是《焦五一的孤独》。国内部的几位领导同志专门为这篇稿子"会诊"。

"这篇稿子像现在这样拿出去，作为新华社的一篇稿件其分量远远不够。为什么呢？它见物不见人，缺少支撑整个人物形象的灵魂。"这是"会诊"后的结论。

这个结论是我们不曾料到的，它是那样的冷静、无情但切中要害。

从头到尾再读一遍稿子，我们发现，在整个的写作过程中，我们的确是进入了一个盲区，我们完全被大量的材料和事例所淹没，什么都往里堆，什么都往里塞，什么都割舍不下，尽管激情澎湃，却忘记停下来去倾听人物的内心世界。这正所谓见事不见人，只见树木不见森林。说到底，作为一个记者，这正表明我们在对事物、人物的内涵的开掘上缺乏深度，缺乏高屋建瓴与真知灼见这一基本功的锤炼。

这次重要的"会诊"使我们对人物的认识与把握迈上了一个新台阶。

接下来的日子，我们重新翻阅采访笔记，重新回味体察人物的内心。焦五一几十年如一日，潜心研究黄土地基设计新方法，在这一新方法不被承认的情况下，他四处奔走呼号，努力推广实践，虽历尽挫折与磨难，却痴心不改，永不放弃。是什么样的力量在支撑着他？是什么样的信念在鼓舞着他呢？在大量的材料事例中，我们进行了由表及里、由浅入深的思考与分析，终于触摸到了人物内心脉搏的跳动，那就是他对科学、对国家的忠心耿耿！我们所要着力展示的不就是这样一种精神境界吗？

血肉

九千多字的第二稿出来了，题目改为《黄土情》。

国内部的几位领导同志再次聚集到一起，为第二稿"会诊"。我们再次领略了冷静、无情、但切中要害地被诊断出病情的滋味。

"这一遍稿子，人物灵魂的东西已经被揭示出来了，但读后并没有让人有很深的感动，并没有给人留下什么深刻的印象。问题出在哪儿？出在缺少细节，缺少感人至深、真正反映人物内心世界的细节。焦裕禄、吴继昌、陈景润……这些闪光的人物之所以能深深地感动我们，正是因为作者给我们展示了人物的一个又一个难以忘怀的细节。"

这是第二次"会诊"的结论。

我们无话可说。的确，连我们自己看了都无法感动的东西，怎么能期望它去感动别人呢？

新闻作品的细节是不能虚构的，于是，我们再次走向焦五一，开始了新一轮的采访。

采访像焦五一这样一个满脑子除了"弦线模量"还是"弦线模量"、生活中不善言谈不善表达的人物的细节，着实困难。许许多多我们后来挖出来的颇为感人的细节，在他的脑子里一直都是习以为常不值一提的事，他的脑子里更没有一丝一毫地"领会"记者意图的细胞，根本没有一丁点要"配合"采访的意识，你只要和他一坐下来，他就是一大堆一大堆有关"弦线模量"的专业话题。没有办法，我们只好常常先给他讲好，今天不讨论业务，我们只讲故事、只讲生活里的事好吗？就这样，我们与这位老人聊天、再聊天，那些闪光的动人的细节就在这样的聊天中一点一点地裸露出来。同时，我们还分几路采访了他的老伴、儿女、同事、邻居等等。

我们又一次沉浸在深深的激情之中，那一个个细节所展示出的焦五一，远比我们第一次采访所认识的这个人物更为感人，更为深厚，更为立体。透过这些细节，我们能听到他的呼吸，能感受到他的脉搏，甚至能体察出某一个瞬间在他内心划过的那一道无言的伤痛。

我们多么地内疚，第一次采访竟没有发现这么多闪光的东西！我们又十分地庆幸，"会诊"补救了我们这绝不可缺的第二次采访。

七千字的第三稿出来了，题目已改为《黄土丹心》。

稿子播发以后，许多读过的人真诚地告诉我们，他们几乎都是一口气读下来的，焦五一令他们深深感动。

对于记者，这是最好的鼓励。

我们爱戴的超人同志生前曾说过这样一段话："用新闻通讯的体裁反映先进人物是比较吃力的，要反映得既真实而又感人是更不容易的。""它涉及到记者的理想、信仰、信念、精神境界、精神风貌，涉及到记者对生活的热情，对人民的责任感，涉及到记者的基本素质。"回顾《黄土丹心》采写的前前后后，我们更深地体会到超人同志这段话的内涵，这是他向记者提出的磨砺基本功的一个方向！这篇稿子所经历的几次"会诊"、几次改写，对于我们来说，正是向着这样一个方向所经受的一次极为有益的磨砺，它必将成为我们的一份财富。

《黄土丹心》"炼"出来了，我们的"丹心"还需要继续不断地炼下去。就像超人同志要求我们的那样："记者应该像丹柯（作者注：

高尔基作品中的人物）一样，把自己的一颗跳动的丹心献给广大人民群众，并让它成为一支熊熊的火炬，长久地在人们的眼前燃烧……"

熊熊的火炬，将是我们一生追求的境界！

（原载《新闻业务》）

永远的向日葵
——写在陆幼青最后的日子里

病房很安静，床前的一篮鲜花散发着淡淡的幽香。自11月11日陆幼青把《生命的留言——〈死亡日记〉》送给他的妻子和女儿之后，已谢绝一切新闻媒体的采访。我们在一位朋友的引导下以非正式的形式在上海普陀中心医院见到了他。

他躺在病床上，用沙哑的嗓音微笑着说："我还在继续与死神谈判。"

他的妻子时牧言在一旁告诉我们，陆幼青正在经历最艰难的时刻，肿胀已经由腿发展到胸部，并且腹腔开始积水，身体每改变一个微小的姿势都需要别人的帮助。尽管如此，陆幼青仍然不止一次地对家人和医生说："不到生命的最后一刻，我绝不放弃！"

陆幼青现在每天坚持在妻子的搀扶下围着床走两圈，晚上还要听中央电视台的新闻联播，更多的时候是和妻子一道回忆过去的幸福岁月。他常常提到他们每年都要在家中的院子里栽种的那些向日葵，那是他最喜爱的植物，由他自己设计的那本《死亡日记》的封面，就是一朵盛开的金色的向日葵！

妻子轻轻打开那本小书，给我们读了丈夫写下的话："向日葵笑脸为形，真金如色，且懂得寻找阳光。"

一股热流打湿心房，在这个美丽生命的最后日子里，我们听到了灵魂的歌唱。

"他站在铁轨上，听着死亡列车的汽笛，心中十分清楚生活中最重要的是什么。"

陆幼青第一次接到不祥的信号是 1994 年圣诞节后的第一天，他觉得胃疼，吃不下东西，以为是老胃病又犯了，哪知到医院一检查，化验单上写的竟是"胃癌晚期"。

那个冬天他的心寒冷痛苦。32 岁的人生是最有创造力的年华。他 1985 年从华东师范大学中文系毕业后，做过教师，后下海与朋友合作开办广告公司，很快闯出了一片自己的天地。他有一同读过大学的贤惠妻子，有可爱的女儿。然而，"胃癌晚期"四个字如生命中的"黑客"把这一切都搅乱了。他措手不及！

习惯于做选择题的思维方式使陆幼青慢慢冷静下来。痛苦之后，他开始给自己做各种各样的选择题："哭能治病吗？如果不能，那就以后再哭吧。有人战胜过癌症吗？如果有，我为什么不试？答案简单明了，就是这些简单的答案使我学会与'狼'共舞的生活。"

检查结果出来后的第 10 天，他便做了手术。为了减轻麻醉剂日后对大脑思考的影响，他请求使用半身麻醉，手术后的十天十夜，他强忍着疼痛一声不吭。他的胃被切除了五分之四，为了尽快康复，他强迫自己多吃东西。手术 3 个月后，他又开始了工作。

此时的他，已经是开始感受到生命重量的人，事业和生活在他的眼里都有了与以往不同的境界，他变得更豁达更开放。生活着是美丽的，工作着是快乐的，很多时候，他几乎忘记了自己是一个癌症患者。

不幸的是仅仅 4 年之后，他又一次遭遇劫难。1998 年夏天，陆幼青再次被确诊为患腮腺恶性肿瘤，他做了第二次手术。术后医生为他安排了 24 次化疗，但做到第 6 次时，他拒绝了。"人有死亡的尊严，应该自己选择死亡的方式。"与其在这种按部就班的程序中死去，不如将余下的生命去做一些新的尝试。他在《死亡日记》中写道："我是中国式流水线治疗的反叛者。"

陆幼青转而向中医求治。他跑了很多医院，访了很多民间大夫，尝试过各种偏方以及特殊疗法，为的是抓住哪怕万分之一的希望。

然而，万分之一的希望也破灭了。第二次手术只有半年，腮腺恶性肿瘤再次复发，且来势凶猛。他脖子上的肿瘤长得已有网球大小，进而向前胸发展。不久，医生宣判：他只剩下 100 天的生命。

陆幼青哭了，他与妻子相拥而泣。毕竟事实是如此的残酷：他就要抛弃精彩的事业、温暖的家庭，抛开种种美好，去为黑色的死亡准备祭礼。

看到庭院里自己和妻子亲手栽种的向日葵，朝向阳光，努力地开放着。他的心热了。

他再一次做选择题：死亡能逃避吗？既然死亡无法逃避，为什么不珍惜走向死亡途中的每一天，让生命多一些快乐与美丽呢！他相信，死亡会终结生命，但不会终结感情的联系。

他坚信，生命因结局而美丽。于是，他对自己说："写吧。"

> "生命真是个奇迹，不管在哪一个段落，都有最美丽的风景，只要不轻易地关上梦想的窗户……"

2000年8月3日是陆幼青10岁女儿的生日，他写下第一篇《死亡日记》。

这之后，他每天早晨6时准时起床，坐在电脑前写当天的日记。他说，他每天花在写作上的三四个小时，是苦苦等来的一天中最愉快的时刻。

9月，他的体力明显下降，常常会体验到生命失控和流失的感觉，坐在那儿，突然就会睡着了。他已无力坐在电脑桌前，便改用便携电脑，靠在床上继续写。

10月，他的身体状况急剧恶化，脖子、前胸、腰腹大大小小的肿瘤开始溃破，流出的液体散发出难闻的味道。麻醉药对他身体疼痛的减缓作用越来越小，医院里给他开出了镇痛强度最高的麻醉剂——多瑞吉，但很快多瑞吉的药效由原来的72个小时减至36个小时。他在日记中写道："有很多次，我怎么也写不下去了，身体的痛楚是如此的强烈，我必须不停地转换姿势，而每换一个姿势，身体上各种部位的疼痛要持续十来分钟才能平静，十来分钟过后我又觉得需要下一次新的挪动来让我的身体感觉更舒服一点。"伴随着肿瘤疯狂地生长，癌细胞夺走了大量能量，他经常感觉饥饿，而长时间的浮肿已使他的食道和喉管严重变形，吃一点东西都会呛出来，要想吃饭只有等浮肿消退，这一等长则6小时，短也要3小时，他每天就在这种病态的饥饿中煎熬着。陆幼青家里的阿姨每次和邻居说起这事都要哭："要是换成别人变成那个样子真的就不想活了，可他一点都不厌世，还一样和妻子女儿说说笑笑，从来没见过这样的人。"

陆幼青继续顽强地写着他的《死亡日记》。脖子上越长越大的肿瘤使他的颈椎不堪重负，后来他连电脑也敲不动了，就躺在床上口述，用录音机录下来，再由妻子整理出来。

"我当然在受罪，但给予他人能使我感觉自己还活着。"

终于写到了10月23日，陆幼青37岁的生日。他已耗尽体能，决定封笔。

73篇、15万字的《死亡日记》连同它的写作过程犹如一个生命的田径赛场，展示了一个站在死亡边缘上的生命的真实律动：他的钢铁般的意志，他的柔弱如丝般划过心头的伤痛，他的生的欢乐与渴望，他的死的尊严与从容，所有这一切，都使这场生命的比赛惊心动魄。

"我努力维持着日记的美丽，不让疾病的颜色沾染，更不想让死亡的气息把它渗透。"

无论如何，陆幼青的时间已经不多了。就像他在告别读者和网友时说的："我自己知道，已经到了需要向人生说再见的时候了。"

10月里一个秋光明媚的日子，他"带着买第二套房子的心情"，和家人一起来到上海西面的福寿园，为自己挑选了一块墓地。

近日，他又录制了日后自己在自己追悼会上的"悼词"。

他还有什么要说的吗？

对朋友，他已无法表尽心中的敬意。在他第一次确诊癌症并手术后，是朋友向他敞开工作的大门："来吧，我们需要你！"从此，他的事业飞速拓展，直到他的《死亡日记》发表以后，他所在的上海浦东房地产展销中心的员工们才知道，常常一连三四天加班加点不合眼的副总经理竟然早已身患绝症。"真诚的友情和尊重才是真正的良药。"他在日记中写下这样的挚言！

对妻子，纵已说过千言万语，又何止"相知"二字了得！在他与死神对峙的日子里，是妻子对他的爱、对他作为一个癌症病人所选择的独有的生存方式的充分理解和支持，使他直到今天仍活得像一个大写的人。无论在怎样困难的情况下，妻子总是告诉他"做你想做的事，你能行！"因此，他从没有被癌症打败的感觉，相反，他是胜利者。正是在6年与癌症对抗的过程中，他的事业发展，家庭生活改善。在生命的最后日子里，又是在妻子的支持下，他从死神的手中夺出一本《死亡日记》。"妻子给我的是真实的爱情，不仅仅是精神上的关爱和病榻前的照顾，更是一种理解。大难临头，还能想到对方，这是真爱情。"

还有他的女儿，女儿是他心中的第一啊！他把全部的日记都留给她，希望她在稍后的岁月里能读懂它，从中得到爱、快乐与智慧。

他还写了许多关于肿瘤病人的话，他的日记当初之所以决定上网发表，就是想要唤起社会对这一类病人生存状态的关注。

陆幼青没有想到的是，这场生命与生命的对话，在无数读到它们的男人、女人、老人、青年人，健康人、病人的心中刮起了大大小小的风暴，人们震惊着、感叹着、思索着。

什么是爱，什么是幸福？如何活，怎样死？人生最重要的是什么，人生最美丽的是什么？……

一位智者说过："一旦你学会了怎样去死，你也就学会了怎样去活。"年仅37岁的陆幼青走在死亡面前的那份平静、坦然、尊严与快乐，让众多的人思考活着的意义。

　　起身告别，陆幼青拱手回送。他说："我十分感谢各界朋友给予我的关注，这其实是一种对生命主题的关爱，我不过是个引子而已，唯其如此，我感到幸福！"

　　境界，让死亡也充满韵味。

　　陆幼青真的可以无怨无悔地走了。在他的梦中，将会永远地出现那幅曾经无数次地出现在他脑海中的美丽意境：在一座遥远的山里，向阳的山坡，有一种名叫向日葵的植物在生长，笑脸为形，真金如色，且懂得寻找阳光……

（新华社上海2000年11月24日电　新华社记者张严平、谢金虎）

采访手记一

初冬的记忆

2000年立冬后的一个夜晚,蒙蒙的小雨漫天飘落着,融织于万千灯火与雨水中的上海如梦如幻。

当我和金虎在普陀中心医院门口的花摊上,最终捧定一束红色的康乃馨时,那一刻,我的心突然感觉到一阵疼痛。这不是幻境,在这个迷人的晚上,捧着这束美丽的鲜花,我们赴约相见的却是一个在死亡线上抗争了一春一夏一秋,随时都可能告别人世的年近37岁的生命。

一个月以前,病魔已经迫使他谢绝一切来访。我们真的不忍心打搅他,而我们又多么想见到他。当他的一个朋友向他转去我们不安的心愿时,他破例了:"我为新华社朋友们的关爱而感动!"

静静地向病区走去,一路无言,捧在手中的花似乎很沉很沉,心里面满满的,却不知道在想什么,只是不断地默念着那个因为一本《死亡日记》而震撼了千千万万人心灵的名字——"陆幼青"。

在二楼病区一间会客室,我们最先见到了陆幼青的妻子时牧言,她苍白而消瘦,透着一种竭心尽力的疲惫,只是她的一双眼睛里盛满了光彩,那是一种因了内心很深的爱才焕发出来的东西。

她抱歉地告诉我们,陆幼青由于疼痛吃药睡过去了,请我们稍等片刻。我们试着谈起她的丈夫,她缓缓地,陷入长长的思绪中。

她讲了很多,很多。我无法忘记,她讲到陆幼青的癌症与面对的死亡时,那份把痛一寸寸咬断的镇静;我无法忘记,她讲到与陆幼青在一起的快乐时光时,那份从心底里流淌出来的灿烂笑容;我更无法忘记,她讲到与陆幼青在家中的院落里亲手种下的那些向日葵时,猛然泪流如雨。

窗外的细雨依然淅淅沥沥地下着,屋里常常有很久的沉默。我轻轻地,生怕打破了它,因为这沉默依然是这位妻子情感律动的延续。

就这样,我们开始近距离地走进陆幼青的世界,他在我们面前展现出阳光、草地、大江、小河般的万千色彩。他也在我们面前越来越大地画出一个问号:一个如此热爱人生、热爱生命的人,又怎么能做到在即将过早地告别这一切时,竟这般从容?

他真如一个谜。

不知什么时候,护士传来话,陆幼青醒了。于是,我们走进了那间病房。

印象中的第一眼,到处都是白色的。白色的天花板,白色的墙,白色的床。当终于在一片白色中定神捕捉到那一张倚靠在床头的面孔时,一瞬间,我的目光突然想逃避。

这是一张已经完全变形的面孔。生长在皮肤表面的恶性肿瘤大大小小挤满了他的半个面颊与脖颈,红肿着,溃破着,气势汹汹。足足有好几秒钟,我竟说不出一个字!

然而,也就在同一时刻,我看到了那双眼睛,那双如湖水般平静清澈含着阳光般微笑的眼睛。那里面写着什么?——生命的尊严?生命的力量?超越死亡的永恒?这一刻,我感受到一种神圣。在这双充满智慧、理性、透明、温暖的眼睛里,我找到了我拼命想要找到的所有答案。我微笑了。

这是一场哲理而又诗意的交谈。我们谈到了生与死,谈到了痛苦与幸福，甚至谈到了上帝（并非基督教中的上帝，生活中其实每个人都有自己的上帝）。陆幼青的声音沙哑而弱小，但是有极强的定力。

我们最后谈到了他喜爱的向日葵。时牧言拿出华艺出版社两天前以手工的方式，特为陆幼青赶制出来的《死亡日记》的样书，翻到"谢幕"一章，轻轻地读道："在一座久没有走过的遥远的山里，向阳的山坡，……有一片小小的，名叫向日葵的植物在生长；笑脸为形，真金如色，且懂得寻找阳光……"

我忘记了我们是怎样告辞的，记忆中好像一直就是这样听下去了。似乎这是一场永无结尾的采访。

真的好似永无结尾。

记得我们的稿子播发后的第二天，时牧言打来电话，说陆幼青在病床上一字一句"听"完了这篇文章，他请妻子向新华社的朋友们转达他深挚的谢意。

又记得，过了没几天，报载陆幼青走了。时牧言再次打来电话，说在陆幼青的追悼会上，悬挂的横幅悼词就是我们这篇稿子的题目"永远的向日葵"。

仍记得，之后数日，北京青年报的一位赴沪返京的记者送我一本时牧言托他带给我的《死亡日记》，书的扉页上有陆幼青的笔迹："送给新华社记者张严平女士——陆幼青。"时牧言电话上对我说，他签完这本书的第二天，就昏迷了，再也没有醒来。

接下来，数月半载，我又陆续收到时牧言寄来的陆幼青的遗作《维维咖啡屋》《欢城》。

又一个冬天来到了。这个夜晚，当我写下这些回忆的文字时，顺手从书架上取出那本《死亡日记》，打开扉页，抬头看看桌上的台历，一时竟呆住了，陆幼青签名下的落笔日期是"2000年11月29日"，恰恰是一年前的今天。泪水悄悄湿了眼睛。

这真是一场永无结尾的采访了。真的是。

让我永远铭记在心的这次采访，留给我的不仅仅是关于一棵向日葵的故事，它沉淀在我心中的是一种厚重的"向日葵情结"。生长在天南地北漫山遍野的向日葵，就如千千万万像陆幼青一样普普通通的人，他们微小，但他们却是生活的创造者；他们平凡，但他们却是我们心灵成长的沃土。我渴望不断地去了解他们，写出他们！

曾看过一部意大利电影《向日葵》，其中的故事我已记不太清了，唯有在蓝天大地之间那片一望无际的金灿灿的向日葵的画面，留在了我的记忆中，那时只觉得它们很美。今天，我知道了，它们为什么那样美……

2000年12月

> 时代面孔 ▶ 新华社领衔记者笔下的人物肖像

✐ 采访手记二

关注"向日葵"

2000年11月，接到赴沪采访在与癌症的最后抗争中，写下数十万字《死亡日记》的上海青年陆幼青的任务时，我感到很意外：这样一个普通人的命运也会成为我们新华社报道关注的对象？

赶到上海时，陆幼青因为病重已经谢绝一切新闻媒体的采访。我们通过分社邬鸣飞同志的私人关系，试着找到了陆幼青的一位朋友，请他帮忙联系采访，但最终能不能见到陆幼青，我们心里也没底。不曾想，这位朋友当天就传话来：陆幼青的身体状况已经十分糟糕，但还是非常乐意见一见新华社的记者。这使我很感动，也使我开始思考一个问题：关注普通百姓的命运对于新华社的报道有着怎样的分量？

看起来，陆幼青的生命的确已经走到了尽头。在上海普陀中心医院的病房里，他半躺在床上，身体每一个部位的细小动作都已经很困难，说话声音微弱而嘶哑。但他每每回答我们提出的问题时所表露出来的那种理性、智慧以及对生命的热爱和告别生命的从容，都令我为之深深地震撼！采访结束时，陆幼青拱手相送，他说："我十分感谢各界朋友特别是新华社的朋友对我的关注，这其实是对生命主题的关爱，我不过是个引子而已，唯其如此，我深感幸福！"这句话让我回味了很久，也让我再一次思索：关注普通百姓对于新华社的报道究竟有着怎样的意义？

我与上海分社记者谢金虎一道采写的《永远的向日葵——写在陆幼青最后的日子里》11月24日播发后，在社会上引起的反响出人意料。

《人民日报·海外版》《北京日报》《黑龙江日报》《吉林日报》《海南日报》《华西都市报》《上海新闻午报》《扬子晚报》等大大小小的报纸都不惜版面全文刊用此稿。

稿件播发的当天夜里，就有北京网民打来电话，说在网上读到这篇文章，非常感动，新华社能报道一个如此平凡的小人物，令人心生敬意。

当天夜里，远在千里之外泉州的东南早报编辑部打来电话，说刚刚收到这篇电讯稿，所有值班编辑都难以平静，他们准备在第二天的报纸上用整版篇幅予以刊登，并希望我们今后能多写这一类关注普通百姓生活的稿件。

最早报道陆幼青的北京青年报记者也打来电话说，没想到新华社能关注这样一个普通人物的命运，令他们又惊又喜，他们为新华社播发这样的稿件感到由衷高兴！

12月15日，陆幼青的妻子从上海打来电话，说陆幼青在去世前几天，一字一句"听"完了这篇稿件，他让妻子向新华社记者转达他深深的谢意。在他去世的追悼会上，悬挂的横幅悼词就是这篇稿子的题目——"永远的向日葵"。

所有这一切，让我在感动之余对从接受采访任务时就打下的问号茅塞顿开：关注普通百姓的命运，是我们新华社报道贴近群众的一个不容忽视的重要层面。

的确，很长时间以来，我们不少记者（包括我在内）跑大事、大会、大机关、大材料多了，自觉不自觉地端起了一副架子，觉得自己就是采访报道大事的人。于是，面对丰富多彩的社会生活，我们的目光变得单一，感觉变得迟钝，甚至感情也变得麻木。我们虽然嘴上天天都在喊要深入生活、贴近群众，但一到了面对群众时，却有意无意地在自己与群众之间拉开了一定的距离。似乎不这样，就不能称为新华社记者。因为有了这样的"架子"，我们常常会听到读者抱怨我们的稿子离百姓的生活远，缺少人情味。

为什么？

对陆幼青的采访使我体会到，最重要的原因是我们的报道对普通百姓的生活和他们的命运关注不够。

普通百姓的生活是实实在在的，他们有生老病死，有柴米油盐，有喜怒哀乐。每一个百姓的故事，都可能折射出千万个百姓生活的影子；每一个百姓的痛苦，都可能触痛千万颗百姓的心。我们只有真诚地关注他们，才能真正体现我们的报道"贴近群众"，才能真正得到群众的认可与欢迎。

回头细想这个问题，其实从社里到部里都已经开始对此高度重视。去年4月成立的"新华视点"报道栏目，其努力的方向之一就是贴近百姓，想他们之所想，写他们之想说，使我们的报道真正走到群众的心里。这个栏目的不少稿件都为此作出了很大的努力，比如百姓医疗、子女教育、学生考学等种种问题，这类稿件都受到广大群众的欢迎与认同。

我们这次采访的陆幼青，是一个更为具体的百姓题材，就像他自己所说"是生长在漫山遍野的向日葵中的一棵"。然而，因为这一棵向日葵的命运牵动了无数棵向日葵的心，所以当我们关注这一棵向日葵的命运时，我们的报道也就同时走进了无数棵向日葵的心中。诚然，我们的这种关注绝非像一些报刊的炒作。关注本身就应该包含着真诚与责任，只有怀着真诚与责任的心态，我们的报道才真正能反映百姓的心声。这也是我们这篇写陆幼青的稿子受到欢迎的原因之一。

　　我愿在今后的报道中更多地关注如"向日葵"一般普普通通的百姓，在我们新闻报道的广袤土地，它必定给我们的报道带来新的活力与生机；也必定给我们记者带来精神与情感上的宝贵滋养。因为，群众是我们的根！

（原载《新闻业务》）

采访手记三

三个小标题

距离采写这篇稿子已经多年了,陆幼青——向日葵,这段珍贵的记忆至今依然鲜活地留在我的心底。如果说,当年陆幼青给我上了一堂关于生死的启蒙课,今天,这堂课伴随着岁月的增长,已成为我体验人生与生命的阅读不尽的长卷。这就是一个记者的幸福,以自己有限的个体生命,探索、发现和体验了那么多他人的人生与生命。他们像火光和流水,滋养着照耀着我的生命。

采访这篇稿子的过程已在前两篇手记中记录,今天特别分享的是关于这篇稿子从初稿到定稿的过程。

很多读者与同行读完这篇稿子,除了为陆幼青的事迹感动,同时,也为这篇稿子与人物性格气质息息相通的诗意表达而吸引。特别是三个小标题,如同三颗闪亮的珍珠串起了整个人物的精气神,画龙点睛地展示了人物的内心世界。

然而,读者不知道的是,初稿的三个小标题完全不是这样的,定稿的三个小标题全部出自签发人总编辑何平同志之手。

三个小标题分别是这样改动的:

初稿第一个小标题:"选择题的简单答案,使他学会了与狼共舞";

定稿改为:"他站在铁轨上,听着死亡列车的汽笛,心中十分清楚生活中最重要的是什么"。

初稿第二个小标题:"在生命的赛场上,他终于撞线了";

定稿改为:"生命真是个奇迹,不管在哪一个段落,都有最美丽的风景，只要不轻易地关上梦想的窗户"。

　　初稿第三个小标题："他给自己画上了句号，却把问号问到我们每一个人心里"；

　　定稿改为："我努力维持着日记的美丽，不让疾病的颜色沾染，更不想让死亡的气息把它渗透"。

　　前后三个不同的小标题，其意境、神韵、思想力度之高低一目了然，修改后的小标题极大地提升了这篇稿子的思想与文字的品质。同时由于它们分别引自陆幼青书中的话，使得整篇稿件与人物气质浑然一体，充满动人心魄的魅力。

　　我把这份定稿复印了一份，一直收存着。

　　一直记得一位前辈的话："好新闻后面一定有好编辑。"一辈子做记者的经历让我深知，每一个记者的稿子，背后都站着编辑、审稿人、签发人，他们所贡献的才华、思想、境界、智慧远在记者之上。只是，读者只看到了记者的名字。

2024 年 5 月

> 时代面孔 ▶ 新华社领衔记者笔下的人物肖像

记者心路

把心化为一颗火种

有人问,写稿子苦吗?

我点点头,苦。

真是苦。有时就像负重登山,体能耗尽,举步维艰,山峰却遥不可及;有时又像被困在四面高墙内,奋力冲撞,却找不到出路。

然而,在这常态的苦中却是潜伏着快乐的。那内心的表达找到出口后的酣畅淋漓;那稿子播发后听到无数读者共鸣的心声。那一刻,你会感觉,你的心和千千万万颗心连在了一起,你会知道,那一束灿烂的光,正折射出千千万万颗心灵的光芒。我感觉温暖,感觉有力量,感觉胸怀敞亮。

所以,无论怎样的苦,30年难以舍弃。

我下过乡,在春天乡野之夜,曾听到过庄稼拔节的声音。从没想过,多少年之后,我竟在自己的内心也听到了这种声音。我告诉自己,做记者、写稿子,让你成长了。

为这份成长,我深深感恩。

感恩记者这个工作能让我拥抱那么广阔的生活,拥抱那么多善良美好高贵的心灵。我原本一颗混沌渺小的心,被他们点燃,我感受到了被点燃之后的喜悦、激动和幸福。

感恩记者这个工作能让我把一颗被点燃的心掏出来,化为一颗火种,燃烧在我采访的一个个人物之中,向更多的人传递着生命与心灵的火焰。

在这种被点燃与传递之中，我感受到了生命的意义。

有朋友开我玩笑，你总是采写美好的人事，没写傻了吧？

我懂朋友的善意。我知道，生活不是童话，也从没幻想它是童话，童话不会给人厚重的激情。生活是真善美与假恶丑交织的万花筒，是幸福与苦难并存的悲喜剧。我为每一点真善美感动，同样为每一丝假恶丑鄙夷愤怒。我能体会到许多人内心的幸福与快乐，同样能深刻地感受到那些让人心痛的苦难。

记得一个大年三十的傍晚，我赶完稿子，拖着疲惫的身体乘地铁回家。车厢冷冷清清，一个乡下模样的女人没有坐在空着的位子上，却是蜷缩地站立着。少许，她靠近我，怯怯地问：

"大姐，国家信访办怎么走？"

"你是上访……？"

她低下头，点一点。

我努力平静地把地址给她说清。转过一站，她下车了。望着她瘦弱的背影消失在进入年夜的站台，我泪流满面。

因为痛，所以爱着。

生活的万花筒，人生的悲喜剧，像冰火两重都在滋养着我，点燃着我。火种不是童话世界的无根花朵，它是我们生活中理想与现实碰撞而催生的激情与向往。

所以，我更深地挚爱那些善良、美好、高贵的心灵，我幸运自己被他们点燃，成为一颗火种，将这份光亮通过文字传递出去，便收获了更多的光亮。

闭上眼睛，采访过的那些人、那些事常常就像一幅幅油画一样在眼前呈现。马班邮路上的王顺友，雀儿山上的陈德华，蹬三轮的老人白芳礼，写下死亡日记的陆幼青，导弹司令杨业功，航天发动机专家吴大观，酷爱枫叶红的女纪委书记王瑛，开小处方的好医生王争艳，敲响最后钟声的乡村代课老师杨忠明，还有郭明义、杨善洲、李林森，以及汶川地震、玉树地震、舟曲泥石流等重大灾难中不屈的男人、女人、老人、小孩，他们都是我一生中无法忘怀的人！

初夏，去西藏采访中国最小的行政乡玉麦，那37个以自己的生命为祖国的坐标生活在国境线上的纯净、善良、质朴的藏族乡亲，至今印刻在我的脑海中，我想念他们……

向记者这份工作深深鞠躬，无法想象，还有什么工作能让我拥有今天这种内心的成长。

29年前，我就像一棵浮萍漂到了新华社。29年中，记者生涯的种种经历填满了我的生命。我学会了听，学会了看，学会了用心灵感受；懂得了生活的丰富，懂得了人心的辽阔，懂得了人与人之间的温暖；收获了在不完美的现实中永远朝向理想的勇气与坚强。

向新华社这个温暖的大家庭鞠躬，你80年锻造的气质、精神、追求、境界是我人生最丰厚的土壤。我为那些曾经激情燃烧、才华横溢的英雄前辈们而骄傲，他们永远是我人生的旗帜。我为蓬勃烂漫、英气勃勃的同事们而自豪，他们总是我不敢懈怠的领跑者。

"理想如同星辰——我们永远不能触到，但我们可以像航海者一样借星光的位置而航行。"还会把记者做下去，还会把稿子写下去。如果把这比喻成一种修行，我愿这修行的正果永远是把自己的心做成一颗火种，通过笔下的人物传递到更多人的心灵中，让我们的世界迸发出越来越多、越来越灿烂美好的光亮！

（原载《新华廉政文化》）

第三章　火光

　　当火与光降落在沙漠、原野、溪流、高山……它便命名了它降落的一切。那是土地的平凡与厚重；那是种子的微小与强大；那是江河的辽阔与永恒。2010年开年，新华社推出了人物报道专栏《严平走近》，旨在记录大时代下那些平凡而伟大的"小人物"，他们生若泥土，默默无闻，却心若火光，以炽热燃烧的生命为我们的时代镌刻下属于千千万万人的崇高与荣耀！

> 人民是历史的创造者,是国家的主人翁。历史因人而鲜活,新闻因人而生动,为深刻反映当今社会涌现的各类代表性人物的思想情操、高尚品德、感人事迹,新华社从今天开始开设以人物报道为主的个性化专栏《严平走近》。专栏作者张严平是新华社高级记者,以人物报道见长。她深入生活、深入人物心灵的采访作风,使其文章朴素真挚,富有激情。她曾采写过郭秀明、陆幼青、王顺友、杨业功、白芳礼、张云泉、华益慰、王瑛、吴大观等众多典型人物,在社会上产生广泛而积极的影响。她本人获得中国新闻界最高奖——第十届长江韬奋奖。《王争艳,冬天里最温暖的故事》是《严平走近》专栏第一篇,反映了武汉金桥社区医生王争艳赤心为老百姓看病的感人故事。
>
> ——2010年新华社《严平走近》人物报道专栏的编者按

王争艳,冬天里最温暖的故事

她俯首侧耳,静静倾听着每一位病人的陈述,目光里有温柔的悲悯,似乎每一个人都扯着她的心。

2010年元旦,55岁的武汉市金桥区卫生中心医生王争艳在一间小小的诊室，开启了她第 26 年的从医生涯。刚刚过去的岁末，一场当地百姓评选"我心目中的好医生"的活动，让她一夜之间成为这个冬天里穿越无数人心的最温暖的故事中的人物。

从医 25 年，她平均单张处方不超过 80 元，最小的一张只有 2 毛 7 分钱。

从医 25 年，她靠一副听诊器、一双手，诊断救治了难以计数的病患。

从医 25 年，她走到哪，病人跟到哪，他们是她的"铁杆粉丝"。

25 年酿成的爱，有着怎样的艰辛、漫长与执著？！

以炽热的心赋予医学以生命的温度

王争艳有一双女人中少见的骨节粗大的手。这双手就像一台精密仪器，可以在病人就诊的几分钟里基本锁定病源。

1984 年，毕业于同济医科大学的王争艳对 4 年大学生涯最珍贵的记忆，是一代高医裘法祖在大课上说的一句话："先看病人，再看片子，最后看检查报告，是为上医；同时看片子和报告，是为中医；只看报告，提笔开药，是为下医。"当她终于成为一名医生，面对一个个病人，慢慢悟出了大师之言更深的内涵。上医，那是需要一种对病人俯首贴心的仁爱啊！教科书上所说的"视、触、叩、听"的诊断原则，每一个字都浸透着生命的温度。

一颗种子，在王争艳心里发芽。

她上班，总是随身带着 4 件东西：一个小手电筒，一包棉签，一副听诊器，一块手表，再加上一双手，是她诊断病情的全部武器。

那年，医院来了一位叫刘耀东的农民。他长年持续消瘦，四处求医，跑过大医院，找过名专家，做过一次花费上千元的先进设备的检查，无果。就在他因病而频处于绝望时，经人指点，找到了王争艳，开口第一句话就说："医生，我坚决不做检查，花费不起！"王争艳温和地微笑着："放心吧！"

她拿出随身装备，从眼睛、口腔起逐个细查，用听诊器听了前胸听后背，最后用双手在心、肝、脾、胃处一点一点地摸了10分钟，终于问出："你是不是得过血吸虫病？"朴实的农民大叫："10年前的事，你怎么晓得？"

刘耀东的病治好了。他逢人就夸："王医生神啊！"

王争艳从没觉得自己神，她能做到的只是从不放弃使用自己的眼睛、耳朵和手。

有一位84岁的石凤仙老婆婆，起初双脚肿胀，多次到大医院就诊，化验单开了一大把，片子拍了一口袋，但一直不能确诊。直到老人肿胀遍及双腿，无法出门。两个女儿几次去医院寻求医生上门出诊，都被拒绝，最后慕名找到了王争艳。她们一再请王争艳坐出租车过来，费用她们出。但为减少病人负担，王争艳让同事用电动车把她送到大路边，再步行2里路，来到老人住处。

天已转凉，她先搓热双手，才开始检查，从头到脚，细细查起。此时老人的脚已经开始溃烂，气味难闻。王争艳丝毫没有顾忌，俯下身，一个脚指头一个脚指头掰开，仔细观察。老人的两个女儿在一旁哭了，她们不曾碰过一次母亲的脚。

检查后，王争艳确诊石老婆婆多年的病痛，根子是脚气。她对症下药，老人终于康复。

上医之境，乃仁爱之境。这是王争艳的心得。

高一点贵一点的药我下不了手

王争艳有个绰号——"青霉素医生"。这是老百姓送她的，一是说她看病便宜，一支青霉素 8 毛钱，二是赞誉她行医干净，这样便宜的药肯定没回扣。

有人抽查了王争艳 2008 年和 2009 年两年的处方，平均单张处方值 55 元，最小处方值只有 2 毛 7 分，是为一名胃炎患者开出的一支 2 毫升的胃复安。这是一种止吐药，在各种具有同样功效的药品中，最便宜。

"让病人花最少的钱得到最好的治疗效果。"这是王争艳的行医准则。

63 岁的退休职工王建生，是一位高血压病人，在武汉顶级大医院拿到了每月 800 元的处方单，这是他一个月退休金的一半还多。他慕名找到了王争艳。

王争艳仔细询问和检查了他的病情后，调整了处方，一个月只需要 80 元药费，疗效良好。她说："没有诀窍，任何一种病，都有可开可不开的药，都有高中低价位不等的药，就看医生一支笔。"

王争艳的这支笔，见证的是她的职业良知。

一位名叫王荣华的病人，1998 年被查出患有罕见的"亚急性联合变性"。这是一种因营养或维生素缺乏引起的神经性病变，主要影响人体脊髓，理论上要长期住院才能保住性命。但王荣华一家穷得连医保中自己支付的部分都拿不出，何谈高昂的住院费。妻子刘玉芬说："丈夫将不死于病，而死于钱。"

绝望之际，刘玉芬听说了王争艳，电话打过去，还没开口，失声痛哭。王争艳仔细了解了病人的情况后，做出治疗方案。这个方案是，当患者抢救一缓过劲就让他回家，她来根据病情调整药物，刘玉芬拿药方去药店买药。几度寒暑春秋，在平均每月花费不到30元的药费下，这个方案让王荣华平稳生活到今天已经11年。刘玉芬一说起来就激动地落泪："没有王大夫，我丈夫10年前就死了。"

有人曾问王争艳："如何能坚持开小处方？"

王争艳说："我懂得老百姓的艰辛，因为我就是他们中的一员。"

她所在医院服务辖区，多是经济能力不高的居民，这正是她生活的境遇。王争艳月收入2300元，丈夫是铁路上一名车工，每月交完各种保险到手的只有600多元。一家三口至今"蜗居"在不到50平方米的小屋，读大学的儿子在直不起腰的小阁楼上长到了22岁。

王争艳说："我是怎么过日子，我的病人就是怎么过日子。高一点贵一点的药我下不了手。"25年来，最初的不忍逐渐成为习惯，她的处方法就像海绵里的水，越挤越干。

或许王争艳可以做另外一种选择，靠开大处方过上好日子。

然而，她的心不允许她成为那样一种穿白大褂的人。

有人称她"茗货"，当地方言，傻瓜的意思。她淡然一笑。

王争艳渴望过好日子，但她绝不为自己过好日子而损害病人的利益。这是她的坚守。

没有什么比爱与爱的呼应更幸福

人说，水往低处流，人往高处走。王争艳做医生，却是一路"下沉"。30岁大学毕业，她在武汉市汉口医院跨入医生的行列，做了11

年的住院医师后，在医院下设的 4 个门诊站点担任全科医生，最后成为一名社区医生。而她的同年级同学，如今几乎个个是大医院的教授、专家，最高的已做到名牌医院的副院长。

外人看着的"吃亏"，却是王争艳自己的选择。就像 30 年前，她的随军南下的身为军医和护士的父母，义无反顾地选择了洪湖那片最艰苦的土地；就像她的在手术室工作的 O 型血的母亲，只要需要，就会挽起袖子为手术台上的病人输血；就像母亲常教导她的，十颗黄豆十人吃了十人香，要与人分享，要给予，给病人看病就是给予。

理想、浪漫、善良的种子，是可以在血脉中延续的，因为那是一种心灵的快乐。"在基层医院做一个全科医生，能为各种病人解除痛苦，我很自豪！"王争艳开心地笑。

就像一盒万金油，王争艳把自己能给予的都给予了她的病人。

她为病人用手掏过大便；为病人做过口对口的人工呼吸。平日里为病人开药，她总是把疾病是怎么发生的、发展的，药有什么效果和副作用，讲得明明白白。每次开完处方，她还要一一交代清楚病人回家后的衣食住行。

病人说："到王大夫这里看病，顺心，放心，安心！"

因为病人经济条件普遍较差，王争艳习惯了替人垫钱。几块钱的挂号费，十几块钱的药费，有拿不出的，她就垫。可这些年创造了一个纪录，垫出的钱从来没有不回来的。一个农民工在工地摔伤，连缝合带药费 30 元，他身上只带了 20 元，王争艳垫上 10 元。木讷的民工连个谢字也没有，第二天，他手里捏着 10 元钱一瘸一拐地又来到医院。

世界上没有什么比爱与爱的呼应更幸福的了。王争艳说，她这么多年能坚持下来，全因为病人的爱。

她先后待过多个门诊站点，每到一处，都有老病人辗转追随，又有新病人聚少成多。他们自豪是她的"粉丝"。

知道她从不收礼，常有病人买下一兜水果或菜，等在她骑车下班的路上，看见她，装成是偶然遇到，嘴上寒暄着，手里使劲把东西往她车筐里塞。

点点滴滴，绵绵密密，王争艳的内心世界沐浴着患者的爱戴成长而丰满。

王争艳的家里有一把二胡，那是她年轻时酷爱乐器留下的纪念。如今，她的脊背有些弯了，头发有些白了，经济的拮据让她几乎放弃了一个女人穿着打扮的乐趣。然而，她的内心依然灿烂。

她喜欢唱歌，喜欢阅读英美古典原版小说，喜欢和丈夫、儿子挤在电脑前一起看大片。她还有一个很"高"的梦想，盼望能坐一次飞机，她这一辈子还没坐过飞机。她渴望体验那种"飞翔"的感觉，一如她在医生的世界里幸福地飞翔……

（新华社武汉 2010 年 1 月 6 日电　新华社记者张严平、熊金超、沈冲）

第三章　火光

采访手记

每一棵树都有自己的灵魂

2010 年初，新华社开设了第一个记者工作室"严平工作室"，开设了第一个署名专栏《严平走近》。这对我是一个极大的鼓励，更是重担。国内部专门选调了记者廖翊、余晓洁与我并肩工作。

《王争艳，冬天里最温暖的故事》是专栏的首发稿子。

王争艳是一个十分普通的社区医生，她的事迹无非就是坚持为病人开小处方这种平凡而细小的点滴。作为一个人物专栏的开篇，我当时还担心分量是不是轻了一点。但专栏开播以后的实践证明，正是这种以小见大、以平凡透视高尚的人物视角，赋予了这个专栏独特的影响力和魅力。它让我们的人物报道更多关注社会基层中的可能常被人忽视的小人物，而恰恰是这个群体生机勃勃的人生演绎，最真实、最生动、最深刻地展示了我们时代的脉搏和声音。

也正是采访这些极其平凡的小人物的平凡故事，让我对人生、生命有了触动心灵的收获。记得刚接触王争艳时，听着那些细细密密的小故事，望着她质朴无华、厚道娴静的面孔，感觉她内心拥有的或许就是眼前这些看得见的东西了。但当我走进她简陋狭小的家，看着破旧的书架上除了医学书更多是英文原版小说、诗歌，听着她像孩子一样兴奋地透露出十分渴望坐一次飞机的梦想，我内心涌起深深的震撼，深深的敬意，深深的惭愧。从此知道，这个世界上最高贵的诗意一定在辽阔的平凡之中。

俯首倾听吧，每一棵草都有自己的春天，每一只鸟都有自己的蓝天，每一棵树都有自己的灵魂。

2024 年 2 月

时代面孔 新华社领衔记者笔下的人物肖像

找水英雄

对于贵州大山里 42 岁的布依族女人张永琴来说,她的男人申玉光在这个干旱的春天里走得一点声响都没有,就像他平常每一次出门做农活,不言不语,总是她追出门喊一句:"早点回家!"

这一次,他再也没有回来。

这一次,他成了英雄。

水潭边他留下一只解放鞋

申玉光家住在关岭布依族苗族自治县花江镇半坡村一个叫冒沙井的寨子里。自去年 8 月,这里就再没下过雨,平日里那口泥沙与水并冒的井早已干涸,地里枯黄的麦苗一把火能点着,本该 3 月里已经长到小腿高的苞谷,至今播不下种子。

村里人天天上山找水,钻了 70 多个山洞,40 多条山沟,终于在离村 1.5 公里一个叫田坪子的溶洞里发现了潭水,全村人乐得像找到了救命的仙丹。

3月初，家家户户开始到田坪子洞取水。因为洞口小，洞的中部还有点拐弯，每取一桶水，都要3个人合作，一个在洞底打水，一个在中部拐弯处上传，最后洞口的人把水吊上来。山里人不怕苦，不怕累，只要有水。

这情景由半坡村两委会向花江镇党委和政府作了汇报，第二天上面就给半坡村调来了一台抽水机和2200元配套资金。

3月10日中午，村干部喊上几个年轻的村民，扛着机子上了山。正在村头修路的申玉光听说是去引水，撒腿跑回家，抓了一块粑粑边吃边往山上赶，媳妇在后面喊："要不要给你炒碗饭？"他摇摇手，头也没回。

一行人把抽水机吊入洞中，安装了引水管。傍晚7点钟，机器发动，白花花的清水顺着管道喷涌而出。大家蹦着高地笑，申玉光也笑了，他自愿留下来看护管道。

没有人会想到后来的事情，那是猝不及防。

仅仅2个小时，水突然中断，洞底的机子也不叫了。原先安装机器的人已回村，现场有些慌乱，有人议论：是不是机器出了问题？

已是夜里9点，人们面对面只能见一个黑影，呈喀斯特地貌的山体在夜色中如怪兽林立。黑暗中传出申玉光的声音："我懂机子，我下去看看。"他边说边从一个村民手中接过一把手电筒向洞口摸去。有人嚷："天太晚了，洞深看不清，明天再弄吧！""今晚说什么也得把机子弄好，明天一早就让村里人都喝上水！"平日里不爱说话的申玉光，这会儿话跟着话。

他摆弄过柴油机、汽油机，这节骨眼上，能把自己的手艺使出来，让大伙儿早喝上水，他迫不及待啊！

洞口依旧往外冒着油烟，人们发现，从地面油桶导入洞底抽水机的输油管脱离了油位。申玉光与年轻的村委会副主任陈立猛约好，陈立猛在上面接导管，他下去检修发动机。

只能容下一个人的狭窄洞口在浑黄的手电光中如一只怪兽张开的嘴，申玉光没有一丝的犹豫，甚至没等把安全绳扣好，就徒手扒着洞壁急匆匆地下到了15米深的洞中。

"机器没有坏，油箱没油了！"洞底传出申玉光的声音。

上面输油管迅速接好，一切就绪。

终于，抽水机发动的声音从洞底传出，清水再次喷涌，随之大股大股的油烟也直冲而上。

陈立猛被狠狠地呛了一下，心中一惊，扒在洞口连声喊："申玉光，快上来！快上来！"没有回音。

他赶紧拉安全绳，空的。

人们闻讯纷纷涌到洞口，将洞底仍在运转的发动机吊起来砸向洞壁，机器熄火了。一位村民急忙系上安全绳下洞救人，但因忍受不了洞中油烟熏呛，途中被迫返回。人们脱下衣服拼命驱赶不断冒出的油烟，稍后，又一村民下入洞中，终于踩到洞底，没有申玉光，水潭边上只有一只解放鞋……

镇上来了人，县上来了人，消防官兵来了，公安民警来了。

营救，争分夺秒地营救。

半坡村上千口子父老乡亲整日整宿地坐在田坪子洞边，等他回家。

3月15日清晨，申玉光终于从洞底的水潭下被找到，只是他再也睁不开眼了。望着他湿漉漉的遗体，人们放声痛哭……

一个 42 岁男人的平凡一生

申玉光的遗像摆放在他生前家中正屋供奉的祖宗牌位下，相框是女儿莲娣花 50 元钱从花江镇买回的，相片是去年底办身份证照的。这个 42 岁的山里人这辈子只照过两次相，上一次也是为了办身份证。

他有一个 78 岁的老母亲，一个多病的媳妇，两个还没成年的孩子，他是这个贫困之家唯一的顶梁柱。

他一家种着不到 2 亩地，刚够吃饭。平日里他想得最多的是如何挣钱。早年，他去广西打过工，在石场扛石板，后来因为媳妇生病，孩子又小，回了家。这些年，他一直盘算着去租地，到年底，交了租金，能把粮食留下，有粮，就能喂上猪，猪卖了，就能换钱，有钱，家里就好过了。

他心里最大的三件事，一是供孩子读书；二是给患肺结核的媳妇看病；三是为老母亲养老送终。

他是个没多少话的人。女儿记得他唯一说给孩子们的话是："我小时候贪玩，没好好读书。你们别像我。一定要好好读书，读到大学有个工作，自家创造好日子！"

对媳妇，他也没留下更多话。结婚 22 年，他俩在一起耍的时间就是去花江镇赶过几次集。可让女人记了一辈子的是，他没让生病的她下过一天地，砍过一次柴，男人就得护着女人，他守这个理。

在母亲面前，他会不经意地露出孩子似的笑容。父亲是老退伍军人，曾在云南大山里开过 4 年军车，早几年去世了。母亲常会唠叨些他们早年的事，他懂得母亲心头有多软。上镇上赶集，他总不忘花 5 毛钱买下一包带玻璃纸的糖块，回来给孩子两块，其余的都塞到母亲手里。

他就像一头牛一样带着这个家往前走，不管日子多难，从不抱怨，从不发火。

女儿一想起父亲，就是他干活的情景。二月里锄草，仔细得像绣花；四月里耕田，牛在前，他在后；九月里收苞谷，汗花子淌得满脸；平日里还要砍柴，爬上很高很高的山，直到背上的柴捆压过头，慢慢走到家。在媳妇的眼里，家里一切都晃动着离去男人的影子。除了山上地里的活，挑水、打猪草、磨面都曾是他一个人包了。前两天，房上掉了几片瓦，本家兄弟见了说抽空来帮忙补上。她想，如果玉光在，自己就补了。心里顿时像被绞了一把，眼泪一下子流下来。

谁都相信，申玉光这辈子做梦也没想自己成为英雄，他能说得出来的最响亮的语言是"能帮人就帮一把"。这正应了村里老老少少对他的评价："对集体的事肯干，对别人的事肯帮忙。"他是全村公认的大好人。

今年3月，镇上的公路修到了半坡村边上，村里在镇政府整村推进项目的支持下，决定修建通村通组公路。规划的公路在冒沙井寨碰巧要从一户人家的地里通过，这户人家死活不同意。既不是党员又不是干部的申玉光有了心事，一连几天围着自家的地转圈圈。最后他对媳妇说："从我们家拿出一块好地跟那户换上，不能眼看着路修不上啊！"贤惠的媳妇没二话。申玉光用147平方米的好地换到了那块地，无偿给村里用作了修路。这件事让全村人跷拇指。

更多的时候，申玉光做下的事都属于"热心肠"。有时帮缺劳力的家掰苞谷、挑水，有时拿着自家的凿岩机为村上修路、农户家取石盖房添把劲。村里很多人都不知道，就在出事那天，申玉光家平房顶上还储备着一石板水，够他全家使用20多天。他是为了全村人的饮水才舍上一条命啊！

平凡的申玉光，成了不平凡的英雄。

岩洞旁石缝中拱出的绿色

"申玉光为了全村群众能用上水而献出了宝贵生命，恳请追认其为革命烈士……"半坡村村民联名写了一份"请愿书"，白纸上摁着密密麻麻的红手印。

一群又一群乡亲赶到申玉光家，在他的遗像前，一鞠躬，二鞠躬，三鞠躬……

申玉光生活过的这座大山，旱情在继续，但人们的心因为申玉光而湿润。

走出申玉光的家，我们特别去了田坪子洞，向在那里为抗旱而死的一位大山里的农民默哀；向在那里化蛹成蝶的一颗英雄的灵魂致敬。

阳光下，洞口静静的，周围奇形怪状的岩石张牙舞爪。很少植物，能看到零零落落的一些枯草。但紧贴洞口石头缝里却有一棵小小的绿色的植物，绿得发亮。

久久地望着它……

眼前浮现出申玉光遗像中那双质朴倔强的眼睛，浮现出山道上那一个个躬身弯腰担着水桶背着水篓的男人、女人、孩子的身影。

终于懂了"英雄"。英雄就是荒芜中拱出的绿；英雄就是岩石上扎下的根；英雄就是在艰难困苦中的担当。在大灾面前，还有什么比具有这种英雄气魄的人民，更能让一方山水绝地重生？！

申玉光，是千万英雄中的一个。

（新华社贵阳 2010 年 4 月 9 日电　新华社记者张严平、黄勇、廖翊）

采访手记

英雄

"对于贵州大山里 42 岁的布依族女人张永琴来说,她的男人申玉光在这个干旱的春天里走得一点声响都没有,就像他平常每一次出门做农活,不言不语,总是她追出门喊一句:'早点回家!'

这一次,他再也没有回来。

这一次,他成了英雄。"

每当读到稿子开头的这段话,眼里便有泪水。

这是一个普通得不能再普通的英雄,在这个世界上每天都在发生的生生死死中,他的死可以被忽略到无声无息。他不过是一个大山里的农民,天旱了,看着一村人没水吃,便闷头钻进山洞里找水,水找到了,他丢了命。他一生只为办身份证照过相,这相片却成了他 42 岁的遗像。

当我们来到贵州大山里他住了一辈子的村子,见到了他的遗像,那双显然因为第一次照相而显得紧张的眼睛里却有着触动人心的光亮,质朴,倔强,清澈透明,你能感受到那里面的性格,寡言少语,深情重义,无所畏惧。

采访中,看到每一个村民为他的离去而痛彻心头。这个小小的村子,偏僻落后,仿佛远离世界,这里的人淳朴简单,没见过什么世面,但申玉光的死,却让我看到了最深挚的悲痛,最厚重的爱。能让活着的人迸发出如此的情感,必是死者的力量。平凡如一块山石的农民申玉光,就是这座大山里的英雄。

望着申玉光的眼睛，蓦然之间想到泰戈尔那句话："让死者有不朽的名，让生者有不朽的爱。"

申玉光让我们看到了，日常生活中平凡、渺小，甚至卑微的小人物，在我们这个世界上，总是彰显着最非凡高尚的人性光芒，他们一定是那群为了他人可以扑向风浪，扑向烈火，扑向危难的人。

"每个人心中都有最幽远，最隐秘的一层，真理就在那里完整地居住着。"我们要写出他，写出他，写出这个大山里的英雄！给平凡以荣耀，给死者以不朽。

《找水英雄》的稿子，就是在这样的震撼与激情中完成的。岁月如风吹过，但找水英雄申玉光却像岁月中的一座雕像，立在我的记忆中。

2024 年 2 月

★ 张严平报道的部分人物影像和资料

《山沟沟里的共产党人——追记陕西铜川惠家沟村党支部书记郭秀明》一文主人公郭秀明。

《一位老人与300名贫困学生——记退休三轮车工人白芳礼资助300名贫困学生的故事》一文主人公白芳礼。

《索玛花儿为什么这样红——记优秀共产党员、木里县马班邮路乡邮员王顺友》一文主人公王顺友。

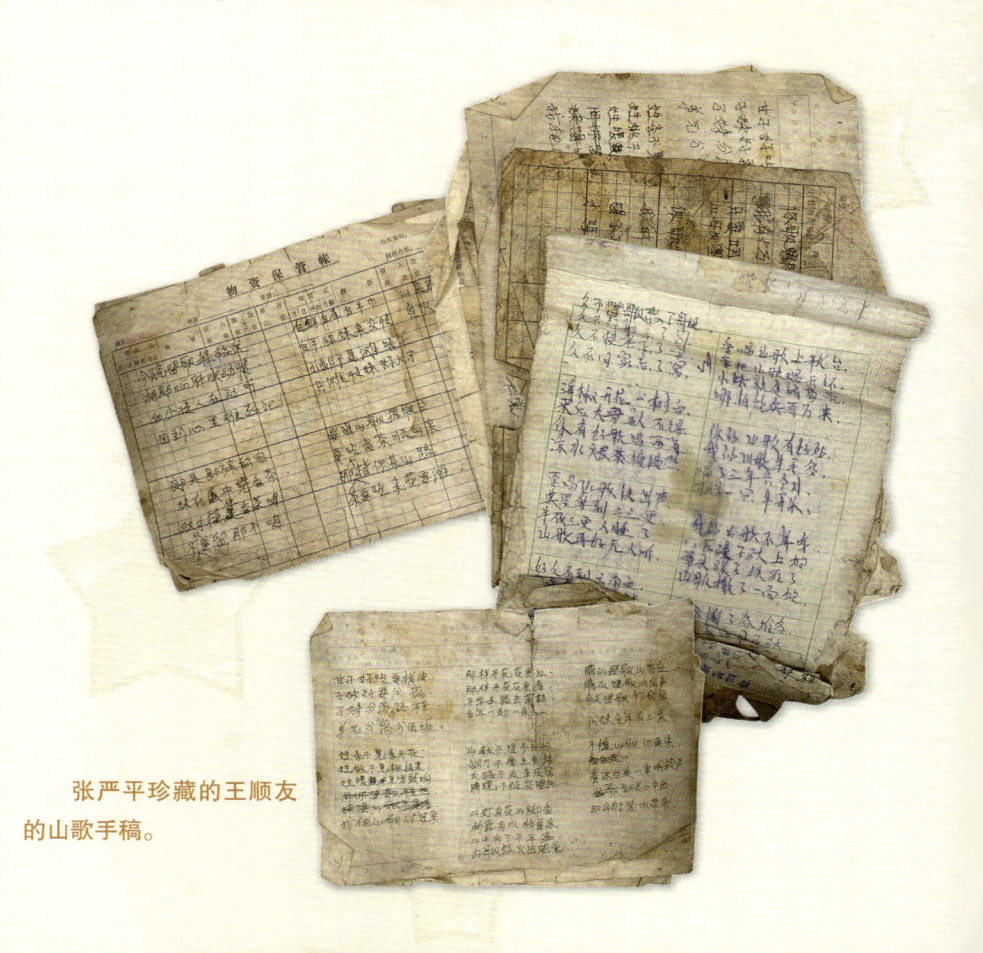

张严平珍藏的王顺友的山歌手稿。

张严平采访王顺友的笔记。

《将军已经出发——追记优秀共产党员、第二炮兵某基地原司令员杨业功少将》一文主人公杨业功。

《我的"中国心"——记报国有成的党员专家、中国航空发动机之父吴大观》一文主人公吴大观。

《张云泉：爱因信仰而璀璨——记优秀共产党员、泰州市信访局长张云泉》一文主人公张云泉（左）。

《用爱点燃爱——香港退休护士傅宝珠帮助广东"麻风村"村民的故事》一文主人公傅宝珠（右）。

《永远的巴山红叶——记四川省南江县原县委常委、纪委书记王瑛》一文主人公王瑛。

《写给英雄母亲的信》一文主人公田川（右）。

《一个共产党人的一辈子——追记云南省保山市原地委书记杨善洲》一文主人公杨善洲。

《赤子花，心中的花——记优秀军转干部、四川省语委办主任林强》一文主人公林强（中）。

《走不出雪山上那双眼睛——记养路工陈德华》一文主人公陈德华。

《农民为乡村医生立碑——记延安宝塔区贯屯乡卫生院院长刘易》一文主人公刘易。

《找水英雄》一文主人公申玉光。

《黄土丹心》一文主人公焦五一。

《格桑花仍旧会开放》一文主人公叶青（左二）。

《热合曼的守望》一文主人公热合曼。

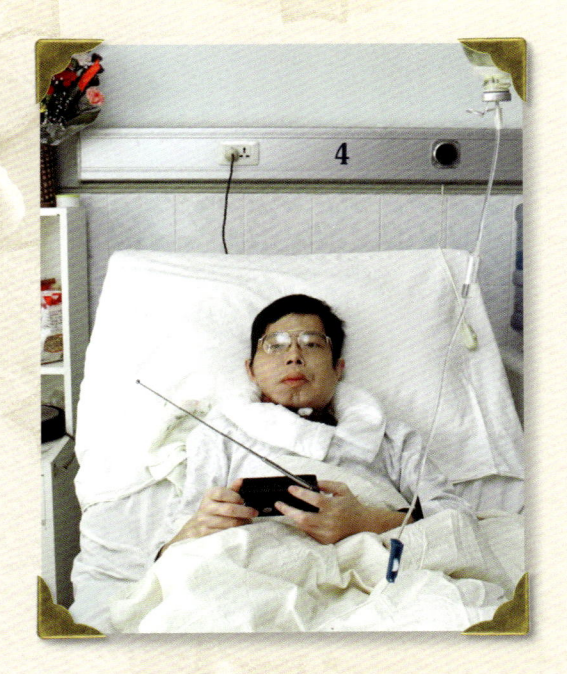

《永远的向日葵——写在陆幼青最后的日子里》一文主人公陆幼青。

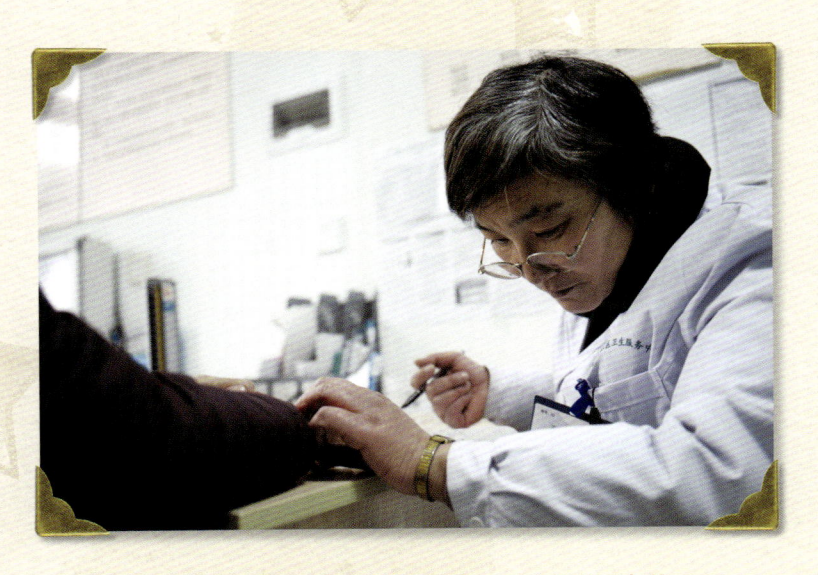

《王争艳,冬天里最温暖的故事》一文主人公王争艳。

《最后的钟声——记乡村代课老师杨忠明》一文主人公杨忠明。

《他用生命留下一片光明——追记青海火电工程公司玉树抗震抢险队队员杜金玉》一文主人公杜金玉。

《异国"红色恋人"——记夏庇诺、刘静和夫妇》一文主人公夏庇诺（右）与刘静和（左）。

焦裕禄

穆青

郭超人

何平同志对《一位老人与300名贫困学生——记退休三轮车工人白芳礼资助300名贫困学生的故事》的修改手迹。

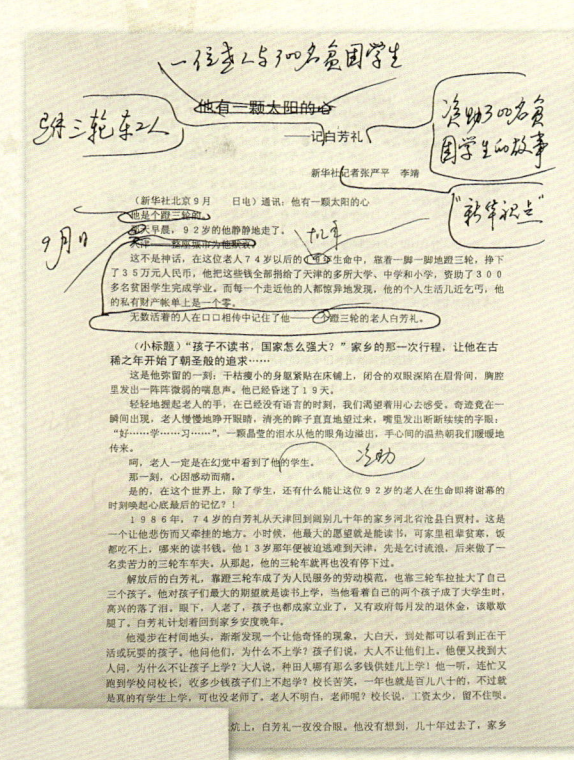

何平同志对《明天，太阳照常升起——献给汶川灾区的父老乡亲》的修改手迹。

何平同志对《写给英雄母亲的信》的修改手迹。

何平同志对《永远的向日葵——写在陆幼青最后的日子里》的修改手迹。

热合曼的守望

38岁的热合曼·阿木提喜欢看人，喜欢看红的、绿的、黄的、蓝的等所有色彩，喜欢听小摊贩的叫卖声、驴子的嘶鸣声、姑娘洪亮的歌声。他每月会去一次库车老县城理个发，刮刮胡子。赶上巴扎（集市）日，这由上万人、上万驾毛驴车拥挤交织出的活色生香便成了他最大享受。

很少人知道，他工作的地方只有一个人——他自己，只有一种颜色——雅丹的灰白，只有一个声音——风声。

相对于现实世界的热闹，热合曼是另一片沉寂无声的古老文明世界的守望者。

在没有水的雅丹，他于孤独中坚守

寻访热合曼，像一次探险。

从库车县城出发，向西北方前行十多公里，便进入一望无际的盐水沟大漠，著名的克孜尔尕哈烽燧屹立在大漠中央。岁月侵蚀，这座由西汉中央政府为保护丝绸之路商业和军事道路畅通而设置的烽火台，宛如两个并肩翘首的士兵，目光正与热合曼所在的地方遥遥相对。

那是一片被称为"魔鬼城"的雅丹。

我们的车子几乎是在上下奔突的波浪中扎进去的，一座座奇形怪状的山岩，像一个个有生命的精灵群舞着。迷阵一般的穿行后，忽见一南北沟谷，两旁风蚀的崖壁上，几十个洞窟高低错落着。这就是丝绸之路重要佛教文化遗址——克孜尔尕哈石窟。至今已有 1600 多年的历史。

推门下车，四下望去，只有一个颜色——地表是灰白的，雅丹是灰白的，突立在沙丘上的一间土砖房是灰白的，浮悬在空中的沙尘也是灰白的。房前有两棵树干挺立、绿满枝丫的老榆树。榆树不远处立着一块夺目的黑色石碑，上面写着"国家重点文物保护单位克孜尔尕哈石窟"。

穿着一件黑上衣的热合曼在房门口迎我们，头发凌乱，浑身上下都好像蒙着一层灰白，只是一双眼睛亮闪闪的，透着欢快与几分羞怯。

他能说几句简单汉语，"想学，但这里没人跟我说话。"他笑了。

房间一目了然。一个火炉子，一张破木床，两只储水桶，墙角放着一盏满是油垢的煤油灯，墙上挂着三五个大如锅盖的烤馕，薄薄的被褥上摊着一本已经破旧得没了封皮的《汉语会话》，还有一个小小的、这间房里唯一的家电——半导体收音机。

热合曼告诉我们，每个星期，他都会旋风般地回一次 10 公里外的家中，洗个澡，换身衣服，给手机充电。在享受一顿母亲做的"拉条子"（面条）后，带上弟媳烤好的一个星期的大馕匆匆赶回。

起风了。沟谷中旋转的沙子像海浪一样飞起来，落下，又在地上堆成了层层海浪，风中，可以听得见沙子"窸窸窣窣"的流动声。两棵榆树在风沙中奋力地挣扎着。热合曼皱皱眉头，自言自语："该浇水了。"

水，是热合曼的心结。

新疆是块宝地，哪里有水，哪里就有绿洲；哪里有绿洲，哪里就有比别处更香甜的瓜果。

但是这里，没有水，只有风沙。

来到这里的第二年，热合曼和弟弟热西提就在父亲的带领下，不分昼夜挥动着坎土曼（编者注：中国新疆少数民族的一种铁制农具。），在离小屋不远处的一块低洼地上挖井，沙石又干又硬，每天只能挖掘40厘米，整整半年，挖下33米，仍不见一滴水。父亲终于摇摇头。

如今，这口枯井依然无望地张着黑洞洞的口子，3个小梯子连接而成的长梯静静地靠着井壁，无声地诉说着主人当年的渴望。

打井失败后，克孜尔尕哈从此保留了一道至今未消失的风景——大约每周四，热合曼的父亲或弟弟赶着毛驴车，带着水，从10公里以外的多来提巴格村向这片荒无路径的雅丹奔来，走到毛驴过不去了，他们就用坎土曼开出一段路来。日子久了，两条纤细的"驴道"就像两条从绿洲吹向雅丹的飘带，弯弯曲曲，落在石窟的脚下。

2006年，也就是热合曼由临时工转为正式工、工资由最初的220元升为860元那一年，送水的毛驴换成了"电驴"——拖拉机，"驴道"也被压成了拖拉机道。

很巧，那天，热合曼的弟弟又开着拖拉机送水来了。每次送来的两吨水，十分之一热合曼用，十分之九浇门前的两棵老榆树。树是当年守护员托乎提老人在20世纪80年代种下的，奇迹般地活下来，热合曼曾尝试种一些新的树，但都没活成，这两棵树成了热合曼的命根子。

一根黑色皮管把纯净透亮的水喂给老榆树，热合曼蹲在一旁痴痴地看着。对于干涸的荒漠，两吨水显得那样微小，流出的水在地表停留只有十几秒钟，即无影无踪。

他告诉我们，他曾养过 40 只鸽子，16 只鸡，1 只狗，可这里夏天气温四五十摄氏度，地表温度高达 70 多摄氏度，小鸡活活热死了，小狗的脚烫出了血泡，他不忍心，把它送了人，鸽子飞走再也没回来。

"这里只能活人。"热合曼俏皮地笑道，笑得很纯真。

水，水，水……水成了热合曼生活最大的渴望。他记不清做过多少梦，梦见克孜尔尕哈有了水，有了花草，有了漂亮姑娘……

"克孜尔尕哈"是维吾尔语，意思是"姑娘留下来"。但是，没有水的克孜尔尕哈，是个留不住姑娘的地方。热合曼 1997 年结婚，4 年后，女人便带着他们的孩子离开了他。

不仅姑娘留不住，热合曼的前任小伙只干了 3 个月，就逃离了这个"生命禁区"。

只有 17 年前来到这里的热合曼留下了，在他 21 岁的青春年华。

即使死了，也要托住美丽的"飞天"

热合曼出门，身上总带着 3 样东西：一串钥匙，一把铁锹，一个手电筒。他每天从清晨开始，要围着 64 个洞窟巡视 3 次，每次 2 到 3 个小时。看看地上有没有奇怪的脚印，看看洞窟的门锁是否被动过，看看洞窟内有什么变化，如果有岩体开裂，塌方渗水，壁画空鼓、剥落等情况，要立刻报告克孜尔石窟研究所。同时，他还要清理堆积在洞窟门前和栈道上的沙土。

工作简单、枯燥、乏味。但在热合曼心中，却有一种神圣。

"我不懂佛学，但是看到洞窟100多年前被列强切割的痕迹，和今天一批又一批国内外学者到这里考察、临摹，我懂得了，它们是国家的宝贝。我的职责就是把它们照看好。"热合曼说。

库车，维语义为"十字路口"，为龟兹古国中心，地处东西方交通要道。著名的东方学泰斗季羡林先生曾说："龟兹是古印度、希腊—罗马、波斯、汉唐文明在世界上唯一交汇的地方。"

被誉为"中国四大佛教石窟"的龟兹石窟，是这一中西文化交融的灿烂结晶。它开凿于公元前4世纪，早于莫高窟200年，其独具魅力的艺术风采随佛教东传，对敦煌艺术产生重要影响。著名学者、前敦煌文物研究所所长段文杰曾说过："敦煌研究，经过几代人的奋斗，已经基本理出头绪，但是，要想解开敦煌艺术最深层次的文化之谜，钥匙在克孜尔。"

热合曼守护的克孜尔尕哈石窟，当是这把钥匙极为重要的一环，它距离龟兹都城最近，素被称为王室寺院，其许多洞窟形制与壁画内容、色彩及技法，在中国独一无二。

热合曼用钥匙打开一扇扇石窟大门，天光清风随之入内，一千多年前龟兹佛教艺术所缔造的绚丽与辉煌如梦如幻。

有形制各异的中心柱窟、大像窟、方形窟……有各种功能的支提窟、僧房窟、禅窟……最迷人的是壁画，表现了各种佛教故事以及龟兹乐舞，飘逸灵动的飞天舒袖散发飞向人间……

只是，大多数壁画已看不到原貌。历史上，它曾多次遭遇西方"探险者"的劫掠，加上千百年风侵雨蚀和人为破坏，洞窟伤痕累累，壁画残损不堪。

"每当看到它们受的这些伤，我心里就难过。"热合曼神情忧郁。

在一处台阶上，风又累积了一层沙土，他用铁锹熟练地清理着。"这样免得大风扬起后粘在壁画上。"他像是解释。

不经意间，我们从风说到雨，热合曼一下子瞪大了眼睛。2009年秋天的一场大雨，让他至今心有余悸。

那是从9月25日开始，新疆库车地区连降3天大雨，山洪暴发，克孜尔尕哈沟谷一片汪洋。紧靠沟谷的26号洞窟所在岩体被大面积冲垮，坍塌的巨石堵住了河道，洪水顺势而涨，石窟危在旦夕。

热合曼拿着手机跑到山顶，找到信号稍好的地方，向研究所紧急报告。

1个小时，5个小时，10个小时……大雨继续倾盆而下，通往烽燧的荒漠水天一片，外面的人和车辆根本进不来。

在这个狂风暴雨的晚上，平日里宁静的雅丹似乎真的变成了一个魔鬼，在风雨中尖厉地咆哮着、撕扯着，所有的岩体都变幻出一种暗红的色彩。

热合曼什么也顾不上了，拿上铁锹，跳进齐腰深的洪水，摸爬到被垮塌的岩体堵塞的泄洪口另一端，拼命地挖。手挖出了血，浑身上下裹着泥浆，天昏地暗中他已分不清是白天还是夜晚，整整16个小时，终于挖出了一条30米长的临时排水沟，滔滔洪水在洞窟脚下安然通过。

热合曼回到自己的小屋，洗脸盆在房间里漂浮着。他扒下衣服，跳上床，呼呼地睡着了。

第三章 火光

事后有人问他，没怕吗？他回答："即使死了，也要托住美丽的'飞天'！"带着维吾尔族人特有的幽默，更是真心。

他再也不是 17 年前的热合曼了。

1993 年 9 月 25 日，被克孜尔石窟研究所聘为临时看护员的热合曼·阿木提，除了想到一个月 220 元工资可以换两只羊外，对这份工作的认识还是个零。

上班的第一个晚上，当所有的洞窟、雅丹、沟壑，连同高高的烽燧都被浓浓的夜色吞没时，当风的怪叫和风吹门锁发出的声音交织而起时，他感到恐惧。闩上门，点上煤油灯，坐在紧靠墙角一边的床上，用毯子把自己包起来，瞪着眼睛，紧盯着门窗，直到天亮。

年轻的热合曼就这样开始了他的历练。

不会抽烟的他，一年后，抽上了。从不跳舞的他，会跟着手机下载的维吾尔舞曲铃声，一个人蹦上一段。更多的夜晚，他会抱着半导体收音机一首接一首听歌，他最喜欢维吾尔族歌手阿布都力，最喜欢的乐曲有《十二木卡姆》《米拉吉汗》《神秘的烟雾》。

每个月，他去库车县城理发时，最喜欢去灯饰品店看各种各样的灯泡、灯管，那么漂亮，点亮后就像花园一样！不像他的小屋，只有一盏煤油灯，很小的灯火，很难闻……

他常常在傍晚，跑到附近最高的山岩上，向自己从小长大的多来提巴格村瞭望，那里有树，有水，有他的亲人……

"离开吗？"这个问号在热合曼的脑子里转了很多年。

他终究做出了否定的选择。

那一年，克孜尔石窟研究所召开鸠摩罗什诞生 1650 周年国际学术研讨会，上百名来自世界各地的专家学者激动兴奋地考察了包括克孜尔尕哈石窟在内的多座石窟群，热合曼开始体会到自己的价值。

他慢慢喜欢上了石窟，尤其喜欢石窟壁画中的"飞天"，他能说出每一个"飞天"的造型，具有极高艺术和研究价值的30号洞窟中托花奏乐"飞天"是他的最爱。"我看过很多'飞天'，这里的'飞天'最美了！"他满是自豪。

17年风吹雨打，两棵榆树粗了好多，雅丹瘦了不少，烽燧矮了几十厘米，热合曼长大了。

"洞窟在我眼里是活的，'飞天'也是活的，有灵魂呢，在陪着我说话，让我不感到寂寞。它们是国家的宝贝，没人保护，怎么把它传给子孙后代？在这里虽然看不到繁华，但我很满足。"热合曼的目光里有很大的定力。

捧回个老汉叫"孔子"，同是一条根

热合曼的耳朵极其灵敏，在我们没有任何感觉时，他会一下子窜出去。那天下午，我们从小屋紧跟着他跑到外面，果然，烽燧那边，一辆小车正朝石窟方向颠簸驶来。

是研究所翻译带着一位奥地利学者来参观考察克孜尔尕哈石窟形制。这位大胡子学者说，他是从德国探险家勒柯克写的《西域考古记》知道克孜尔尕哈的。正是这个勒柯克，20世纪初，曾两度来此割取大量稀世壁画和珍贵塑像、龟兹文书，给中国佛教文化遗产和研究带来过灾难。

来访的奥地利学者极为守礼，谦恭地接受洞窟主人的安排。热合曼看过克孜尔石窟研究所的批复，郑重签上自己的名字，然后回屋取上钥匙和手电筒，领着外国学者上山。在洞窟里，他和翻译不时熟练回答奥地利学者的提问。

他熟悉这里的64个洞窟，就像熟悉自己的手掌。他说得出每一个洞窟的建筑形制，每一处保留下来的壁画所描绘的故事，知道哪一个石窟有裂缝，哪一小块壁画开始空鼓，甚至能感觉到在时光磨蚀下壁画色彩的细微变化。

"这里任何一个角落、任何一小块壁画、文字都有一千多年历史了，都是中华文化的一部分，都是有价值的，哪怕损失一点点，都不完整了，都是文化的消失……"

高中毕业的热合曼对"文化"这番厚重的理解，不是靠学历，而是靠心灵。

他最难忘父亲阿木提·谢木西——一个没上过学却心智聪慧善良的老人，把一颗金子般的心传给了他。

从热合曼看守石窟的第一天，父亲就带领着全家为他组成了最坚强的"亲友团"。

每个星期，都是父亲和弟弟赶着毛驴车，后来是开着拖拉机在荒芜的雅丹跋涉两三个小时为他送水；每个月，热合曼上县城理发、去研究所开会，都是父亲和弟弟帮他照看石窟。2007年5月一个深夜，热合曼隐隐听到洞窟风吹门锁的声音，以为有情况，赶紧上崖巡查，一脚踩空，重重摔在台阶上，膝盖重伤，在医院躺了整整3个月，年近古稀的父亲替他在洞窟里守了整整3个月。

"父亲是虔诚的穆斯林，每天按时做乃麻子，替我值班的时候，也带上礼拜垫，在我的屋子里做乃麻子。父亲说，在信仰伊斯兰教之前，古代库车人、包括我们的祖先都信仰过佛教，这是祖先共同留下的东西，是文化，一定要保护好。我们伊斯兰教和其他宗教一样，也是热爱和平的。"

热合曼永远都忘不了，2008年6月22日，68岁的老父亲走了，告别了他的亲人，也告别了克孜尔尕哈石窟。弥留之际，他紧紧抓着热合曼的手，说了最后一句话："看好石窟，那是国家的宝贝。"

这一年，中国文物保护基金会将"薪火相传——中国文化遗产保护年度杰出人物"奖颁发给了热合曼，连乌鲁木齐都没去过的他，一步跨进了北京。

一年后，香港凤凰卫视又在南京授予热合曼"中华文化年度人物"奖。获奖的10个人物，9个是举国明星，其中有已经去世的东方学泰斗季羡林。主持人表示，如果季羡林先生在世，一定乐于给热合曼颁奖。但是热合曼并不知道季羡林是谁，星光灿烂的现场，他几乎不认识任何人。但是，他以对克孜尔尕哈石窟生死不离的守望，让现场的每个人、让全中国乃至全世界记住了他——热合曼·阿木提。

颁完奖，热合曼就捧着一尊象征着奖杯的雕像回到了克孜尔尕哈。雕像是个老汉，有一把漂亮的胡子，他记下了老汉的名字——"孔子"，还知道了"孔老汉"是中华文化的代表性人物。

热合曼很是骄傲，原来他看守的石窟与"孔老汉"都是中华文化这同一条根脉上的宝贝啊！

他的小屋没桌子，他把"孔老汉"仔仔细细包好，放在一个口袋里，每到闲下来时，就把老汉请出来，默默与其对望上一阵子，心里满是喜悦。

让热合曼喜悦的还有，克孜尔尕哈终于有姑娘留下了。一个叫艾比拜木的漂亮的小学女教师在2008年成为他的新娘。她是在他那年腿伤住院期间，认识了他，爱上了他。

每个周末，艾比拜木都会赶 70 多公里路来洞窟会热合曼，带来她亲手做的、他最爱吃的手抓饭。让热合曼特别感动的是，妻子也爱屋及乌喜欢上了克孜尔尕哈石窟，他去南京领奖的 3 天，正逢学校放假的她在石窟帮他守了 3 天。回来问她："怕不怕？""不怕。""咋不怕？""洞窟里那么多'飞天'保护我，怕个啥？"俩人都笑了。

问热合曼，如果重新选择，还会选择现在的工作吗？

他歪歪头，闪着英俊的眼睛："当然。"

为什么？

"这里面有一个很大的感情……"

他忽然停住了。

从烽燧方向传来风声，或许还有其他声音，他冲上高坡翘首站立。夕阳下，克孜尔尕哈烽燧与他遥遥相望。

热合曼说过："我和它都是哨兵……"

（新华社乌鲁木齐 2010 年 5 月 27 日电　新华社记者张严平、廖翊、余晓洁、徐军峰）

> 时代面孔 ▸ 新华社领衔记者笔下的人物肖像

✎ 采访手记

守窟人

那是只有风没有雨的地方，
那是只有窟没有人的地方，
那是只有黄沙没有绿草的地方，
他，成为这里的唯一。
在红尘喧嚣的世间，
这里仿佛是月球落下的一片处女地。
他曾让我怀疑，
他莫不就是那瑰丽的龟兹石窟里，
穿越千年的东方神灵……
从此相信，
石窟里的每一尊雕像，
都是一个灵魂的化身。

2024 年 3 月

最后的钟声
——记乡村代课老师杨忠明

腊月十五的太阳刚摸到山顶,排捧村小学便响起了上课的钟声,刚烈、辽远、透着一种沧桑,在这个位于湘西保靖县吕洞山区的苗寨里,穿心扯肺地回荡着……

这是一学年里最后一天的钟声。

55岁的代课老师杨忠明,在这口钟下敲了整整28年。

作为2010年全国31.1万将要被清退的乡村代课老师中的一个,这会是他教学生涯中最后的钟声吗?

他不愿意碰这个话题。只是说,最近常做梦,梦见最多的是给孩子们上课,但有一次,他梦见排捧村小学突然消失了,急得翻山越岭到处找,山那么高,孩子那么小,他们到哪里去上学呢?梦醒来,他哭了。

这辈子,他似乎一直都没走出这些梦境,幸福并煎熬。

用一个多月的工资，跑 200 多里山路，背回一口钟，仿佛背回了一座山寨的梦想

保靖是国家级贫困县，境内有湘西苗族地区第一高山吕洞山，排捧村就在吕洞山上。这里山套着山，海拔近千米，早年村里人去趟县城，顶着星星上路，也要跑上两天两夜。

贫穷、闭塞，使得这个苗家山寨祖祖辈辈没有请进过一个教书先生。直到 20 世纪 60 年代初，村里有了第一个代课老师石家成，是位在外读过书的本村人。杨忠明就是在石老师手下完成了小学启蒙教育，考进县城中学，高中毕业。

那一年，石老师去世了。县上派来的两个公办老师待了不到 3 个月先后离去。排捧村小学散了。

杨忠明跑到老师的坟前，重重地磕了 3 个头，抹着泪留下一句话："老师，我要把你的事干下去！"

这个心愿，更多的不是因为师生情义，而是山里人要自己救自己、闯出大山的一股子心劲。杨忠明想，为什么鸟能飞过吕洞山，因为它有翅膀。山里人没文化，就像没有翅膀的鸟，一辈子飞不起来呀！

1981 年秋天，26 岁的杨忠明在全村父老乡亲一致推举下，成为排捧村历史上第二个代课老师。

开学前一天，他揣上刚拿到手的一个月的 15 元工资，又背上一袋米，跑 120 里路赶到县城。先去集市卖了米，口袋里又多了点钱，之后跑到废铁公司东挑西拣，花 18 元钱买下一口钟，又花 2 元钱买下一把用来敲钟的砍刀，连夜背回村子。

第二天，天刚蒙蒙亮，杨忠明就敲响了排捧村小学重新开学的钟

声。全村人扶老携幼簇拥着20多个报名上学的孩子，热闹得像过年。

杨老师酸甜苦辣的代课生涯，就在这钟声里开启了。

新校舍是3间老木屋。没有课桌，杨忠明找来砖头，上面搭木板；没有黑板，就把几块木板钉在一起，刷上黑漆；没有凳子，就从自家和亲戚家一个一个地凑。冬天，刺骨的寒气从没有遮挡的窗户里吹进来，在黑板上结下一层厚厚的冰，每天早晨上课前，他都要先点上一捆草，把黑板上的冰烤化。

老屋渐渐成了危房，杨忠明只得把20多个孩子转移到自己家中，开了整整一年的家庭课堂，碰上雨雪天，铺上一地稻草，煮上一锅饭，留吃留住。

学校是一、二年级复式教学法。每堂课，杨忠明在黑板中间画一条线，前20分钟在这一半黑板上讲一年级的课；后20分钟在另一半黑板上讲二年级的课。一个汉字学完，要再用苗语讲解一遍。

当时村子里的人大多是文盲，700多口人识字的不到20个，家家户户穷得夜里连煤油灯都点不起。为了能让孩子们完成家庭作业，在6年多的时间里，每到晚上，杨忠明都要端上煤油灯，把20多个孩子的家逐个跑一遍，一个一个地辅导，回到自家时，常常已是后半夜了。

刚刚学会的文字、计算，在孩子们心里打开了一片新奇的世界。他们第一次学会把想说的话用文字写出来；第一次学会把家里一小捆一小捆用来计算多少斤苞谷、多少只鸡的小竹棍，只用一个数字写下；第一次从课本上接触到大山外面的世界。他们会经常问："老师，外面的世界真的很繁华吗？"杨忠明总是回答："是的，孩子，外面的世界很繁华。有高楼，火车、飞机、电影院……"

其实，他也不知道外面的世界究竟有多繁华，这辈子，他去过的最远最大的城市是保靖县城。然而，他的描述已足够在山寨孩子的心中播下一片梦想……

大山里的启蒙教育，就像刀耕火种，艰难而充满渴望。一人一校的复式教育，杨忠明坚持了23年。直到2004年，随着自然村的合并，排捧村小学与原邻村的两个小学合并成为包括一至四年级的"片完小"。公办老师依然派不下来，只得从邻村又请来两个代课老师，杨忠明兼任了校长。

学生多了，操心的事更多了。

为扩建修缮校舍，杨忠明带着100多个学生家长，挑石头、背沙子、挖地基，千辛万苦。房子起来了，却短了上瓦的钱，他把自己当月刚刚拿到手的已经是每月500元的工资，全部买了瓦。那个月，他家里吃了上顿找下顿。

2007年冬天，吕洞山区遭遇特大冰冻，冰雪堆到3尺高。有家长提议，课停几天。杨忠明摇头："不能误了孩子！"

他每天天不亮就往各村里跑，把那些年幼的小学生一个一个牵着、背着，接到学校；下午放学，再一个一个送回家。有一次，他背着孩子一脚滑倒，孩子没事，他的腰却摔坏了。躺在床上，急得一夜睡不着，最后想出一个办法，请全村的壮劳力上路铲冰，可他拿不出钱答谢乡亲们。还是他那大字不认识的老父亲，从箱底捧出牙缝里省下的80元钱，塞到儿子手上。杨忠明让妻子买下肉和菜，请所有出工的人吃了一顿饭。

一种梦想的力量，常常能让人为之赴汤蹈火。杨忠明心里，就是为了一个梦想——用文化把山里的孩子扛出去，用文化把山寨的希望托起来。而他自己宁愿是一把苗寨里的古瓢琴，绷紧琴弦，奏出生命的强音，不惜弦断音绝。

收稻、背矿石、割芦苇，在他用山里人的忠诚和坚韧守望的钟声里，有最伤心的痛

杨忠明做了28年的代课老师，敲了28年的钟，心里最深的一块痛，是他自己的两个儿子、一个女儿却相继在他敲响的钟声里辍学而去。

因为一个字，穷。

在排捧村，杨忠明是唯一一个靠工资吃饭的人。一个月15元钱的工资，他拿了6年。后来陆续涨到35元、200元、300元……直到他做代课老师第27个年头上，拿到了600元。他全家5口人，一亩多地，打下的米吃不过半年，他的工资需要负担一家人吃穿用所有生活开支，而他还要经常拿出钱来，为那些家庭更穷困的学生买作业本、文具盒、书包等。

穷，是这座自然条件恶劣的大山给予这个小山寨的无法逃脱的底色，在这底色中，作为一个工资微薄的代课老师，注定了同样无法逃脱的窘迫与艰辛。

一次赶集，11岁的女儿看到别人家的女孩都买新衣服，也想穿新衣服。一件新衣服不过10元钱，可她妈妈手里攥的票子数来数去，刨掉油盐酱醋的花销，只拿得出2元钱给她买了一件人家穿过的旧衣服。搂着女儿，妈妈流泪了。

生存的压力，让杨忠明在做老师的同时，一辈子没有离开一个农民的角色。每一个暑假他都要跟上一群村民，背上行囊，去长沙附近

的郊县当"稻客",替别人收割稻子,一亩地 80 元,一季收下来,能挣到 400 多元。

贫穷就像一座山,压得杨忠明喘不过气。看到村里很多人家长年在外打工,日子都过好了,他也曾动过念头放弃当代课老师,凭一身力气,一定能让家里人过上轻松日子。

小他 9 岁的妻子石金香坚决不同意。在她眼里,文化人是最金贵的,教书先生是最荣耀的。她对自己的男人说:"我没文化,我去打工。你有文化,你要教书。书教好了,不光给村上造福气,日后你转正了,我们也跟着你享福!"

山里的女人心地透亮、刚强,认准的事,就能把自己舍上。这些年,石金香除了耕种好自家的一亩多地,养下一口猪,一头牛,还几乎干遍了所有她能找得到的活儿。

夏天,她和丈夫一起到长沙郊县当"稻客";冬天,她到益阳湖割芦苇;她还到过镇上的麻辣厂给人家穿麻辣串;最长的一次是与村里人一起去邻县一座矿山背矿石,3 年时间,自带米,自搭窝棚,100 斤一背篓,走十几里山路,挣 7 元钱,她一天能背 3 背篓,挣下 21 元钱。有一年冬天下大雪,窝棚半夜被压塌了,她扒了半个多小时才钻出来,捡回一条命。

那年寒假,杨忠明也赶到矿山帮妻子背矿石。见到丈夫,石金香哭了。哭完,就撵着丈夫回去。杨忠明死活不肯,最后俩人一起背了 20 天矿石。学校要开学了,丈夫回去那天,石金香把挣下的所有的钱都塞到他身上,带上一句话:"你好好教书,村里孩子要靠你,我们全家等着享你的福!"

石金香盼望的福似乎只是一弯水中的月亮。

尽管做了20多年的代课老师，转正，对于杨忠明，只是一个念想。他曾托人到镇上问过，回话说：想转正至少也得是个民办老师，代课老师不在教师的花名册上。

无缘转正的杨忠明依然尽心尽责地做着他的代课老师。3个孩子，在贫困中相继离开了学校。

杨忠明心里痛得不能碰。

"每天早晨站在学校教室前敲钟，看到别人家的孩子欢蹦乱跳地跑进教室，眼前就会浮现出自己那3个辍学打工的儿女，心如刀割啊！"当他终于说出这句话，泪落如雨。

一天敲14次钟，钟声已化为他生命的心弦，多少苦痛辛酸酿成的快乐与幸福，都在这钟声里了

上课下课，6节课加上早晨和中午两次预备，杨忠明一天要敲14次钟。28年的老钟，钟口已经破损，砍刀磨出了大豁口，可在杨忠明的耳朵里，它们越年久，敲出的声音越美。那份感觉，积淀了太多内心的挚爱。

走进杨忠明和另两位代课老师的办公室，简陋而整洁。刷着白灰的土墙已经剥落，3张破桌子，3把破凳子，墙边烧着一盆炭火。每张桌子上都整整齐齐摆放着学生的作业本、计算尺、备课笔记等。杨忠明的抽屉里，有一沓"优秀教师"证书，一面墙上是他用树叶贴成的一幅画，几条小鱼在水里游戏，画幅的右上角写着："知足长乐。"杨忠明说，这辈子虽然不容易，但快乐最多。

每个学期开学，杨忠明都会给每一个学生量身高，看看与上一个

学期相比长高了多少。最后给学生们说的一句话总是:"同学们,老师祝贺你们的身体又长高了,但更重要的是你们的知识也要长高,这样才是真正的长大。"

每个学期末发成绩单那一天,杨忠明总会让孩子排起队,挨个把孩子们抱起来,举过头顶,亲亲脸蛋。

全校160个学生,杨忠明每一个都叫得出名字,说得出家住哪个村。他爱学生如子,遇上哪个孩子因贫困读不起书,就是苦自己也要把孩子留住。

有一个叫洪富国的学生,上了不到两个月就不再来了。杨忠明家访,得知孩子家境贫穷,一家人连米都难得吃上,顿顿苞谷饭。他对孩子的家长说:"孩子读书有困难,我来帮助解决。明天就让孩子到学校来吧。"洪富国终于在排捧村小学读完了四年级,所有费用都是杨忠明资助的。这个孩子用功又好学,后来一路读下去,现在已经是湘西自治州吉首大学三年级的学生了。

28年的代课老师,杨忠明教出的学生已有上千人,有一半多的学生后来都读到了初中、高中,十多个孩子考上了大学。他办公室的抽屉里,珍藏着好几封在外地上学的学生们写给他的信,其中有现在湖南工业职业技术学院商务英语班上学的学生石冬梅的信,信还有一个标题,叫"我在贫困中的生命价值"。

信中说:"我是到长大以后才知道,我的出生地保靖县是典型的'老、少、边、山、穷'地区,农村教育的破败状况是压在人们心头的一块巨石,这就是我的家乡。而我的幸运,是我从小走进了排捧村小学这个知识的摇篮,摇篮摇得很好,在这个摇篮之中的日子,我铭刻肺腑。杨老师,您说过的那许多让我们好好读书的话,我一直记在心里。老师的恩情无以报答，我只有一个愿望，就是将来用自己学好的知识为家乡建设出力！"

杨忠明把这封信读了好多遍。他感慨道："这个孩子说得多好——贫困中的生命价值。排捧村小学这个摇篮，就是要让更多的贫困中的孩子懂得并创造出生命的价值！"

创造出贫困中生命价值的，更有那些读书后依然生活在大山里的年轻人。35岁的村支书石荣珍就曾是杨忠明的学生，他高中毕业回到山寨，和寨子里的青年人一道，给大山注入了祖祖辈辈不敢想象的活力，修路，通电，引水，用科学技术种庄稼……

日子就像山里的泉水，流去再不回头。

杨忠明把一生的好时光洒在了排捧村小学，人已老了。

说不清从哪天起，他的眼睛花了。去年在外打工的大儿子给他买了一副老花镜，他很喜欢："我要教到看不清东西为止。"

近两年，他的胃开始闹疼，有时讲着课，那疼就来了。疼得厉害时，就用课桌的一角顶在胃部，接着讲。有几次，他疼得实在是站不住，就躺在教室旁他的一间简陋的宿舍里，把孩子召集在床边，坚持把当天的课讲完。看到老师痛苦的样子，许多孩子都哭了。

采访中的一天，正遇上杨忠明在教语文课中老舍的一篇文章《母鸡》。几十个脸蛋被大山里太阳晒得红扑扑的孩子高声朗读着："它负责、慈祥、勇敢、辛苦，因为它有了一群鸡雏。它伟大，因为它是母亲，一个母亲必定就是一位英雄……"

泪，无声落下。

杨忠明这一辈子的角色，不就是排捧村小学的"母鸡"吗？

夕阳如血。

杨忠明走到教室外,敲响了排捧村小学这个学年的最后一次钟声。

湘西自治州教育局的材料显示,十多年前,全州有上千人的代课老师,到2009年只剩390人,大部分是这两年清退的。杨忠明所在的保靖县水田河镇,目前还有11位代课老师。

春暖花开的时候,杨忠明还会站在这里,敲响新学年的钟声吗?

(新华社北京2010年2月7日电 新华社记者张严平、明星、余晓洁)

采访手记

致敬

这是代课老师杨忠明"最后的钟声",是我们心中崇高的致敬。

代课老师在中国教育历史上,是一个值得永远怀念的群体。在国家一个特定漫长的历史时期,他们将自己的生命播撒燃烧在天南地北的穷乡僻壤,承受着物质环境的极度艰辛,以虔诚的使命感坚守着最高尚的职业,使得千千万万的乡村孩子得以读书受教育,成长为对社会有用的人。他们是那个时代乡村教育的"乳娘"啊!

在这一历史的群像中,还镌刻着多少闪亮的名字——

挑着一根扁担进大山的张玉滚;

培养了大山里两代人的支月英;

每天带着四名山村孩子升国旗的唐高群;

江西无臂乡村教师江声发;

曾在四所乡村小学代课靠捡牛粪背柴火为孩子们冬天取火奉献30多年的麻玉兰;

……

要写出他们的名字,就好像要写出燎原之火的每一颗火种。写下杨忠明这篇稿子,便是向千千万万为中国的乡村教育筚路蓝缕、播撒火种、终成燎原之火的先驱们最崇高的敬礼和最深挚的纪念。

2024 年 3 月

时代面孔 ▸ 新华社领衔记者笔下的人物肖像

他用生命留下一片光明
——追记青海火电工程公司玉树抗震抢险队队员杜金玉

流星的永恒，是它曾以炽烈燃烧的生命照亮夜空。

42 岁的杜金玉，就是这样一颗流星。这个憨厚、老实、平凡、一辈子没有离开过青藏高原的送电工人，在 2010 年春天骤然黑暗的玉树之夜匆匆划过……他的生命之火就这样静静地熄灭了，为这片灾难中新生的土地留下了灯火辉煌的一片光明。

最后一刻的燃烧

4 月的玉树，清晨依然寒气刺骨。

20 日一大早，天还蒙蒙亮，杜金玉就钻出了帐篷。

这是他随青海火电工程公司抢险队到玉树抗震抢险的第 5 天。这一天，他们将对结古镇至巴塘飞机场 35 千伏线路受损的铁塔进行完全修复工作。

玉树山高地远，地震发生以来，巴塘飞机场成为这片危难之地最重要的"生命通道"。然而，从结古镇到巴塘飞机场供电线路的支撑铁塔，在震中受到山体滚石的严重破坏，机场只有靠临时电源设备维持机场照明导航系统，飞机起降存有极大安全隐患。

几天前，从西宁火速赶来玉树震区的杜金玉和抢险队的同事们，投入的第一场战斗就是检修了这条长达 35 公里的供电线路，因修复材料暂时缺乏，只得对受损铁塔进行了临时性加固。彻底修复这条供电线路，使巴塘机场全面恢复正常供电，是玉树抗震救灾顺利进行的重中之重。

19 日，加固铁塔的材料终于准备完毕。今天，抢险队将对线路进行最后修复。

"兄弟们，起床了！"身为班长的杜金玉，深知这是一场硬仗。

工友们齐刷刷地起了床，吃了些饼子和菜汤，跳上装载着各种抢修材料的抢险车，快速出发。

受损铁塔处在结古镇东侧大约 15 公里、位于通往巴塘机场公路的半途，之间被通天河阻隔，车子只得停下。

杜金玉第一个跳下车，扛起一捆 30 多公斤重沾满了油泥的新钢丝绳就走。

从通天河到要抢修的受损最严重的 48 号铁塔，要走 3 公里多山路，老杜喘着粗气，一步接一步终于走到铁塔下。

这里海拔 4000 多米，两条支腿被山石砸断的铁塔在大风中晃动着。

"我来上！"不等抢险施工队长白成海发话，杜金玉一步跨上前去。

白成海心头发热。老杜年纪大了，他真不忍心让他上，但他又深知老杜手艺精，干活利索，在这抢时间的节骨点上，他最靠得住。白成海猛地一挥手。

高原的风,像猛兽一样呼啸着,海拔4000多米的空气中含氧量只有60%。杜金玉在风中艰难地向铁塔上攀爬。突然,一阵冰雹袭来,18米高的受损铁塔,摇摇欲坠。

上角铁、拧螺栓、紧线路……扒在铁塔上的杜金玉全然不顾,拿着扳手麻利地操作着。

中午时分,48号铁塔终于修复完毕,在空中坚持了3个多小时的杜金玉,慢慢攀下铁塔,咧嘴笑了:"干完这个,46号塔就容易点了。"

在山脚下吃午饭时,杜金玉感觉有些累,他把身体斜靠在山石上,慢慢啃着一块饼。随队医生孙党威发现老杜神色疲惫,走上前。

"我没事!"杜金玉挥了挥手。

下午修复46号塔时,白成海队长和工友说什么也没再让杜金玉上去,可他在塔下帮着拉线、上螺栓,一会儿也没休息。

傍晚6点,46号铁塔也修复完毕。比原定晚上11点机场通电的计划整整提前了5个小时。望着山间高高矗立的铁塔,杜金玉和他的工友们高兴得直笑,这是他们自地震进到玉树后最开心的一刻。

晚上7点,全队收工回到驻地。

吃过饭,杜金玉像前几天一样,准备带领几个工人到受灾群众安置点进行线路检查。可他胸闷气短,力不从心。在几个工友的劝说下,他第一次听劝,晚上没有再出岗。

杜金玉回到帐篷里躺下。

晚上9点,医生孙党威到各帐篷进行医疗巡查时,看到老杜脸色不对,立刻对他进行检查,体温、脉搏、呼吸、血压、心肺等还算正常。孙医生问他要不要去医院再做进一步体查。杜金玉连忙摆手："不用不用，没关系的，就是有点累。"

医生给他留下了一些红景天等抗高原反应的药物。

时间滑向 21 日凌晨 1 点，工友张福禄从安置点检修线路回来。帐篷里的灯还亮着，他发现杜金玉还没睡着，脸色发白，还有点发烧。张福禄赶紧又把随队孙医生叫了过来。

医生迅速帮他服了感冒药，并吸上氧气。

"氧气凉凉的，感觉很舒服。"生平第一次吸氧的杜金玉说。

看到杜金玉平静下来，医生走了。

帐篷的灯熄灭，大家休息。

然而，仅仅一个小时左右，睡在杜金玉旁边的另一位工友杨维祥听到了老杜急促的呼吸声。他起身打开灯一看，杜金玉嘴唇发紫，口吐白沫，已经昏迷不醒。

随队医生立即赶来，检查中发现杜金玉的心跳已十分微弱，肺部有明显的水泡音，呈典型高原肺水肿症状。

杜金玉被紧急送到附近格萨尔广场抗震救灾医疗点二炮 536 医院抢救。

但是，一切都来不及了。

注射药物，药水已无法进入；按压心胸，心脏已不能跳动！

医生们用尽一切办法，也没能挽留住这个 42 岁送电工人的生命！

21 日凌晨 4 点，杜金玉走了……

他的身后，是一片刚刚燃亮的灯海：从结古镇到巴塘机场的供电线路当日正式合闸通电，机场灯火辉煌，赛马场等灾区安置点灯光明亮，玉树结古镇一片光明……

这个夜晚，除了泣不成声的工友，没有人知道这个普通的送电工人。他太平凡、太普通了——工友们花尽力气寻找杜金玉生前照片，只找到他在玉树地震中高空抢险架线时的一张背影照。

这个背影，成为他生命永远的定格。

舍不下的玉树

工友们这样回忆他过去的几天几夜：他太累了，他是累死的……

来到玉树后，在赛马场附近的废墟处，正在工作的杜金玉曾遇到一个 70 多岁的藏族老太太，一家五口人只剩下她一人，无依无靠。

心酸的杜金玉从工程车上拿出一提矿泉水和 8 个饼子，送到老太太手上。不懂汉语的老太太流着泪，抬起双手，竖起拇指，朝着杜金玉直晃。

杜金玉难过地对身边工友说，受灾群众太可怜了。"我们要尽自己一点力，不能再看到这样的场面！"

杜金玉，本可不来玉树。

4 月 14 日地震后，玉树电力设备遭受重创。国家电网公司启动紧急应急预案，青海火电工程公司迅速组织抗震保电抢险队，准备救灾物资器具，随时待命出发。

14 日下午 2 点，正在西宁大通黄朝线项目部施工的杜金玉，听说这一消息后立刻跑到施工队长白成海处请战。

队长白成海心疼他："老杜，你年龄大了，玉树地区高寒缺氧，就不去了吧。"

老杜发火了："我虽然是老梆子了，但架线还是可以的，必须让我上玉树，不然跟你急。"

"倔驴一个，赶紧准备一下，晚上 6 点集合。"拗不过他，白成海只好同意。

老杜一下子乐了。

加入抢险队，时间就像上紧了"发条"：

15 日早晨 7 点 50 分，公司抗震抢险队开赴玉树灾区；穿越三江源高原冻土地带，翻越海拔近 5000 米的巴颜喀拉山，历经 10 多个小时的颠簸，16 日凌晨 3 点，杜金玉他们一行抵达玉树。

杜金玉和工友们立刻接到任务，抢修结古镇通往巴塘机场的 35 千伏受损线路，对受损铁塔进行前期应急加固。

由于受损铁塔与机场公路被通天河阻隔，材料运送需要人工搬运。杜金玉率先扛起一根 60 多斤重的杉木，在高海拔缺氧的环境里，硬是走完了 3 公里长的崎岖山路，老杜的脚步显得有些滞重。

顾不上休息，杜金玉戴上安全帽，系好安全带，气喘吁吁地带头爬上铁塔，指点着塔下队员赶紧搭立杉木杆。

当晚 9 点 30 分，抢修小组完成了三个受损铁塔抢修加固任务。地震后 40 个小时，灾区结古镇 35 千伏中心变电站通往玉树机场的专线成功合闸通电。

直到 17 日凌晨，杜金玉和同伴们才拖着疲惫的身躯走下山坳……

繁重的任务接踵而至，杜金玉的班组又承担了赛马场 10 千伏线路工程抢修任务。

玉树赛马场是最大的受灾群众安置点，这里安置了近 3 万名受灾群众，还用不上电。

高原一天有"四季"。4 月 17 日这一天，抢修队经历了冰雹雨雪，天晴后紫外线又把人的脸灼得生疼。

杜金玉一天都带领年轻队员挖坑、立杆塔、展放线路。挖坑，是个重体力活，需要深挖 2 米，但因开口 1.2 米长、60 厘米宽，只能容一个人在里面挖。老杜不时跳进坑内，抢着干。他这一个班组，当天就完成了所有 15 个基坑任务。

当晚，看着赛马场仍然漆黑一片，杜金玉着急发慌，"必须尽快让赛马场安置点通上电。"

接下来的连续两天，他和抢修小组把午饭带到工地，放弃休息时间连轴转。在高海拔地区，在杆塔上作业，就连年轻人都感觉吃不消，但是他却没有喊一声累。

搭横担、解线头、校正线……每次立杆放线都至少需要上下五次电线杆，但 42 岁的杜金玉爬上爬下，在杆塔持续高空作业。

19 日 17 点，赛马场线路所有施工任务完成，具备了带电条件。电闸一合，耀眼夺目的探照灯和路灯照亮了硕大的赛马场……

当晚，杜金玉踏实睡了个好觉，好迎接 20 日新的任务。

但谁也不知道，20 日已是他生命中最后的一天……

"五一"，是他回家的日子

在高原的晚霞中，我们来到了位于乐都县芦花乡营盘湾村杜金玉的家，高高的山，低低的山坳，一幢土房子坐落在一方不大的平台之上。房子东侧，生长着一棵年轻的松树。

走进黄色的小门楼，是一个四方的小院，阳光照射进门厅。堂屋里摆放着一张简陋的沙发，上面铺着洗得干净的沙发巾，屋里还有一台 20 英寸的电视，一部电话，顶棚上整整齐齐地糊着一层厚厚的旧报纸。

这个曾经温暖的家，对于此刻 39 岁的女主人李金秀，已是痛不可触。

那曾是牵动她多少思虑的电视机。从丈夫去了玉树，平日里很少看电视的她，每一天都要打开电视，调到新闻台，目不转睛地盯着每一个有关玉树地震的内容，她坚信能在电视里看到她的男人。

有一天，她在电视里看到玉树一个扯电线的画面，上面有几个人一闪而过，她急得恨不得把电视翻过来。半夜还在想，那里面会不会有她的金玉？

那安放在木桌上的电话，曾给她传来多少安慰。从丈夫去了玉树，她每一天晚上都要给他打一个电话。

"累不累？"

"不累。"

"冻不冻？"

"不冻。"

"吃得好不好？"

"吃得好。"

尽管每一次电话几乎都是这些内容，可再也没有什么比这些内容更让她心头安稳的了。

那一天，大山里下起漫天大雪，她一下子想到了玉树，立刻冲到电话旁拨通了丈夫的手机，还没开口，先哭了。直到丈夫再三告诉她玉树没下雪，她才止住了眼泪。

20 日下午 4 点，李金秀不知怎的有些坐立不安，不等天黑，她又拨通了丈夫的电话。

"好吗？"

"好！"

"想你呢！"

"知道了。忙着呢，正干活。挂了。"

丈夫不多的话，让她回味了好久，很暖。

朴实善良的女人万万没有想到，这竟是她打给丈夫的最后一个电话。仅仅过了12个小时，他永远地走了。

两天后，她从得知消息的乡亲们极力掩饰的悲伤眼神里感觉到了一切，正在忙着喂猪的她，扔下木桶，号啕大哭。

杜金玉身边的人，谁又能相信这样一个好人如此而去？

工友张福禄和杨维祥是连夜边流泪边开车，带着杜金玉遗体从玉树向西宁返回。

一路上，他们总在想，从高原越往下走，氧气越多，氧气多了，老杜就能醒了。他们每走几十里就停下来，摸摸老杜的脉搏，再走几十里，再停下车摸摸，一连摸了三回。直到快到西宁边了，他们才不得不相信老杜真的走了。两个人从路边的一个小店里买了10元钱的黄纸烧了，火光中，泪流满面……

无法相信这个不幸的还有老杜的孩子们。他们一直在等着爸爸回家。

上高中三年级的大儿子杜延辉记得爸爸常对他说："好好读书，将来上大学。别学你老子，没出息！"

可在儿子眼里，爸爸从来都是一个英雄。

爸爸总是挂念着他们的家，一家老小七口全靠爸爸工资养活，再难再苦，他从来没有一句抱怨。他和弟弟上学无论需要多少钱，只要说出来，第二天爸爸一准就把钱准备好，塞到他们手上。

爸爸每次回家，总会给爷爷奶奶带回一些饼干，给妈妈带一件新衣服，给孩子们带包糖果。可他从不舍得为自己多花一分钱。他每个月的工资不到3000元，为自己留下300元的伙食费后，便把所有钱都带回了家。唯一的是偶尔抽几根烟，也总是买一种牌子"兰州"，红纸包装的，2块5毛钱一包。

在乡亲们的眼里，善良憨厚的老杜很是可亲，他热心，愿帮助人，高兴起来，还能亮嗓子唱一曲青海的"花儿"。

春天，高原上的花儿要开了。

所有爱着杜金玉的亲人和乡亲，没有想到这样把他等回来了。

他太累了，他真该好好歇歇了。

乡亲们按照他们算出的吉利日子，筹划着在农历三月十八日把老杜接回村里安葬。

这一天，正是阳历5月1日，国际劳动节。

（新华社青海玉树2010年4月25日电 新华社记者张严平、张旭东、文贻炜、陈国洲）

时代面孔 新华社领衔记者笔下的人物肖像

采访手记

脊梁

我们没有见过杜金玉，而我们知道，在玉树采访的日子里，我们曾与他离得很近很近，我们顶过同一场大雪，住过同一片帐篷，吃过同一口铁锅里的饭菜，甚至可能在某一个时刻擦身而过，而我们却根本不知道他的存在。是的，我们又怎么可能知道他的存在？支援玉树地震灾区的人成千上万，他只是这其中的一个。直到他去世的噩耗传开，我们才知道了这个朴实厚道爱工作爱工友还养活着一家七口人的普通电工。

在他留下的光明里，我们走近了他，仿佛走近一位陌生的家人。痛彻心扉！

杜金玉，像无数平凡的劳动者一样，当人们不知道他们存在的时候，他们就是一颗螺丝钉，一根枕木，一块石头，一棵小草，人生微不足道，没有人会更多地关注他们。直到某一天，以各种难以想象的可能，我们知道了他们，认识了他们，他们平凡普通之下的高尚、热血、胸怀、大爱等一切人性之光，令我们震撼、感动。他们让我们明白了一个真理，支撑起我们社会脊梁的正是千千万万难以数计的普通劳动者，不仅仅因为他们的奉献，更因为他们所具有的远高于一切世俗名利花花世界之上的伟大的精神光芒。是他们，让我们对这个并非一切光明的世界始终坚信。

杜金玉走在五一劳动节，他用生命为这个节日增添了一抹无人可以取代的光芒。

2024 年 4 月

格桑花仍旧会开放

玉树，不再流泪。

她的万般伤痛化作了漫天白雪。

"4·14"大地之难，让这年年开放着高原上美丽、坚韧的格桑花的土地，经历着一场巨大创痛。

巍峨的雪山上飘扬着不倒的红旗

他是一个典型的康巴汉子，卷发，黝黑的脸膛，鼻梁挺立，单纯的目光中燃烧着火一般的光彩，60年岁月的风霜，镌刻出他铜像一般的面孔。

他从没想到自己高大的身躯会在那个春天的清晨，埋在倒塌的家中。当他被女儿闹增巴毛从废墟中扒出时，满脸血污，肋骨断裂，而妻子珍央在瓦砾中再没有睁开眼睛。

他用一根粗壮的布绳子环绕在剧痛的肋骨处，将前胸后背紧紧捆住，艰难地一步一步跨出已经没有家的家门。

"只要不死，就不能倒！"他想着。

他叫叶青，在结古镇这个叫甘达的村落已经做了31年村支部书记，是全村249户牧民的主心骨，他现在最重要的事就是赶快解救危难中的乡亲。

电线杆全部倒塌了，通往结古镇政府的电话没有了声音。他朝着一堆堆废墟走去。散落在方圆30多公里的十几个村民点，他走了将近8个小时。

终于，全村21个党员，除去2个遇难者，全部集合在他的身后，组成了一支"甘达村党员突击队"。他从倒塌的村支部办公室下，挖出那面依旧红艳的党旗，牢牢地插在废墟之上。

这支19人的党员队伍，像劈开黑暗的阳光，照亮了灾难中的甘达。

一天一夜，徒手挖掘，十指血肉模糊。一个又一个牧民被从废墟中救起，他们整整抢救出130多条生命。但是，全村依然有54人遇难，还有118人受伤。叶青，感觉了一生中从未有过的创痛。

他让儿子开上村里那辆桑塔纳，带上他，赶往19公里以外的镇政府。路上满是山上滚落的乱石，车子走走停停，往日半小时的路，他们走了将近3个半小时，肋骨处的剧痛几乎让他昏厥。

"只要不死，就不能倒。"他依然想着。

终于找到了结古镇党委和政府，报告完甘达村的情况时，他哽咽了。

这天傍晚，镇上送来一卡车的救济物资。

入夜，甘达村党支部燃起蜡烛，在新搭建的帐篷内，召开了地震后第一次党支部会议。摇曳不定的火光，照耀着5张凝重而坚毅的脸。

叶青用微弱的声音说道："只要我们支部在，就不能让甘达倒下，就不能让甘达900多口子老老少少挨饿受冻。明天，我们要在每一个牧民点都插上我们的党旗！"

甘达，藏语的意思是巍峨的雪山。4月的白雪已经溶进了阳光，在比冰雪更寒冷的灾难下，一面面鲜红的党旗插上了甘达村每一处有人家的地方。

一支救援部队来到了甘达，和蔼的军医一眼就盯上了因疼痛肌肉不断扭曲的叶青那张脸。

军医拉住他，作出简单的诊断，惊呼："三根肋骨断裂，马上转西宁治疗！"

他摇摇头："不！这个时候，我不能扔下甘达村！我哪里也不去！"不高的声音里透着不可改变的倔强。

他依旧紧紧地用绳子捆住自己的身体，依旧奔波在山上山下甘达村的家家户户。只是他的兜里装上了军医塞给他的各种消炎药，有阿莫西林，诺氟沙星。人们常常看到他在痛苦难耐的时候，会悄悄地吞上一颗。

甘达村人在一面面党旗下，于痛苦中拥有了温暖与平静，每个人都相信，只要有党旗在，他们的生活就会继续。

4月17日，是甘达村遇难者天葬的日子，叶青的妻子也静静地躺在这些长眠者中。

最终要与相伴大半生的妻子永别了。叶青流下了他在灾难后的第一次泪水。

60年前，他出生时，阿妈说，就像一片吉祥的云降落到他们这个普通的牧民之家。今天，他心爱的女人也像一片云被鹰带走了。

走了的，不再回来。留下的，要继续活着。

而他将继续的生命，还有着一份沉重的责任。作为一个村的党支部书记，他就是党派来为一方牧民播撒阳光雨露的人，就是党需要他在大难面前为一方牧民撑起一片天空的人。

他不再流泪，他的心里塞满了甘达幸存的 900 多村民和 3760 多头牛羊。他最大的思虑是今后村子恢复和重建。6 个孤儿怎么办？全部倒塌的房屋怎么办？损失的 1000 多头牛羊怎么办？

每个夜晚，村党支部的帐篷中蜡烛都会亮到很晚很晚，叶青和支部一班人为每一个社队，每一户人家，谋划着每一份详备的救济与恢复规划。

这位 20 岁入党，2000 年曾获得全国五一劳动奖章的老支书，于灾难中高举着鲜红不倒的党旗，在这片雪域高原上坚强地挺立。

他坚信，甘达一定不会倒下！

每一个牧民也都和他们的书记一样地坚信。

因为他们在他的身上看到远远超过甘达村、超过雪域高原的宏大的力量！

高原上升腾着不灭的希望

在帐篷林立的结古镇中心广场，听一位藏族老阿妈指着远方的群山说，山里有人现在还不肯迁出来。我们迫不及待地向那片远山奔去。

帐篷的女主人、24 岁的罗松措西闻声而出，两腮是高原阳光点染的绛红，明眸如水。

这位美丽的藏族女子，从小就出生在这片叫热以库的大山里，她和村里牧民家的小伙伴们一起长大、玩耍、放牛。两年前，她嫁给了同在一座大山里心爱的藏族小伙子，生下了可爱的儿子，一家人住着3间平房，白天放牧，晚上逗子，过着简单而甜美的生活。

4月14日清晨的记忆，在她脑海里像一场噩梦。丈夫和儿子还在睡眠中，她像往常一样把牛赶到山上。突然，仅仅是在一阵风吹过的瞬间，地动山摇，山石滚落，牛群惊散。

她发疯似的往家跑。

房子已经塌了，她用手拼命地扒呀，扒呀，1个小时后，终于看到了还活着的丈夫和儿子，她扑上去紧紧地抱着他们，一滴泪也没有，只是浑身颤抖。

丈夫的腰受了重伤，措西把丈夫和儿子安顿在邻居家畜棚空地上，等待救援。

当天下午，居住在玉树县城的家人终于在山里找到了他们。丈夫被送往山下接受治疗，但她不肯走，她惦着山上的牛，那是他们唯一的经济来源，卖牛粪、挤牛奶，一年可以为家里赚两千块钱呐。牛也是从小陪她长大的伙伴，她心里除了丈夫和儿子，就是牛。

这个晚上，她独自搂着孩子，望着星星和月亮，想着生死未卜的牛过了一夜。

第二天一大早，她就上山了。3头牛被山石砸死，其他的牛散落在山上，在未消的惊恐中，一动不动雕像般地站立在山壁间。

措西想哭，哭不出，心里一阵阵发痛。她把幸存的牛儿小心翼翼地聚拢到一起，挨着个儿轻轻地抚摸着它们敦厚的脊背。

邻居们开始陆续地向山外转移。一向温顺的措西这次却倔得像头牛，她坚决不走，她舍不得他们的牛。

"人走了，牛咋办？以后的生活咋办？总不能一辈子靠政府救助！"

县城的家人拗不过她，反被她的倔劲儿扯动，全部进了山，在废墟旁搭起一个彩色帐篷，住下来。

每天，家里年轻的人下山领救助物资，罗松措西带孩子、放牛。她对活下来的牛照顾得更细心了，每天早早地把它们放出去，晚上快天黑时就把牛儿赶到帐篷旁的小溪边过夜。

她把家也照顾得条理分明，用牛粪把帐篷烧得暖烘烘的。她备了足够的炒面、糌粑，连狗儿也不让它们饿着。狗儿们也是她的好伙伴，可以守家，可以看牛……

"灾难已经发生了，人还得好好活着，总不能把自己困死！"

措西说，她在山上的家永远不会搬走，虽然山上条件苦，晚上没电，气温又低，至少一家人可以自食其力，不等不靠。

她要把受伤的丈夫照顾好，把儿子带大，还要在废墟上重新盖起房子。她相信，生活会像大山中正在萌发的格桑花，无论经历怎样的严寒风霜，依然会在春风里开放。

罗松措西轻轻地咬着嘴唇，能够感受到在她瘦弱的身躯里，有一种山一般的坚强与霞一般的梦想。

告别美丽的措西，一路上尽现阳光下满山悠然吃草的牛羊。

路旁，遇到一位家住结古镇新寨村的牧民，他说："这两天村里许多人家陆续赶上牛羊去巴塘草场放牧，虽然路远，但那儿草多，牛羊吃得饱,吃得饱,就会长得壮,长得壮,生活的希望也就越来越近了。"

灾难可以毁灭许多，但它永远毁灭不了的是深深扎根在这片高原上生活的希望！

古老的玉树生成着年轻的梦想

16岁的达吉几乎是在一夜之间跨越了他轻盈如彩球般的少年人生。

那个黑色清晨的瞬间夺走了他的父亲、母亲。他成了孤儿。

他是在倒塌房屋的家门口,挖出了双双遇难的父母,他们一定是在那一刻想冲门而出。然而,仅仅一步之遥,他们与他生死相隔。

他一下子昏过去了。

当他在医院醒来,感觉自己是在做梦,满脑子都是那黑暗之前一刻的温暖与明亮。

跑运输的汉族爸爸居马笑呵呵地摸着他的头:"儿子,到学校好好读书,不要调皮!"

在乡政府工作的藏族妈妈热巴拉姆则忙着把炒面一碗一碗地拌好,像唱歌儿一样对他们父子俩招呼着:"宝贝们,吃饭喽!"

一家三口吃完热气腾腾的早饭,妈妈给他背上书包,像每天早晨他出门上学一样,温柔地亲亲他的脸蛋:"去吧,儿子,好好读书,晚上见。"

也就是这一刻,他不知怎的,有了一个念头,对妈妈说:"妈妈,把你那部家用手机借我用一天,好吗?"

妈妈有用于工作和家庭的两部手机,但她对他却管教很严,从不同意给他买手机,也不让他用手机,她总说:"学生用手机干什么?要专心读书。"

可是这个早晨,妈妈却笑眯眯地从包里掏出一只手机,递到他手上:"拿去吧,记住,没事不要乱打,会让你分心的。"他高兴地握着妈妈的手机，一蹦三跳地出了门。

万万没有想到，这部手机竟成了妈妈留给他的唯一的纪念。

地震发生片刻，他在极度不安中，第一次使用妈妈的手机，打给了第一个接听者——妈妈，却永远没有回音……

不！妈妈还在！爸爸还在！他一遍一遍不停地拨打着妈妈另一部手机的号码，直到电量耗尽。他捧着手机，号啕大哭……

哭完的达吉，在老师眼里，好像一下子长大了，这个平日里能歌善舞、顽皮快乐得像山间小鹿的少年，眉宇间有了一种成年人的凝重。

往日里，爸爸妈妈总在他耳边唠叨的话，全部漫卷而回。

那是爸爸常说的话："孩子，做人要厚道，要帮助人，帮人就是帮己。"

那是妈妈常说的话："孩子，要好好读书，上大学，长大了做医生。"

他想着这些话，眼前浮现出爸爸妈妈慈祥的目光，目光里有那么多的期望。

爸爸妈妈安葬那天，他心里默默地说："爸爸妈妈，我会完成你们的心愿！我会坚强地活下去！"

他又回到了学校。每天和幸存的老师和同学们一道，搜救仍在废墟中的人，搬运救灾物资，清扫散落在校园各处的垃圾。

从早到晚不停地忙碌，让他心里感觉到一种安慰和踏实。只是夜晚独处时，他仍会落泪。

这是一种痛苦的成长。对于一个16岁的少年，需要怎样坚强的磨砺？然而，无论怎样艰难的磨砺，他依然在顽强地成长中。

他现在最大的愿望，就是学校快快复课。个头1米75、平日里酷爱足球、学习不大用功的他，第一次向在天的父母承诺："一定好好学习，考上大学，毕业后当一个医生，做一个一辈子救助他人的人！"

尽管眼里有泪，达吉却是平静而微笑着与我们道别。他年轻的身影，不一会儿像一颗闪动的星消失在玉树州职业技术学校一片蓝色的帐篷间……

经历过死亡与毁灭的古老的玉树，有许许多多年轻的梦想在废墟上升起。

在玉树三完小学3年级四班，12岁的江永江才也在地震中失去了父母。那一天，他从垮塌的学校废墟下，扒出了他的课本和作业本，流着泪向老师请求要继续上学。学校废墟的墙上有一句不知谁写下的话："有书读，就有力量；有学校，就有希望！"

我们翻开了江永江才曾经学习过的一册语文课本，在一篇题目为《生命 生命》的课文面前，看到了一道道稚嫩的笔画画下的文字。

"我常常想，生命是什么呢？

……

墙角的砖缝中掉进一粒瓜子，过了几天，竟然冒出一截小瓜苗。那小小的种子里，包含着一种多么强的生命力！竟使它可以冲破坚硬的外壳，不屈向上，茁壮成长。

有一次，我用医生的听诊器静听自己的心跳，那一声声沉稳而有规律的颤动，给我极大的震撼，这就是我的生命，单单属于我的。我可以好好使用它，也可以白白糟蹋它。一切全由自己决定，我必须对自己负责。

虽然生命短暂，但是，我们却可以让有限的生命体现出无限的价值。于是，我下定决心，一定要珍惜生命，决不让它白白流失，使自己活得更加光彩有力。"

这就是玉树——在苦难中孕育着新生的玉树,在祖国大家庭中为八方援助的玉树,在春天里遭遇劫难却不屈不挠坚强挺立的玉树。

明天,玉树将依旧阳光照耀,高原将依旧染绿,美丽的格桑花将仍旧蓬勃开放……

啊,不倒的玉树!

(新华社青海玉树 2010 年 4 月 23 日电 新华社记者张严平、陈春园、文贻炜、王圣志)

第三章　火光

> 采访手记

玉树，再也不能忘记你

青海是我从未去过的地方，也是我一直向往的地方。但万万没有想到，终于踏上这片梦中神奇的高原时，竟是在她遭遇弥天大痛之际！玉树，就像一只被雷电击伤的鹰，重重撞进了我的心里……

我是乘坐空军的运输机飞进玉树的。发动机震耳欲聋，机身剧烈颠簸，挤在一机舱的救灾物品中，望着随机军人一张张凝重疲惫的脸，我生平第一次有一种上战场的感觉。

记忆中，几乎就是一瞬，连头带尾算起来，只经历了8天。然而，如风而过的8天，终生难忘。在这短暂的时间里，我感受了悲伤、震撼、崇高、温暖……我收获了纯净、友谊、勇敢、信念……

而在这所有的感受与收获中，我们新华社这支钢铁的队伍所散发出的革命理想主义与革命英雄主义的光芒，是照亮我内心一切的灵魂。

玉树地震伤亡不及汶川，但是从记者采访及生存条件讲，却是一次远比汶川更艰苦的挑战。高原缺氧，昼夜温差大，交通艰难，保障物资难以运送，这一切都使得每一个记者必须拼出身体的最大极限，坚持，再坚持。

正是这样一个环境，让我深切感受到了我们这支队伍的力量。

一到玉树，我就见到了先期到达的青海分社和各分社的记者，他们中很多人都是在地震第一时刻，由新华社迅速集结调动，随前线总指挥刘思扬同志从全国四面八方赶来的。没有帐篷，露天而宿；没有床，就地而卧；没有热饭，啃方便面；更有头疼欲裂、胸闷气短、睡不着觉等各种高原反应，全部靠咬紧牙关死扛着。

没有一个人叫苦，每一个人的脸上都闪动着饱满的战斗情绪。

看到了让人牵挂的央采中心刘亦湛，他的母亲头两天得知儿子在前线晚上睡觉没得盖，曾四下里托人给他捎棉被，母亲对儿子的疼爱让人多了几分对这个年轻记者的惦记。眼前的他，微微笑着，对生活中的艰苦没有一个字，说出的是正在采写的稿子。

看到了几乎在几天之间变苍老了的青海分社社长党周、副社长王洪伟，身为一线腹地将领，他们带领着几乎是分社的全部人马挥师玉树，激情鏖战。

看到了新华社前线总指挥刘思扬，他脸色绛红，眼神疲惫，由于夜继以日的战斗，再加上高原反应，他自上来就几乎没睡过什么觉，但是他对报道睿智深刻的思考一刻不停。

还有更多熟识或不熟识的同事们。每一个人最较劲、最斗志昂扬的只有一个信念：采访、写稿，拿出精品力作！

其中，让我很难忘的是住在同一帐篷的青海分社的吕雪莉、新疆分社的潘莹，两个瘦小的女记者第一时间就到了玉树，在我后来与她们相处的日子里，看到她们每天总是采访写稿到很晚，其中许多采访写出的稿子因为报道的需要，被用到了综合稿中，报纸上见不到她们的名字，只有她们自己会兴奋地看到哪一段、哪一部分是自己辛苦的劳动。直到我离开时，两个人还是"谢绝"了领导让她们下撤的命令，依然坚守在玉树。

我想，什么是新华社的革命理想主义和革命英雄主义？这就是。

作为一名记者，我还深为我们新华社这次后勤保障的同志而感动和感谢。他们是在一无所有的废墟上，在保障物资难以运进的绝境中，

第三章 火光

克服了难以想象的困难，以各种超常规的方法，建起了后来有完备的发稿系统、有帐篷、有床、有热饭、有热水的新华社一线报道营地。在那种生活里任何一个微小的细节都可能成为奢望的条件下，每个记者后来居然有了两个脸盆，毛巾，卫生纸，我们女记者每人还有了一个小镜子……

每天记者们采访后疲惫地回到营地，都会接到他们跑前跑后为大家递上的一杯热水，捧上的一碗热饭。这支非采编人员的队伍，是记者战斗力的保证。我深知，是革命理想主义和革命英雄主义把新华社凝聚成一个坚强的堡垒，所有的稿件，每一篇精品力作都是全新华社人为之努力的结果。

还有一片感动与珍藏，是玉树这片美丽而创痛的高原给予的。

忘不了，甘达村的党支部书记叶青，这个60岁的康巴汉子在地震中失去了妻子，砸伤了肋骨。但他没有倒下，带领甘达村牧民在灾难中坚强地站起来。整个采访中，他没有流一滴泪。只是有牧民告诉我们，叶青在妻子天葬那一天，流下了他在灾难后的第一次泪水。

60年前，他出生时，阿妈说他就像一片吉祥的云彩降落。今天，他心爱的女人也像一片云被鹰带走了。

走了的，不再回来。留下的，要继续活着。作为一个村的党支部书记，他的责任就是要在大难面前为一方牧民撑起一片天空。这是他不屈的信念。

忘不了，24岁美丽的藏族女子罗松措西，她在灾难后倔强地坚守在垮塌的大山里，继续放牛，她的心愿是要把受伤的丈夫照顾好，把儿子带大，还要在废墟上重新盖起房子。她双眸如水，不时露出阳光般的笑容。她相信，生活会像大山中正在萌动的格桑花，无论经历怎样的严寒风霜，依然会在春风里开放。

忘不了，16岁在地震中失去父母的孤儿达吉，他几乎是在一夜之间告别了快乐的少年。望着他稚气未消的眼睛里布满的忧伤，我感受得出，这是一种痛苦的成长，然而，无论怎样艰难的磨砺，他依然顽强地成长起来。

他现在最大的愿望，就是学校快快复课。他第一次向在天的父母承诺："一定好好学习，考上大学，毕业后当一个医生，做一个一辈子救助他人的人！"

这一个个在灾难面前坚韧而有着一种高贵的平静的人们，让我深深地震撼！

从他们身上，我一点点认识了玉树，认识了青海，认识了高原，认识了高原上柔美而刚强的格桑花。

记得全国默哀日后的第一个清晨，玉树大雪。就在这一天，我和陈春园、文贻炜等，写出了从心底淌出的通讯《格桑花仍旧会开放》。每一句话都凝聚着我们的深情：

"玉树，不再流泪。

今天，她的万般伤痛化作了漫天白雪。

……

明天，玉树将依旧阳光照耀，高原将依旧染绿，美丽的格桑花将依旧蓬勃开放……"

玉树，还留给我多少怀念！

永远难忘那位憨厚、平凡，如流星一般默默划过夜空的送电工人杜金玉，他走了，身后留下一片光明。

那是一次泪水不止的采访。我和张旭东、文贻炜、陈国洲去了杜金玉的工棚；去了他扛着 60 多斤重的杉木走过的 3 公里长的崎岖山路；去了他在乐都县芦花乡营盘湾村的老家。我们与他的工友谈，与他的妻子谈，与他的孩子谈。

我们知道了，他是在巴塘机场拉闸送电 3 小时后走的；知道了，他是抢险工地上干得最猛的人；知道了，他每月挣着不到 3000 元的工资，给自己留下 300 元的伙食费，其余全部寄回了家；知道了，他偶尔抽烟，只抽 2 块 5 毛一盒的红纸包装的"兰州"牌；知道了他高兴时喜欢唱"花儿"；知道了，他最大的梦想是两个儿子考上大学……

当我们真正认识了这位送电工人的普通与平凡，我们才真正认识了他的伟大。

在仅有一天的写稿时间里，后来的前线总指挥夏林同志拖着因高原反应极其虚弱的身体，带着我们从头到尾逐段逐句写作修改调整，提示我们补充了许多感人的细节，最终完成了这篇人物报道《他用生命留下一片光明》。

玉树，真的是一篇永远写不完的稿子。

忘不了在结古镇路遇堵车，那位用摩托车把我们送到采访地点的藏族汉子，他在坎坷的小道上费尽力气地骑着，好多次，我们不忍，要下来，他都阻止了。终于到了我们要采访的学校，没等我们站稳想给他一点酬谢，他挥挥手，一溜烟地跑了。

忘不了在隆宝滩海拔 4600 米红土山垭口处一所八一帐篷小学的孩子们，他们洪亮的朗读声，像高原上的阳光一样炽热。每个孩子都有自己的理想，有的想放牧，有的想做尼姑，有的想当医生，还有的想成为老师。不同的理想，同样的欢乐与笑容，一如高原上万物竞生，自由奔放。

还忘不了那些日子，我们有幸结识的 12 岁藏族男孩桑周，他志愿为我们做翻译，每天像一只矫健的小鹿在我们身边跳跃着。他给我们讲格桑花的传说，讲玛尼堆的历史，讲他的父母、姐姐。他告诉我们，这场灾难，让他懂得了两件事：一是要帮助人；二是要坚强。

他在政府的安排下要去西宁上学了。分手那天，我们不舍地望着他。他黑红的小脸上闪着亮晶晶的眼睛，快乐地对我们说："我会好好读书，以前的理想是打篮球，现在的理想是当一个你们这样的记者！"

我伸手摸摸他黝黑的小脸，他有些腼腆，突然说："阿姨，我们碰个头吧！"我猛然明白了，这在他们是最亲切的道别礼。当桑周瘦小温热的额头触到我额头时，我几乎流泪了。

感谢桑周，感谢玉树，感谢这片灾难中不倒的高原，他们给了我太多太多……

最终，我要深深感恩这次去玉树的采访。总编室、国内部对《严平走近》栏目所给予的充分空间和强有力的领导，使它有了这样一次珍贵的经历。

回首玉树，我为自己如此真切而深刻地经受了一次革命理想主义与革命英雄主义的熏陶与洗礼而幸运；我为自己是新华社这支钢铁队伍中的一员而自豪。

玉树，再也不能忘记你……

（原载《新闻业务》）

第三章　火光

记者心路

大编辑

每一件新闻作品出来,读者看到的都是稿子前面记者的名字,永远不会知道稿子背后那个至关重要的人——编辑。

新华社早年流传着一句名言:"大编辑,小记者",其含义一目了然,正如那句"好新闻后面必有好编辑",编辑的水平直接影响到稿件的质量。那些具有大家风范的编辑们,有着远高于记者之上的功力与智慧,包括政治水平、思想深度、境界情怀、文字修养,在他们手中常常使得一篇如粗糙毛坯的稿件或画龙点睛焕发生机,或化平庸为神奇,甚至在看似无望处抓到星点火花开掘出新的生命。

回望我的记者生涯,每一篇能留下的稿子,无不渗透着稿子背后那些"大编辑"们的心血。

何为"大编辑"?

我大学毕业进新华社初期,在国内部值班室做"第一读者",兼做晚报编辑助手。有一天得到一个信息,15岁的彝族小歌手曲比阿乌要在工人体育场参加一场大型演出,我想这可以写一篇晚报稿,编辑说你去试试吧。我知道谁也没在意,对于我这个对新闻一窍不通的中文生,就当一次练习。

那天晚上是如何钻到工人体育场后台采访的,我都忘了,记得的是,连夜赶回社里写出一篇300字的小稿,兴奋不安地交给了当晚值班的值班室主任舒人。舒人是那个年代全新华社仅有的两名编审之一,他编稿的功力无人不赞。当年新华社那篇推动了历史进程的消息《北京市委宣布，天安门事件是革命行动》，就是舒人从 1 万字的会议稿件中火眼金睛抓出来的。

不到 20 分钟，稿子回到我手上，定睛一看，300 字的小稿子改得密密麻麻，段落打破，文字精简，几乎重新写了一遍，原来啰哩啰唆条理不清的稿子变得简洁明快生动有趣，题目改得更亮，原来是——《彝族的小歌唱家在北京》，改为——《彝族的小百灵鸟在北京》。我第一次被"编辑"这项工作震撼到了。稿子发了晚报稿，意外地被几十家晚报、日报采用，贵州日报甚至用在了头版的报眼。舒人拿着报纸，在值班室的大会小会上表扬这篇小稿子写得好，却只字不提他的修改。我心里再一次对"大编辑"升起由衷的敬意。

之后，在我的记者生涯中，一路都是在这样的"大编辑"手下成长进步的。李峰、李耐因、黄正根、徐心华、邹爱国等，都是我经历过的给我以巨大帮助与启蒙的"大编辑"。其中徐心华是当时我所在的政治编辑采访室主任，那时期我的大部分稿子都是从他手上出去的。那年，我接到采写一群研究党史的老同志整理撰写烈士传的稿子，我采访了好几天，获得很多素材，但无力驾驭，稿子写得昏天黑地，毫无章法，既不像通讯，也不像访谈，稿子的题目是《英魂丰碑》。徐心华拿到稿子后，皱着眉头编了整整一天，稿子的每一页都被改成了大花脸，最后稿子以题为《在亿万人心中树丰碑》播发，署名"新华社记者张严平"。各大报纸纷纷刊用，《人民日报》在显著版面一字未动用了大半个版。这篇稿子受到社里的表扬，国内部编前会上更是多次被表扬肯定。我又欣喜又惭愧。徐心华高兴得不得了，他对几位同志说："小张的稿子确实是需要编辑编辑的，枝枝杈杈太多，但是她的稿子一搭眼就总有那么一点让人心动的东西。"这句话传到我耳朵,给予我莫大激励。

几十年过去了,当年老徐说的"那点让人心动的东西"究竟是什么,我至今也不太清楚,但是我越来越确信,我所经历的每一代"大编辑"们,一直在矫正、提高我稿子的质量种种问题的同时,亦在努力地呵护着我那一点"让人心动的东西"。

的确,一个"大编辑"的功力智慧,不仅表现在他对稿子作出的改动,还表现在他对一篇稿子任何一点闪光之处的识别与呵护。就像舒人说过的一句话:"编辑不应该按着自己的喜好或者一成不变的格式把不同记者的稿子都修剪成一个模式,而是要了解尊重他们各自的特点,小心翼翼地去保护这种特点。"

我记者生涯的后半期,更多从事人物典型报道,也更多更集中地感受到了"大编辑"们给予我的引领。

30多万字的《穆青传》,是由前任副社长冯健,时任总编辑南振中,时任副总编辑何平殚精竭虑精心修改而成,字里行间凝聚着他们高度的政治思想水平,文字修养。

我曾在时任社长李从军的指导下写过《走向希望的春天》《永恒的召唤》等稿子,在每一篇稿子的反复讨论修改过程,从军社长的意见都让我获益匪浅。

曹绍平、刘思扬、张宿堂、唐小可等,同样是在我的一篇篇稿子中留下了让我领悟很多、学到很多并给予我最大发挥空间的"大编辑"。其中《索玛花儿为什么这样红》这篇荣获中国新闻奖一等奖的稿子,就是由时任国内部主任张宿堂连夜精心修改、编辑签发的。我在政文采访室工作时,室主任刘思扬深知我的长处和短处,便把我从日常的跑口采访中抽离出来,只负责人物报道,并决定对我不按常规稿子数量考核，只需完成手上的人物报道，就视为完成考核任务。这样就给了我发挥专业长处的最大空间和安心环境。

何平同志是我记者生涯中经历时间最长的一位"大编辑"。就像他在新华社总编辑这个岗位上十年寒暑春秋编辑签发的难以数计的稿件一样，十多年中，我采写的大部分重要稿件都渗透着他的思想、智慧与心血。新华社名专栏《新华视点》首任负责人陈芸曾经说过："何总看过的每一篇稿子，都给我们留下宝贵的启发与思考。"

人们通常会认为，已经经过部门编辑看过的稿子最后送给领导审阅签发，领导在上面画个圈签个字就可以了。是的，完全可以。但是，我经历的新华社两任总编辑南振中、何平从来不是这样，送到他们手上的每一篇稿子，他们都会从头至尾逐字逐段地精心修改。

我的记者生涯中只有一篇稿子经由南总审阅签发，就是那篇《农民为乡村医生立碑》，这唯一的一篇稿子，让我收获无穷，受益一生。

在何总手里经历的稿子最多，几乎每一篇稿子的改动都在记忆中闪亮，那些行文中的改动实在太多太多了，难以记述，常常几个字的改变，一句话的增删，就会让稿子有了新的生机。至于每篇稿子标题的改动，更难以忘怀，每一个改动后的标题都令人满满回味与收获。

《永远的向日葵》，三个小标题的重写——

"他站在铁轨上，听着死亡列车的汽笛，心中十分清楚生活中最重要的是什么"替换了原来的"选择题的简单答案，使他学会了与狼共舞"；

"生命真是个奇迹，不管在哪一个段落，都有最美丽的风景，只要不轻易地关上梦想的窗户"替换了原来的"在生命的赛场上，他终于撞线了"；

"我努力维持着日记的美丽,不让疾病的颜色沾染,更不想让死亡的气息把它渗透"替换了原来的"他给自己画上了句号,却把问号问到我们每一个人心里";

对比原来庸常的表述,改后的标题可谓化平庸为神奇,使得这篇稿子的意境、气质得到全新的升华。

《写给英雄母亲的信》,这一标题朴素、真挚,替换了原来概念模糊的《英雄泪》,让这篇稿子有了目光深挚的"眼睛",以及直抵内心的感染力。

《一位老人与300名贫困学生》,这一标题突出了稿子最重要直接的两个元素,替换了原来空洞不着边际的《他有颗太阳的心》,使得这篇稿子的人物形象有了雕塑般的根基与力量。

《用爱点燃爱》,这一标题替换了原来的《"麻风村"的爱心使者》,高下一眼可见,使得人物内涵有了本质的升华。

《他用生命留下一片光明》,这一标题替换了原来的《他的身后留下一片光明》,仅仅三个字的改动,给人的感染力是完全不一样的。

《明天,太阳照常升起》,这一标题在原来的《太阳照常升起》的基础上,增加了两个字"明天",使得稿子更具有鲜明的新闻性、现实性与意境。

《穿越时空的呼唤》原来的大标题和四个小标题全部废弃重写,行文更是全部打乱重新整合,几乎是在一块毛坯中重新雕刻出的一件崭新的作品。

《严平走近》栏目开办后,每一篇稿子无论大小,都经过何总的精心审阅修改,从标题到行文,改动之处不胜枚举。每一篇从总编室拿回来的稿件,都如经历炉火淬炼,焕然一新。

但无论怎样改动，何总对每一篇稿子的特点风格总是精心呵护，很多在第一道编辑手里被删去的文字，到了他这里又被完全恢复。他曾在国内部一次会议上说："我们的记者要努力培养自己的风格，比如张严平的稿子一拿来，不用看名字，一读就知道是她的。我们的编辑要努力保护记者的风格。"

一生的记者生涯，让我深深地体会到，"大编辑"对于记者就像园丁一样，有一双慧眼发现他们的长处，同时还深知他们的短处；一边不断地修剪打杈矫正，一边让他们的长处更长。他们又像是一锤定音的雕塑家，每一篇稿子的毛坯到了他们的手里，就会在刀笔起落之间，剔除冗杂，凸显神韵，画龙点睛，焕然一新。有什么样高度的"大编辑"，就能培养出一支与此相呼应的记者队伍，新华社自不待说，我特别喜欢的《中国青年报·冰点》栏目，年轻的新人走马灯似的，但水准从不掉线，最关键的保证，就是他们有一群卓尔不凡的"大编辑"。

新华社一代代杰出的"大编辑"很多很多，在此我只是仅就自己稿子的经历记述一二。据老同志们说，老社长穆青就是新华社头号"大编辑"，他改稿子常常在办公室通宵达旦，抽烟抽得烟雾腾腾。早晨人进去都看不清他的脸。有一次他改郭超人同志的稿子，为保留一段还是删除一段两人发生争执，穆青又气又急，扔下一句话："改你的稿子就像割你的肉！"正是在穆青等前辈"大编辑"们的手下，诞生了新华社90多年来灿若繁星的经典名篇。

深深感恩。30年的记者生涯，我完全是在"大编辑"们的引领培养下成长进步起来的。没有他们，就没有我所收获的一切。读者们在我的稿子上只看到署名"新华社记者张严平"，我想告诉他们，稿子的背后有一行更大更夺目的名字——"新华社大编辑"。

第四章　行者

生命有不同的形态，人生各有色彩。高山上的雄狮威风凛凛，谁又能说天空中的飞鸟没有独特的骄傲？！每一个人都是一个世界，每一个世界里都有独一无二的灵魂，每一个灵魂都闪耀着各自的光芒，构成这个世界如星空一般浩瀚多姿的人生。

他们或许渺小如沙石，或许独行在我们不知道的远方，也或许选择了大多数人不会选择的道路，但正是他们的存在，才让我们的世界有了无以穷尽的丰富，有了意味深长的回音。

让我们倾听他们，倾听每一个微小而生动的声音；让我们走近他们，沿着那偏僻的小径。正像诗人罗伯特的诗："一片树林里分出两行路，而我选了人迹更少的一条，因此走出了这迥异的旅途……"

时代面孔 ▸ 新华社领衔记者笔下的人物肖像

流星划出的生命"绝唱"

他爱唱歌，是羽泉的忠实歌迷；他爱篮球，是姚明的铁杆球迷；他还爱读武侠小说，爱看战争大片，爱穿粉红色衬衫。2005年元旦，他对朋友吐露了新的愿望，这一年他想谈一场恋爱……22岁的年龄，就像刚刚蹦出地平线的太阳，充满了生机与梦想。

然而，不幸从天而降，白血病夺走了他的一切，连同生命。离开人世前的28小时，他以口述的方式托朋友在网上发表了一纸"绝笔"信——"谁来拯救我的父母"。那是把心揉碎了吐出的文字："……世上不幸的人不止我一个，我想通了生死，所以我不遗憾。只是感恩于父母，心里反复，没有了我，他们该怎么继续活下去。"

许许多多读到信的人落泪了。人们感动着，震撼着，无数素不相识的男女老少，向他们伸出了援助之手。这个年轻生命的"绝唱"，为变得越来越物质的世界，投下了一片美丽得让人心痛的温暖。

第四章 行者

他叫顾欣，一米七八的个头，有一双清亮的单眼皮的大眼睛，在朋友眼里是一个开朗单纯、浑身散发着阳光气息的大男孩

今年5月8日，大学毕业在北京搜房网工作了仅仅两个多月的顾欣，因鼻腔突然流血不止，在中日友好医院查出患有白血病。那一天，他哭了，对一位朋友说："我自己不怕什么，就是担心我爸妈怎么办。"

顾欣的担心，很快便成为严酷的现实。

他的父母是黑龙江省佳木斯市一个农场的下岗工人。这些年，他们靠着辛苦操持的一个小废品收购站供儿子在北京读完了大学，眼看孩子找到一份不错的工作，他们想，苦日子总算熬到头了。

那个晚上，接到儿子患病的消息，他们的心像被撕成了片片。

父亲揣上家里仅有的8000元钱匆匆赶到北京，母亲后脚又揣着从亲戚那里筹集到的8万元钱，也匆匆赶到北京。当他们站在儿子面前时，想哭，却不能哭出来。儿子灿烂的笑脸像春风吹过他们的心底，他们笑了，却把眼泪默默地吞到肚里，心里反复嚼着一句话："倾家荡产也要治好儿子的病！"

他们真的是倾家荡产了。

第一个月，他们带来的钱全部花光；第二个月，他们回去卖掉了不大的住房和赖以为生的废品收购站；到第三个月，他们只能靠借贷款了。很快，他们背上了20多万元的债务。当借钱都已经没有着落的时候，父亲甚至想到了卖血、卖肾……他对医生说："身上有两个相同器官的，都切一个，留一个我好活着，照看我的孩子。"

很少动感情的医生，眼睛潮湿了，他说："你们的健康会给孩子更多的安慰。"

聪明的顾欣从父母疲惫和焦虑的面容上，体味着他们点点滴滴的心思。面对自己高烧长期不退、口腔开始溃烂的病情，他似乎听到了从远处渐渐驶近的死亡列车。那一刻，他出奇地平静。当命运注定他此生不能再为父母尽孝，他唯一的渴望就是把未来生活的光亮尽可能多一点再多一点地留给父母。

当他的病情又一次反复，医生要与病人及家属讨论新的治疗方案时，他说："不必找我父母，我来做主。"

在骨髓移植和保守治疗两种方案中，他没有犹豫地选择了后者。他对一位病友说："我打听了，骨髓移植没有50万元下不来，而且手术中有突然死亡的风险，这两样我父母都受不了。保守治疗虽然复发可能性大，但费用少得多，即使慢慢死去，父母也不会感到太突然。"接下来，在保守治疗中是用对病情缓解率达60%的进口药，还是用缓解率只有30%的国产药，他再一次选择了价格便宜的后者。

这个22岁的年轻人，几乎是以自己生命的加速燃烧，减少父母不堪的重负。他更以这燃烧的生命火花，为父母送上他最后的温暖。

父母在北京的临时住处离医院有4里路，为了节省每趟来回4元钱的车费，他们总是走着来走着去。顾欣劝不下，心酸。父亲回老家筹钱的日子，为了少让母亲往医院跑，又免她一个人在屋子里孤单，他便请同学把母亲最喜欢的电视连续剧《大长今》刻成光盘，送给她看。

病情严重时，他的口腔红肿溃烂，疼痛得无法进食，但那天吃饭时，看到母亲忧伤的目光，他立刻端起一碗粥，大口大口地喝下。母亲笑了，他也笑了，护士却把头扭向一边抹泪，只有她们知道，顾欣吃下这碗粥需要忍受多么大的痛苦！

母亲在儿子眼里总是最美丽的人，看着不到50岁的母亲在短短几个月的时间长满一头白发，他的心很疼。他去世前5天，执意让母亲染了头发，他抱着母亲高兴地大叫："看妈妈多年轻！"

身遭厄运的顾欣，以他对亲人、对生活、对这个世界的爱，将厄运燃烧成生命的一道奇葩，这动人的美丽温馨着他身边的每一个人

他同病房的两位病友都是70多岁的老人，他称他们为爷爷。他常为爷爷们倒水端饭，老人夜里上厕所，他也起身帮助。平日里不输液的时候，他就像一只快乐的小鹿，在每个病房之间穿梭，有谁心情不好，他就陪着坐上一会儿，讲个笑话逗人开心。他还时常帮助护士端药递水，有护士下夜班，他就跑出去为她们买回早点。

他生命的后期，由口腔感染而扩散为面部蜂窝组织炎，脖子和脸肿得一般粗，极度疼痛，且高烧不退，但他在医生和护士面前从没喊过一声疼。有一天晚上，他服降温药后不断发汗，一晚上换了10身病服。护士看着他虚弱的样子，很难过，他却劝慰她们："没事，我很好。"还开玩笑说："我生病以前可帅了！"

顾欣在北京的十几位大学同学自他生病起，每天轮流到医院来陪他。起初，他们都很伤心，但很快就被他的乐观所感染，他们在一起听歌、唱歌，说未来，谈人生，每一个人记起的那些时光都充满了光彩。

11月4日，在一位同学的帮助下，顾欣见到了他最喜欢的歌手羽泉二人，他们送给他一张新出版的羽泉CD，还送给他一个日记本，扉页上写着一行字："小欣，希望你能把自己的快乐记录下来……"

羽泉走后，顾欣捧着日记本陷入了沉思。几天后，他把挚友潘磊找来说："我想假设哪一天我不在了，就在这一天给我爸妈写一封信，第二年的这个日子再写一封，如果我能坚持40多天，就能写到我父母100岁的时候，我希望他们每年能读一封，一直读到百岁，这样我就安心了。"潘磊鼓励他："写吧！"

然而，就在第二天，顾欣的病情突然恶化，连续10多天高烧40度不退，他感到胸前像堵着一块大石头喘不过气来，几次望着枕边的那个日记本，却无力把它打开。

11月24日下午，他再一次把潘磊找来，让父母等在门外，单独与这位朋友断断续续谈了很久，潘磊含着泪离开了病房。

第二天，搜房网站上出现了一封令无数人震撼的"顾欣绝笔：谁来拯救我的父母？"

"每晚，总要假装先睡，让陪护身边的父母也能早点休息，偷偷地睁眼，看着父亲母亲熟悉的却憔悴的面容，眼泪禁不住地往下流……"

"……此时此刻，我不求我能活着，虽然我知道没有了我，父亲和母亲不会真正开心地生活，但我只希望父母能健康无忧地终老。"

"谁来帮帮我的父母，让他们能无牵无挂地活着……"

"绝笔"信发表的第二天——11月25日晚8时，顾欣走了，他是躺在母亲的怀里走的。走时，他的脸憋得通红，攥着拳，蹬着脚，使足全身的力气喊出了最后一句话："爸爸妈妈，我太爱你们了！下辈子，你们给我当儿子，我要把所有的爱都给你们！都给你们……"他慢慢地闭上了眼，脸上挂着两行晶莹的泪水。

11月28日这一天，北京的风出奇地大，树上的叶子落了一地。
顾欣的骨灰扬洒在北京的风中，随他飞扬的，有亲人、朋友、同学、护士、同病房的爷爷们为他送上的像火一样燃烧的鲜花。

顾欣该是微笑地走了，因为在他的身后，是一片爱的潮涌

"顾欣绝笔"自搜房网发出至今，点击率已有 5 万多人次，数百人在网上留言，这个 22 岁年轻人所表达出的爱心，在无数颗爱心中得到回响。

顾欣，你一定听得见网友们滚烫的话语吧——

"亲情总是让人感动，凡夫俗子亦能谱出人性最美的乐章——大家加油！关心身边的家人，关注每一个值得我们关注关心的同类。"

"珍惜我们的生命，珍爱我们的父母，善待我们身边每一个爱我们和我们所爱的人。让人间多一点温情。"

在这滚烫的话语之后，是无数双伸向顾欣父母的援助之手。在顾欣走后短短几天，这对善良的老人接到了来自各地的人们打来的电话。

一位叫康铁军的人说："我来自一个非常普通的家庭。我想捐点钱，捐不了很多，但人多力量大，众人拾柴火焰高，相信难关总会渡过！"

一位姓范的山东姑娘说："我在北京打工，明天就发工资了。我想捐点钱，人间自有真情在，希望你们多保重！"

顾欣搜房网的同事们，在短短 3 个小时内，就把两万多元捐款送到了他的父母手中。他们还自制了一张爱心卡送给两位老人，上面写道："有我们在，你们将不孤单！"

是的，顾欣的父母绝不孤单。网上的募捐活动已经如星星之火越燃越旺，听一听这些发自内心的表达吧——

"希望我们一起帮助顾欣实现他的愿望！"

"我希望我可以尽点绵薄之力，我也把这帖发给了我QQ上所有的朋友，让他们也尽一点力。"

"震撼！怎么帮助他们？我愿意和大家一起献上一份爱心！"

"让我们共同努力，给顾欣带来微笑，给他的父母带来慰藉！"

顾欣的朋友们——一群像顾欣一样阳光的男孩女孩，因了顾欣的爱，而焕发出了更宽广更深厚的爱，他们对顾欣的父母说："爸爸妈妈，你们失去了一个儿子，可还有十几个孩子，顾欣对你们的爱也是我们对你们永远的情感！"

得知两位老人将返乡的消息，他们恳求道："把顾欣在北京的手机号保留吧，我们替他缴费，让我们还能感觉到顾欣在我们身边！"

22岁的顾欣，终究由一颗早晨的太阳化为了一颗飞逝的流星。他匆匆而过，却为这个世界划出了一道美丽的光线，在活着的人们心中留下了恒久而温暖的生命"绝唱"……

（新华社北京2005年12月4日电　新华社记者张严平、吕诺）

采访手记

天使

  总忘不了为采写这篇稿子，我和吕诺在寒冷的冬夜里顶风冒雪奔波在北京街头的情景，总忘不了在采访顾欣往日的朋友时，纤瘦的吕诺哭得泣不成声……

  当一种生死之托是出自一位青年人临终的双手，当一种回望是一个儿子对父母最后的诀别，当一种付出是以全部的爱凝聚的生命"绝唱"，它便迸发出一种永恒的人性光芒。

  人性的真善美该是我们生而为人最高贵的秉性，该是我们生活中最温暖的阳光，该是我们生命幸福的永恒源泉，同样，也该是我们记者眼睛永久的凝望。

  采访的点点滴滴在稿子里已经得以展示，此刻只想用一句话作为追忆——"流星是愿望的使者"。

2024 年 4 月

异国"红色恋人"
——记夏庇诺、刘静和夫妇

冬日温暖的阳光洒落在这间不大的客厅,把立在电话机旁的一帧微微发黄的黑白照片涂上一层淡淡的金色,格外迷人。

这是一张47年前的结婚照。

新郎长着一副标准的欧洲人的面孔,突出的额头、幽深的眼窝,嘴角上挂着的微笑,透出一份自信与幽默。新娘则是一个典型的东方女性,线条秀气的脸庞、细长的眼睛,嘴角间的笑意甜美而又含蓄。

日月如水。照片中的新郎已经永远地走了,他于12年前离开了他的妻子和他们的孩子,到另一个世界去了。新娘仍健在,且已是84岁高龄的老人。

日月如梭,人可以老去,可以死亡,但生命中的崇高与美丽却永远年轻而鲜活。这张照片中的英国共产党党员迈克尔·夏庇诺与中国共产党党员刘静和就是创造了这份永远年轻和鲜活生命的一对夫妻,一对异国"红色恋人"。

在爱泼斯坦的家，他们一见钟情

　　1951 年初春的一个夜晚，赴美留学刚回国不久的刘静和应她在美国结识的老朋友后来华工作专家爱泼斯坦之邀，前往参加他的一个家庭晚会。这可称得上是一个国际家庭晚会了，应邀前来的不仅有主人的中国朋友，还有他的好几位来自不同国家的在华工作专家朋友，大家交谈、唱歌、跳舞、听音乐，十分热闹。

　　就在这个晚会上，刘静和第一次认识了后来成为她一生伴侣的英共党员迈克尔·夏庇诺。那是一双多么善良、慈爱、充满智慧的眼睛啊！至今，静和老人还清楚地记得初见夏庇诺时的印象。

　　当时已是三十多岁的刘静和从不曾刻意想过婚恋、家庭之事。她祖籍福州，出生在上海一个清苦的小职员家庭，14 个兄弟姊妹，她为老大。这个位置使她过早地为父母承受了艰辛与操劳，也更多地造就了她的独立与坚强，她从没想过为找一个依靠而去找一个男人。她凭着自己的努力，一路拿着奖学金从教会中学读到金陵女子大学，1936 年再以全国第一名的考分走进了门槛甚高的协和医学院，1940 年又考取了带有奖学金的美国明尼苏达大学攻读科学硕士学位。

　　她的生活经历使她年轻的心灵充满了强烈的革命意识和爱国激情。在美国读书期间，除了完成学业、应付艰辛的生活外，她积极地投入了在美进步留学生为自己的祖国和民族所从事的各项活动中。她曾因为给解放大军渡江筹款而被美国当局抓起，下了驱逐令；她曾被当地广播电台指为共产党而遭到国民党特务的盯梢跟踪。也就在这一时期，她结识了当时任职记者的爱泼斯坦等一批同情中国人民革命的美国人士。

1949年，新中国诞生了，刘静和欣喜若狂，她决定回国。这时她已获得了美国哥伦比亚大学的博士学位，当时的美国政府不愿让有知识的中国人回去，他们给刘静和开具了极富诱惑力的居留条件：任大学副教授，一个月100美元，一年内成为美国公民。刘静和淡淡地一笑，谢绝了。届时所有的客船票已对要回国的中国留学生封锁，于是，她费尽周折托人买了去挪威的货船票，从纽约上船，经夏威夷、日本、菲律宾……到香港，再到北京，整整走了四个多月。

新中国以温暖的臂膀拥抱了重归故土的海外游子，刘静和被分配到刚成立不久的中国科学院心理学研究所工作。她全身心投入她的研究领域，至于个人的婚恋之事她似乎忘了，以至于当她同一位男同事常常一起研究课题到很晚而传出猜测的"佳话"时，她听后竟一脸茫然。

然而，在今天这个夜晚，那双善良、慈爱、智慧的眼睛让刘静和心跳了，她知道，她爱上了这个人。几乎是在同时，迈克尔·夏庇诺也爱上了眼前这位有着细长眼睛、充满灵气的中国姑娘，他爱得近乎铁板钉钉，他在心里用刚学会的中国俗语告诉自己："是的，我可以娶她做老婆！"

与夏庇诺的一见钟情包含了太多的必然的因素！这是刘静和与夏庇诺交往、结婚、生活多年之后体味得越来越深的感触。

夏庇诺生在乌克兰的一个贫苦的家庭，3岁时随父母迁往英国伦敦的工人居住区，备尝劳动人民的艰辛。他18岁考入著名的伦敦经济学院，1933年毕业，1934年加入英国共产党，这期间，德国希特勒上台，他作为《世界新闻》的记者前往德国采访，回国后发表了大量揭露希特勒统治真相的文章，并经常深入码头、工厂向工人演讲。他历任英共伦敦区委书记、英共建筑师委员会书记等职。1949年6月，中共毛泽东主席致函英共主席波立特，请他派遣具有宣传报道经验的党员来华帮助工作。于是，1950年初夏庇诺和另外三名英国共产党员来到了北京，夏庇诺被安排在新华社对外部工作。夏庇诺对此感到十分兴奋，他曾阅读过很多有关中国的书籍，对中国人民的革命斗争心驰神往。

夏庇诺、刘静和，他们的生活经历、思想基础、理想信仰有着多么惊人的相似！刘静和老人至今相信，他们当年在爱泼斯坦的家一见钟情是积淀了他们多年的生活理想而迸发出的爱情火花。他与她，似乎早已在彼此寻找等待……

1952年8月12日，他们结婚了。像所有的中国人一样，他们男穿中山装，女着列宁服，买了一包水果糖，办了自己的婚姻大事。他们在一间配有一张双人床、一张桌子、两把椅子的平房开始了他们的新生活。只是，这对同为共产主义信仰走到一起的幸福的人儿做梦也没有想到，数年之后他们遭遇了来自共产党内部敌人的残酷迫害。

在那个漆黑的夜晚，他们一别就是5年

时光摇曳到1968年。当时与夏庇诺一同来华的英共党员都已陆续回去了，迷恋中国而又深爱妻子的夏庇诺决定留下来，一辈子生活在这片土地上。当时的外交部长陈毅元帅曾亲切地称夏庇诺为"半子"，是"中国的女婿"，夏庇诺为自己与中国有这样的关系感到幸福快慰。

他除了承担着新华社对外部大量的繁重工作外，还在英国出版了十万字的《变化中的中国》一书，介绍了中国的社会主义改造和经济建设成就。他还参与了《毛泽东选集》英译本2-4卷、刘少奇的《论

共产党员修养》等著作和中共八次全国代表大会英文本的改稿定稿工作。他把参与这些工作看作自己一生莫大的幸福。

然而，就是这样一位把自己后半生的全部心血和热爱奉献给中国的国际主义战士，在十年浩劫中遭遇厄运。

刘静和老人永远记得1968年冬天的那个漆黑的夜晚，时针指在12点上。夏庇诺和她像往常一样各自在灯下工作，这时有人敲门，是新华社的一个人，对夏庇诺说："社长找你。"夏庇诺二话没说，立即披衣出门，因工作的事半夜被叫在他已习以为常，那是无论几点钟他都是随叫随到的。或许是女性特有的敏感，或许是近一时期社会上的各种迹象，这一晚看着丈夫走出家门，刘静和心中有一种不祥的预感。她匆匆追了出来，还没来得及说什么，只见丈夫的身影已消失在漆黑的夜幕中。

预感兑现了。三个小时之后，再次来人，刘静和与两个还未成年的儿子夏乐迈、夏乐进一同被押到了北京卫戍区的一家饭店。

她和她的丈夫面临的将是一场怎样的灾难呢？刘静和思忖着。但她终究没有想到，在这个漆黑的夜晚，与夏庇诺匆匆的一别竟是整整5年！

刘静和与孩子被关在一间门窗都糊了红纸不见天日的小屋里，门口有持枪哨兵看守。一天、两天……一个月、两个月……她心疼地看着分别只有10岁、14岁的两个正在长身体的孩子，请求是否能让孩子出去或到屋顶上也可以，晒晒太阳。请求遭到拒绝。她决定因地制宜，想办法让孩子运动。她要来一些旧报纸，用每天早上送来的棒子面粥把报纸搓成球，让孩子在地上滚。同时她还给孩子们制定了日程表，定下每天几点滚地球、几点学习。两个懂事的孩子一丝不苟地按着妈妈的要求去做。他们对人生不幸的承受力超出了他们幼小年龄的几倍、几十倍，他们多想知道爸爸在哪儿？多想知道他们何时能获得自由？但他们为了不加重妈妈的难过，从不问一个字。只是多年以后，刘静和无意在大儿子当时的日记中看到一句话："心急如焚。"

这样的日子足过了有一年多，刘静和与孩子被放回家。这时，她已得知丈夫以"国际间谍"的罪名被关押在狱，关在哪一所监狱，她不得而知。而此时她并未获得自由，新的精神折磨又开始了。

她每天从上午8点到12点、下午2点到6点，都要被四五个人同时审讯，主要内容是审问她在美国读书期间的各种活动。"某年某月某日，你与什么人在一起吃早饭？""某年某月某日，你给什么人送了一件什么东西？"……天啊，她在美国所有的进步活动都成了特务嫌疑的罪证。她白天被审讯完，晚上还要写出交代材料，夜以继日，轮番被威逼。刘静和痛苦不堪，脑袋时时像要爆炸似的，她几乎要发疯了。这时，她想起了她的丈夫夏庇诺不止一次给她讲过的，一个共产党人要能经受住各种险恶的考验。她这时已经入党12年，她要做一个像夏庇诺说的那样的共产党人，她决心好好活下去。她开始在每天白天受审、晚上写完交代材料之后，就坐上附近的103路电车，一直坐到头，再坐回来，为的是能多看到一些人，看到沿途的世界，给脑子换一个空间，以保持精神的平衡，不致发疯。

就这样，刘静和挺过来了。

再往下的日子，对于刘静和来说，已不称其为苦。她被下放到湖北农村干校，孩子留在北京由人统一看管。在干校，她天天做着男人做的体力活，种棉花，劈柴，推小车，挑担子，看不出她瘦弱的身体，当年能挑着二三百斤的担子跑十几里。她精通医学，每天晚上放工后别人休息了，她就开始义务为大家巡诊、送药、按摩。共产党人走到哪里都要为人民多做事，这是她的生活准则。只有在夜深人静时，她会痛楚地想到她的夏庇诺，他在哪里？他现在怎样？他的身体能承受得住吗？……一个又一个问题在她脑子里旋转着。但有一点她是从不怀疑的，那就是夏庇诺对于共产主义信仰的坚定。"迈克，多保重，你一定要坚持到太阳出来的一天！"她不止一次地为不知身在何处的丈夫送去心灵的慰藉。

5 年后的第一次相见，夏庇诺望着两个已不相识的儿子问：谁是小迈？谁是小进？

日子在刘静和的心里如滴血一般滴过了 5 年。1973 年初的一天，刘静和接到通知：带孩子去监狱探望夏庇诺。他们母子三人来到了秦城监狱，他们这还是头一次知道他们最亲爱的人 5 年来关押在此。夏庇诺走来了，穿着一身灰色的狱服，老了，矮了，步子很慢很慢，唯一没有改变的是他的一双眼睛，还是那样善良、慈爱、智慧。

四双眼睛紧紧交织在一起。5 年啊，1825 个日日夜夜！当相会的一天终于来到时，竟是能听得见彼此呼吸的令人心碎的沉默。这是梦吗？夏庇诺深情地凝视着自己的妻子，一动不动，他似乎想说什么，但没有说出来。慢慢地，他把目光转向孩子，用宽厚的手臂揽住了他们，他与孩子曾一起度过多少快乐的时光，一起游戏，一起唱歌，一起在妈妈的指导下缝棉被。5 年前他们尚不及他的肩膀，现在却长得和他一样高了。他看看这个，再看看那个，终于说出了四人见面的令人心酸的第一句话："你们谁是小迈，谁是小进？"当得到孩子的答复后，他紧紧地搂住他们，眼睛潮湿了……

周恩来总理得知了由"四人帮"一手制造的夏庇诺等一批外国专家的冤案，指示立即放人。夏庇诺终于走出了秦城监狱的大门。

这一年的3月8日，中联部、外交部在人民大会堂为外国专家及其夫人举行了一次庆祝"三八"国际劳动妇女节的纪念会。周恩来总理亲自出席并发表了重要讲话，他代表中国政府对被迫害的外国专家赔礼道歉。他端着酒杯依次到受迫害的外国专家面前敬酒，他说："今天是来纠正我们的错误。"当周总理走到夏庇诺面前向他敬酒时，第一句话就是："你受委屈了！"夏庇诺这位坚强的共产主义战士，坐冤狱5年第一次见到妻子孩子他没有哭，然而，此时此刻他的泪水夺眶而出。回到家中，他对妻子说："一个党、一个国家能够宣布并改正错误，这是这个党和国家成熟壮大的表现，这样的党就更值得信赖，这就像你的父母做错事给你道歉，你当然会更爱他们。我虽然吃了苦，但毫无怨言。"

夏庇诺重新投入到他在新华社的工作。但是，狱中5年使他身心受到了极大摧残，他患了严重的帕金森氏综合征。静和老人回忆，那时他无论坐着、站着、吃着饭、说着话，随时都可以晕倒，家里就像一个小急救站，只要他一倒下，每一个孩子都知道要紧急做些什么。夏庇诺病情发展很快，不得不长期住院治疗，那些日子，刘静和除了忙工作，就是跑医院、跑药房。

就在这样沉重的时刻，新的更沉重的打击向她袭来，他们的18岁的二儿子乐进右腿患了骨癌，医生意见是必须截肢。乐进动手术那天，刘静和在手术单上痛心地签了字，她抱着最后一线希望对医生说，如果开刀化验结果不是恶性，一定不要截肢。她等在手术室门口，她多盼望从里面出来的儿子仍然有两条完整的腿！两个小时后，手术室的大门打开，儿子躺在车上被静静地推出来，她轻轻地掀开盖在儿子身上的白布单：右腿没了。就在这时，躺在车上的儿子冲着妈妈笑了，笑得那样甜、那样柔情，他是在安慰妈妈啊！坚强的刘静和此时再也控制不住，泪水潸然而下。她为儿子心痛并骄傲！多少年之后，静和老人都无法忘记儿子的那一个令她心碎的笑。

刘静和开始在丈夫和儿子住的两个医院之间跑，跑了足足有一年多。儿子活下来了，回到家里；丈夫病情暂时稳定，也回到家里，而此时的刘静和却被病魔附身，她患了乳腺癌。当她得知自己的病情后，没有给丈夫透露一个字，只是告诉他，她这个周末要去体检，两天后回来。她星期六早上8点到医院进了手术室，手术完在医院待了一天，星期一早上8点回到家中。此时夏庇诺已从孩子嘴中知道了妻子的病，当他躺在床上看到妻子脸色苍白地踏进家门，眼泪一下子流了出来。

夏庇诺出狱生活了13年，病了13年，到最后的两年，他已经完全不能下床。而这时他还得了大肠癌，一天腹泻十几次，常常刘静和刚给他清洁完，转身他又泻了。静和老人回忆，那些日子，她除了白天忙，晚上就搬个椅子、抱着研究课题，坐在家里的过道上，一边看材料，一边彻夜守候在丈夫的房间门口，每两小时为他翻一次身，他有什么动静就赶紧去招呼，困极了她就靠着椅背打个盹，整整两年，她一天觉也没上床睡过。

夏庇诺不止一次对人讲，他的妻子是一位温柔而坚强的中国女性，他为有这样的妻子而感到深深的幸福。但同时对于他来说，这幸福中有太多的心痛，他心痛妻子为他所付出的巨大操劳。1986年9月，夏庇诺在他去世的前两天，深情地对妻子说："你让我走吧。"两天后——9月29日夜，夏庇诺心力衰竭，抢救无效，告别人世。

邓小平同志曾在1985年1月18日新华社于人民大会堂举行的祝贺夏庇诺75岁寿辰和来华工作35周年的盛大招待会上发来贺信，高度赞扬夏庇诺同志"不愧是坚贞不屈的国际主义战士和中国人民久经考验的真挚朋友"。夏庇诺逝世第二天，北京市人民政府向他追赠"北京荣誉市民"称号。

夏庇诺走了。很久很久，刘静和沉浸在巨大的悲痛中，她常常捧着她与夏庇诺的结婚照片久久地凝视。

如今已是84岁高龄的刘静和仍然生活在夏庇诺善良、慈爱、智慧的目光中，她把对夏庇诺的深切怀念化作了忘我地工作。十几年来，她倾心致力于小学英语、小学数学的教学研究，做出了引人注目的成果，其中她主持编写的《现代小学数学》实验教材，是内地唯一一套被回归后的香港特区政府选做特区小学课本的教材。她说："只要活着就做事，做事就快乐。"她相信，夏庇诺一定会为她这样快乐地活着而高兴！

（1999年新华社特稿）

时代面孔 ▸ 新华社领衔记者笔下的人物肖像

✐ 采访手记

当你老了

特稿是新华社专供特定报刊杂志的稿子,这一类稿件的采写,记者对题材有更多的选择空间,它对于我的业务成长道路有着特别的锻炼与积累。

刘静和、夏庇诺的爱情故事,是我记忆中的一个红色传奇,像温柔的花朵,又像肖然挺立的岩石;像星空下的甜美夜曲,又像暴风雨中的闪电。当我坐在优雅、温暖、幽默的刘静和老人面前,听她平静缓慢地讲述着幸福与痛苦交织的往事,心仿佛沐浴在高高的蓝天上洒落的光芒中。

她讲夏庇诺孩子般的单纯与明亮;讲他们第一次相识彼此一见钟情的幸福;讲夏庇诺遭遇厄运期间,她内心的煎熬以及对光明从不动摇的信仰;讲夏庇诺出狱后历尽磨难归来依旧少年的广阔胸怀;讲夏庇诺生命最后的岁月他们相濡以沫的深情……

在这一对异国"红色恋人"中,我看到了什么?是爱情的甜美,还是信仰的坚定;是苦难的风雨,还是辽阔的大海?我第一次开始领悟,真正的幸福是一种包含着痛苦的价值,立足于真实的人生,深刻而持久的灵魂的喜悦;真正的力量来自内心的坚定与优雅。

望着刘静和衰老而美丽的面庞,望着她的小客厅墙壁上夏庇诺目光明亮而深情的遗像,我的脑海里渐渐浮现出叶芝那首《当你老了》。

当你老了,头发白了,睡意昏沉

炉火旁打盹,请取下这部诗歌

慢慢读，回想你过去眼神的柔和

回想它们昔日浓重的晕影

多少人爱你青春欢畅的时辰

爱慕你的美丽，假意或真心

只有一个人爱你那朝圣者的灵魂

爱你衰老的脸上痛苦的皱纹

……

想起当初新华社对外部主任周立方在写给我的推荐采访刘静和的信中说："这位老人非常温文尔雅，亲切和蔼，定能给人以很大的教益。"多么幸运，我采访到了这位老人。她和她的夏庇诺先生给予我以及每一位读者的教益恒久绵长。

这篇特稿被多家报刊以专栏方式刊用，刘静和读过文章后特别请我再一次去到她的家里，不谈稿子，只聊家常，并亲自下厨为我煮了一碗她家乡福建的特色美食"肉燕"。临到快走时，她跟我说了几句话："我很感谢你，不只是因为你为我们写了稿子，更是因为在这篇稿子中我看到了你对我们这段人生的理解，我为有你这样一位小知音感到欣慰。"

我很感动，说不出话来。我多么地感谢刘静和，她和夏庇诺的人生故事让我理解了，两颗美好灵魂的爱有着怎样穿越时光的恒久；一种高尚的信仰有着怎样坚如磐石的力量！

2024 年 5 月

时代面孔 ▶ 新华社领衔记者笔下的人物肖像

"雕刻时光"里的浪漫故事

北京大学的成府街是一条幽静的小胡同,胡同两旁挤满了大大小小、青砖青瓦的旧式民居,在这片民居中,有一家名为"雕刻时光"的小咖啡馆,馆虽小,名气却不小,北大、清华的学生,电影棚的导演、编剧都是这里的常客。不仅因为这里的咖啡香,还因为这里和咖啡同时令人心怡的有书、有电影以及弥漫在每一个角落的家庭般的惬意与温馨。

咖啡馆的老板庄松洌、老板娘李若帆就是我们今天故事的主人公,朋友们都称他们为阿洌、若帆。

一直梦想做电影的台湾仔阿洌,在北京开了咖啡馆

阿洌剃个小平头,戴副眼镜,手里拿着半块面包,边吃边向我打招呼:"对不起,正在解决早餐。"他歉意地笑着,转身从房间的一角端出两杯热咖啡,一杯放在我面前的小木桌上,一杯自饮。其时为上午九点,他说昨晚三点睡的觉,天天如此,我这才注意到他两只眼

睛布满了红丝。听我说明来意，他笑着直摇头："千万别写我，我不是一个什么了不起的人，我只是普通男人中的一个小男人。"最终没有拗过我的诚意，这个小男人还是讲了他的故事。

阿冽1969年9月13日生在台湾云林县乡下，高中毕业后服过三年兵役，之后在酒店做了半年"小弟"（服务员），还写过一本卖不动的书。然而，他最钟爱的是电影，他相信自己终生相随的也将是电影事业，大陆的一位亲戚知道了他的心思，就给他寄了一份北京电影学院的招生简章，用阿冽的话说，他"一不小心竟然考上了"。于是1993年初，从没见过雪的阿冽只身来到了北京，来到了天寒地冻的北方，成为北京电影学院93级导演系的学生，也是这个学校有史以来招收的第一个台湾籍本科生。

谢飞、郑洞天等一批颇具声望的老导演都曾任过他的老师，能做他们的学生自然是一种福气，从台词、小品起步，一直到阵势壮观的电影拍摄现场，阿冽大开了眼界，电影的无与伦比的艺术力量，使他更深地沉醉其中。临近毕业，老师让全班每个同学写一个剧本，从中选出的好本子将由学校拍成片子，供教学课欣赏。阿冽写了一个电影剧本，名为《林间路》，取材于同班同学的父亲的生活，讲述的是一个看林人平凡而执着的生命历程。看过本子的人都很感动，阿冽自信本子会被老师选中，为投拍这部电影，他从家里筹得了十几万元人民币。没想到他的本子最终落选了，据说，不是水准不够，而是因了他一点也不通窍的人事关系。那一夜，他和几个好朋友到一家小餐馆举杯"痛"饮，大醉而归。

剧本压进了箱底，从家里筹来的十几万元钱用来做什么呢？阿冽想到了开咖啡馆，这曾是他心仪已久的念头，他在电影学院上学时，经常到坐落在北大成府街的万圣书园转悠，有时买下一大批书，真想立刻找个地方坐下来先睹为快，当然对于又渴又累的他，最好还有一杯不贵的咖啡相伴。可惜的是，偌长的一条成府街，就是找不到一个这样可以坐坐的地方，偶尔到城里，倒是有不少可以喝咖啡的这"吧"那"吧"，但他心里不认同，一杯咖啡几十元甚至上百元，让人有一种被拒之门外的冰冷的感觉，求人不如求己，现在他有能力了，他决定用手中的这十几万元钱开一家让读书人喜欢的咖啡馆。

这个念头，对于酷爱电影并极为推崇电影大师塔克夫斯基的阿烈来说，也是圆了他心中的一个愿。小时候，阿烈住在台湾乡下，看到每个村子村口的大榕树下都有座小土地公庙，庙旁边是旧凉亭，农民可以随时进庙里用两块月牙形的竹根问卜。这幅画印在了他心里。阿烈说，"开咖啡馆也是为塔克夫斯基造个小庙，任何人累了都可以进来歇歇脚。"在阿烈的眼里，宁肯被驱逐而不肯屈服、半辈子流放在欧洲的苏联导演塔克夫斯基，是为信仰和艺术而献身的人，他拍的电影虽然不商业，但非常炽烈。塔氏有一本关于电影反思的书，名为《雕刻时光》，意喻"把时光记录在胶片里"，阿烈的咖啡馆便借用了这个名字，"我希望人们在这个小咖啡馆里留下自己的时间和烙印"。

美丽清纯的老板娘，是他在新疆旅游的途中"碰"上的

1997年是阿烈的生命中值得纪念的一年，在这一年中，他完成了人生中的两件事：开咖啡馆、结婚。

说起跟太太李若帆相识的过程，阿烈的话语里透着一分故作漫不经心的自得："在旅行的时候认识了，就好上了，一不小心就结婚了。"

第四章　行者

其实，阿沩的爱情实在有着像在电影里才会计划出来的情节。

爱旅游的阿沩在电影学院上学期间，利用寒暑假跑了许多地方。大三那年的暑期，阿沩想去新疆玩儿，路那么远，得找个旅伴，于是他跑到北大三角地贴了张征友启事，北大地质系的一名女士应约而来，两人结伴踏上了西行的火车。刚进新疆，遇上发大水，火车没法走，停住了。等车开的时光让人着急，他们在车厢里窜来窜去，偶尔在一节车厢里碰上了北京服装学院的三个女生——甲、乙、丙，她们也是去新疆，于是五个人结伴而行。重新启动的火车把他们带到了美丽的天山脚下，蓝天、白云，开满鲜花的一望无际的草原，让这群年轻人心醉。在这如诗如画的大自然怀抱中，爱情悄悄地钻进了两个人心里，四个同行的女孩中，最终成为阿沩太太的是后来碰上的三个女孩甲、乙、丙中的丙——湖南姑娘李若帆。阿沩把他们的相识相爱归结为一种缘分，"爱情是命，你跟谁碰到一起是说不定的。如果不是去新疆，如果没有遇上发大水，如果……"，阿沩一口气说出的好几个如果，让人觉得他们是命中注定的一对。

这其中有个小细节，足让阿沩回味至今。五人结伴旅行中，一日若帆的衬衫被雨水浇湿，而换洗的一件还未干，她知道阿沩带了好几件衬衫，便托阿沩出发时的旅伴替她向阿沩借一件，阿沩从包里随手抓出一件，这一件上面印有很多"鱼"的图案，鱼在阿沩的眼里是一种吉祥的东西，时至今日的阿沩说，"那一刻已隐喻了我们的今天。"在阿沩看来，爱情是可遇而不可求的，能遇上一个相互倾心的人，实在是一种福气。

阿沩的父母得知儿子有了意中人，希望从小漂泊惯了的他早些安定下来，就催他们快些结婚，于是第二年两个人毕了业就奉父母之命速速成婚。这边忙着婚礼，那边记挂着咖啡馆开业的种种细节，整整一个夏天，两个人忙得不亦乐乎。1997年11月28日，阿沏新婚燕尔，"雕刻时光"咖啡馆正式开张，双喜临门。

谈话间，横隔在咖啡馆后面的一扇布帘掀动，走出一位年轻的女子，着一条宽松的背带牛仔裤，罩一件灰色的开襟毛衣，一头长发自然地披在脑后，没有一丝粉脂的脸上一双含笑的黑眼睛十分动人。阿沏介绍说，这是我太太李若帆。若帆拉把椅子坐了下来，给人的感觉就像是校园里一个还没毕业的学生。

在阿沏的眼里，若帆是一个不矫饰、清纯天然的美丽湘女，"该温柔的时候温柔，该发脾气的时候发脾气，很好，好得不得了。"而在若帆的眼里，长她三岁的阿沏是一个心地单纯、真诚而又有主见、有梦想的充满活力的大男孩，跟他在一起，快乐幸福。有意思的是，他们俩的血型都是 AB 型，自认性格安静一些的若帆说，"或许我身上的 A 型多了一点，阿沏身上的 B 型多了一点，我们俩是你中有我，我中有你。"

这两个分别出身于大陆、台湾有着不同的文化背景的夫妻，都为自己的生命中遇到另一半而感到幸运、幸福！

充满魅力的个性风采，使"雕刻时光"成为京城的唯一

阿沏说，"雕刻时光"是我和若帆共同的一个孩子，我们为它倾注了父母之爱，备尝养育的艰辛。最初一无所有时，为在成府街找到这个小门脸，阿沏在挥汗如雨的 6 月，无数次地奔走于这条青石板铺就的小巷子里，一遍又一遍地挨家挨户地敲门，用这种最原始的方法

终于找到并租下了这间房子。接下来就是设计装修，整整折腾了近五个月，等开完店，两人手里已是分文不名，仅靠每日的流水维持生计，不懂经营的这对老板、老板娘常常是早晨还没睁开眼，就要紧张地盘算这一天买食品的钱够不够。阿冽说，最艰难的时候，他不得不出去给人打工，用在外挣来的钱养活这个小咖啡馆、补贴家用。

买空调是阿冽夫妇最"伤心"的记忆。由于是老式民居，没有冷暖设备，这对于一个咖啡馆显然是不可以的，他们决定买空调。在用电紧张的北京，电器增加到一定数目，就要缴纳增容费，这可是一笔近两万元的不小数目，阿冽急得直挠头。有明白人指点，托托关系，走个后门，可省不少钱。阿冽暗喜，立刻动用了他认识的好几个朋友去走这个后门，结果答谢朋友的客请了好几顿，增容费却东借西凑一个子儿也没少。明白人笑他痴，说他找的关系都不够硬，阿冽一脸自嘲的苦笑。增容指标办下来后，接着就是买空调，手上已拉着一笔账的阿冽在商店各种名牌空调之间转了半天，最后一咬牙走了出来，到朋友介绍的一处地，买了一台二手空调。这台空调可把阿冽夫妇整苦了，装上第二天就出了毛病，赶快找人修，修好没三天又坏了，再修，前前后后也不知折腾了几次。若帆是个小女孩，自然没经过这磨难，看着这台破空调，想想自己一天到晚累得半死，又做大厨，又跑前台，还有洗涮、采购一大堆杂事，每天都要忙到下半夜，怨气不打一处出，冲着阿冽又嚷又哭，当天就给阿冽断了炊，惊得阿冽直叫：娶个太太竟然不烧饭！自认大男子主义浓厚的阿冽，坦言大陆"女权"的高涨令他收敛，所以尽管若帆一急他也急，常常俩人吵得热火朝天，但最后都是他先收兵，好言相慰，即转涕为笑，说到底，还是那份彼此的爱让他们归于平和。

坎坎坷坷，像个学走路的孩子，"雕刻时光"终于以它独一无二的文化品位在幽静的小胡同里扬出了名，客人走了，又回来了；一个客人走了，又带来了两个、三个……周二、周四晚上的电影日，四个以上的客人都要提前预约位子。

这是一个怎样的小咖啡馆？轻轻推开它的门，你似乎是走进了朋友的一个客厅或是一间书房，靠近门的前半部分，散落着几张铺着红白小方格布的圆桌和藤椅，两边的墙上挂着电影海报和各式的出自女主人手的银制的小工艺品；拾级而上的房间后半部分围墙环绕着三排高大的木制书架，书架上立着各式的旧书籍，电影的、诗歌的、文学的、工艺的、美术的，留着男女主人读书时代的印迹；书架中间安放着一张大书桌，上面斜倚横躺着众多不同文字的杂志、画报，还有许多外面不容易见到的珍贵的中外名家的画册。

阳光透过临街的落地大玻璃窗暖暖地洒落一屋，咖啡的香气伴着柔美的音乐在空气中弥漫着，这里的咖啡都是手磨的，而且一定是追求品位的主人挑遍市场专门购买的德国咖啡。你可以随意从书架上取一本好书，伴着一杯不贵的香浓咖啡，坐在圆桌旁埋头读去；你也可以在书架、书桌前随便翻翻看看。这里的每一个客人你或许都不认识，但你会感觉似乎随时都可以和他们谈天说地，在这个充满了家庭氛围的小空间里，人与人贴近了。

放电影的晚上是客人最多的时候，阿冽不放流行片，他放的都是学院派的老电影，有阿莫多瓦的《窗边的玫瑰》，塔克夫斯基的《镜子》，安东尼奥的《蒲公英》，等等，这些高品位的电影培养了一批忠实的、固定的观众。

咖啡馆的营业时间是上午九点到晚上十二点，但来这儿的人常常为这里自由、温馨的氛围所沉醉，坐到晚上两三点钟是常事，有人建议他们严格关门时间，但他们不忍心这样做，阿洌说，这就是我们的家，朋友到家了，当然应该享受自由、松散的家居温暖。

在这个小咖啡馆里，嗅不到商业味，也没有宣泄和消沉，有的是淡淡的相知，淡淡的自勉，与其说咖啡馆的主人是在从事商业活动，不如说他们是在经营着艺术和人文精神之美。"雕刻时光"是北京第一家有书有电影的咖啡馆，更是北京第一家充满了家庭温情的咖啡馆，它强烈的个性魅力使它成为京城的唯一。

阿洌夫妇不愿仅仅围着"孩子"转，他们各有着自己的梦想

"雕刻时光"是阿洌夫妇的孩子，但阿洌说，我们不想仅仅围着"孩子"转，若帆和我都各有自己的梦想。

阿洌的梦想还是做电影，他的小咖啡馆有着浓郁的电影情结，他不仅放电影，而且一直在组织一些电影论坛活动。"雕刻时光"开业一周年时，《红樱桃》和《红色恋人》的导演叶大鹰在这里与北大、北京电影学院的大学生们会面，叶大鹰受到了大学生们的强烈攻击：巨额的拍摄投资，失败的商业炒作，收不回来的成本，而叶大鹰本人则据理力争，两方争执不下。阿洌说他办论坛的目的达到了，"艺术就是要打架，不打架是出不来好片子的"。

他目前正在筹备"雕刻时光"电影工作室，十来位电影的理想主义者紧密地结合在一起，做点务实的事情。现在大家为电影厂写剧本，计划在筹得资金后，就进入制作阶段。阿洌手上现已写出两个本子，不是那种吵闹的，是很清悠的一种，这是阿洌喜欢的风格。阿洌说自

己做了一年多的咖啡馆老板，开始从物质的角度去领略如何制作一部出色的电影。但对于未来，阿测没有那种风风火火，他甚至有点忧郁，他坦白由于自己从小生长在相对单一、有着浓郁的家族氛围的环境，而对目前的人际关系感到困惑，比如电影圈业内人士的门户之争，自称朋友的人借钱可以一借不回，等等，都令他很无奈。他说，他实际上是一个很内向的人，有时面对他无法适应的纷缤世界，他就想买一片农场，养几头牛、几匹马，与老婆生几个孩子，安安静静过日子。不过，他年轻的身体里始终流淌着的一种创新的欲望，使他对自己又充满了信心。他说，他不怕走弯路，走弯路比走直路爽快，因为弯路上风景多，他宁愿把时间浪费在弯路上，也不愿在直路上省时间。他的目标还是要做电影，他称自己"像伏在草丛中的狮子，随时准备扑向我的猎豹"。

　　对于安静、灵秀的从小的理想是站在中药铺的柜台上给人称药的若帆来说，"雕刻时光"给了她所向往的所有美好的感觉，她似乎觉得千百年前就生活在这里，这儿不仅是她谋生的方式，更是她生活方式的一部分。每天看着各式各样的人来喝咖啡、读书、聊天，她不时地为他们做点什么，她有一种十分的快乐，但若帆毕竟是现代社会熏陶出的女孩，她不想停留在目前的生活状态，她还有许多聪明才智渴望去展现。她对美、对时尚有十分敏锐的悟性和精辟的见解，她认为，时尚不是出来一双厚底鞋便满街都是厚底鞋，时尚是一种个人化的东西。大学四年还给了她相当水准的手工艺品的设计和制作技巧，为此她想成立一间工作室，做一些小木雕、银饰、皮制的手工艺品，以求在一个更大范围内实现自己的美学理念。自称有一点点大男子主义的阿测对太太的想法却是全力支持，他不想束缚若帆的发展空间，只让她围着"孩子"转，他愿意她有更多的展示美丽的天地。

问阿洌、若帆会一直在北京生活下去吗？阿洌用力点点头。他说，我喜欢像北京这样有历史的城市，同时是一个正在发展中的、生气勃勃的城市，这样的地方给人以厚重，又能激发人的创造力。他坦言，他常常想起家乡，想起台湾云林乡下的老榕树、小土地庙、凉亭，"不过我已经不太喜欢台湾那种海岛的、小巧的、精致的、柔媚的……味道，我爱北方，广阔的土地上有笔直的白杨树。"

若帆在一旁睁着一双孩子般清澈美丽的大眼睛，开心地笑……

（1998年新华社特稿）

时代面孔 新华社领衔记者笔下的人物肖像

采访手记

短稿子更磨炼笔力脑力

《人民日报·海外版》拿到这篇特稿的初稿后，编辑孟晓云给我打来电话，说稿子写得很好，但因为版面字数是确定的，所以需要再改得短一点。我很快改出了第二稿发去，短了不少。第二天，孟晓云又打来电话，希望稿子再精练再短一些。我有点茫然。

孟晓云是人民日报著名记者，她的稿子文采斐然，文笔细腻，深得读者喜爱，她的名篇《胡杨泪》曾荣获徐迟报告文学奖，我是她的忠实粉丝。真没想到有一天我的稿子能落到"偶像"手中，面对她的要求，我很想做好，但又觉得一篇小稿子不必费那么大的劲儿，不行就不用了吧。

她大概听出了我的想法，那天，她在电话上跟我非常诚恳地讲了一番话。她说，把稿子写长了不难，把稿子写短不容易，它需要惜字如金，不能有半点赘话，包括一个不恰当的标点符号。越是能练习把稿子写短，越能磨炼一个记者的笔力和脑力。这就像一个箱子，箱子很大，你什么杂七杂八都可以往里装，很容易，但是如果一个箱子很小，你就只能花力气动脑筋挑选那些最好的宝贝往里装，那这一箱子便都是精品。现在由于版面字数问题，不正可以打磨精品吗？我在电话这边默默地听着，脑子豁然开朗。是啊，不是有那么一句格言吗，"简洁是智慧的灵魂，冗长是肤浅的藻饰"。

之后，我按照她的要求再次对稿子每一个字、每一个标点符号做了精心删改，得到她的热情鼓励。稿子在《人民日报·海外版》刊发后,"雕刻时光"咖啡馆成为当时北京年轻人的"打卡地"。

我至今没有见过孟晓云,但她给予我的指教一直铭记心头。因为这篇稿子,她亦成为我成长道路上的一位"大编辑"。

做记者这么多年,除了新华社范围,因为工作需要,我有不少稿子曾被社外的同志审阅,至今印象最深的是刘汉俊同志,他不仅是一位出色的宣传干部,还是一位激情与文采并重的散文家,我的一些稿子当年经过他手时,总能得到他简明切中的指点与鼓励。《索玛花儿为什么这样红》《我的"中国心"》《张云泉:爱因信仰而璀璨》等多篇稿子,都得到他有价值的意见。

一个记者就像一棵树,能长起来,需要经历的东西太多了,而这一路遇到的每一个给予我帮助的人都是为我施肥灌水的人啊。

2024 年 5 月

时代面孔 ▸ 新华社领衔记者笔下的人物肖像

张严平典型人物报道的个性化采访与多样化写作

张严平继承并发展了穆青开创的优秀典型人物报道传统,本文通过对其作品采访特点、作品特色等进行全面深入分析,试图找到其作品生命力所在。

一、张严平典型人物报道的总体特点

(一)丰富的典型人物取材

2000 年以来,张严平共写了 60 位典型人物,这些典型人物来自社会生活的各个阶层,所反映的人物精神既有某一社会阶层的共性,又独具个性色彩,大致可归入"党的领导干部""知识分子""基层群众"形象系列。

基层群众是张严平采写最多,也是她最为倾注感情报道的一类典型人物,占 65%。展现了在社会生活各方面的小人物身处平凡却又高尚的人生追求，他们的出现增强了"草根"阶层对典型人物报道的认同感，丰富了典型人物报道的题材。

（二）浓郁的中国气派

纵观张严平所采写的典型人物，尽管形象各异，但他们所代表的价值体系与中国传统的主流价值观一脉相承，这在张严平所采写的三个系列典型人物中都有具体的表现，区别只是每一个典型人物的价值体系中被突出或侧重表现的方面的不同而已。

在她的笔下，典型人物的无私奉献并不是圣徒式高不可攀，而是通过人物的语言和与周围人的互动，把人物拉回热腾腾的社会生活。信访局长张云泉给上访的老人洗脚，老人摸着张云泉的头说，这一辈子，儿女都没给他洗过脚，但今天一个共产党的局长为他洗脚，死了也闭眼了。在当前少数党员干部奢侈腐化的社会背景下，典型人物的高调色彩让人们发自内心地折服。

（三）为小人物立传

自"感动中国"推出以洪战辉、徐本禹等为代表的"草根"阶层的小人物之后，立即为典型人物报道注入新鲜的活力，小人物与读者的心理与情感的接近性，赢得了全国观众的认可与好评。

张严平对小人物典型倾注了巨大的热情和精力。如果把她采写的知识分子和省、市级以上的典型人物排除在外，那些大多身处基层的小人物占其报道总数的三分之二以上，张严平善于发现他们身上所蕴含的时代所稀缺的闪光品质，并致力于为这些小人物立传。

二、典型人物的个性化采访

新闻界有"七分采,三分写"的说法。张严平说:"好的采访是好文章的一大半。"在长期的典型人物采写实践中,她深入现场挖掘典型人物的独家信息,突破框框用心感受典型人物内心世界,形成了自己鲜明的个性化的采访作风和方法。

(一)深入现场挖掘独家信息

张严平坚持"用脚采访",强调记者深入现场,获取第一手材料。"第一,要记大量的笔记,包括我所看到的,我当时所感受到的东西都随手记下来。第二,多问、多记、多听、多看、多跑路,不光把这个事弄明白了,我要把这个事背后,这个人的心弄明白了。"要做到这些,只靠看看材料,跑跑介绍典型人物的座谈会显然无济于事。张严平采访每一个人物一定要想办法与他多待在一起,脚踏实地,不走捷径,使她的典型人物报道在与传媒同行的竞争中拥有更多的独家信息。

张严平不畏艰险走进采访对象的生活和工作环境之中,获得了大量的区别于其他记者的关于典型人物的一手采访素材,这些包括很多鲜为人知的独家细节。张严平采写的典型人物分布于祖国各地,其中又以中西部不发达山区的穷乡僻壤为多。她到青藏高原东南部被称为"生命禁区"的雀儿山采访高原养路工陈德华;采访马班邮路的王顺友,在"文字记者全部撤退"的硬命令前,她再三恳求,成为唯一走到最后的文字记者和女记者。靠身临其境,用脚采访,使张严平的人物采访拥有大量独家的事实信息,从而使整个典型人物报道具有了可信可亲的力量。

第四章　行者

　　张严平的采访对素材的采集不厌其详，除了对典型人物本身的采访，突出对他们的生活环境和周围人的采访，渴求第一手新闻素材，对于那些已经故去的人物更是如此。在陕西采访刘易，张严平每天穿行在刘易曾经走过的山间小路上，进出于刘易走过的小村子和刘易生前治过病的每一个农户家里。每一个采访对象的每一句话、每一个小动作甚至每一个表情，以及现场的每一个细节，她都要记在本子上。有位医生讲述他和刘易徒步几十里在杜家山村绘制村民居住图的情节时，张严平执意要走一圈原路，到最偏僻最远的一个村子——云山寺。

　　而获得独特感受的第一步，就是随典型人物一起走，进入他的生活，只有这样，记者燃烧的激情才会在报道中得到升华。张严平在采访感悟中写道："深夜，我躺在帐篷里，听着回荡在大山中的风声、水声和半夜远处的狼嗥，辗转反侧，一夜无眠，泪水静静地淌下来。在这个高原的夜晚，我终于触摸到我一路寻找的一颗心。这是一颗如阳光一般温暖、明亮、灿烂的心啊！……这次采访本身，也让我深刻体会到：生活永远是记者心灵的源泉。"

　　典型人物报道不是好人好事的堆砌，事迹只是表象，采访中要进入人物的精神层面才能把人物写得令人信服。张严平采访的动力是心中不断出现的对于典型人物所作所为的种种疑问，从人物具体的一言一行直至人物的内心。

　　采访导弹司令杨业功，她曾有过种种疑问。首先是对人物的好奇，一位导弹部队的将军，距离百姓的日常生活是那样的遥远和陌生，他带给我们的将是怎样的感动？未知详情，充满疑惑，与读者的疑问十分合拍。带着这个"谜"，她到了部队，"将军是一个什么样的人？他威严吗？他发起火来是什么样子？他最快乐的是什么？他最不能容忍的又是什么？"此时，她的疑问是对将军言行、性格等层面的具体问题，旨在写出将军是千百万军人中的这一个。随着采访的深入，具体的疑问逐渐解决，记者的采访由此上升到人的信仰和精神的层面，"将军为何而生，将军为谁而生？"精神层面的疑问主导整个采访过程，使记者能够在更深广的层次上思考问题，由此决定了整个典型人物报道对读者的说服力和吸引力。

值得注意的是，这些疑问并不是记者在采前准备中经过深思熟虑的采访问题，而很多是来自采访现场的类似灵感闪现式的疑问。在采访王顺友的过程中，"当我骑在马上，走过一段最险的山道时……脑子里不断闪现着一个念头：他凭了什么？他为了什么？在这个朴实的乡邮员心里，该有着怎样执著的信念？又该有着怎样炽热的忠诚？"记者在采访现场面临万丈悬崖的切身体会，才让她对一年中有300多天跋涉在这种险境中的主人公产生这种强烈的疑问。可以想见，如果不到现场，即使记者准备再多的问题，也不会比身处现场这一刻的疑问来得更真实更紧迫。

（二）突破框框用心感受

张严平的采访，十分注重自身情感的介入，面对不同的典型人物，她把自己的切身体会带入自己的采访，不受典型人物高大全定势思维的局限，因此，采写的人物鲜活而富于个性。

对采访感觉的强调，突出了记者情感参与的重要性，也就是记者的主观性，每个记者面对典型人物时，由于年龄、阅历、受教育程度、价值观和立场，以及所在的媒体性质、所服务的受众等诸多因素的差异，主观感受是千差万别的，这种差别决定了典型人物报道的丰富多彩。记者的主观感受在多大程度上摆脱了干瘪的宣传味和受众心理中存在的对典型人物既定的"刻板印象",关系到作品的成功与否。

"我觉得我取舍的东西,首先就是我取第一感觉,最鲜活那个,没有任何概念的,这是我最最重视的东西,因为这个东西进入稿子以后,这个人物就会活起来了。"正是不受先入为主的主题先行的干扰,忠实于自己的第一感觉,张严平采写的典型人物才突破了传统典型人物报道的框框,不做作,不粉饰,自然流露出典型人物平凡生活中的伟大。

张严平说,"了解一件事不难,但要了解人的内心非常不易。写人物通讯,不了解这个人的内心,不能感知他的世界,就算知道他的故事,也都是游离的,没有生命力。"因此,她致力于进入典型人物的内心世界。

三、典型人物报道写作的多样化表现

(一)大胆灵活的叙事手法

张严平善于把人物放在现实广阔的历史背景上,还原典型人物生活的典型环境,通过一系列复杂的矛盾冲突,多侧面多角度地刻画人物。在刻画人物的时候,把这些人物与当时的处境联系起来,把他们放在特定的诸种社会关系中,使人物血肉丰满,富有强烈的时代感和真实性,而在每一个矛盾和社会联系中,展示出人物性格的一个侧面,从而表现出人物性格的丰富性与复杂性。

《张云泉:爱因信仰而璀璨》一文,张严平把张云泉置于人与人之间多重而复杂的矛盾中,对人物性格进行多侧面的刻画,使人物形象呈现立体化。

电影叙事诉诸观众的视觉听觉，具有形象的可视性，通过描绘具体、生动和可感的视觉形象实现自己的审美目的。同时，运动是电影审美功能得以表现的根本所在，在叙事电影中，人物的强烈动作性是一切运动的核心。这些都对典型人物报道的写作具有重要的借鉴价值。蒙太奇和长镜头是电影创作的两大基本方法，是影视创作特有的叙事手法。

张严平把长镜头语言引入写作，通过细致的刻画，用不间断的镜头记录人物在一段时间内的运动状态，遵守了空间的统一性，记录了人物活动的原生态，复原了生活流程，把真实的生活自然地呈现出来，从而保证了细节的完整性和真实性。

《张云泉：爱因信仰而璀璨》一文中，作者将镜头对准接待信访的张云泉，不断变换人物活动的场景，市政府门前、接待室内、三轮车上、医院，远景、中景、近景、特写景别变换自然流畅，连用13个动词，表现人物一连串的动作，特别是张云泉对待老人"抱、擦、端、送、看、揽"等动作细节的描绘，写出了父子般的亲情，视觉形象鲜明，具有强烈的现场感，真实刻画了一位共产党的信访干部对普通百姓的真挚感情。在她的多篇作品中，正是因为这些聚焦人物的长镜头抓住了人物的动作，并用简洁的语言准确描绘，才让典型人物的形象过目难忘。

张严平在她的典型人物写作中突破传统通讯文本结构的限制，采用电影叙事语言中的"蒙太奇"手法，多变的时空按照开掘人物精神内涵的内部逻辑重新组接，以此来推动人物性格的形成和故事情节的发展，共同表达一个主题，超越时空限制的叙事带给通讯写作更大的表现空间。

（二）独具魅力的语言

下功夫锤炼语言，提高语言的驾驭能力，是老一辈新闻工作者穆青对典型人物报道的切身体会，张严平秉承了这种传统，并进行了多方面的探索。

张严平采访过的典型人物遍布祖国各地，有川、贵、陕、苏、黑、吉、京、沪、港等地大半个中国，她在写作中巧妙运用各地不同地域特色的语言，为她的叙述和人物语言增添了独特的魅力。

"真实的生活从来都是在最平淡无奇中显示出它的不可摧毁。麦子黄了要割，布谷鸟叫了要播种；是土地就不能荒芜，有耕耘才有收获——这是一种信念，更是一种力量。在灾难的底色上跃动的永远是生生不息！……这片灾难中的土地，仿佛是从几千年里穿过雷雨、穿过烈火、穿过万般磨难走来的我们刚毅的父亲、我们坚韧的母亲，厚重的躯体里偾张着一个民族的血脉。

没有什么力量能摧垮这样的土地。明天，太阳照常升起……"

在《献给汶川：明天，太阳照常升起》中，作者在文尾毫不掩饰自己的主观感受，寓情于景，以景带情，极大地鼓舞了尚在地震伤痛中的人们，自有一种动人的力量。

四、结论

根据新华社一项问卷调查显示，68%的被调查者认为当前典型报道的主要问题是"都是优点，没有缺点"；61%的被调查者认为是"模式化、概念化",诸如"空话、套话多""对典型人物的个性特点挖掘不够""对典型人物的时代特色挖掘不够"等。如何克服这些不足,让典型人物报道保持生命力,成为新闻舆论引导必须面对的问题。而张严平的采写实践从内容到表现形式,取得多方面突破,给当前典型人物报道以诸多启示。

首先是拓宽典型人物报道范围,张严平偏爱小人物,尤其是《严平走近》开设以来,乡村教师、找水英雄、石窟守望者、防疫员甚至是入殓师等,都进入了典型人物的报道视野,树立一批新的道德标杆,对促进各阶层的相互认识、了解以及社会和谐具有重要意义。

其次是还原典型人物的"人间烟火"味,张严平在写出人物崇高精神的同时,努力把人物拉回家庭,如木讷的王顺友在寂寞的马班邮路上给妻子唱情歌,还原了典型人物家庭的感情生活,表现人性的丰富和美好,拉近与受众的心理距离。还有形式上的引用书信体写作,通讯、手记、感悟,和众人眼中的典型人物等多篇章组合报道。这些都为当下中国典型人物采写树立了新的规范。

(原载《新闻业务》,作者为张文波)

> 记者心路

采访，采访，再采访

人物报道最重要的是什么？我的回答只有两个字：采访。做记者久了，常会听到有同行笑言："严平，你现在采写人物稿一定跟玩似的，驾轻就熟，小菜一碟。"我苦笑。

我太知道自己几斤几两，怎么会有"小菜一碟"的轻松呢。坦诚地讲，写了一辈子人物稿，但每一次接手新的人物，我都像一个新记者第一次接受任务一样，兴奋，紧张，新鲜，期待，一切从零开始，不惜全部心力投入采访。因为人物采访就是心灵的探险与发现，稍有懈怠，有价值的东西就会悄然失去，我必须绷紧全部神经抓住它。

记得有一次，与一位年轻记者一起去采访一个人物，她说，这次可以近距离学习严平老师的采访诀窍了。结果一圈艰辛的采访下来，她惊讶道，严平老师使的全是笨功夫啊！不漏一个线索，不漏一处地方，不漏一个人。

是的，我的"诀窍"就是这种笨功夫——采访，采访，再采访。诚然，这并不意味写作不重要，但这就像一棵树，采访是根，写作是枝干，你越希望枝果繁茂，你的根就越要扎向深处。生活与人是我们记者生命的源泉，在这个源泉中，根扎得越深，我们的人物报道才会越枝挺叶茂，生机勃勃。

（节选自作者在《新华微讲堂》的讲课内容）

第五章　群山

　　天安门前英雄纪念碑上的群雕"英灵塑像",宛若一首气势恢宏、英魂浩荡的交响乐,向我们传递着中国革命历史上千千万万的先驱勇士用生命谱写的英雄壮歌。

　　文字同样可以组成群雕,无论他是将军还是士兵,无论他是农民还是读书人,也无论他是官员还是百姓,在大时代的烈火与长风中,凝聚在一起的每一个生命便有了历史赋予他们的永恒的意义。

明天，太阳照常升起
——献给汶川灾区的父老乡亲

还有什么比山摇地裂家破人亡更让人战栗？还有什么比房塌地陷生离死别更让人悲怆？这战栗与悲怆该是长歌当哭，落泪成河……然而，这一切太深太深了，深到骨子里，深到血脉中，深到无人能够抵达的心底。

于无声处，所有的泪水凝聚成一种浴火重生的力量。

走过汶川，走过北川，走过青川，绵竹、绵阳、什邡、都江堰……一路走过，记者看到，在这片土地上生活的父老乡亲们，一双双眼睛里闪动着沉静、坚毅和不屈；在满目疮痍的废墟之上，已有飘动的炊烟、新播种的玉米、新插秧的稻田。

生活，在巨大灾难的创痛中顽强地翻开了新的一天，太阳照常升起……

骤然的黑暗中，依然有不灭的光亮

在北川大山深处的陈家坝乡，我们见到了36岁的乡党委书记赵

第五章 群山

海清。他个头不高，戴副眼镜，眼里满是血丝，嗓子沙哑，头发乱蓬蓬地竖着，一只裤腿卷到膝盖，一只裤腿踩在脚底，白色的汗衫在泥灰与汗水之下，早已不见了本色。

在一片安置返乡群众的蓝色帐篷前，他与几个乡干部正打仗一般地穿梭着，直到他冲到马路对面，抓起一瓶矿泉水咕嘟咕嘟地往下灌，才猛然咧开嘴僵硬地朝我们笑了笑。

疼痛瞬间弥漫了我们的心，面对他的笑容，就好像面对着正在流血的伤口，这个看过去像一个大孩子似的男人，在地震中失去了3位至亲的人——父亲，母亲，5岁的儿子；妻子重伤住院，双腿面临截肢。

要有一种怎样的力量，才能吞咽这样的悲伤？

最初的回忆是简洁而冷静的。他说："地震那一刻，地摇山崩，飞沙走石，漆黑一片，等睁开眼，乡办公室的一楼没了，二楼变成了一楼。"

接下来的记忆让他开始激动。他讲述了，当他冒着滚滚尘烟冲上大街，看到乡政府所在的龙湾村已被夷为一片平地。他扯着嗓子喊出第一句话："是党员干部的全部站出来！"

一个，两个，三个……五个……十五个……所有活着的党员干部，没有一个临阵脱逃。就是这样一支危难时刻挺身而出的队伍，成了陈家坝乡在最黑暗时刻的光束。他们最先救起了乡小学校大部分幸存的孩子，又翻山越岭赶到大山另一边的村庄抢救伤员、转移群众。老弱伤残无法行走，他们便用脊梁背，山路难行，背不起，他们就把人捆在身上，从山上往下爬，一爬就是十几个小时，从早晨爬到天黑。

最初与外界隔绝的日子是孤独而不安的，13日瓢泼大雨的那个晚上，赵海清和干部们把群众安顿在临时搭建的棚子里，他们则背靠背在大雨中坐了一夜，他感觉那是他生命里最漫长而寒冷的夜晚……

他忘不了那个傍晚，乡派出所那辆警车上的收音机忽然有了信号，他们终于听到了如母亲般的党和政府的声音，在场的每一个人都哭了。

赵海清讲了震后陈家坝乡的惨痛。全乡因山体大面积严重滑坡，致使 500 多人遇难、1500 多人失踪、上万人无家可归。

他讲了人民子弟兵如何帮他们打通道路，救治伤员，疏散群众。

他念叨不停的是眼下返乡群众生活的安置，有多少人没有帐篷，还有多少家没有锅，麦子收了多少亩，油菜籽收了多少斤，能种的地还有多少……

他讲了很多很多，但只字没有说到他的家，直到我们轻轻地提了一句，他的眼圈一下子红了，嘴唇张了张，一声哽咽，泪如雨下。

他掏出手机，给我们看他儿子的照片，那是一个大眼睛一副顽皮模样的男孩子。他说，儿子特别喜欢北京的鸟巢和水立方，12 日早晨，他从北川的家中出门时，还特别对儿子许诺，过两天就请假去买奥运门票，到时候带上从没有坐过飞机的妻子、父母，全家飞到北京看奥运。儿子高兴地搂住他的脖子狠劲地亲，还说了一句："爸爸，路上小心点！"然而，仅仅过了 7 个小时，竟成阴阳两界。

这个从师范学校毕业当过老师的人袒露出更多细微的内心。他说，地震后，他想到了北川的家，多想赶回去，哪怕给妻儿、给父母伸出一只臂膀。然而，他心里很清楚，危难时刻，陈家坝乡一万多干部群众更需要一个带头顶事的人。

他默默地把所有牵挂、不安、痛苦的猜测统统压在心底，甚至不愿想、不愿打听。如果那必定是一种残酷的结局，就让那结局晚一点再晚一点地被证实吧。他就像一只把头埋进沙子里的受伤的鸵鸟，拼命地工作……直到他从朋友打来的电话里得知妻子重伤住院,得知儿子和父母全部遇难。

那个晚上,他带着一包纸,在月色里悄悄爬上一块岩石,面朝北川的方向跪下,给死去的父母重重地叩了三个头,一张一张地烧光了纸,双手捧着存有儿子照片的手机恸哭……

赵海清低下头,抹了一把眼泪,猛然间又抬起头来:"知道吗?陈家坝是出红军的地方,是出英雄的地方。当年红军长征路过这里,带走了好多人。今天这片土地,依然有着红军的血脉。只要还有人,我们就会坚持下去!"

阳光照着他挂着泪迹的脸。

他继续说下去:"逝者已去,活着的人一定要好好地活着。我还有一个责任,就是要让陈家坝的乡亲好好地活下去!快乐地活下去!"

"你的快乐在哪里呢?"

"大家快乐我就快乐!"

深深相信他的话。因为在这片灾难的土地上,我们见到了太多像赵海清这样的乡村基层党的干部,他们在痛失亲人的同时,臂膀间挽起了更多乡亲的安危。

在都江堰向峨乡,我们听到,在地震袭来时,乡党委面对自己遇险的干部亲属,做出了一个果断而痛苦的决定:"先救学校的娃娃!"60多名娃娃得救了,8位乡干部和4位干部家属失去了第一抢救时机再也找不回生命。

在什邡市仁和村,我们得知,村党支部书记周辉在母亲遇难后,来不及回身瞻望,便冲上废墟,组织全村党员干部成立了"党员自救队"。4天后,他把母亲的遗体埋葬在山冈的一棵大树下,用两块砖头做了个记号，含泪说道："妈，等把乡亲们都安顿好了，我再回来看您老人家。"

在北川县柳林村，我们看到，这个与外界封闭数日刚刚被解放军二炮工程兵打通道路的小村庄，废墟之上早已高高飘扬着一面红旗，上面写着"共产党员抗震救灾突击队"；地里的麦田全部收完，玉米已经下种，村里的孩子们都进了临时搭建的"战地小学"。

还有什么比嵌入土地的基石更坚不可摧？！英勇地站起来——在山崩地裂的危难中，他们是最前沿的坚持；在骤然的黑暗里，他们是不灭的光亮。

如石子如草般普通的人，迸发出土地赋予她们的最坚韧的力量

在绵阳市最大的受灾群众安置点九洲体育馆，我们见到了一位来自北川县曲山镇大水村的妇女，名叫吴红，今年37岁。她长得又瘦又小，个子大概不足一米五，站在那里就像一段枝条，仿佛一阵风就能把她吹倒。

让我们大为吃惊的是，就是这个小小的农家妇女，在地震发生后，像一只顽强的领头羊，带着大水村老老少少20多个村民，在两山相撞、河流消失、家园毁灭、到处是塌陷裂缝的大山中，艰难跋涉16个小时，安全转移。就是这个小小的农家妇女，在救出乡亲的同时，一个人默默承受着丈夫、儿子双双遇难的巨大伤痛。

她给我们看了一本她没有写完的日记。这个爱读书爱看报、平日里总喜欢记点什么的乡下女子，在5月12日记下了她一生无法忘怀的景象——

"吃过中午饭,我和爸爸在地里干活,突然间天昏地暗,地就像转圈,整个山和地都在晃动,我们马上就与地一起往下陷,往下翻。紧接着,到处都是垮塌的声音,两面的山全往中间挤,马上就在河面上相撞。顿时一片浓烟升起,眨眼间河面不见了,河水没了,地形不在了,房屋倒塌,全没了,人也不知去向。

我拉着爸爸拼命地跑,随着地的晃动,我们就像荡秋千一样,地里到处是裂缝,一不留神就会掉到裂缝里。我一边哭一边跟爸爸说:我们要逃命!要镇定!要有信心!我看了一下山形,两边全是沟,一直不断地往下垮,我想只有顺着梁往上爬才是最安全的。于是,我们就一直往上爬,一边往上爬一边喊周围的人,让他们也顺着梁爬,我爬到半山腰的时候,已喊了20多个人。大地震过后,就是一次次余震,一片片山坡垮塌,整个天空一片浓烟。"

这几乎是用生命记下的日记,读来让人心头发颤。

吴红的日记一直记下去,记下她如何带领乡亲们手拉手绕过巨石、爬过裂缝;记下他们如何在暴风雨的夜晚紧紧依偎在一起互相鼓励,一直记到她把大家终于带出大山,走进受灾群众安置点,记到她返回北川县城寻找在那里打工的丈夫和上学的儿子……再往后,日记中断了。

她望着远方,泪流满面。

她说,当她赶到北川,看到她男人在建筑工地干活的那个隧道洞口早已填满了坍塌的石头;儿子上学的教室全部塌进了地下。那些日子,她跑遍了绵阳市所有的医院,但是再也没有找回疼她的男人、爱她的宝贝儿子。

男人,儿子,对于一个农家妇女,这就是她一生的命。现在,她的命没了……

她哽咽着告诉我们,她的家曾是村里人人羡慕的家。丈夫一年在外打工能挣两三万块钱;她在家里一个人种8亩地,养两个季度的蚕,还喂了20头猪和一匹马,去年,光养猪她就挣了差不多有2万元。她家的收入是全村第一。她的一双儿女更是优秀,不仅学习成绩好还懂事。凡此种种,让她成了村里耀眼的明星。

灾难,把这一切都毁了。

一直依偎在她身边的12岁的小女儿轻轻地拉起妈妈的手,她停止了哭泣:"我要好好地活下去。我父母在,公公在,女儿在,今后哪怕喝稀饭,也要让老人安心地活下去,让女儿完成学业。现在村里的干部都在前方救灾,我要在后方为村里多做事,我常对村民说,咱将来的大水村一定要建得比从前更美丽、更富裕!"

这个小小的、外表柔弱的农家妇女身上所蕴藏的百折不挠的生命力,令人震撼!活下去,顽强地活下去——就如风中的麦田,狂风袭来的瞬间,被打倒在地,然而片刻间,它又会奋力地向着天空重新挺起不屈的腰杆。

在安县,一位叫马开兰的农家妇女的故事,让我们再次体味了这种生命的坚韧。

家住高川乡泉水村的56岁的马开兰,自打两年前老伴病故,就与儿子一家相依为命。地震那天,她正坐在从城里返乡的公共汽车上。车毁了,她砸开玻璃窗跳出车外,一路狂奔赶回家中。家塌了,儿子遇难,儿媳妇生死不明,只有3岁的小孙子在废墟中嗷嗷大哭。她顾不上悲伤,背起孙子,跟上村民,向外转移。一路上白天黑夜,跋山涉水,10米宽的河水一直没到胸,不会游泳的她,一步倒下就可能再也爬不起来。她把小孙子高高举过头顶，像一个勇士一样一步一步向前迈去……3天后，她跟随村民们一道走进了县城。抱着孙子，回望远处家中的大山，马开兰的眼泪如决堤的水哗哗地往下淌。哭了很久，很久，她抹干脸上的泪，说出一句动天地的话："人在精神在！我要把孙子好好养下去！"

让我们记住马开兰、吴红这两个名不见经传的农妇吧。她们平常得就如山里的一块石子，一棵草。然而就是这般如石子如草的人，在天崩地裂的大难时刻，迸发出惊天地泣山河的力量。

死一百回，生一百回，地火在运行，野草是烧不尽的。这是土地的馈赠。

麦子黄了，布谷鸟叫了，灾难的底色上跃动的依然是生生不息

行进在灾区的路上，常常可以看到三五成群的农民背着包裹从各安置点返回自己的家园，这是他们自愿的选择。与安置点的吃喝不愁相比，返家的生活有着太多的艰辛，然而这似乎并不能阻止那如鸟归巢般的渴望。记得曾有一个农民大声地对我们说："麦子该收了，水田也要插秧，家里要牵挂的事多着哪！"

我们在陈家坝乡安置点遇到一位叫赵义富的老汉，他今年61岁，个子不高，精瘦精瘦的，眼神很亮，透着一股子倔劲。他的家在大山另一边的青林村，这个村也叫"红军村"，当年村里所有的青壮年都跟着红军闹革命去了，活了大半辈子的老汉，从没想到他引以为豪的家园有朝一日会毁于一旦。地震后，从废墟上爬起来的他，拉起老伴，踏着仍在垮塌的山体，一路跌跌撞撞向山下冲去，身后，他喂养了6

年的大红马仰天长啸，哭一般地嘶鸣着，老汉心里疼得直发抖。

在乡里的安置点上住了两天，这一辈子不懂什么叫失眠的赵老汉，两天两夜合不上眼。他的大红马，还有3头牛、20多头猪、16只羊……像走马灯似的在他眼前转个不停。

赶到第3天，天蒙蒙亮，老汉再也待不住了，腾地从地铺上站起身，对老伴说了句："不行，我得回去给牲口们放生，让它们自己找点东西吃。"

老伴哭了："没了路，你咋得回去？"

"我爬也得爬回去！"

说到做到的赵老汉真的是爬回去了。

大面积垮塌的山体，早已改变了原来的模样，所有通往村子的路全没有了，到处是塌陷，随处是深不见底的裂缝，踩在松垮的碎石上，根本站不住，走两步就要退一步。老汉一路几乎是匍匐在地，手脚并用地往前爬，尖利的石头在他身上刮出一道道伤口，手指磨出了血，一只鞋在攀爬中掉进了裂缝，整整3个小时，他终于爬回了青林村。

"地震把房震塌了，大石头把田卷了。我养的猪、牛、羊、马还在，圈舍没了。"

他走到家畜跟前，由于饥饿和恐惧它们已极度虚弱，那匹大红马悲哀地望着他，挣扎着站起来，舔着他的手，他落泪了。他松开马缰，解开牛鼻子，把猪和羊向一起拢了拢……又在废墟下翻出一口袋胡豆，撒在地上。然后，找出已经砸扁的水桶，用石头敲了敲，到半山腰的小河沟里取回两桶水，蹲在地上，挨着个看着它们喝饱了，又回到半山腰，再取回两桶水放在那里。直到太阳偏西，他才恋恋不舍地起身，离开这个已经成为一堆瓦砾的家，依然匍匐在地手脚并用，跋涉整整

3个小时，回到山下。

从这天起，每隔3天，赵义富老汉都要像这样每天山上山下来回爬6个小时回到青林村，给家畜们喂一次水。

"我一回去，它们就围着我嗷嗷叫，我背不起太多东西，只能喂点水，保住它们。"

望着老汉，我们惊异地说不出话来。他似乎明白了我们的心思，伸出手，一五一十地数叨起来："马喂起来要运输，猪牛羊价格好了，年底能卖3万块钱。虽说家都毁了，可日子总要过下去！"

什么是日子？日子就是一种精神，一种气概，一种始终奔向明天的希望啊！

走在灾区的土地上，我们几乎每天都可以看到这种一往无前、坚韧地把日子过下去的男人，女人，老人，青年和孩子。

在什邡仁和村，我们看到一对悲伤的父子，父亲失去了妻子，儿子失去了母亲。他们把亲人就地掩埋，那曾是她和他们温暖的家，在她的身边，烧着一炷香，摆着两碗酒。与此同时，他们开始清理所有可以再用的家具、木梁。那位木讷悲伤的父亲跟我们说了一句话："我晓得，她一定愿意看到我们重新生活，好好地活下去！"

在北川的许家沟村，我们看到一位32岁的母亲李春蓉，他们家靠丈夫打工挣下的14万元钱刚刚盖好的二层新房毁于一旦，她伤心得5天没有吃进一口饭。可当听说附近的村子有帐篷小学开学了，便四处奔波，到处打听，希望把9岁的女儿赶紧送到学校读书，她说："孩子的学业不能耽搁。什么都没有了，咱还有人！"

在去汶川的路上，一位女子半道搭了我们的车。她的家在水磨镇，刚从都江堰看望了安置在那里的父母、孩子，急着要赶回去。其实那里已经没有家了，房子全垮了。问她为什么不与家人一起留在安置点，她焦虑地说："地里还有十几亩油菜籽和麦子，眼看过季节了，要回去抢收。虽说值不了几个钱，可总是居家过日子的事。"

在映秀镇，我们碰到了一群刚刚从茂县解救出来的受灾群众，听说已经有好几天没吃到东西了。可就在这群人中，我们再次听到了那句让人耳根子发热的话，一位身上背着一个孩子疾步行走的中年男子气定心静地说："有人就不怕，日子一定会过下去！"

真实的生活从来都是在最平淡无奇中显示出它的不可摧毁。麦子黄了要割，布谷鸟叫了要播种；是土地就不能荒芜，有耕耘才有收获——这是一种信念，更是一种力量。在灾难的底色上跃动的永远是生生不息！

离开汶川灾区的那个晚上，不觉心里已有万般的不舍，这片灾难中的土地，仿佛是从几千年里穿过雷雨、穿过烈火、穿过万般磨难走来的我们刚毅的父亲、我们坚韧的母亲，厚重的躯体里偾张着一个民族的血脉。

没有什么力量能摧垮这样的土地。明天，太阳照常升起……

（新华社成都2008年6月2日电　新华社记者张严平、刘大江、张丽娜）

采访手记一

把那双眼睛抓出来

曾有人问，人物报道中是采访重要还是写作重要？我的回答总是：采访是第一位的，甚至我认为采访分量占到80%，写作占20%。但这个回答绝不意味着写作的容易，如果说前者的80%拼的是脚力，那后者的20%则是拼的脑力。而这20%的脑力会最终决定这篇稿子的成败。

我读过不少人物稿子，看得出采访很充分，但就是写出来的东西缺少打动人的力量。这其中的问题就在脑力。

人物通讯写作的落脚点是什么？用一句话说即是——"抓到那双眼睛"。

《明天，太阳照常升起》是一篇感动了无数人的新闻作品，但读者绝不会知道，它的写作过程恰恰是经历了"没有眼睛"的彻底失败而后重新完成的。这次失败的经历让我更加懂得了什么是"眼睛"。

采访"5·12"汶川大地震的情景，至今历历在目。

去到四川的头几天，我和刘大江、张丽娜一直笼罩在巨大的悲伤中，随处可见的残垣断壁，步步可触的死亡，第一次感觉到在重大的自然灾害面前人的渺小，我们几乎看不到光在哪里，不知道该采写什么，直到我们在陈家坝乡遇见年轻的乡党委书记赵海清。

赵海清在灾难中失去了包括5岁儿子在内的三位亲人，他咬着巨大的悲痛告诉自己："赵海清，你现在活下去的唯一理由就是为陈家坝乡父老乡亲多做事，否则，你现在就可以去死。"他带领乡党委一

| 时代面孔 ▸ 新华社领衔记者笔下的人物肖像

班人,没日没夜奋战在抗震救灾一线,陈家坝乡亲的安危冷暖是他活下去的全部动力。他说,陈家坝当年是出红军的地方,红军是什么?红军就是倒下去一个又站出一排的钢铁汉子!

这一刻,我们感受到了在灾难与死亡中的力量。

后来我们又遇见了仁和村党支部书记周辉,61岁的老汉赵义富,37岁的农妇吴红,56岁的村妇马开兰,以及众多灾难中的男男女女,他们身上迸发的那种打不烂、压不垮、顶天立地、坚韧不拔的英雄气概深深地震撼了我们。

采访就像冲刺在悲痛与激情的海浪中。

十多天下来,我们走遍了汶川、北川、青川、绵竹、绵阳等多地,采访笔记记了好几本子,心头塞得满满的。回到北京写作,我抱着采访本,彻夜无眠,在难以平静的激情中完成了初稿《遍地英雄》。

稿子交上去了,那天傍晚,部里通知我到社长办公室谈稿子。新华社一直有一个十分重要的"传统",就是对一些重要稿件,总编室总要召集有关人员进行"头脑风暴",对稿子"会诊"。我充满信心地走进社长办公室,心想,领导一定会基本肯定,然后指出不足,提出修改意见。然而,我一脚踏进门,感觉气氛不对,一屋子人神情严肃凝重,好一会儿没人说话。终于社长李从军开口了:"严平啊,你这篇稿子让我们很失望!"我好像被人当头一棒。紧接着是总编辑何平沉静的话音:"看得出你是想表达什么,但你没有表达出来。"之后,是各位副总编辑你一言我一语发表对稿子的批评意见。

我几乎懵掉了。硬着头皮听着,意见主要集中在这篇稿子事例丰富生动,感情饱满,看得出进行了艰苦细致的采访,但所要表达的主题不清晰,让人读后不得要领。

我着急而茫然，应该表达的主题是什么呢？

领导们你一言我一语不停地说着，不知在哪个话口，文学博士出身的李从军社长慢慢地背出了一首诗，是美国女诗人蒂丝黛尔的《像大麦那样弯下腰去》。

像大麦那样弯下腰去，

在海边低洼的田地，

迎着狂野的风歌唱，

不停不息。

像大麦那样弯下腰去，

又重新挺身直立，

我也会不屈不挠地，

从痛苦中站起。

我也要柔韧地，

不问昼夜多长，

把满腔悲哀，

化为歌曲……

我听着听着，突然脑子里像被闪电击中，心中潜伏的火种瞬间燃成炽热的火焰。我的眼前闪出一条大道，那就是稿子的方向啊！社长背完诗，其他人的意见继续不断地发表着，这时，我已经完全清醒，终于明白，稿子不应该只是仅仅罗列出一大堆英雄事迹，而是要在这海量的事迹中突出传达出那片土地上的人民"野火烧不尽，春风吹又生"的顽强生命力，传达出他们揩干净身上的血迹泪水，又重新站立起来，朝向明天的生生不息的民族精神。

晚上回到家中，我把初稿彻底抛弃，又重新摊开采访笔记，重新构思，重新选取素材，一个晚上一气呵成，第二天，稿子送到总编室。在下午拿回来的稿子上看到，何平同志对稿子又做了精心修改，把重复的例子以及文字表述上多余啰嗦的枝枝蔓蔓全部删掉，标题《太阳照常升起》改为《明天，太阳照常升起》。整篇稿子线条更加简洁有力，主题更加突出，"眼睛"更加明亮。这让我不禁想到雕塑家米开朗基罗的一句话："我在一块巨大的大理石上看到了大卫，我要做的只是凿去多余的石头，去掉那些不该有的大理石，《大卫》就诞生了。"那一刻忽然想到，记者的稿子有时就像一块粗糙的石头，在"大编辑"的手里东一刀，西一铲，去粗存精、删繁就简，抓出眼睛，最终才成就了一个好的作品。

当天，新华社发布重要稿件播发预告。这篇来自抗震救灾一线的长篇通讯，在社会上激起强烈反响。包括《人民日报》《中国青年报》《光明日报》《经济日报》《工人日报》在内的各大中央媒体以及全国近二百家报纸全文采用。时任中宣部主要负责同志刘云山当天在《新华每日电讯》头版刊载的这篇通讯上批示："催人泪下，动人心魄，以事实说话，以细节感人，弘扬伟大的抗震救灾精神，就要精心采写像《明天，太阳照常升起》这样的好文章。"

这篇稿子，成为汶川大地震中灾区人民顶天立地、抗震救灾、坚韧不拔、永远朝向明天的伟大民族精神的纪念。

作为一个记者，这篇稿子由失败到成功的写作过程，让我学到了很多。如果说采访是人物报道的基础，写作就是一锤定音，而这个音的高低优劣就在于能不能把那一双眼睛抓出来。

2024 年 5 月

采访手记二

在深入采访中升华自我

自去年发生"5·12"汶川大地震以来,我连续参加了新华社组织的几次大的战役性报道,与其他记者先后合写了《明天,太阳照常升起》《灾难中的四个中国女性》《走向希望的春天》《阳光依旧照耀着每一个心灵》等重点稿件。

回头总结这些稿件的采写过程,我体会最深的有两点:

第一点是一个记者只有在生活这座大金矿里不畏艰难地深入采访,才能发现和捧出生活的金子。

第二点是一篇稿子只有提炼出深刻厚重的主题,才能成为具有广泛影响力的精品力作。

作为一个记者,第一条是我的基本功,也是新闻的本质所要求的,这次抗震救灾报道,让我再次坚定了对于采访的忠诚。第二条是我作为一个普通记者有着很大差距的方面,这次抗震救灾报道,让我有机会好好地学习、补课、提高。

仅以稿子为例,把这两方面结合在一起,谈一下自己的感受。

去年,抗震救灾报道刚开始不几天,我奉命前往灾区采访。社里给我的指示是,要在已经播发的大量有关灾情伤亡抢救报道的基础上,做出具有新的深度和亮色的稿子来,使报道有所突破。

我一头扎进灾区,和分社记者刘大江、张丽娜等一道投入采访。一连几天,我完全被巨大的灾难和悲痛淹没了,不知道该写什么,该从哪里突破,特别是当我们最初接触到那些奋战在救灾一线的干部群众时,当我们小心翼翼地问道:"家里还好吗?"得到的回答竟几乎都是:"少了一个""少了两个""少了三个"……他们面无表情,声音平静。我痛苦不解地一遍遍在心里问:"他们的心难道都是石头做的吗?"

直到有一天,我们遇到了北川陈家坝乡党委书记赵海清。

他满身是土,头发像草窝,两眼发红,正在安置点紧张地忙碌着。当得知我们的来意,便给我们介绍起乡里的抗震救灾工作,谈了很久。最后我们轻轻问道:"家里还好吗?""少了三个……"他的父亲、母亲、5岁的儿子全部遇难,妻子重伤,将被截肢。他掏出手机给我们看他儿子的照片,一张又一张,心中的痛苦如决堤的洪水,呜呜地哭出了声。刚才那个镇定自如的党委书记不见了,这一刻站在我们面前的是一位失去了父母的儿子,失去了儿子的父亲。他说,地震后他多么想回北川的家看一眼,但是作为有着1万多父老乡亲的陈家坝乡党委书记,他必须为更多的人坚守岗位。

我们被深深地震撼了。就是在这一刻,我开始懂得灾区的干部群众。他们有太深的伤痛,他们把伤痛紧紧咬在心底,化为了一种力量。赵海清告诉我们:他现在只有一门心思为陈家坝乡父老乡亲多做事情,才能感受到活着的快乐。

接下来,还是在陈家坝乡,我们又遇到了后来通过我们的稿子感动了无数读者的天天冒着生命危险爬回大山喂马的赵义富老汉。

记得最开始我很不理解,为几个牲口冒这么大险,值吗?可没想到老汉掰着手指头给我们算起了靠着他的大红马和几头猪,下一步的日子就有着落了。

那一刻,我落泪了。

第五章　群山

我们终于看到了灾区之上，不泯的光芒。

在激情之下，我们很快写出了稿子。然而，思考不够，缺少提炼，什么都想表达，什么都没表达明白。至今记得，从军、何平、周树春同志一起为这篇稿子会诊，一针见血，指出要害；同时，以其敏锐的眼光抓出了淹没于庞杂的文字中的亮点。从军同志特别指出了那位赵义富老汉和普通农妇吴红等人身上所具有的特定环境下的英雄主义光芒，何平同志以大灾之下依然不忘小满节气的庄稼人为例，进一步阐述了这一亮点。我的眼前豁然开朗。

就这样，第一稿全部推翻，重新开张，写出了第二稿；领导们再看，再改，艰难的改写过程，正是我学习、收获、提高的过程，最后终于完成了《明天，太阳照常升起》。

深刻的主题提炼，成就了这篇稿子的生命。

这之后的《灾难中的四个中国女性》，也经历了极为艰难的写作过程，几易其稿，均告失败。最后，从军同志亲自构思，采用了具有创造性的蒙太奇表达手法，为稿子确定了结构，以及大标题、小标题，我们按题填文，完成了这一独具一格的稿子。这是我感觉写得很苦的一篇稿子，但是我收获了极为宝贵的创新理念。

《走向希望的春天》一稿，依然是一个深入采访与重大主题思想高度结合的作品。只是这一次，在接受任务的时刻，由社党组、总编室精心策划的这篇稿子，主题已十分明确，作为记者，我们只须深入采访，找到最生动有力的表达主题思想的事例。

春天，在巨大伤痛之下的灾区的春天，想象中该是多么遥远。我们能找到她吗？

再一次奔赴灾区，深入采访是寻找春天的唯一途径。

时代面孔 ▸ 新华社领衔记者笔下的人物肖像

当我们在板房小区所有的空地上，看到一片片绿色的蔬菜；当我们在云朵里的萝卜寨看到正在重建的羌楼；当我们遇到那位身上揣着遇难儿子的照片努力地做着志愿者的母亲；当我们与那位失去丈夫和儿子的羌族农妇吴红再次相遇，看着她为全村人忙碌的身影；当我们花费两个小时艰难地爬上北川陈家坝乡的大山，又看到了那位为了猪娃子住到了山上的赵义富老汉，我在心里对自己说：我们终于找到了灾区的春天！难忘那一个细节，北川老县城里一棵被巨石砸倒在地的桃树，匍匐在地，依然开出了一树的嫣红。

细节因主题而闪耀光芒，主题因细节而插上翅膀。由总社和分社同仁齐心协力而成的《走向希望的春天》获得强烈反响。

"5·12"地震周年之际，在由总编室、国内部等各部门参与的策划会上，我再一次接受任务，采写灾区人民的重生。周树春同志在策划总结会上特别指出，这篇稿子依赖性很强，必须要采访到典型的人和事例。

又一次奔赴灾区。

我与四川分社记者刘大江、总社记者余晓洁在半个月的时间里，行程2000多公里，到了北川、汶川、青川、绵竹、绵阳、都江堰，采访了十多个人物，最后选出了5个人物的故事骨干。其中为采访青川大山里的两兄弟，我们从青川县城出发，在陡峭的山道上驱车3小时，中间还涉水闯过一条河，再徒步攀爬2小时，所有的艰难危险都抵挡不过我们对采访的渴望。当终于在大山顶上看到两兄弟和他们的媳妇，了解了他们完全靠着一副脊背"背"出的新生活，我们感到了无比的震撼。

采访结束，写出第一稿，最初的题目是《阳光依旧照耀着每一个清晨》。素材足够丰富，但主题提炼再一次显出了朦胧与飘移。总编室、国内部先就稿子做了修改，最后从军同志就稿子的主题如何凝练与集中提出了决定性意见。于是稿子结构重新调整，小标题全部换掉。最后从军同志又对整篇稿子逐字逐句做了修改，其中对标题特别改了两个字，将"清晨"改为"心灵"。两字之差，主题的凝练与穿透力天壤之别。

《阳光依旧照耀着每一个心灵》，再次获得媒体与读者的热烈反响。

回顾抗震救灾报道的一年，作为一个记者，没有比这样的经历更让人感受鼓舞和收获的了。我学到了很多。

正是这样的经历，让我空前地感受到新华社党组、总编室对报道特别是对抓精品力作的高度重视，这是一年间抗震救灾报道取得全面胜利的根本保证。同时，我也深切感受到国内部、央采中心对重点报道日益加强的力度；感受到从总社到分社我的同事、战友们身上所焕发出的高昂的战斗精神。

新华社抗震救灾报道将是让人铭记的一页。这期间的每一篇精品力作都是举全社之力做出来的，在每一篇精品中，我们都可以感受到新华社的眼界，新华社的责任，新华社的执着，新华社的激情。

在这样的氛围里，我和每一个新华人一样，备受鼓舞。

作为一个记者，我唯愿更努力地写出好稿子，以不负我们的时代，不负"新华社记者"这一沉甸甸的称号。

（原载《新闻业务》）

穿越时空的呼唤
——焦裕禄精神启示录

5月14日,一个平凡而又伟大生命的祭日。

县委书记的榜样——焦裕禄离开我们整整50年了。

河南兰考县的焦裕禄墓园,汇聚了潮水般前来祭奠的人们。

焦裕禄在兰考工作了一年零四个月即病逝在岗位上。然而,这一年零四个月却成为穿越时空的永恒。

焦裕禄,这个永不褪色的名字,如一座丰碑,矗立在兰考,矗立在中国大地,矗立在亿万百姓心中。

"把泪焦桐成雨"——有一种缅怀感天动地

这是兰考最高大的一棵泡桐树。

50多年前,焦裕禄亲手种下的这株小麻秆,如今已是华盖如云,人们称之为"焦桐"。

焦桐旁,矗立着新落成的焦裕禄干部学院。从各地来这里培训的学员一出门就可以看见这棵参天大树。

睹树思人，焦裕禄留下的最宝贵遗产是什么？

站在坝头乡的焦裕禄事迹展览室外，76岁的雷中江老人回忆起当年在兰考火车站逃荒偶遇焦裕禄的情形，哽咽难语："他拉着俺的手，眼里有泪。那场面，一辈子难忘！"

与人民群众的血肉之情，是焦裕禄精神50年穿越时空，镌刻在这片土地上最深厚的印记。

当年在兰考县委当干事的刘俊生忘不了51年前那个冬天，焦书记顶着狂风大雪，走出县委大门。他说："大雪封门，我们党员干部不能坐在屋里烤火。我们应该到群众中去，解决群众最需要解决的问题。"在许楼，他走进一个低矮的柴门，这里住的是一对无儿无女的老人。握住双目失明的老大娘的手，焦裕禄问寒问饥。一旁的老大爷问："你是谁？"焦裕禄回答："我是您的儿子。"老人哆嗦着手不停地抚摸着焦书记，热泪纵横。

"我是您的儿子"——半个世纪过去了，这一深情的表达，今天听起来，仍直抵人心，发人深省。

这是共产党人的宗旨、情怀、信念，也是党的立党之本！

在焦裕禄离世50年后的今天，为什么他的墓碑前会洒下那么多的泪水？

是怀念，是追思，更是彻骨透心的呼唤。

大别山区种粮大户柳学友感慨地说："现在不少干部与焦裕禄相比，差距太大。很多地方一年见不到一次县委书记。偶尔有领导下乡，也是前呼后拥，浮在表面，站在地头，走走过场。还有的干部连有些庄稼都认不清。"

焦裕禄就是一根标杆，他让群众怀念，也让群众量出了今天干部的长短。

79岁的兰考葡萄架村原村支书孙世忠从"心中装着全体人民、唯独没有他自己"的焦书记，说到今天一些"心里只有自己"的干部，得出一个理："群众观念丢掉了，群众路线走偏了，群众就会把你抛弃。"

对于焦裕禄之后的第14任县委书记、来兰考工作已经一年半的王新军来说，焦裕禄当年对群众说出的那句"我是您的儿子"，已成为心中时时震响的座右铭。他在群众路线教育实践活动的对照检查材料上，多次使用"愧疚""惭愧""愧对""对不起"等词汇。他说："在焦书记工作过的土地上，才真正懂得了什么是金杯银杯不如老百姓的口碑。"

今年初春，王新军利用清明三天假期，走进兰考的一些偏僻乡村。村民们看到县委书记的惊奇，让他脸红，更让他受到鞭策。"差距太大，只有奋力追赶！"

"老百姓是地，老百姓是天。"穿越50年历史烟云，"把泪焦桐成雨"，凝结着人民对焦裕禄的深切思念与精神呼唤；公仆情怀，这是焦裕禄留给党员干部的最宝贵精神遗产。

"父老生死系"——有一种力量坚如磐石

兰考无处不泡桐。

满城桐花飘香的时候，最是人们思念焦裕禄之时。

离黄河岸边几里地的张庄村，曾被叫作"下马台"。过去，这里通着官道。因风沙大，路过的文官须下轿，武官须下马，因而得名。

风沙不知吹了多少代，也治了多少代，代代无功而弃。

党培养的焦裕禄，最相信群众的力量。他一次次下乡走访，开座谈会，首先确定了种植泡桐的思路。因为泡桐能吃苦，沙窝子里也能扎根，并迅速根深叶茂，挡风压沙。

满地满坡的泡桐，成为焦裕禄带领兰考人民治理水沙碱"三害"的金钥匙。

50年后，徜徉于焦林中，总有人这样问：为什么焦裕禄在兰考工作仅一年零四个月，就找到了多少辈人没有找到的"除三害"的办法？

答案并不复杂。

走进焦裕禄纪念馆，一辆50多年前的破自行车、一双50多年前的破胶鞋记录下，焦裕禄靠骑车走路，踏遍了全县149个生产大队中的120多个，住牛棚下大田，蹲点调研。

在盐碱区，他经常抓一点碱土放在嘴里品尝，说出咸的是盐，凉丝丝的是硝，又臊又苦的是马尿碱，这让和盐碱地打了一辈子交道的老农目瞪口呆。

刘俊生难忘那一个个镜头：无论瓢泼大雨、风沙漫天，别人往屋里跑，焦书记总是往外冲；为了弄清兰考水道，焦书记冒着大雨站在洪水中，扔下一片树叶，带着技术人员追着树叶测定洪水流向……即使在病重期间，他也拒绝只看材料听汇报。焦书记最常说的一句话是，"吃别人嚼过的馍没味道"。

"吃别人嚼过的馍没味道"——时隔50多年，响在我们耳边的这句大白话，传递着深刻思想哲理。

在近期群众路线教育实践活动中，不少基层党员干部坦言：和焦裕禄时代相比，现在交通便利了，但距离基层却远了。经常是"身到基层心在城"，名义上下了基层，实际成了"空中飞人""走读干部"，待不住也待不久。即便调研，很多时候也是"路上一小时，调研十分钟"，对情况了解不透，问题吃得不准，制定的措施没有针对性，甚至脱离实际。

兰考县县长周辰良自我剖析：在推动工作中有时为了装点门面、树好形象，干一些面子活；为了在观摩评比中争个好名次、留个好印象，搞一些花架子。

湖北红安县委书记余学武也有个对比："焦裕禄在兰考工作一年多时间跑遍125个村，我在红安工作4年多，入村入户调研的村不到100个。"

差距仅仅是数字这么简单？余学武拿红苕作比喻：当地说一个人"苕"是讽刺这个人笨、傻。不过"苕"也有另外一层意思，即憨厚、老实、执着。用在干部身上，可以理解为不耍花招、不走捷径，奔着目标，踏踏实实干活，一步一个脚印地前进，不胜不休，而这恰恰是现今一些干部所缺少的。

半个多世纪前，焦裕禄带领兰考干部群众跑遍全县，追洪水、查风口、探流沙，寻求治理天灾的科学方法。时至今日，一些村庄还流传着焦裕禄当年下乡编的顺口溜："沿着河，背着馍，渴不着，饿不着。"

深入群众，就是践行党的根本宗旨。

求真务实，才经得起实践和历史检验。

"看到泡桐树，想起焦裕禄。"兰考人民至今保留着这个习惯，房前屋后、庭院地头，有空地就种上几棵泡桐。泡桐树栽在农田里，既防风治沙，还能提高粮食产量。

目前兰考县农桐间作面积46万亩，泡桐200多万株。截至2013年，全县林产工业从业者4万余人，林产品远销20多个国家和地区，年产值70多亿元。

兰考县农林局副局长张建军说："到今天，兰考人民还在享焦书记的福呢！"

从一个人到一种精神，从一棵树到一个产业，贯穿其中的是焦裕禄赤诚为民的真挚情怀，是探求就里的求实作风。

"毋改英雄意气"——有一种奋斗气壮山河

这是一种精神的定格：一把藤椅，静静地放在一张破旧的办公桌前。藤椅右手，一个大洞无声地诉说着主人曾经的病痛——肝疼袭来时，他就用茶缸靠在藤椅上，紧紧地顶在痛处。日久，藤椅被顶出一个大洞。

就是在这张藤椅上，焦裕禄写下了生命中最后一篇文章的提纲，题目是：《兰考人民多奇志 敢教日月换新天》。

岁月褪去了这张藤椅的颜色，却洗不去人们对其主人的思念；病魔夺走了一个共产党人的生命，却磨不灭激荡在他血液里的英雄气概和奋斗精神。

望着这张藤椅，人们就会想起1962年冬天，大雪纷飞。饱受风沙、盐碱、内涝"三害"困扰的兰考，粮食产量下降到历年来最低水平。小小的县城火车站，挤满了外出逃荒的灾民……一位省领导来视察，看到兰考灾情严重，提出不如一分为四，划给周边四个县。而新上任的焦裕禄坚定地说："情愿累脱三层皮，也不能把困难推给兄弟县。"

望着这张藤椅，人们就会想一年零四个月中，焦裕禄下去查风口、探流沙、找水道、治盐碱……面对兰考自然灾害的肆虐和贫困落后的实际，他挥笔誓言："拼上老命大干一场，决心改变兰考面貌。"他写下"干革命就得敢闯！成功了，有经验；失败了，有教训。只要敢闯，就能从困难中杀出一条路来！"

望着这张藤椅，人们就会再一次听到焦裕禄充满激情的声音："革命者要在困难面前逞英雄！"

今天的我们，还有没有这般英雄气概？

今天的我们，还有没有这样的责任担当？

时代在追问。

焦裕禄逝世 50 周年之际，王新军感受着更大的压力。很多人向他发出了"兰考之问"：兰考守着焦裕禄精神这笔财富，为什么 50 年了经济仍然比较落后，还有将近 10 万人没有脱贫？兰考群众基础好，为什么还有不少上访户？

王新军在县委常委会民主生活会上反思自己：刚来兰考也有满腔热情，但是，面对种种困难和问题，激情和斗志逐渐冷却了、退缩了。一事当前，摆困难多、讲客观多。与焦书记"拼上老命大干一场"的奋斗精神相比，自己明显缺少了几分对事业的执着和责任担当。

松柏肃立，柳丝低垂。

50 年过去，墓碑上的焦裕禄依然年轻英俊。他当年留下的最后一句话，铿锵激越，撼人心魄："活着我没有治好沙丘，死了也要看着你们把沙丘治好。"

愿这种豪情壮志激励后人砥砺奋进"肝胆长如洗"，迸发"敢教日月换新天"的强大精神动力。

"两袖清风来去"——有一种品格高山仰止

焦裕禄纪念馆里,一份他亲自起草的《干部十不准》,吸引了参观者的注意。

其中一条:"一律不准送戏票","十排以前戏票不能光卖给机关"。

一张小小的戏票,背后有着怎样的故事?

刘俊生的思绪再次回到了50年前。他说,焦书记来之前,给县委领导送戏票是一个惯例。而且给县委主要领导留票,总是第三排正中间的位置,群众就有意见,戏称第三排为"老三排",县委主要领导是老三排"排长"。

后来,看白戏发展到县委每个机关都有份。

焦书记来之后说,谁看戏,谁买票,谁花钱,不准看白戏。

其间,他无意间得知儿子因认识售票员看戏未买票,便立即拿钱叫儿子去补票。

正是这一串的"戏票问题",促使他起草了《干部十不准》。

焦裕禄的女儿焦守凤清楚记得,当年父亲把她领到食品厂,还叮嘱厂里不能因为自己的缘故给女儿安排轻便活。"好单位干部子女不能去,俺爸规定的。"当年,她并没有深刻理解父亲的规定。

1966年2月26日,根据焦裕禄生前遗愿及兰考民愿,河南省委决定将焦裕禄的遗体从郑州迁往兰考。当天,兰考万人送葬,人山人海,焦守凤刹那间明白了父亲曾经的严厉,所有的委屈与不解转眼化为泪飞为雨的感情。

50年后,在第二批党的群众路线教育实践活动中,兰考县委制定公布了新的《兰考县党员干部"十不准"》。

50年过去，仿佛一切都在变，又都没有变——

王新军说："对照焦书记起草制定的《干部十不准》，新时期对兰考党员干部的要求，与不搞特殊、清正廉洁、严于律己的焦裕禄精神是一脉相承的。"

"得一官不荣，失一官不辱，勿说一官无用，地方全靠一官；吃百姓之饭，穿百姓之衣，莫道百姓可欺，自己也是百姓。"距离兰考400公里开外的河南内乡县，有这样一副著名的古县衙对联，揭示了官与民、得与失、荣与辱的道理。

内乡县衙博物馆馆长王晓杰说，从焦裕禄的一言一行、所作所为来看，他的境界已远远高出这副对联所言。

焦裕禄的境界是一个共产党人的崇高境界，支撑他的是革命理想与信念。

在焦裕禄陵园，离墓地不远处的纪念馆里，人们排起长队参观焦裕禄事迹展。他们中有拄着拐杖的老者、怀抱孩子的妇女、稚气未脱的少儿。展柜里，摆放着焦裕禄生前用过的物品，从生锈的锄头到带着窟窿的布鞋，还有打了42个补丁的被子。

睹物思人，观者唏嘘不已。

来自安徽怀远县的一家公司经理陈明对记者说，时至今日，焦裕禄的事迹和精神仍能引起全社会共鸣，充分反映了人民群众对廉洁奉公、一心为民的焦裕禄式的好干部的热切期待和强烈呼唤。

"任何时候都不搞特殊化。"这句朴素得不能再朴素的话语，今天读来，依然能引发历史情境与当代心灵的强烈共鸣。

"焦裕禄是一座丰碑，焦裕禄精神像一面旗帜。人民呼唤焦裕禄，是在呼唤我们党一贯同群众血肉相连的好传统，呼唤一切为了人民、一切依靠人民的好作风，呼唤我们党的崇高理想。"跟随焦裕禄工作一年零四个月的刘俊生说。

"焦裕禄同志给我们留下了那么多，我们能为后人留下些什么？"习近平总书记在兰考考察时提出，教育实践活动的主题与焦裕禄精神是高度契合的，要把学习弘扬焦裕禄精神作为一条红线贯穿活动始终，做到深学、细照、笃行。

"绿我涓滴，会它千顷澄碧。"

50年时空穿越，短暂的生命铸就精神的永恒。

让我们再一次呼唤：为了那永远不改的本色"依然月明如昔"！

（新华社北京2014年5月14日电 新华社记者张严平、赵承、刘雅鸣、张兴军）

时代面孔 ▸ 新华社领衔记者笔下的人物肖像

✎ 采访手记

让思想照亮文字

接受这篇稿子的采写任务时，我的头又懵又大，要写一篇当年穆青他们的《人民呼唤焦裕禄》的姊妹篇，感觉太难，难就难在思想的注入。一个焦裕禄穿越50年，被呼唤，再被呼唤，呼唤的究竟是什么？对于这样一篇重大题材的政论性通讯，应该如何把握？心里一片茫然。

总编辑何平同志在他的办公室与树春、思扬同志一道，为我和赵承进行临行前的"思想风暴"。风暴无遮无拦，直指问题核心，酣畅淋漓。何总充满激情的阐述，后来在采访中一直响在耳边。

"写这篇稿子，要有一种强烈的忧患意识。再呼唤的是什么？是党和人民群众的血肉联系，是党的理想和信念。丢掉了这些，我们就会面临亡党亡国的危险。"何总最后鼓励我们："不要自己捆住自己的手脚，要勇于把球踢出来，放开手写，把关有我们。"

那几十分钟，激情被点燃。

当天晚上，我们坐上开往郑州的动车，半夜抵达，遂与早已等候的河南分社刘雅鸣、张兴军及前期总社来此采写评论的黄全权等人一起召开碰头会，传达总社领导的思想，讨论采写事宜。第二天一早，我们赶赴兰考。

应该说，这次采访的时间太过短促，仅两三天的采访对于这样一篇稿子如瀚海取水。得救的是，分社近年关于焦裕禄精神一直进行着深入扎实有效的调研采访工作，积累了大量素材，我们这两天实际上是在找感觉。

第五章 群山

兰考，多年前我采写《穆青传》时来过，如今再见，犹回故里。山坡河滩依然是满眼的泡桐，焦裕禄纪念馆依然是川流不息的人群。不依然的是，焦裕禄亲手种下的那棵高大的泡桐对面，建立起一座崭新的全国干部培训学院，来自全国各地的掌握着大大小小人民赋予的权力的公仆们，在这里接受焦裕禄精神的洗礼。

那天中午在干部学院吃午饭，熙熙攘攘的自助餐桌旁，偶遇现任兰考书记王新军，他已经是焦裕禄之后第14任县委书记，看着他，像看着一扇通道的门，很想推开向里望望。这几天他超级忙，能遇上已属我们的运气，饭还在嘴里，话题便抛出去了。

"兰考的群众至今怀念焦书记，兰考人的情感依然系在焦裕禄的时代，您作为第14任书记，有什么样的心情？"

"焦裕禄给兰考留下了几十年都磨不掉的一种胎记般的东西，是什么？"

……

王新军的回答以及他的目光，让我在一路匆匆之后，突然找到了感觉。他的目光里有愧疚自责，也有深情坚毅，回答诚恳坦荡，掏心窝子。那一刻，我相信，这位兰考的当家人真的把心贴在了焦裕禄的心上。由此，我想到了更多的如王新军一样的公仆们，站在这片土地上，他们会想什么？或许他们中有的根本没想什么，但一定有一群在想的人。

感觉就这样开始生发积累。

雅鸣同志作为基层分社领导，她扎实的工作作风，不知疲倦的工作热情以及对基层了如指掌的能力，是我们能在极短时间里有很大收获的决定性保证。

兴军同志作为一线记者，连续作战，埋头苦干，为这篇稿子打下了坚实的基础。

赵承同志作为国内部领导兼领衔记者，所展示出的把舵、思考以及采访功力的高水平，也是这次采写成功的关键。

采访之后，最艰难的就是写作了。

分社以充分掌握的第一手材料，以最快的速度，拿出了一个内容丰富、极接地气的一万多字的初稿。在此基础上，赵承以他近年来多次参加重大报道所奠定的高水准，修改出了一个气势饱满的第二稿。我看着传递到手上的两轮稿子，深为同仁的艰辛努力而感动，同时也激发出要拿出更好的第三稿的真诚愿望。

然而，我发现，我的水平能力在这个时候是那样地苍白。要想更好一点最关键的东西是什么？是思想。而我缺的恰恰是思想。

我在感觉充盈而思想力贫弱的情况下，奋力地修改，努力地希望接近最初"思想风暴"被点燃的东西。这种努力，在形式上或许有一些成效，力求文字上的节奏色彩更朴素更明亮更锐利，以及大量采用分社采访得来的鲜活事例，都在想象中向着被点燃的那一点东西靠近，还特别打电话请雅鸣让记者搜集来一批老百姓批评干部歪风的"顺口溜"，很是快意。

然而，成效仅止乎此。修改出的第三稿从头读来，感觉中的东西如野草遍生，思想却被掩盖在野草之下。

思想，思想在哪里？那是一种竭尽焦虑、用力而始终无法抵达的痛苦。充足丰富的材料之下，缺少一根骨骼；看似生动的语言下，缺少洞穿厚重的力量。

没有时间了，只能交稿。其实心里清楚，当思想的修养与修炼浅薄时，再多的时间也无济于事。

不安地等待稿子的结果。本来确定的第二天发稿时间，临时推迟，从赵承那里得知，稿子一直在给我们进行"思想风暴"的几位领导手里修改，到何平同志那里是花费时间最长也是最后的一关。

又一个第二天，稿子终于播发。急切地阅读发出的稿子，有长久的震动与惊喜。从大标题到四个小标题，全部焕然一新，将原来简单散乱的表述，都改为一种高度凝练的思想迸发，如一簇簇火炬在稿子中熠熠生辉。删掉了原稿中大量可有可无的陈述，包括我特别得意的那些"顺口溜"（猛地一眼看到顺口溜没了，一瞬间还挺心疼的），将精选留下的材料，以要表达的思想重新整合，使得这些材料在思想光芒的照耀下，凸显出以一当十的力量。没有我想象中可能会加进的大段论述，却在材料与材料的关节处，文字与文字的起承转合之间，精心地加进了简洁凝练富于思辨的各种论述反诘，使思想的力量渗透弥漫于整篇文字之中。文字上则更朴素、更厚重、更富情怀。

思想这个东西真的是四两拨千斤，当一篇稿子缺乏思想的力度时，读起来是"飘"的，即使有好的语言，也很难打动人。一旦有了思想的光芒，稿子便如一个强大的战士站立起来，所有的文字在思想的照耀下有了光彩、有了力道。

稿子被《新华每日电讯》及《人民日报》《中国青年报》《光明日报》等各大媒体采用。河南一位叫刘春龙的读者打听到我的电话，发来短信："我反复拜读了《穿越时空的呼唤》，感到这篇文章特别有激情，有真情，有深情，有诗情，我以读诗的节奏和感觉对该文章重新断句，一字不改，而最终它成了一个长篇政治叙事诗和抒情诗，蔚为壮观，波澜起伏，有论有情有意境，能达到一文两用，一文两本，我以前想未想过，思未思过。"短信中说，他准备把这篇通讯和重新断句后的长诗结集出版。他随后发来了他断句后的这篇稿子，读来，的确如诗。这非有厚重的思想是不可为的，让我再一次体会了这篇稿子的思想力量。同时，这篇稿子以《它让群众量出了今天干部的长短》为题，在微信上广泛转发，也见出了它受读者欢迎的程度。

至于我心疼过的那些被删掉的"顺口溜"，经反复阅读稿子之后明白通悟了，原来那种用法，有点思想不够、顺口溜来凑的感觉，删掉后，加强了思辨的力量，提升凸显了重大主题的政论性通讯该有的一种品格与气质。

政论性通讯是我们新华社特别强有力的新闻种类，如何写好这一类稿子，对我们记者是一个很难的课题。有幸参加这篇稿子的采写，让我学到了很多，它将成为我记者生涯中一个特别的记忆。

（原载《新闻业务》）

> 记者心路

一生的珍藏

有朋友曾问我：做记者这么多年，这个职业最让你迷恋的是什么？

那一刻，我很久没有说话，心底漫过一层热浪，如涨潮的海。

一张张面孔在我的眼前浮现——那些我曾经采访过的，并给我以深刻影响的一个个活着的和死去的人们。他们不是我的亲人，却与我有着亲人一般的情愫。回想自己生命成长的许多时刻，都与他们息息相连。

是的，记者这个职业最让我迷恋、让我神往、让我一直停不下脚步的，正是因为它让我有机会走进一个又一个优秀的、高尚的、平凡而伟大的心灵之中。正是这样一颗颗心灵，让我领悟着生命的意义，感受着民族的灵魂。我写出他们，不仅让更多的人因为他们而感动和受到激励，同时，我的生命也在他们的心灵中得到丰厚的滋养。我知道，无论岁月的潮水如何冲刷，他们在我心中永远不会褪去。只要我的生命还在，他们就是我一生的珍藏。

（原载《新闻业务》，本文为节选）

第六章　源头

一个人的青春梦想是在哪里开始的?
那里便是他永远的家乡。

走进穆青

那是黎明的一刻,《穆青传》最后一个字终于落下了。望着窗外微微泛白的天空,我就像一个跋涉日久的登山者,为胸怀间所收获的这片从未如此深切领略过的世界久久地感动。如果说,一个人的生命就像一本书,穆青便是我读到的最难忘的一部人生大书。

记得刚接手传记写作时,我忐忑不安,近乎一种胆怯。是新华社上上下下的鼓励和期望让我最终蓄积起力量。至今忘不了一句话:"穆青不是一个呆板的做官者,他是一位有着丰富内心世界的人。你只要走进去,就会有收获!"

于是,在那个酷暑逼人、"非典"肆虐的夏天,我上路了。

我走进了穆青的家,看到了坐在阳光下的这位老人。他已经82岁,病魔缠身,眼下是他在这个世界上最后的一段时光。他微笑着,神态间有一种阅尽沧桑的雍容,另有一种沁人心脾的淳朴。我在心里轻轻地叫了一声:"穆老头儿……"

仅仅是在一瞬间,我忽然意识到,与其说是来采访他,不如说是来感受他。病魔已经夺去了他的健康,但他的精神依然生发着强烈的光彩。我知道,我正在翻开一本将影响我一生的书。

"老头儿(新华社人对穆青的习惯称呼),如果请您给自己的一生画幅像,你会怎么画?"这是我迫切想要知道的。老人很长时间没有说话,脸上浮现出愧疚的表情,低着头,长久无语,最后他抬起头来,声音颤抖地说:"糟糕透了,我欠债欠得太多!还有那么多可亲可爱的基层干部和群众我没有写出来!来不及了,来不及了……"他突然哽咽,泣不成声。

我望着老人,怔怔地,一句话说不出来。在很多人已经不会流泪的今天,这位82岁老人发自内心的眼泪让我感到震撼。"——走进去吧,这就是你要寻找的。"我在心里默默地对自己说。

走进去的世界让我感受了更多的心灵撞击。

老人忘不了战争岁月那些为帮助八路军而牺牲的老百姓,他抹着泪不断地念叨:"多么好的人民啊!"

老人忘不了"大跃进"年代新华社播发了许多助长浮夸风的稿子,他痛心疾首道:"那是我平生干下的一件坏事!"

老人忘不了与老战友冯健、周原一起踏上兰考采访焦裕禄的事迹,他感叹:"焦裕禄是真正的共产党人!"

老人忘不了周总理去世时,姚文元恶意删掉新华社稿子中对总理怀念的词句,他再次愤而怒骂:"狗日的!真不愧是文痞!"

老人忘不了拨乱反正时期,新华社一次又一次地勇敢"闯关",他笑了,笑得豪迈,笑得幸福!

我深深地陶醉在这位饱览历史风云的新闻老战士的情感世界中,他的半个多世纪的人生就像一个巨大的磁场,紧紧吸引着我,震撼着我。同时,我再一次感到了不安。这种不安就像是一个淘金者面对一座富矿，惭愧于自己力量的渺小。然而，富矿的魅力强烈地诱惑着我，我只有加倍鼓足全力去挖掘。

接下去的日子，我采访了新华社及新闻界一大批与穆青相识相知的老战友、老同志、老朋友，他们的回忆丰满了我的触角。我去了河南的杞县、兰考、周口、扶沟、辉县、林州、安阳，在这片哺育了穆青生命的中原大地上，我第一次深切地体味了根与泥土的感情。我同穆青的夫人续磊及儿子、姐妹、侄女倾心相谈，我触摸到了这位老人最细微的脉律，那是与他的心的跳动紧紧相连的啊！

阅读穆青，犹如攀登一座山峰。攀登是艰辛的。但对于攀登者来说，激情源于不断领略到的一片又一片新的世界。当"穆青"这个名字在我心里从一个仅仅是光环的形象而变为一个有质量的大写的"人"时，那种探求欲则愈加强烈，我渴望与老人有更多的见面。然而，我再也见不到他了。从第一次走进他的家，仅仅5个月之后，一个秋雨滂沱的夜晚，他静静地离开了这个世界。

我随着告别的人流来到老人的灵前，将一束正在盛开的黄色的菊花轻轻地放在了他的身边。这一刻，我幻想着在另外一个世界有灵魂的对话。这种幻想紧紧缠绕着我，以至于在那段日子里竟几次于梦中看到他的身影。

攀登仍在继续，我不会停下脚步的。虽然老人已经逝去，但我知道，他已经给予我千山万壑！感谢穆青的家人，在哀伤未消的时刻，他们让我读到了穆青生前记下的十几本日记。日日夜夜，捧读着这些日记就像捧读着一颗心。

穆青的世界向我敞开了更深远的路，我终于走了进去。我感受到了他的大风大浪，也感受到了他的和风细雨；我感受到了他的长江大川，也感受到了他的花草小溪；这片世界里有雄壮的英雄乐章，也有隽永的无字歌；有绚烂夺目的光彩，也有瑕不掩瑜的缺失……我跟随着这片世界去欢笑、悲伤、愤怒、高歌，我跟随着这片世界去生去死，我的灵魂在这片世界中激荡！

忘不了，在老人去世前最后的日子里，我曾问过他一个问题："您经历了那么多坎坷磨难，风风雨雨，您对自己所信仰的东西曾经有过失望和动摇吗？哪怕是一点点。"

他目光坚定地望着我，十分肯定地说："没有。"我问："为什么？"他沉默了一会儿，平静地说："是信念。两条：第一，我相信我们的党，她不仅有能力对付外来的干扰和阻力，而且也有能力克服自身的错误和失误，这已经为历史所反复证明；第二，我还是相信那句话，'前途是光明的，道路是曲折的'。"

望着这位老人，我半天没再说出话来。穆青让我懂得了：一个有理想和信仰的记者，才是一个有灵魂的记者！

忘不了，手捧着老人的《十个共产党员》一书，我还曾问过他一个问题："为什么在历史发展的紧要关头，您总能准确地把握住时代的脉搏？"

他回答："因为我知道老百姓在想什么！"穆青让我懂得了：一个把根深深地扎在人民之中的记者，才是一个内心有源泉的记者！

忘不了的东西太多，我无法用语言传达出全部的感受，但我确信一点：在经历了种种的追寻与探索后，我最终懂得了生为穆青的这个人，他无论欢乐还是痛苦，无论愤怒还是沉默，所有这些情感的律动，在他的心中鸣奏出的是一个永恒不变的主旋律：爱！——他爱他的共产主义信仰；他爱自己历经苦难和光荣的祖国；他爱哺育了他一生的勤劳善良的人民；他爱毕生为之贡献的党的新闻事业；他爱他的同志；爱他的亲人；爱人世间一切美好的事物！爱，是这个人的心魂。穆青让我懂得了：一个内心有爱的记者，才是一个有生命力的记者！

一个人的历史，归根结底是一段或长或短的心灵旅程。穆青这部人生的经典呈现在我面前的，正是一片充满了理想光辉的心灵世界。当我从穆青的世界里走出来，感觉从没有像今天这样如此深刻地领悟到自己所从事的记者这个职业的分量。它不是一个一般的谋生的职业，它与信仰有关，与责任有关，与良心有关，与爱有关。

《穆青传》的开篇有这样一句话："他一生坚守自己的信仰，所以他一生有爱；他一生有爱，所以他一生喷涌！"穆青同志所拥有的这种境界是我终生不可及的，但我却衷心向往之。读穆青这本大书，是我一生的财富。我深知，对于中国新闻界的旗帜——穆青，我的心力有着很多未能到达的世界，只是，他所给予我的，终将一生去珍藏！

（原载《光明日报》）

第六章 源头

超人的生命

读超人同志的作品,常常被那里面磅礴四射的理想主义、英雄主义、浪漫主义以及富于思辨的洞察力和真知灼见所深深地陶醉与折服。我在想,超人同志为什么能写出这样的文字?这样的报道?

在《一颗火热的心》一文中,超人同志自己揭了"谜底"。他说:"在中国古代文艺论著中,有两句意味深长的话,叫:文如其人、言为其声。是想说明'为文'与'为人'是密切相关的,是完全一致的。如果用这两句话来表述新闻记者与新闻作品之间的关系,我认为是非常贴切的。对于许多新闻记者来说,他们的作品实际上是一种两面都可以映照的镜子,一面映照出社会生活中五光十色的图像,另一面映照出记者内心世界的喜怒哀乐以至记者整个精神风貌。"

我想,如果我们能更多地了解认识超人同志,了解认识超人同志的内心世界,我们在阅读他的作品时,就会有更多的启示与收获,就会知道这些作品是怎样从一颗跳动的心中流淌出来,就会感知那些带着作者的呼吸、血脉和温度的文字来源于何处。

作为一个普通记者,我与超人同志直接接触不多。在超人逝世以后，我有幸与几位同志一起参加了国内部组织的采写深切悼念超人同志的稿子，这个过程使我们有机会知道了一些并不可能时时出现在公众视线之下的超人同志的一些点滴言行，更多地了解和认识了超人同志。

国内部为超人同志撰写的生平中有这样一段话："超人同志是一个激情澎湃的记者，一个激情澎湃的领导干部。这激情，源自他崇高的理想、坚定的信念；源自他对党的挚爱和人民的深情。"这段话说得真好！超人同志的这种激情、理想、信念、深情不只是在他的工作和作品中表现出来，也渗透在他的为人夫、为人父的居家生活中。

首先一个感觉，超人同志的记者生涯从一开始就融入了他对人生的一种高品质的追求。超人同志的女儿蓝冰告诉我们，爸爸经常给他们几个孩子讲述他自己早年在西藏当记者的生活。那是一段很艰苦的日子，但在爸爸的记忆中，他一点也没感觉苦，他总是对那时的生活充满了一种乐观豪迈深深怀念的情感，即便是一些艰苦的经历，他讲起来也是十分地幽默与享受，比如他讲到冬天骑马采访，遇河下马蹚水，上岸后下半身都冻得失去知觉时，他会爆发出朗朗大笑。他对雪域高原上的蓝天情有独钟，这种在冰山和白雪辉映下的冰蓝色成为他最喜爱的颜色。他曾对孩子们说，我非常喜欢那种透明的蓝色，它十分单纯，我喜欢做一个单纯的人。这种对蓝色的喜爱渗透到他生活的点点滴滴，他曾用过的笔名叫蓝汀；他给两个女儿起名叫蓝雪、蓝冰；他最喜欢的花是勿忘我，因为那花是蓝色的；他最爱穿的一套西服也是蓝色的，他曾对夫人王朝兰说："要是我走了，就给我穿那套蓝色的西服。"我们能强烈地感觉到，超人同志对蓝色的喜爱已经超出了我们平常对颜色的一种感官上的喜爱，在他的喜爱里，融入了超人同志对于生命品质的追求。雪域高原上的冰蓝色给予人的感受是晶莹的、透明的、浩瀚的、深情的,这些特质不正是超人同志一生追求的做人的境界吗?

有一位新闻界的老同志在给超人敬献的花圈上写了一副挽联,其中有这样几个字:"一生志存高远。"我们确实感受到,超人同志从年轻做记者时就开始追求一种有理想、有抱负、高尚的人生。

超人同志对自己的祖国、对事业充满了挚爱与献身精神。超人同志酷爱读书,像马克思、恩格斯这些人的思想著作,他从年轻时就开始读,一直到他晚年都没有断过。同时他还非常喜欢中国的古典文学,尤其喜欢读屈原的诗、岳飞的词,经常一段一段地给孩子们背诵《离骚》《满江红》,有时情之所至,则潸然泪下,这些诗词里的爱国主义情怀是深入到他的骨髓里的。他曾对孩子们说过这样一段感人的话:"我身上有着诗人的气质,骨子里的那份清高、对国家的报效之心、民族的气节是我永远都放不下的,它们是我生命的支撑点。"基于这样的情感,超人同志无论是做记者还是做领导工作,都是倾尽生命去投入。

特别是这些年,他病魔缠身,但对工作却没有一丝一毫的懈怠。他长年都是一天三个班,上午下午晚上,双休日节假日也大部分都在工作,1995年他曾给分社的一位老记者、老朋友林田写过一封回信,信中有这样一段话:"从去岁夏以来,流年不利。先是双眼底多处出血,医生的处方是四个大字:停看停写。继而不慎滑倒,尾骨断裂,医生又是四个大字:不坐不走。而我既不到解甲之年,当然应坚守撞钟之职,岂能'双停'和'双不'?照旧一日三班,未敢片刻懈怠。"

超人同志的夫人曾对孩子们抱怨,你爸爸在这个家就像住旅馆,蓝冰说:"妈,你嫁的这个丈夫不是那种可以经常陪着你花前月下的,爸爸不是一个一般的人，你应该理解他。"蓝冰对我们说："并不是因为后来爸爸当了社长，我们从小包括外婆都知道爸爸是一个不一般的人，即使他一辈子是个记者。"

超人同志后期病情加重，他对疾病的态度同样显示出他的顽强的个性。为控制血糖，他严格饮食，一天三顿荞麦面，总共四两，多年来基本上是处于半饥饿状态，血糖控制之好连医生都感到吃惊；为测血糖，他每天都要往手指上扎针，他的中指无名指日久天长结出了一层厚厚的茧子；他的胸水发展很快，憋气很厉害，5月以来，他基本上没有在床上睡过一个整夜，一晚上要起来坐三四次，到后来就一整夜一整夜地趴在桌子上，有时孩子们不知道，早晨起来问他睡好了吗？他总是回答：睡得很好。不论在人前人后他总是表现出一种昂扬的气概。有一次他又要去医院抽胸水，临走前，他夫人哭了，他说，不要激动嘛，医生还没有把我往癌症上推嘛，只要把我的胸水止住我就很满意了，比如一个月抽一次也就不耽误什么事，那就抽吧，不就是抽点水吗？他每次去医院之前，都要精心挑选一身衣服，并请孩子们看精神不精神。他说，有一个好的面貌，不仅自己感觉好，也是对别人的尊重。蓝冰说，我爸爸不是盲目乐观，对疾病视而不见，他是有一种要战胜疾病的精神，我相信，他就是预感到自己快要走了，也绝不会露出半点悲观，他曾说，我就不信，我过不了这一关！

家里人曾劝超人同志不要干了，他说："我是O型血，我追求完美，我当记者就要当一个最好的记者，要搞科学就要当一个最好的科学家（他年轻时曾报考过航空系），现在我也要尽最大的努力去做，我希望到明年建社70周年时，用户能发展到一万人，那时我就打辞职报告退下来，做些自己的事。"他对孩子们讲了他退下来的写书计划，要写一本关于西藏的，要写一本《北京纪事》，这本纪事的最后一章，他连题目都想好了，就叫《跨越死亡线》。我们的超人同志最终没能跨越死亡，但他的精神却穿越死亡，永远活着。

　　超人同志是一个具有高尚情操，深情厚重的人。穆青同志谈到超人时说："超人永远是生气勃勃勤勤恳恳的人，他什么事情都放不下，他太苦太累了。"超人同志对全社职工的关心爱护，大到工作之事，小到生病、分房子、修电梯、暑天降温、印厂工人的噪声等都放在心上。他的这些对职工的感情绝不是因为他是一个社长而硬做出来的，他从当记者时，就是怀着对生活对人民的深深挚爱，这些在他的作品中都有很强烈的表露。

　　这些感情也写在他的日常生活中，他的确是一个富于感情、爱生活、爱家人、重朋友的人。蓝冰的外婆在四川给超人夫妇带大了两个孩子，超人每次见到她，就会拉着她的手说："妈妈，我们永远不忘记你的恩情。"超人的夫人每次去四川看望老人，都是超人自己动手为她打包装箱。超人的一个女儿蓝雪至今在四川，当有人来北京或去四川时，家里总要给蓝雪带去一些东西，只要超人同志在家，这个包也必定是他亲手来装，以至于蓝雪说，接到包裹我就能闻出这个包是爸爸打的。家里任何人过生日，超人同志都要去订一个蛋糕，同时送上一个自己制作的生日贺卡。超人同志是一个十分重朋友的人。甘肃分社的林田同志获悉超人同志逝世，流着热泪托人捎来一副挽联，这副挽联上记述了一个感人的故事，当年超人同志报道完登山活动以后，被国家体委邀请随同运动员一起到青岛疗养，疗养结束离开青岛前，体委给他们每个人发了一块熟猪肉，让他们在火车上吃。当时国家正处于自然灾害食品极度匮乏时期，一块猪肉是十分宝贵的，但超人同志想到林田身体不好，一路就没动这块猪肉，一直带回去送给了林田。超人同志至今和当年分社的老同志都保持着亲密的关系。超人同志是一个热爱生活的人，他会滑冰，骑摩托车，他还曾用树根雕刻过一个台灯，至今还在用着，他会做饭，做豆腐，做汽水，做凉粉，下围棋，他喜欢植物，家中长年养着各种绿色树木花草。他喜欢音乐，西藏歌曲总让他听得陶醉，他还喜欢苏联歌曲，家里聚会时，他总要唱一首，《三套车》《小路》《莫斯科郊外的晚上》等是他最喜欢的，蓝冰悲痛地告诉我们，这十几年来，爸爸为了有更多的时间工作，几乎牺牲了所有这些爱好。他曾对孩子们说："我这一生没有给你们留下什么财富，给你们留下的只有我的为人，这是你们的最大财富，另外还有四个字：自立、宽容。"

超人同志把他胸膛里如火的激情与如水的激情共同熔铸成他整个生命的品格情操。超人同志生活中的点点滴滴都折射出他的理想主义、英雄主义、浪漫主义的光芒。

超人同志去世以后，全社职工悲痛难已，我们亲眼目睹了那一个个感人的场面，许多普普通通的职工眼含热泪，许多分社的记者在超人的灵堂前失声痛哭，这些普通的人对超人同志如此爱戴、如此深情、如此怀念，难道仅仅因为他是社长吗？绝不是，因为他是一个出色的记者，他是一个高尚的人。

超人同志曾说过，对于一个记者来说，仅仅讲思想感情、讲理想情怀是不够的，还必须强调用辩证唯物主义和历史唯物主义的世界观和方法论来武装自己。他在回答什么人不能当记者、什么人能当记者、什么人能当一个好记者时说："唯有大多数人想不到，做不到，而你想到了，做到了，你就能当一个好记者。"超人在这里强调的就是记者的一双慧眼，而这双慧眼来自理论的学习，思想的修炼。这一点在超人同志的每一篇作品里都深刻地体现出来。作为一代名记者，超人同志的一生及新闻作品使我们更深刻地明白了怎样才能做一个好记者。这是很难的，但又不是高不可攀的，回头看一看我们身边许多好的记者和编辑，我常常能在他们的一些稿子里体味到他们各具特质的精神与思想的东西，反过来，我又能从他们的精神特质中更多地理解出他们稿子里的许多。

穆青同志告诉我们，他非常喜欢超人对稿子的那股劲。超人同志对每一篇稿子都殚精竭虑，倾尽心血，改他的稿子很不容易，比如为改他的《驯水记》，他同穆青同志争得面红耳赤，穆青说："改你的稿子，就像割你的肉。"

这使我想起不久前李安定同志在我们部里的业务研讨会上说过的一句话："一篇稿子出来，大家都看到很流畅、生动，但只有作者知道写作一篇稿子的过程就好像是从自己的身上往下一片片撕鳞。"作为记者，超人与我们大家是相通的。超人同志曾说过，从无产阶级新闻工作者肩负的历史使命而言，记者应当像丹柯一样，把自己一颗跳动的丹心献给广大群众，并让它成为一支熊熊的火炬，长久地在人们眼前燃烧。我想，以我的水平我可能一生达不到这样的一种境界，但我愿意向着这样一种境界一生去努力！

（本文为作者在新华社国内部追念超人同志会议上发言）

时代面孔 ▸ 新华社领衔记者笔下的人物肖像

新华社哺育了我

今天参加新华社新闻研究学术年会,而且是新华社建社 90 周年的新闻学术年会,非常荣幸,也非常激动。

我在新华社记者岗位上工作了 33 年。33 年的岁月,对于一个刚走出学校大门的学生来讲,这当是他(她)的人生从一张白纸到涂满色彩的最重要的成长过程,也是他(她)的精神与灵魂塑造养成的重要过程。

记得,我从大学来到新华社报到的那天,站在新华社南大门旁,等候来接我的同志时,看着大门间进进出出的男男女女,我有无限的崇敬,心想:他们就是那些每天把全中国、全世界发生的事,变成文字,传播到无数读者手中的了不起的人吗?今后,我真的也将成为他们其中的一员吗?我觉得,他们每一个人身上都散发着光亮。

弹指一挥间。33 年风一样而逝,我从当年那个青涩的学生,成为一个新华社退休的老记者。正是在这一刻,我猛然意识到什么是青春?什么是成长?一个人的生命是如何被哺育被塑造的?

这一切,都源于新华社。

是新华社给了我人生的理想。

在没进新华社之前,我从来没有认真想过自己的人生理想是什么。小时候,曾幻想过长大后做一个地质队员,因为迷恋那种探寻高山大地的感觉。新华社让我生出更强烈的探寻的渴望。探寻什么呢?

在入社教育的第一天,见到社长穆青,听到他讲话,他说:"新华社不是一个升官发财的地方。想当官、想发财的人不要进新华社。"这句话一字一句像锤子一样落在我的心上。之后的岁月里,我在新华社看到的、经历的每一个人和每一件事,都是这句话的钢铁般的注解。

那些从延安清凉山上,从新四军、八路军的队伍里,从解放战场、朝鲜战场上,从三年自然灾害、北大荒的牛棚中,从农村联产承包责任制到改革开放的艰难而伟大的突进中,在我们国家的每一个重大历史的转折关头,新华社前辈们一路风雨兼程,勇往直前。他们让我深深地感受到,一代又一代新华人胸膛中燃烧的那一团炽热的火焰——为党瞭望,为国分忧,为人民说话,为历史见证。这是党的人民赋予他们的神圣使命,是他们坚定不移的新闻理想。

翻阅一下那些历史的篇章:

从《中华苏维埃共和国临时中央政府对外宣言》,到毛泽东为新华社写下的《人民解放军百万大军横渡长江》;从延安人民庆祝日寇投降的《狂欢之夜》,到北平解放的《沸腾了的北平城》;从《开国大典》到《开城前线停火情景》;从《西藏木梨即将绝迹》到《英雄登上地球之巅》;从《县委书记的榜样焦裕禄》到《为了周总理的嘱托》;从《中共北京市委宣布1976年天安门事件完全是革命行动》到《实践打开了思想解放的闸门》;从《历史的审判》到《团结起来振兴中华》;从《中南海的春天》到《在大海中永生》;从《中国反贫困斗争的伟大决战》到《砥柱人间是此峰》……新华社这一篇篇雄文，汇成了中国革命、建设、发展的波澜壮阔的史诗！

新华社 90 年的历史，就是一部在中国共产党的领导下，中国人民从黑暗走向光明，从贫弱走向强大的历史写照；就是一部与党与人民与时代同呼吸共命运的奋斗史。新华人就是一支为党、为国家、为人民的最高利益、为革命的新闻理想奋斗不息的英雄的队伍。

在我 33 年的新闻生涯中，这支英雄队伍的理想光芒始终沐浴着我，引导着我，鼓舞着我。他们让我懂得了，一个有理想信念的新闻工作者才能在历史的洪流中始终步伐坚定地朝向胜利的前方。

是新华社给了我深厚的热爱。

年轻时的我，似乎天然地爱着我所面对的世界，爱大自然、爱文学、爱一眼望不到头的未来与梦想。但这些感情尚停留在无根无土的空中。那些年，我的稿子虽然也写得字句流畅，间或还有点小文采，但我对事物的感知始终是苍白肤浅的，似乎写稿只是一种文字的技巧。直到几十年后回头再读过去的作品，便知道里面缺少一种东西，一种对所写的人和事物的深刻理解，缺少一种文字之下的深厚。

每一次读前辈记者们的作品，我总会被深深感染。从焦裕禄、吴继昌到《九龙江上抗天歌》，从《青春万岁》到《英雄登上地球之巅》，从《人民呼唤焦裕禄》到田间地头的《抢财神》，无论何种题材，无论大稿小稿，都能让人感受到其中深挚的情怀。

那是一种什么样的东西在其中起作用呢？

在与前辈们的耳濡目染中，我慢慢体会到，这种东西与文字的技巧完全无关，它是一种情感，一种情结，一种对人民深厚的热爱。正如穆青同志一而再，再而三地为我们新华社提出的那穿越历史、如黄钟大吕般的四个大字——"勿忘人民"。

"勿忘人民",这是新华社的根,是新华人的魂。

在我为采写《穆青传》一书去到留下穆青生命足迹的河南、山西等地时,深刻地体会到了"勿忘人民"是一种什么样的感情。那是根与泥土的感情,相依相生;那是五指连心的感情,幸福着你的幸福,痛苦着你的痛苦;那是一个记者的初心与责任,信念与本色。

晚年的穆青,在他生命已走到尽头,回望一生,满眼泪水,说自己最愧疚的事是还有那么优秀的干部群众没有写出来,他抹着泪说:"来不及了……"记者周原在晚年病重期间,脑子思维能力已经损坏,难以用语言与人交流,但一听到我们谈及焦裕禄、河南兰考,他立刻老泪纵横,痛哭失声。李耐因,这位在朝鲜战场上写出震撼人心的通讯《青春万岁》,在北大荒牛棚淬火成钢的老战士,在多年的领导岗位上,经他的手组织采写编辑了众多新闻名篇名作。直到晚年,他始终怀着一颗赤子之心。我曾无意中遇见,他近90岁那年,在与一位老同事闲谈中听说有一个地方的贫困儿童上不了学,一言不语,从口袋里掏出他刚刚取出来的当月工资,全部递到那位同事手中,托她转交给孩子们。同事让他留下一些,他摇摇头:"家里还有的用。"而当他去世后,我走进他的家,看到他身后留下的是无言的清寒与简朴。

这样的前辈们,总让我热泪盈眶。让我知道,在这个世界上,有一种爱可以称之为信仰。只有对人民怀有这样的深爱,他们的作品才能有穿透人心的力量,他们的人生才会有超越自身的意义。我从中体会到一种生命的归属,一切落地生根。

是新华社给了我红色的气质。

这些年,我们总在说一个词"红色气质"。什么是红色气质?我认为，那是一种看不见、摸不着，却铸就了我们新华人精神品质的一种红色基因。

从我第一天走进新华社的院子，看到那些衣着朴素、个性率真、容颜明亮灿烂的新华人，就被深深地吸引。

这是一种怎样的美？

它在繁华喧闹间特立独行；它在红尘之中不染俗媚；它沐浴着一代又一代新华人的人生年轮，传递出一种心灵的气息。

当我有机会去到半个多世纪前，延安清凉山下新华社的遗址，看着那简陋的窑洞，老旧的发报机，小小的马灯，看着桌子上一张张发黄的《解放日报》，墙壁照片上一张张陌生却似故人的面孔，我感受到一种久已追寻的心灵回归。

当我有机会聆听前辈记者编辑们讲他们所经历的传奇、坎坷、艰辛、胜利，讲他们一生对新华社事业痴心不悔的挚爱，在那些饱经风霜却依旧少年气魄的脸上，我感受到一种红色血脉的生生不息。

当我有机会近距离接触到许多前辈们的生活，多是斗室素居，粗茶淡饭，他们对这个世界的要求微乎其微，而他们渴望给予的却是自己的全部。回望一生，他们执念最深的喜悦与幸福，永远是他们奋斗了一生的新华社的新闻事业。

在新华社生活区，我常会看到许多已经老去的前辈们，白发、驼背、蹒跚而行。在年轻人眼里，他们不过是一个个普通的老头老太太，但我知道，他们每一个人都有作为新华人的了不起的历史。他们青春过、战斗过、苦难过、辉煌过。他们现在老了，然而流淌在他们生命中的新华人的红色血脉，依然鲜红而滚烫。

有一位老记者方徨，我与她过去工作没有交集，并不很熟，但当她已成为一位年迈的老太太时，每在电讯报上看到我的稿子，就会给我打电话，聊上半天，说些感想，说些鼓励的话，直到有一段时间没接到她的电话，才听人说，方徨去世了。那一刻，我难过地哭了。不知道年轻人有几个知晓，这位外表家常的老太太，年轻时曾是中国农村报道的风云记者，从20多岁起，就奔跑采访在中原农村大地上，留下了一批见证中国农村转折的作品，直到晚年，她依然怀着满腔热情关注着新华社的报道。她曾对我说："我老了，看到你们这些年轻人接上来了，心里高兴啊！"

这样的前辈在新华社数不胜数。

编辑，被人称为"幕后英雄"，在新华社，有着比记者数量大数倍的一辈子默默无闻的老编辑们。读者们永远都不曾知道在他们读到的那些震撼人心的新华社稿子后面，凝聚着这些老编辑们多少心血、智慧、才华与担当。他们被我们记者称为"编辑部的大脑"。那天，我在新华社院子里见到了从抗日烽火中走来的老编辑朱承修，他已90岁高龄，记忆力已大部失去，但当我说出"老朱，你为新华社辛苦了一辈子啊！"他顿时笑了，笑得那么幸福！

深深地感恩，我在新华社遇到了如此光芒的一代，仅我所在的国内部就有周原、李耐因、李峰、陆拂为、戴煌、冯东书、舒人等，他们在新华社历史上都是熠熠闪光的人物，他们都是有理想、有激情、有诗意的知识分子。我认为他们都是精神上的贵族，敢于思考，不计较个人私利，是时刻都能为国家、为民族、为人民奉献自己的人，这些人至今让我着迷。他们给了我从事记者这个职业的极其宝贵的第一口奶水。

就是这样的一代老前辈们，让我懂得了，从清凉山走过来的新华社人，是一种怎样的人。他们过着朴素的人间生活，精神永远在高处与远方。他们忠于党、忠于民族、忠于人民、忠于新华社的新闻事业，他们的人生在伟大的事业中获得永恒与幸福。他们每个人个性独立鲜明，同时他们有着强烈的、一眼就能识出的共性，那就是被称为"红色气质"的精神品质。

33年的记者生涯，我就是这样在新华社这个红色大熔炉中，从一个无知、幼稚、苍白的学生，一点点被唤醒、被滋养、被磨砺、被成长。新华社哺育塑造了我的心灵。

在新华社建社90周年之际，新华社的前辈及后辈们让我更真切地理解了，新华社的事业是一棵生命之树，我们每一个人都是这棵生命之树上的一个细胞，细胞的新陈代谢是生命之树永葆青春的必然、必须。我们每个人都将离去，但是，正是我们每个人曾有过的青春、热血、才华、贡献，才使得这棵大树蓬勃长青，我们的理想与幸福永远活在新华社事业这棵参天大树之中。

借此机会，我深深地感谢新华社对我一生的哺育，感恩命运让我成为一名新华社记者。

祝福我们的新华社生日快乐！衷心祝愿新华社的革命新闻事业蓬勃发展，愈加辉煌，永远长青！

（本文为作者在2021年新华社新闻学术年会上的发言）

漫漫记者路——张严平访谈录

◇我的采访是一种笨功夫,我没有那种想要的材料一去就能要到的本事,有时采访一整天,最后却只得到了一两句话,尽管只得到一两句话,但我觉得,值!

◇文章里面可能只写了五六个例子,但我却采访了不下五六十个例子,至少是10倍以上的量。

◇在语言的把握上,我从来认为最好的文字是最朴素最有味道的文字,永远都不要花里胡哨的东西,永远不要卖弄什么。

◇我了解的新华社的那些好记者,包括那些老记者,都非常地扎实,非常朴素,非常谦虚,对人民和国家有深切的关注和忧患意识。记者永远要记住,我走哪里,人家之所以对我好,有一定地位,无非是记者的这个"招牌",所以一定要有自知之明,千万不能膨胀,不能飘飘然。

——张严平

我的采访是一种笨功夫——伸出所有的感官,就像老树的根一样,深深地扎入大地,收获原汁原味的东西

记者: 人物通讯被人称作"吃力不一定讨好"的事,要深入下去,接触很多人,花大力气写作。而你的采访方式很特别,采访前你不看被采访人的背景资料,做"硬功课"。你的人物通讯刊出后感人至深,完全走进了被采访者的世界。你是如何敲开被采访者的心门的?

张严平: 写一个人物,你得懂他,不懂就肯定写不好。要想懂他就得通过采访去体会他的心。一位与我一同去采访王顺友的同行就问我:"为什么你就能写出好的报道来?"我的体会是,在采访时,伸出我所有的感官,包括心灵,就像老树的根一样,深深地扎入大地,收获原汁原味的东西,然后再把它们消化了,在写作的时候通过我心灵的每个毛孔释放出来。因为带着生活的原态,又有了心灵的激荡,所以写出的东西就肯定不一样。

当记者要不怕辛苦,勤用眼,勤用嘴,勤用腿。勤用眼,用心地观察。观察环境,观察细小的变化。但了解人物内心世界,主要还得多交谈。我与人沟通的最大体会是,永远不要摆着一个记者的架子去和人家相处,要以心换心,平等相待,否则他会觉得很窘,甚至害怕。与他们聊天的感觉我很快乐,而对方也很放松,聊的过程中就会收获很多意想不到的东西,这样你就较容易走进人物的世界里去。

采访信访局长的典型张云泉时,除了与他本人谈,还与他身边的很多人交谈——与他帮助过的人谈,甚至与对他有意见的人谈。因为了解一个人,一定要立体。他作为当地的一个老典型,和很多记者都谈过了,所以一谈就是那些模式性的回答。了解了一个人的更多东西

后，分寸感就把握得好。为此，我特意到信访局的信访窗口体会了一天，我才知道这活真的累，全都是上访的，一肚子冤，一肚子气，静坐的，哭泣的，申冤的，还有胡骂的，那都是让人头痛的事，怨不得他的前任，从来没有干满3年的。完后，我问了他一个问题："张局长，我在你的窗口待了一天了，那是一个很让人头疼的地方。你一天到晚在这个被不愉快的事、负面的事、有阴影的事包围的环境里工作，这个环境对你有没有影响？如果有影响，那是什么样的影响？"他愣了一下说："没想到新华社记者会提这么个问题。"这时，他用模式回答不了我了，便说，这个环境的确对他有影响，每天回到家里以后，头都炸开了，回家的前一二个小时，妻儿们不要跟他提任何事，一提就发脾气、拍桌子。长年累月这样工作，他心情不好。我又问了一个问题：既然这样，为什么能长期坚持下来？他说：当你看到问题被解决了的老百姓写着"感谢共产党""共产党好"或者是写来感谢信，甚至是当着面向你磕头的时候，我觉得这就值了。他有一个这样的观念，认为信访部门是替政府给老百姓赎罪的一个单位，我做得好，老百姓感谢我，我就是替党和政府做了一件弥补的工作，这个很值。他讲得很真切，这是那些"模式"包容不了的。这些真心话，你得进入到他的生活里才能听到，才能理解。如果你对他一无所知，又问不到点子上，这些"活鱼"就不会"跳出来"。

走入王顺友的心路则不是靠聊天，完全是靠走邮路。马班邮路非常险峻，其中有一段路，甚至没有地方能放得下一只脚，只是马蹄踩出的一个个窝，窝的几寸之外就是悬崖，斜眼望去深不见底，吓得我身上的冷汗流了一身又一身。我不敢吱声，生怕声波把马蹄震得踩偏了掉进深渊里。走过了这段最险的路，到了一段稍稍平缓的路上时，我的泪刷地涌出来了。可能有一两分惊吓，但更多的是为王顺友哭。一个人在这样一条路上走，简直是玩儿命啊。为了完成作为一个乡邮员的使命，为了方便山里的老乡，他一走就20年。他的忠诚、勇敢、坚韧一下子抓住了我。王顺友不善言谈，跟他聊不出什么来。跟他走完邮路后，我就感觉他内心里有着很丰富的情感，装着很多很多东西，这些所有的复杂的东西，从他的哭诉、他的流泪及马班邮路的险恶环境里流了出来。

还有一次，去四川采访长年被雪覆盖的雀儿山上的养路工陈德华，这座山海拔4700多米，他带着七八个养路工人就长年住在山上。我们乘汽车走了三天三夜才到山脚下，我一看那山根本望不到顶，山在云雾里，就如神话里的一座雪山一样。我们好不容易才到达山上，山下是鲜花盛开，山上却正下大雪。他们喝的都是雪水，因为是软水，所以嘴唇都是裂的，牙齿也老化得厉害，有的掉得像老人一样。山上一根青草都没有，路过的司机给他们的一点青菜，都省下来给我们吃，他们见到我们就像亲人。你不到这儿看看，就体会不到这样一群人，他们的青春，他们的生命，他们的年华就是这样度过的。采访完后，在回来的路上我一路默默地流泪，不断地回望那山，山离我们越来越远，仿佛挂在云彩边上，阳光一照，如同一座圣山。脑子里一直是陈德华的眼睛，所以稿件的题目就是我心里的一句话《走不出雪山上那双眼睛》。

记者：在你的作品中，表现人物性格的典型事例往往信手拈来，而与你一同去采访的其他记者却抓不住它们。你有什么特别的本事吗？

张严平：记者的水平都是相当的，智力也都相差无几，差别还是体现在采访到位还是没到位上。采访中要学会抓人物特点。记者不是写传记，无须什么东西都弄到手，只要抓住最能体现特色的典型方面就行。要抓这些东西，得在采访中用心地去感受。我的采访是一种笨功夫，我没有那种想要的材料一去就能要到的本事，有时采访一整天，最后却只得到了一两句话，尽管只得到一两句话，但我觉得，值！如果没有这一天的铺垫，我就得不到这两句话，而且我也不会了解这两句话的价值所在。如《明天，太阳照样升起》中我写到一个居住在大山里边的老汉，他的家在汶川地震中全都震垮了，他被安排在镇上的集中安置点，但他每天冒着生命危险，翻山越岭去喂他的马。他说照顾好了马，就可以生小马，小马卖了可得200元钱，来年的种子钱就有了，慢慢就可以过上好日子。当时我感动得眼泪都出来了。有人问我，你是怎么找到这个在痛苦中表现得很坚韧，对未来有着顽强意志的老汉？我说，如果不是一路深入群众中采访过去，无论如何我也遇见不了这个老汉。生动的例子生活中很多，也可能一下就碰到一个，那只能说明你撞大运，不可能每个记者都有这运气。文章里面可能只写了五六个例子，但我却采访了不下五六十个例子，至少是10倍以上的量。

我之所以慢慢走上写人物这条路，可能是最初写人物的时候有些感觉，领导就让我多写了些人物。做记者是一个积累的过程，我是学中文的，最初不懂新闻，就靠慢慢积累了。现在回过头来，发现最初的很多文章很幼稚，是采访的人物慢慢丰富了我。什么人物我都写过，高层中层的，各行各业的，都写过。如国家领导人胡耀邦、将军杨业功、村支部书记、乡邮员、《死亡日记》的作者陆幼青等。2005年我写作的人物传记《穆青传》出版发行后，反应不错。写这部书我采访了很多人，社内社外的同事朋友、他接触过的老百姓等。在写作的大半年里，我经常是买一大堆菜回来，整个星期不下楼，写得很苦。我把写作重点落在穆青心灵的成长史上，通过选择一些能说明他每个历史时期心灵成长的最具代表性的事例加以表现。写这本书有两个方面我收获最大，一是情感上的收获，穆青与百姓的情感那样真挚，让我很受感动；二是在眼界上的收获，他让我看到一个更宽广的视角：记者脉搏的跳动要永远和着时代脉搏的跳动。记者的稿件不应只是对生活的再现，而应是一种发现与追求，这对我的启发很大。

诗意入题 朴素行文——标题凝结了感触的升华，最好的文字是最朴素最有味道的文字

记者：好的人物通讯有着诗一般的意境，读来让人意气风发，神清气爽。人物自身精神固然伟大，而其事迹的感人更使人荡气回肠，如何开掘和表现人物的理想主义与浪漫情怀？

张严平：采访时我格外重视记录。好脑子抵不过一个烂笔头。采访中我一般都拿个笔记本记录。记录完后，我一般会仔细地翻阅好几遍，这样这个人物在采访中基本上已较成型地呈现在脑子里了。在写作的时候，如果还翻着笔记本，那肯定写不好人物通讯。

我的写作没有什么模式可言。但我很重视大小标题的拟定，它们都是凝结了我的所有感触后升华出来的东西。多使用小标题可以使读者读起来不吃力。每个标题我都会想几个，但任何一个标题都是我基于采访之后的感觉的表达。如获得中国新闻奖一等奖的《索玛花儿为什么这样红》，最初想到的标题是《一个人的长征》，但想来想去，

觉得并没有表达出我的感受，于是联想到去采访时是 5 月份，开满了漫山的索玛花，用索玛花入题有些意境，所以便拟了这个。我的文章标题之所以有些诗意，与我年轻时喜欢诗有关系。在大学里，我是诗社的成员，诗写得不怎么样，但我喜欢朗读诗，到现在为止，我到书店看到诗集，就会买一两本回去读。这年头喜欢诗的人不多了，可这对我的影响很大。我也喜欢画，喜欢形象的设计。另外与我对生活的理解有关系，如一幅摄影作品，看起来很有震撼力，可是你去到拍摄地却看不出什么来。这说明，眼光太重要了。这启示我，生活是有诗意的，就在我们周围，靠我们的眼睛去观察。所以在写稿的时候，我追求一种生活的本质美。也许我有一双感受和发现光亮的眼睛，而这双眼睛就在我的心里。

在语言的把握上，我从来认为最好的文字是最朴素最有味道的文字，永远都不要花里胡哨的东西，永远不要卖弄什么。我现在网上读到时下一些文章，文字水平不低，但文字压过了内容，读者能感觉到作者坐在语言上边的卖弄。不要这样，而应永远把自己隐藏在里面，运用最朴素的语言，表达一个真正体味到的东西。

我觉得谋篇布局不是一个绞尽脑汁的问题，而是随着采访的深入水到渠成的东西，没有什么定式。文无定文，10 篇 10 个样子。我现在常警诫自己，千万不要在自己脑子里有模式，如果这稿子重复上篇稿子，那这稿子就毁了，僵死了，所以永远不要有模式，每一篇都是新的，哪一篇我都不知道怎么写，哪一篇仿佛都是从零开始。这样才能保持一种特别新鲜的状态。

时代面孔 ▸ 新华社领衔记者笔下的人物肖像

27年只做一件事——苦归苦，累归累，但从来没有觉得不值

记者：为了能充分了解被采访人物，你经常与采访对象一起工作生活十天半个月的。作为一名女性，这种长时间、不确定的劳作对你而言，挑战不只来自脑力，更是来自体力。

张严平：是，很累呵！我每次回来都精疲力竭，很多次腿都迈不动了。有时我甚至对自己说，一天到晚在外奔波，这简直不是女性的活儿。有次回来的时候，我累得在床上和衣躺了两天，恨不得就这样躺上半个月。但这不可能，得赶紧把文章写出来。只要一进入写作状态，我可以两三天不上床，通过喝咖啡提神。当稿子完成的一瞬间，无比的快乐便包围了我。快乐还没完，新的任务就来了。每次都是活赶着活儿。我就想，能不能有一种不赶的生活？但又想，这是新闻嘛，不像作家写散文啊什么的，可以慢慢推敲，只好咬着牙坚持着。有时候感觉自己就如一台机器，在毁灭性地超负荷运转。有朋友劝我说，别那么傻，要学会养生。我说我也懂，一个女人，谁不知道得对自己好一点，保养啦，养生啦，我也懂。但一到那个时候，什么都顾不得了，身不由己，稿件在这儿等着，写完再说吧，哪怕少活几年。

当记者27年来，休息日不干活的时候，回忆起来还真不多。这种状态的保持很不容易，要多苦有多苦，要多累有多累。有的时候，写稿写不下去了，感觉就有一堵墙堵在那儿，我只有通过猛听音乐来发泄。因为太苦了，我甚至说过"如果有来生，我再也不当记者"这种话。累归累，但我从来没有觉得不值。

我的父亲是个军人，有豁得出去的品质。他小时候老给我讲战争

的故事，我问他，如果你明知道要死，那你还去吗？他说，那也会去，因为我是个军人。我当时很吃惊，记得很深刻。所以到了要紧的时候，我就能豁出去。我不是苦行僧，有很多美好的计划，也想享受轻松的生活状态，可这些只有等退休后再补偿吧。

记者：你工作 27 年，就只做了一件事——当一个记者。据说和你同一年来新华社的，有的调离工作了，有的担任领导职务了，而你还是一个记者。

张严平：也有人开玩笑说我应该当个什么小领导了，我赶快打住说："别，饶了我吧。"我没有当领导干部的潜质，包括当编辑。因为我这个人比较简单、粗心，政策把关能力较弱，写写稿子还行。我认为必须干自己比较擅长且认为快乐的事情。

我喜欢采访的感觉，爱戴这些被我采访过的人，觉得他们看似平凡却是了不起的人。在这个世界上，除了我的亲人让我有这么深的感情，就是他们。如果不深入他们的生活，我会觉得生活就是这个样，当我走进了这些鲜为人知的普通人后，看到他们默默地付出，不求所得，内心像蓝天一样纯净的时候，才真正体会到人性的真实、质朴与高尚。

我热爱记者这个职业，不但采访者给了我动力，读者也给了我动力。我愿意去了解这些普普通通的人，愿意去表达他们，从而让更多的人了解和感动，这能使我在职业生涯中感觉到心灵的高尚与美好，我希望这种美好的高尚的东西能传播得更远，给人一种温暖和鼓励，这是我的一个信仰。就是这个信仰，使我坚持到今天。每一次采访后我都能感觉到一个全新的自我，所以每当接到新的采访任务，我一点都没有厌倦的感觉，而是觉得又要去探索一个新的人物，触摸一颗新的心灵，就很兴奋。这种状态，是采访者给我的，我感恩这些采访。

记者：职业追求与职业态度规定着一个人职业生涯中的种种行为。那作为一个新闻人，该具有怎样的职业精神呢？

张严平：首先要热爱你所从事的这个职业；其次是要有责任感。开一个工厂或小店，只要对你的钱负责，而记者，是与人打交道的，关乎一个心灵的成长与塑造，关乎一种境界与素养，所以，每次采写前都得想到，作品出去后，在读者心中是会起反应的。另外，记者似乎有个模式化的行业形象，一些电视剧里的记者，走哪里都是风风火火，能呼风唤雨，神通广大，风光无限。我觉得编剧不懂记者。其实好记者完全不是这种"范儿"。我了解的新华社的那些好记者，包括那些老记者，都非常地扎实，非常朴素，非常谦虚，对人民和国家有深切的关注和忧患意识。记者永远要记住，我走哪里，人家之所以对我好，有一定地位，无非是记者的这个"招牌"，所以一定要有自知之明，千万不能膨胀，不能飘飘然。这是我不断告诫自己的。永远脚踏实地，俯身朝下，这是你的责任所在。

记者：除作品得到读者喜爱，你的付出也获得了多方肯定。除获得各种奖外，还受到胡锦涛总书记的接见与亲切鼓励，成为党的十七大代表。这些光环给你带来了压力吗？

张严平：很多时候我感觉压力大过荣誉。被更多读者认可、喜欢，跟我分享一种美好的东西，我可以得到一种欣慰和幸福的感觉。这是出名后我的收获。但同时，我永远不能辜负我的读者，每写一篇稿件的时候，我就想只要"张严平"这个名字挂在那儿，读者就会有期望，他们会希望在我的稿子里读出那份他们期望的感觉来。我不能让他们失望，这就是我的压力所在。我必须尽我的最大努力去做好，不一定能做得更好，但我至少不能倒退。人的一辈子，幸福不是轻飘飘的，永远都是与责任连在一起的，上天给了你快乐，同时也会给痛苦，得到这一面的同时，你得负担起另一面来。这是人生的辩证法。

（原载《新闻战线》，记者杨芳秀）

> 时代面孔　新华社领衔记者笔下的人物肖像

记者心路

只因为生命中遇见你

　　人活一世，走过的路，见过的人，有过的欢乐、痛苦和爱情，这一切，如同一个雕塑师，最终雕刻了你的生命。回望自己一生，常常奇想，如果不是做了 30 年记者，如果不是在记者生涯中遇到那些人那些事，我还会是现在的我吗？

　　也许，我会比现在更老练沉稳，但绝不会比现在更真诚；也许，我会比现在更左右逢源，但绝不会比现在更清澈；也许，我会比现在更发达，但绝不会比现在更深情；也许，我会比现在更强悍更有能耐，但绝不会比现在更宁静从容。就像一颗种子，落在特别的土壤，遇到特别的光线，特别的风，特别的雨，长成了属于它自己的样子。与可能的我相比，我喜欢现在的我。固然，现在的我还有许多幼稚、浅薄、茫然、痛苦，但我知道，自己的内心始终被一束束光亮照耀着；我还知道，正是因为充满这样的光亮，内心对这个世界上的真善美和假恶丑永远不会麻木冷漠。

　　白芳礼，这是我采访中遇到的年龄最长的一位老人。

　　他在 74 岁到 90 岁的近 20 年中，靠一脚一脚地蹬三轮，挣下 35 万元人民币，全部捐给了天津的大学、中学、小学，资助了 300 多名贫困学生。而每一个走近他的人都惊异地发现，他的个人生活近乎"乞丐"，他的私有财产账单上是一个零。他一年四季从头到脚穿戴的都是从街头路边或垃圾堆里捡来的不配套的衣服鞋帽。他每天在外的午饭总是两个馒头，一碗白开水，有时候会往白开水里倒一点酱油，已是他的"美味"了。一年 365 天，他没有节假日，没有休息日，他曾在夏天路面温度高达 50 摄氏度的炙烤下，从三轮车上昏倒过去；曾在冬天的风雪中摔到沟里；曾由于过度疲劳，蹬在车上睡着了；曾在感冒发烧到 39 摄氏度的情况下，一边吃着退烧药一边蹬车；更不为人知的是，由于老人年事太高，常常憋不住小便，裤子总是湿漉漉的，他就垫上几块布照样蹬车四处跑。他全部动机和梦想，就是多挣钱，让更多的穷孩子能上学能有书可以读。

记忆中和同事李靖一起采访时，已是这位 93 岁老人弥留时刻。当昏迷了三天三夜的老人在我们无限渴望的呼唤声中奇迹般睁开眼时，双眸清澈明亮，使尽全身力气断断续续说出一句话："好好学习……"这是他留在这个世界上最后一句话。那些日子，我常一个人发呆，总在想，蹬三轮与高贵之间是何种联系？一个老人和国家教育之间是何种联系？一颗流星和永恒的光芒之间是何种联系？稿子播发后，千千万万的中国人为白芳礼老人鞠躬落泪。他星辰般的光芒亦深深地刻进我的心里。他让我相信，最灿烂最干净最高贵的灵魂是在最底层的人群中。

王顺友，四川木里县马班邮路的乡邮员，一个人，一匹马，一条路，走了 20 年。

当我随他踏上那条跨于莽莽高原、原始森林、悬崖峭壁间的邮路后，几度落泪。我第一次知道，在这个世界上，在这个远离灯红酒绿现代繁华的大山里，还有人以天天走钢丝般极为危险艰辛的方式活着，为了几张报纸几封信，不，为了一种他心中的"这座大山少不得我"

的信念活着。记得那天晚上在海拔 4000 米的察尔瓦梁子宿营时,生平第一次与一队人马同行的王顺友,喜极而泣,放声大哭。他讲自己的寂寞,讲自己的艰辛,讲他这个劳模是苦出来的,但是,他还是愿意走邮路,因为这个大山与外界和政府的联系全靠他了,"我是这个大山里少不得的人。"

那一晚,我在高山的帐篷里哭了一夜,外面有雪花在落,有马的嘶鸣,远处听得到狼的嚎叫,号角般的山风。第二天走出帐篷,满山霞光,照耀着如火如荼的索玛花,正在给马饮水的王顺友,在霞光中如一座金色的雕像。《索玛花儿为什么这样红》,是我内心对今天我们几乎遗忘了的一种爱,一种坚守、诺言、信念,一个人就是一支队伍的强大精神力量深深地赞美与致敬。在王顺友给我的世界里,名利物质,轻若鸿毛。

杨善洲,原云南保山地委书记,是我采访的最大的官。

最初有关部门交给我的任务,是去写这位已经离世的老干部退休后是如何发挥余热绿化荒山的,我带着对"发挥余热"这一思路的惯性到了云南,一走进杨善洲的世界,心就像被针狠狠地扎下,被闪电猝然击中。他的妻子和儿女竟然至今住在老家破旧的农房里,一辈子没走出过大山,一辈子没脱离农民的身份。已经近 80 岁曾经是地委书记夫人的老太太用善良、卑微、艰辛、怯怯的眼神望向我时,我想哭;在山里,看着杨善洲十几年安身的茅草棚,我想哭;在当年保山地委机关大院,看着杨善洲家徒四壁的一间旧屋,我想哭;在杨善洲一本本发黄了的工作日记中,读到那些烫心窝的话,我想哭……

"一个党员,你把自己的家庭搞得富丽堂皇,别人却还过着艰难的日子,那么你们常说的'完全彻底地为人民服务',不是一种骗人

第六章 源头

的假话吗？"

这个共产党员让我相信，对共产党这本经，有人是真念的；对共产党的誓言，有人是当真的；对人民的爱，有人是发自内心的。他让我相信，在这个被贪官、蛀虫、投机者毁损的共产党的队伍里，终有不灭的光芒。杨善洲的精神价值岂止发挥余热？他彰显了共产党人的灵魂。尽管自己有太多的不信，但在杨善洲面前，我信；尽管自己有种种的唾弃，但在杨善洲面前，我充满崇敬。写出《一个共产党人的一辈子》这篇稿子，也把一种光芒收进心中。

当记者能遇到这样一些人，真的是幸运，看似是我写他们，其实是他们在拯救我，提升我。

西安的焦五一，潜心创造出"弦线模量"理论并用于实践，突破了黄土地区建筑领域陈旧的理论基础，为国家节省大笔资金，却一直遭遇着来自这一领域"霸主"们的打压排挤。而他就像堂吉诃德一样物我两忘地为"弦线模量"的推广应用操劳着，不图一分一厘的回报，只求一个真理的光大。作为一个优秀老师，他一生没评上任何职称。他说，和"弦线模量"相比，职称不重要。

上海的陆幼青，一个写下《死亡日记》的人，面对年轻的生命即刻被癌症吞噬的巨大不幸，他从容得像是去赴一场生命的别样盛宴。我在病房中与他交流的一个小时，让我深为震惊，原来死亡也可以如此从容，平静，优雅，有尊严，只因为赴死者的内心，有一棵永远朝向阳光的向日葵。《永远的向日葵》这篇稿子的标题成为十几天后陆幼青追悼会上的横幅，那是他为自己身后留下的遗愿，他说，向日葵写到了我心里。我知道，是陆幼青给了我这棵向日葵。

汶川大地震中的人们，是我采访中遇到的最惨烈的一群，也是最坚韧的一群。无论是那位失去父母和儿子的北川陈家坝乡党委书记赵海清，还是日日爬山回到已没有家的家给马喂水的 61 岁老汉，也无论是那位跋山涉水救出孙子的农妇，还是从瓦砾下丢掉半个身子的女子，都让我在极度的痛苦中懂得了什么是不死的生命。所以能写出《明天，太阳照常升起》，是因为这群英雄的人们在我心中种下了一颗不死的太阳。

回想这些闪亮的人们，就如同一颗颗闪亮的星，因为生命中遇到他们，才有了内心的美好与丰盛。美好，并不意味着没有痛苦，丰盛并不意味着净是阳光。相反，那些闪亮如星的人们，正是在种种不闪亮的背景之下，让我有格外的忧伤。

白芳礼一脚一脚地蹬三轮，救助贫困孩子上学，为什么这样的担子要这样一位老人承担，该是谁的悲哀？而就是这样一位感动千千万万中国人、在《感动中国》网上投票连续几年名列前茅的老人，却怎么也上不了 CCTV 的那席"宝地"。为老人不平。

那年王顺友来京开会，我去宾馆看他，屋里坐着当地的官员们，说起木里县十几条马班邮路的艰辛，我说："是否可以考虑每条邮路再增加一个人，两个人倒班，可以多休息几天。"话音刚落，一位官员拖着长腔，瞥着王顺友，应声而起："那不行，成本太高了！"那一瞬，我明白了，这位官员对王顺友之辈从来就没有什么感情，乡邮员在这位官员的心中不过是骡子是马，即使成了典型的王顺友，在他眼里也不过是他政绩上的一个砝码，有望升官的垫脚石。我紧紧地抓住手中的水杯，压住自己没有倒在他的脖子里。

这样的痛苦很多。人们都能想见，揭露一件黑暗与卑鄙一定令人愤怒悲伤，而我还深知，写一件美好善良崇高，也同样伴随着苦痛。

甚至有一度，我怀疑报道这些好人究竟有何价值？不如让我去揭露一个丑陋一个黑暗，更畅快淋漓。

终有一天，读者的一句话让我心软。他说："读了你写的这些好人，让我们感到在这个世界上不孤独，内心有力量。知道什么是抱团取暖吗？这就是。"我的泪水落下来。

是的，抱团取暖。这一个个闪亮如星的人们，让我们在滚滚红尘中探出头，感受着一种生而为人的美好，让我们在泥泞的现实中，永怀明亮的心。

在这如星的队列中，有一个我在 30 年前即采访，却没有为他写过一篇稿子，而让我深深爱着并影响了我一生的人，那就是我的先生杨南生。

遇到他，是在 30 年前的人大政协会上，他是人大代表，我是第一次参加两会报道的新华社记者。所有我采访的代表都写出了稿子，到他这里，一事无成，出于多年保密习惯，也出于他对被采访不懂配合的个性，他一不谈自己工作，二不谈自己经历，却饶有兴趣地和我探讨贝多芬肖邦和 80 年代的北岛舒婷之间有什么联系。直到两年后结婚领证我对他的全部了解，就是在大山沟里搞导弹的人。当时他的前妻已病逝 6 年。

他就像一本大书，让我用一生去读他。

他毕业于西南联大，留学英国，1950 年携妻回到新中国，在中科院的指派下，领导研制成功我国第一枚探空火箭后，即为建立中国强大国防，带着周恩来总理的任命书，一头扎进内蒙戈壁，率领一支年轻的科研队伍，拉开了中国现代固体导弹事业的大幕。20 多年艰苦卓绝，中国现代固体导弹事业从无到有，从小到大。第一颗东方红卫星，第一颗返回式卫星，第一颗潜地导弹，直到中国第二代战略导弹扬威世界，所有这一切的成功，杨南生和他的团队都以固体火箭无可替代的地位与价值，在其中写下让中国笑傲世界的篇章。他一直记得，1970年，东方红一号卫星发射前夕，他与钱学森等4位专家从发射基地乘专机赴北京向周恩来总理当面汇报的情景，总理要求他们负责卫星各部分的技术负责人都要签下万无一失的报告，他一夜未眠写完报告，郑重签下"杨南生"三个字时，已是东方破晓。20多年人生岁月，他与家人聚少离多，妻子儿女一直不知道他在干什么，他的信封上永远是一个邮箱编号。1986年他成为被世界宇航科学大会第一次接纳为国际宇航科学院院士的中国航天专家。

他的杰出绝不仅仅是这些，他有更令人敬重的品质。

他是一个纯粹、透明、充满理想、没有媚骨的科学家，从来不会因为畏惧权势而放弃对科学真理的坚持，面对不符合科学精神的长官意志，总是"一士谔谔"，并在中国航天多年的固液之争中，凭借对世界航天领域发展趋势的敏锐把握，对加快发展中国固体火箭事业坚持不懈的呼吁和力争，直言某些反对固体发展的权威为"液体脑袋"。

一位老航天人说，历史已经证明杨先生是正确的。

然而，他由此却遭遇种种不露痕迹的"回报"。随着航天神秘大门渐向国人打开，这个领域赢得无数鲜花、掌声、聚光灯时，作为中国航天固液两大臂膀的固体火箭技术的奠基者、开创者、领军者，杨南生消失在一切聚光灯之外，就连对他来说理应当选的中国两院院士，也被挡在了参评大门之外⋯⋯

面对这一切，他一笑而过："我绝不后悔！我没做错！"

那一年，电视播放"两弹一星"功勋授奖大会新闻，家里的电话那晚被打爆。电话那边说些什么我不知道，这边杨南生的话让我刻骨铭心。他微笑着："没关系，我这一辈子干的这些事又不是为得到这些东西而干的。想想天上飞的有我亲手摸过的，再想想我们干的东西让国力强大，外人不敢欺负，这就够了。其余的，随它去！"

他是一个不以物喜不以己悲、精神高洁、人格高贵的人。他对中国航天事业的热爱和痴情，从来没有因为自己遭受种种不公正的对待而有丝毫减少，直到晚年，他依然倾尽自己全部智慧为中国固体事业的发展献计献策，把自己一辈子撰写、搜集的有关固体火箭发动机领域的文稿和书籍资料全部送给了那些还在工作的同志们。直到他重病在床，对得知的航天领域每一个微小的进步和成功的消息，都有发自内心的喜悦。

共和国 60 年大庆，我在天安门观礼台采访，当第二炮兵方阵载着中国最新战略导弹出场时，天安门沸腾如海。我不禁想起为了共和国这一刻的辉煌奉献了一生、只因为敢于讲真话而遭不公、此时正蜗居在没有电梯下雨漏水的三层老楼上那个简陋家中、已近耄耋之年体弱多病，却对中国航天痴心不悔的老先生，心恸如割，泪流满面。

历史有时是残酷的，多少真相被埋于滚滚红尘之下；历史常常又充满奇迹，被人不经意间掀开一角，便有夺目的光亮。2012 年夏，中国航天固体动力 50 年大庆，评选十大感动人物，杨南生以第一高票荣登榜首。爱戴他的同志们捎来话："杨先生不是两院院士，他是我们心中的院士；杨先生未获功勋，他是我们心中品德高尚功绩卓越的科学大师。"

他去世后，敬重和爱戴他的人们从四面八方赶来为他送行。他的老战友们为他挂起风骨铮铮的挽联：满腔热血奉人民天问无悔，一世功名任春风碑树人心。

他是一个内心灿烂,对生活、对世界、对一切美好的人和事物都充满爱的人。他走到哪里,就把笑声和欢乐带到哪里,甚至在他生命弥留的时刻,他带着氧气面罩依然微笑着向医生和护士拱手致意。他走后很久,许多与他生前交往过的最普通的人,包括小区的保洁员、收发室的收发员、超市的收银员、照顾过他的护工,都对他有真切的怀念,其中一个叫陈晓丹的护工在微信上发了一篇纪念文章,文章里说:"我们怀念杨爷爷,爱杨爷爷,是因为杨爷爷尊重我们每一个人。"

这一生,走多少遥远的路只为与你相遇;这一世,曾努力开一树繁花只为那一刻你从身边经过。认识并牵手先生,是我生命最大的幸运和幸福。

我从没有像今天这样理解了命运对我的厚爱,让我做了记者,让我在记者的路途上收获了包括我先生杨南生在内的这么多闪亮的人。他们让我保持了对生活始终的热爱,保持了对美好不变的信心,保持了对未来不弃的希望。他们就是盛放在我生命中的蓝天,太阳,高原,雪山,向日葵,无边无际辽阔的海洋……

"只因为生命中遇到你,内心从此有了不落的光芒。"这是我想对白芳礼、王顺友、杨善洲等许许多多可敬可爱的人们说的话,是我想对我亲爱的先生杨南生说的话。

(原载《中国记者》)

后　记

　　《时代面孔》出版之际，难以平静，心间充满的话语只有两个词：感恩，感谢！

　　首先，我要把最深挚的感恩，献给这本书中每一篇稿子的主人公，是他们赋予这本书以生命与灵魂。

　　那一张张辉映着阳光风雨江河烽烟的面孔，是珍藏在我心底的一支英雄的队伍，常常在某个时刻踏风而来，仿佛从时间隧道里涌出，又仿佛是昨天才见过面的亲人，每一张面孔的线条鲜明生动，宛若一幅幅肖像。曾想过，如果我会作画该多好，我会把他们传神地画出来。这一不可及的愿望，让我有了一种情结，无论走进哪里的美术馆，总喜欢在人物画像前伫立凝望，想象着人物背后可能的种种人生。有时看着看着，脑子会走神，忽然闪出我曾经采访的某个人物的面孔。人与人之间，人生与人生之间，可以有着多少隐形的通道在某一处相遇交集。没有什么比一张透视着灵魂的面孔更能触发我们对时代、生命、人生以及活着的意义与价值的思考。

　　将《时代面孔》捧到读者面前，就是想让更多的人触摸到我们

时代面孔 ▸ 新华社领衔记者笔下的人物肖像

苍茫质朴的土地上有着怎样滚烫热血的生命；我们平凡日常的生活中，有着怎样动人心魄的光芒；我们风雨雷电的大时代下，有着怎样顶天立地的脊梁！捧出这些面孔，是想让更多的人记住他们，记住这些平凡而伟大的人。

再一次向他们深切地致敬、感恩！

我要感谢这本书中所有参与采访的记者，他们是我亲密的战友和同事。

新闻记者的第一功力就是脚力。每当读到稿子中一个个战友同事的名字，就会想起我们在一起采访的日日夜夜。凌晨夜伴风雪兼程奔赴在赶往灾区的路上；酷暑之下挥汗如雨跋涉在不见人烟的戈壁滩；上雪山，走沙漠，河水中乘木筏，山道上搭摩的……所有的冒险只为一定要采访到要采访的人。我们一起挨过饿，一起喝过酒；一起笑过，一起哭过，生为战友，一世深情。书中的每一篇稿子，都凝聚着我们共同的艰辛与付出，共有的伤痛与喜悦。《时代面孔》是我和战友们对这些时代人物共同的见证。

我要感谢书中每一篇稿子的编辑们。是这些永远站在记者身后默默无闻的幕后英雄，以他们的智慧、心血与才华，为这些稿子雕刻成器插上翅膀，飞到千万读者的面前。"好稿子后面必有好编辑"，这是新闻界的共识，亦是我切身的体会。他们是我深深敬重的人。

我要特别感谢老领导、蜚声新闻界的导师、曾任新华社总编辑的南振中同志。他为《时代面孔》写下的卷首语，正是他多年新闻实践、新闻思想、新闻理论的折射。他著有的《与年轻记者谈成才》《记者的发现力》《记者的眼睛》《记者的思考》等名著，已成为当今新闻院校年轻学子并记者们的宝贵的教科书。我同样是读着南

后 记

总的许多名篇在记者的道路上学习长进的,并有机会得到他当面的教诲与指点,受益良多。南总的卷首语是对这本书的莫大提携与荣幸,是对我的莫大鼓励!

我还要特别感谢德高望重的新华老前辈闵凡路同志。他以 90 岁高寿不辞辛苦为这本书写下热情饱满铿锵有力的文字,传达出一位老新华人对新闻事业的拳拳赤诚。闵老一生伴随着新华社大半个世纪的风雨兼程,他曾领导创办了享誉全国的金牌刊物《半月谈》;领导创办了《新华每日电讯》;参与创办了新华社的电视新闻节目;近年来又成为中华辞赋领域的领跑者。他的一生总是在开创与开拓中奋进。他著有《中华人民共和国在世界上》《世界大变动》《闵凡路评论集》《闵凡路文集》等系列作品。收到闵老为《时代面孔》写下的热情洋溢的文字,深感荣光!

我要怀着万般温暖之意感谢集美丽并才华于一身的新闻界著名记者卢小飞老师。她为《时代面孔》写下的至情至性的文字,是她睿智、丰富的精神世界的映照。我和小飞老师仅见过一面,但久仰其名。当年她自北京大学毕业后与爱人双双请缨去了西藏,成为《西藏日报》记者,一待就是十八年。她是中国第一个进入阿里地区采访的女记者,两个月时间跑遍了阿里七个县,写出了《阿里纪行》《日土人民的喜和忧》《多玛二队的启示》等一批名篇好稿,成为西藏改革开放初期的宝贵记录。她为西藏和平解放六十周年策划撰稿的《西藏的女儿——60 年 60 个妇女的口述实录》,成为展示西藏新时代女性风采的生动群雕。她对西藏人民和那片土地的挚爱渗入血液,她自己又何尝不是西藏的女儿!纯净辽阔的西藏高原,赋予她高原一般的性格与气质,自由、勇敢、辽阔、深情、阳光、灿

> **时代面孔** ▸ 新华社领衔记者笔下的人物肖像

烂。之后的岁月，她在历经人民日报、中国妇女报等领导岗位之后，至今仍然在为她所热爱的新闻及公益事业奔波忙碌。小飞老师为这本书写下的文字，让我更深切地理解了她所选择的人生，懂得了她是源于一种怎样的信仰与爱把自己活成了一束光。

感谢之情无以言尽，所有的感谢都蕴含着深切的敬意。

我要把这份敬意致以中国记协主席何平同志。读着他为《时代面孔》写下的推荐语，再一次感受到他赤热的理想、坚定的信念、厚重的情怀。他所坚守的这一切，在他历任新华社社长、总编辑、国内部主任期间，通过他指挥的每一次报道战役、他开创的每一个新闻栏目、他审阅修改的每一篇稿子，深深地影响了新华社包括我在内的一代编辑记者。那是我们最珍贵的记忆。

"历史活动的主体是人民群众。大凡优秀的新闻记者，总是能够生动表现那些反映时代精神的典型人物——或崇高，或平凡，无论是轰轰烈烈，还是普普通通，都是一个个值得记住的名字。

走进他们，你会得到一份感动。读懂他们，你将获取一种力量。"

何平同志凝练厚重的推荐语，不仅是为这本书而写，更是写给每一位新闻工作者的箴言，也是每一位读者走进书中那一个个平凡而伟大心灵世界的路标。

一本书的出版，实在是凝聚了太多人的心血。

我要感谢新华出版社，感谢这本书的责任编辑田丽丽、易旭丹，感谢匡乐成社长所领导的团队。他们艰辛劳动，几易其版，精益求精，最终使得这本书以独具魅力的气质呈现在读者面前。

我要感谢那些帮助我查找录制资料的青年朋友，他们的慷慨相助，令我感动。

后　记

　　我还要感谢对写出这本书给予我坚定的鼓励和支持的众多朋友，是他们的期待和信任给了我行动的力量。

　　今天是 2025 年 1 月 1 日。时代就像一辆巨大的列车，飞速向前，无论路途将遇到怎样的高山大川，风雨雷电。

　　为什么在艰难无助的时刻，总有一种力量触碰内心，让我们抛下软弱重拾行装？

　　为什么在茫然的夜晚，总有光亮在头顶上闪烁，让我们看到方向？

　　为什么在遭遇灾难时，总有一个又一个数不清的脊梁默默无言百折不挠地挺立在天地之间，让我们泪流满面？

　　……

　　这一切力量，都来自于我们脚下几千年烈火淬炼的土地，来自于这片土地上生生不息平凡而伟大的人民。

　　再一次轻轻地翻开眼前这本《时代面孔》，读着那一个又一个名字，心间热血激荡……

张严平
2025 年元旦